그 남자의 계략

그 남자의 계략

초판 1쇄 찍은 날 | 2014년 11월 17일
초판 3쇄 펴낸 날 | 2016년 1월 7일

지은이 | 이채영
펴낸이 | 서경석

편집책임 | 조윤희
디 자 인 | 신현아

펴낸곳 | 도서출판 청어람
등록번호 | 제387-1999-000006호
등록일자 | 1999. 5. 31
어람번호 | 제5-0392호

주소 | 경기도 부천시 원미구 부일로 483번길 40 서경B/D 3F (우) 420-822
전화 | 032-656-4452 팩스 | 032-656-4453
http://www.chungeoram.com
E-mail | chungeorambook@daum.net

ISBN 979-11-316-9286-8 03810

이채영 장편 소설 • Chungeoram romance novel

그 남자의 계략

목차

1 • 7
2 • 26
3 • 43
4 • 59
5 • 75
6 • 91
7 • 107
8 • 123
9 • 138
10 • 156
11 • 173
12 • 190
13 • 206
14 • 221
15 • 238
16 • 254
17 • 270
18 • 287
19 • 304
20 • 320
21 • 337
22 • 353
23 • 371
에필로그 1 • 384
에필로그 2 • 403
번외 • 412

1

공항을 빠져나온 이나를 남자들이 힐끗 쳐다보았다. 긴 생머리에, 하얀 피부, 작은 얼굴, 시원시원하게 뻗은 팔다리가 마치 모델 같았다. 그러나 신경이 무딘 이나는 주변을 둘러보기에 바빴다.

"누군가 나와 있는다고 했는데……."

오래 둘러볼 것도 없었다. 고만고만한 사람들 틈에 머리 하나 더 있는 남자는 금세 눈에 띄었다. 커다란 캐리어를 끌고 걸어 나온 이나가 남자 앞에 섰다.

"안녕!"

이나가 선글라스를 벗으며 상큼하게 손을 흔들자, 남자의 입술에 삐딱한 미소가 걸렸다.

"안녕 같은 소리 한다."

"그런 식으로 말할래? 4년 만에 보는 누나한테."

이나가 섭섭하다는 투로 말했다.

"그러니까. 왜 4년 만에, 하필이면 오늘 오냐고."

설준은 삐딱한 자세로 반문했다.

가족 모두가 바쁘다는 이유로 이나의 마중을 설준에게 맡겼다. 설준은 바쁘다는 이유로 거절했다. 그러나 가족 모두가 '게임 대회에 참석해야 한다!' 라는 막내의 말 같지도 않은 호소에 귀 기울이지 않았다. 가족들은 설준의 직업을 직업이라고 생각하지 않았다.

오히려 집안에서 아버지보다 더 무서운 영향력을 가진 첫째 형 공헌이 째진 눈을 치켜 올리며 '오늘 이나 마중 나가지 않으면 네 방은 폐쇄다.' 라는 엄포를 내렸다. 방을 폐쇄한다는 말은 그 방에 자리하고 있는 모든 게임을 영영 못 쓰게 만들어주겠다는 뜻이었다. 그 말에 설준은 아주 오랫동안 고민했다. 1년간 기다려 온 게임 대회에 참석하고 방이 폐쇄되는 것을 지켜보느냐, 이나의 마중을 나가고 방을 지키느냐. 결국 한 시간 동안 치열하게 이어진 고민 끝에 설준은 눈물을 머금고서 이나를 데리러 공항에 나왔다.

얼굴이 하얗게 질리다 못해 잔뜩 구겨진 채로 설준이 이나를 노려보았다.

"그럼 어떻게 해? 티켓팅을 오늘 한 걸. 나도 네가 나올 줄 몰랐어."

이나는 어쩔 수 있냐는 듯 어깨를 으쓱거렸다.

"그럼 나 말고 누나를 데리러 나올 사람이 또 있냐?"

설준이 물었다. 부모님과 장남인 공헌은 의사다. 그것도 어마어마하게 바쁜 의사들이고, 자신은 게이머다. 프리랜서를 백수로 착각하는 이 집안에서, 그것도 막내를 담당하고 있는 자신 말고는 이나를 데리러 나갈 사람이 없었다.

"미안."

이나가 짤막하게 사과했다.

"하아. 그래, 누나가 무슨 죄야."

설준은 한숨을 내쉬며 눈을 감았다. 이미 망친 일이다. 고민해봤자 소용없다. 설준은 어깨를 축 늘어뜨리며 돌아섰다. 이나는 그런 설준의 어깨를 툭 쳤다.

"그래. 일단 알겠으니까 집으로 가자. 누나가 대신 맛있는 요리 해줄게. 어서 집에 가고 싶어."

이나가 설레는 얼굴을 감추지 못한 채 입술을 삐쭉거렸다. 누가 봐도 사랑스럽기 그지없는 이나의 표정을 보던 설준이 픽 웃으며 말했다.

"귀여운 척하지 마. 그래 봤자 게임 여자 캐릭터보다 못생겼어."

그 한마디 남겨놓고 저벅저벅 걸어가는 설준의 뒷모습을 보며 이나가 얼굴을 팍 찌푸렸다. 지금 여자 연예인도 아니고 게임 캐릭터한테 밀렸다는 건가. 기가 막힌 이나가 설준의 뒷모습을 노려보며 중얼거렸다.

"저 오타쿠 같은 자식이."

4년 만에 귀국한 이나가 가장 먼저 한 일은, 집에 가서 자신의

캐리어를 내팽개쳐 놓고 침대에 대자로 드러눕는 일이었다. 그런 이나를 보며 한심하다는 듯 설준이 혀를 끌끌 찼다.

"어떻게 4년이 지나도 하는 일엔 변함이 없어?"

이나는 예전부터 방에 들어가면 가장 먼저 침대에 드러누웠다. 그 때문에 청결을 중시하는 엄마로부터 잔소리를 들어왔으나 절대로 고치지 못했다.

"사람이 갑자기 변하면 죽는 거야. 그러니까 네가 포기해."

"쯧쯧. 쉬어."

"설준아."

막 방에서 나가려던 설준을 이나가 불렀다.

"왜?"

설준이 퉁명스럽게 물었다. 이나는 침대에서 비스듬히 드러누워 설준을 보며 조심스럽게 물었다.

"요즘 유 씨 아저씨네에 별일 없어?"

이나는 둘러 물었지만 실제로 그녀가 알고 싶은 것은 유 씨 아저씨네 둘째 아들인 유주형의 소식이었다. 유주형의 안부, 안위, 기타 등등의 소식.

이나의 물음에 설준이 고개를 가로저었다.

"아니, 없는데? 그리고 유 씨 아저씨네 일은 하정이 누나 만나서 묻는 게 더 빠르지 않아?"

"물었지, 어제도."

"그런데?"

"내가 오는 동안 무슨 일이 있나 해서 그러지."

"몇 시간이나 된다고 그사이에 일이 있겠어?"

설준은 걱정도 팔자라는 듯이 심드렁하게 이나를 쳐다보았다.

"사람 일이라는 게 한 치 앞을 못 보는 거니까 그러지. 일단 별 일 없다니까 됐어."

이나가 알겠다는 듯 손을 들어 보이며 상큼하게 웃었다. 유 씨 아저씨네에 별일이 없다는 건 유주형이라는 남자에게도 별일이 없다는 말이기도 했다. 고로, 유주형이라는 남자에게 애인이 생겼다거나, 결혼할 일이 생겼다는 건 아니라는 말이었다. 기분 좋게 유주형이라는 남자에게 다가가도 되겠다라는 생각이 들었다. 이 날을 위해서 한국에 돌아오길 손꼽아 기다리지 않았던가. 설렘 반, 떨림 반을 안고서 이나가 다시 침대 위에 쓰러져 누울 때였다.

"아!"

방을 막 나가던 설준이 무언가 생각난 듯 걸음을 멈추었다.

"왜?"

이나가 얼른 설준을 쳐다보았다.

"유 씨 아저씨네에 일이 생기긴 했어."

"무슨 일?"

이나가 눈을 크게 뜬 채 설준을 쳐다보았다.

"건호 형님이 요즘 좀 이상 증세를 보이고 있대."

설준이 누가 들을세라 목소리를 낮춘 채 속삭였다.

"그…… 분이?"

"어."

"이상 증세라면……."

"기분이 안 좋은가 봐."

"정말?"

이나가 바짝 긴장했다.

"어. 그러니까 몸 사려."

게임을 제외한 모든 일에 무심한 설준답지 않게 아주 심각한 표정을 지었다. 덩달아 이나도 심각한 표정으로 고개를 끄덕였다. 그도 그럴 것이, 무려 유건호에 관한 일이었다.

유건호는 유 씨 아저씨네 첫째 아들로 대대손손 의사 집안의 명맥을 '너무 긴 시간이 소요되는군.' 이라는 이유로 단칼에 잘라먹고 법조계에 입문하겠다고 한 남자였다.

그때만 해도 온 친척 일가가 이과인 유씨네 집안에선 '한때 철없는 반항이겠거니.' 하고 넘겼다고 했다. 그런데 그가 대학 진학 시 4년 전액 장학금 의과 진학의 카드를 버리고, 4년 장학금 법학과를 택하면서 말이 달라졌다. 진심으로 건호가 법학과 입학을 생각하고 있다는 것을 알게 된 유 씨 아저씨가 뒷목을 잡고 쓰러졌다. 이후 본인의 병원에서 링거를 맞는 남부끄러운 상황까지 벌어졌다.

보통 부모가 쓰러지면 마음이 흔들려야 정상이지만, 감성 세포가 누구보다 메말라 있는 첫째 유건호는 태연하게 '마음의 병이라네요. 마음을 편히 가지시면 낫는답니다.' 라고 말해 유 씨 아저씨를 누운 자리에서 다시 한 번 쓰러지게 만들었다. '누구 때문에 내가 마음의 병을 얻었는데!' 라며 발악하는 유 씨 아저씨를 보다 못한 둘째 아들인 유주형이 '제가 의사가 되겠습니다! 집안의 의사 명맥을 제가 이어가겠습니다!' 하고 지원한 덕분에 무사히 넘어갔다.

이것 말고도 유건호의 풍문은 어마어마하게 많았다. 사법연수원에서 생긴 일, 검사가 된 이후 벌인 일 등등. 그러나 단순히 건호가 감정이 메마르고 행동에 가차 없다고 해서 설준과 이나가 긴장하는 게 아니었다.

셋째 설준과 둘째 이나가 세상에서 가장 무서워하는 사람은 첫째 윤공헌이었다. 윤공헌은 집안의 장남으로 칼에 찔려도 피 한 방울 안 나올 만큼 가차 없고 차가운 남자였다. 특히 아버지의 뜻에 따라 의사로 진로를 결정하면서부터 냉정함과 예민함은 하늘을 찔렀다.

그런 남자가 유건호라면 넙죽 엎드렸다. 자신의 생각과 다를 땐 아버지와 싸우는 것에도 주저함이 없는 남자가 유건호가 팥을 보고 콩이라고 하면 '지당하십니다.' 라고 나오니 설준과 이나의 눈에는 유건호가 사람으로 안 보였다.

거기다가 건호는 키가 무척 커서 마주 선 사람의 기를 죽였다. 거기다가 옵션으로 달린 날카로운 눈매는 마주할 때면 고해성사라도 해야 할 것 같은 기분을 들게 했다. 그런 남자가 요즘 이상 증상을 보인다니. 위험한 일이었다.

"특히, 누나는 조심해야 해."

설준의 말에 이나가 죽을상을 지었다.

"알아."

이나가 고개를 끄덕였다. 어렸을 적부터 유건호는 이상하리만치 이나를 싫어했다. 우연히 손이 스치면 탁 소리 나게 손을 뿌리쳤고, 어쩌다가 가족끼리 모인 자리에서 눈이라도 마주치면 뭐가 불만인지 얼굴을 구겼다. 설준과 하정은 이나에게 무슨 실수를 한 거냐고 다그쳤지만, 이나는 정말로 억울했다. 실수한 게 아니라 유건호가 이유 없이 자신을 미워하고 싫어하는 것뿐이었다.

"진짜 무서워."

생각만 해도 무섭다는 듯 이나가 고개를 절레절레 흔들었다.

"그러니까 다시 말하지만, 몸 사려."

"응, 알았어."

이나는 절대로 건호와 엮이지 않겠다고 거듭 다짐했다.

"여기가 어디지?"

이나가 거리를 걸으며 멍하게 중얼거렸다. 세 시간 정도 꿀 같은 잠을 잔 후 하정과의 약속을 위해 거리에 나왔다. 봄바람을 쐬며 기분 좋게 걸을 때만 해도 괜찮았다. 바람도 부드러웠고, 간간이 벚꽃이 날려 '이게 대한민국의 봄이지!' 라며 감탄하기까지 했다.

그러다 약속 시각이 다 되었다는 걸 깨닫고 약속 장소인 '동네 C카페' 를 찾던 이나는 자신이 길을 잃었음을 깨달았다. 아직 한국 휴대폰을 개통하지 못해 맨몸인 이나는 결국 행인을 붙잡았다.

"죄송한데 C카페가 어디 있는지 아세요?"

"네?"

이나에게 붙잡힌 남자의 얼굴이 불그스름해졌다. 그런 남자의 얼굴을 보며 눈치 없는 이나가 생각했다.

이 남자, 열나나 봐.

"두 곳인데요."

남자가 쭈뼛거리며 답했다.

"두 곳이요? 흐음."

이나는 잠시 갈등했다. 그사이 마주 선 남자의 얼굴은 점점 더 붉어졌다. 많이 아픈가 봐. 이나는 안타까운 마음에 얼른 물었다.

"그럼 가장 가까운 곳은 어디예요?"

"여기서 쭉 직진하시면 나와요."

"감사합니다. 병원 꼭 가보시고요."

이나가 생긋 웃으며 다정하게 병원을 언급했다.

"네?"

남자가 무슨 소리냐는 듯 반문했지만, 이나는 '네 병을 알겠도다.' 라는 얼굴로 그저 웃을 뿐이었다. 이나는 멍한 표정의 남자를 등진 채 직진해서 C카페로 향했다. 다행히 남자가 일러준 곳에 익숙한 여자가 서 있었다.

"하나! 이나! 삼나!"

자신을 저따위 애칭으로 부르는 사람은 세상에 단 한 명뿐이었다.

"하정아!"

이나가 두 팔을 벌려 하정을 향해 달려갔다. 하정이 달려오는 이나를 와락 껴안았다. 하정은 이나의 등을 껴안은 채 여기저기 만지며 얼굴을 부볐다.

"아악! 내가 널 안을 날이 오다니! 난 네가 사이버 친구인 줄 알았어!"

"그러게! 나도 네가 컴퓨터에 갇힌 줄만 알았어!"

이나가 해외에 나가 있는 4년간 하정과는 화상 채팅으로 꾸준히 만났었다. 일주일에 한두 번, 서로의 스케줄에 무리 없는 선에서 몇 시간씩 대화를 나누었다. 그러나 서로 얼굴을 마주하는 것과는 천지 차이였다.

카페로 들어와 일부러 똑같이 카라멜마키아토를 시켜 마주 앉은 둘은 잠시 서로의 얼굴만 마주 보았다.

"역시 넌 캠빨이 안 받는구나."

하정이 감격에 젖은 얼굴로 말했다.

"넌 캠빨이 잘 받는 것 같아."

이나가 똑같이 감격에 젖은 얼굴로 답했다. 그러다가 둘은 그제야 마주 보는 게 실감 난다는 듯 픽 웃었다. 화상 채팅에서 나누던 것과 비슷한 대화 패턴이었다.

"어때? 한국 오니까? 시차 때문에 피곤하지?"

하정이 물었다.

"조금 그래. 그래도 기분이 좋아서인지 피곤한 건 잘 모르겠어."

이나가 싱긋 웃으며 커피잔을 들었다. 온 세상이 프랑스어가 아닌 한국말로 떠들고 있었다. 머리 검은 사람들이 많고, 간판도 모두 한국어였다. 그것이 신기해서 이나는 여기저기 둘러보다가 행인과 부딪치기까지 했다.

"나도 그 마음 알지. 미국에서 유학하다가 한국으로 돌아왔을 때 딱 그 마음이었어."

하정이 절대적으로 공감한다는 듯 목이 빠져라 고개를 끄덕였다. 하정은 부모님의 뜻에 따라 초등학생 때부터 중학생 때까지 줄곧 미국에서 보냈다. 그러나 어렸을 때부터 지속된 타지 생활과 인종 차별에 하정은 무척 지쳤고, 정신과 상담까지 받아야 할 지경에 달했다. 결국 하정은 견디지 못하고 한국으로 돌아왔다.

큰마음 먹고 귀국했으나 한국에 와서도 하정에겐 힘든 일뿐이었다. 미국과 한국의 교육 환경과 학업량이 엄청나게 달라 감당할 수 없는 데다, 미국 유학 사실 때문에 한국 학생들의 텃세가 엄청났다. 그때 방황하던 하정을 잡아준 것은 음악과 이나였다.

한국말 못한다고 괴롭히는 학생들과 맞서 싸워준 것도, 숙제를 도와준 것도 이나였다. 그러나 당시 심신이 지쳐 삐뚤어진 하정은 자신을 위해 동분서주 뛰어다니는 이나를 잡고서 따졌다.

"왜 이래? 우리 아빠가 너한테 부탁하든? 내 딸 왕따 만들지 말고 같이 놀아주라고? 남 신경 쓰지 말고 너나 잘해."

톡 쏘아붙이고 돌아서던 하정은 얼마 못 가 바닥에 풀썩 주저앉았다. 등에 바위가 떨어진 것처럼 엄청난 충격이 느껴졌다. 너무 아파서 찍 소리도 못 내고 있는데, 하정의 등을 때린 이나가 끌끌 혀를 찼다.

"우리 아빠랑 너희 아빠가 우리한테 신경 쓸 분들이야? 본인들의 업무만 해도 엄청나서 우리 나이가 몇인지도 모르는 분들이야. 내가 너랑 친해지고 싶어서 그래! 그러니까 쓸데없는 소리 하지 말고 나만 믿어. 그리고 방금 때린 건 말 재수 없게 한 벌이야."

그때 이나가 홱 하고 지나갔다. 하정은 그런 이나의 등을 노려보다가 펑펑 울었다. 그 시절 이나가 없었다면 하정은 고등학교를 자퇴했을지도 모를 일이었다. 괜히 옛 생각이 나서 상념에 잠겨 있던 하정은 이나를 다정하게 바라보았다. 하정이 보내는 눈빛의 의미를 잘 아는 이나는 잔을 들며 빙긋 웃어 보였다.

"그렇게 달콤하게 쳐다볼 필요는 없고. 그나저나 몇 시간 동안 잘 지냈어? 별일 없었고?"

이나가 카라멜마키아토를 한 모금 마신 후 물었다.

"별일 없었지, 아주 다행스럽게도!"

"아저씨와 아주머니도 잘 계시고?"

"다들 잘 계시지."

"주형이 오빠도?"

이나가 턱을 괴고서 부끄러운 듯 말을 꺼냈다.

"어. 주형이 오빠도 잘 있지. 이제 한국에 왔으니 주형이 오빠한테 작업 시작하겠구나."

"응!"

이나가 생글생글 웃으며 고개를 끄덕였다. 그런 이나를 보며 하정이 픽 웃었다.

스물두 살 겨울, 유학을 떠날 날을 얼마 남겨놓지 않고 이나가 불쑥 하정에게 고백했다.

"나, 주형이 오빠 좋아해."

하정은 크게 당황하지 않았다. 이나가 언젠가부터 주형에 대해 캐묻기 시작할 즈음, 그럴 거라 짐작하고 있었다. 그래서 대수롭지 않게 물었다.

"고백하고 가게?"

"아니, 돌아와서도 주형이 오빠가 솔로면 고백할 거야!"

"그냥 고백하고 가지?"

"고백해도 어차피 난 유학 가야 하는걸. 유학을 포기할 수도 없는 거고……. 내가 좋아한다고 해서 주형 오빠한테 부담을 주면 안 되잖아."

이나는 안타깝지만 어쩔 수 없다는 표정을 지었다. 하정은 이나가 왜 그런 결정을 내렸는지 잘 알고 있었다. 이나는 의사가 되길 기대하는 부모님들의 기대를 저버리고 요리사의 길을 택했다. 스무 살이 되던 해 이나는 대학 진로를 포기한 후 2년간 전국 각지를 누비고 다니며 장맛, 발효음식, 한식을 공부했다. 이후 한식을 세계화시키기 위해선 세계의 맛도 알아야 할 필요가 있다는 판단에 따라 이나는 유학을 결정했다.

그렇게 본인의 일을 사랑하는 이나가 주형에게 발목 잡힐 리 만무했다. 더욱이 이나는 자신이 편하자고 고백해서 상대방을 곤혹스럽게 만들 성격도 아니었다. 그때 하정은 말하지 않았지만 이나가 귀국하고 나면 마음이 변할 거라 생각했다.

그러나 4년이 지난 지금까지도 주형은 솔로였고, 이나 역시 아직 주형을 좋아하고 있었다. 열띠게 좋아하는 건 아니지만, 적당히 좋아하는 마음은 여전한 듯했다.

하정은 턱을 괴고서 이나를 보았다.

"난 정말 미스터리해. 왜 주형이 오빠가 좋아?"

하정이 도저히 감이 안 잡힌다는 듯 고개를 갸웃거렸다. 그러자 이나의 양쪽 뺨이 불그스름해졌다.

"왜긴. 다정다감하잖아."

"흐음. 그렇긴 하지."

하정이 인정한다는 듯 고개를 끄덕였다. 말수 적고 상대하기 어려운 첫째 오빠인 건호에 비해 주형은 확실히 다정다감한 쪽에 속했다. 그러나 그건 엄연히 건호에 비해서 다정다감한 것이지, 다른 남자에 비해서 크게 다정하진 않았다.

"주형 오빠보다 다정한 사람 많을 텐데?"

"그래도 주형 오빠가 좋아. 아주 어렸을 적에 나를 구해준 적도 있었고."

이나가 부끄러운 미소를 띠었다.

"하긴, 그 일이 제일 크지. 어서 고백해야 할 거야."

하정은 커피를 마시며 덤덤하게 말했다.

"왜?"

"작은오빠, 곧 선본대."

"뭐?"

이나의 눈이 크게 떠졌다.

"건호 오빠가 결혼할 생각이 없다고 못 박았어. 그래서 부모님의 타깃이 둘째인 주형 오빠로 바뀌었어. 알잖아, 주형 오빠가 얼마나 부모님 말씀을 잘 듣는지. 누구 하나 결혼은 시키고 싶은데 첫째가 안 되니까 둘째로!"

"건호 오빠, 결혼할 생각 없대? 왜? 그냥 좋은 여자 만나서 결혼하시지……."

"그러게. 연애를 하는 것도 아니고, 결혼 생각도 없다고 그러네. 대체 무슨 생각인지 모르겠어. 그것 때문에 집안 분위기가 별로 안 좋아. 건호 오빠가 딱 잘라서 '제 결혼에 간섭 마십시오.' 라고 말해서 아버지가 또 뒷목 잡으셨어."

"쓰러지셨어?"

"절대로. 우리 아버지가 쓰러지실 분이야? 예전에 건호 오빠 법대 입학할 때도 링거 맞은 건 그냥 쇼였어. 절대로 쓰러지실 분이 아니야. 그걸 건호 오빠는 너무 잘 알고 있고. 하여간에 오늘 아침에 결정 난 사항이야. 그러니 고백하려면 어서 고백해. 네가 고백하면 주형이 오빠도 좋아할 거야."

하정이 이나에게 용기를 불어넣어 주었다. 이나가 설레는 표정으로 '그럴까?' 라고 물었고, 하정은 싱긋 웃으며 고개를 끄덕였다.

"응. 그리고 나도 네가 꼭 주형이 오빠랑 결혼했으면 좋겠다."

"왜? 잘 어울려?"

이나가 싱그러운 미소를 지으며 묻자, 하정이 방긋 웃으며 답했다.

"잘 어울리는 건 모르겠고……. 난 꼭 네 시누이가 되고 싶어. 지옥의 시월드를 겪게 해줄게. 아하하!"

가족끼리 다 함께 저녁을 먹은 후, 방으로 올라온 이나는 한 시간째 책상 앞에서 꼼짝도 하지 않았다. 무언가를 열중해서 쓰던

이나가 불현듯 고개를 들더니 메모지를 확 구겨 휴지통에 버렸다. 벌써 다섯 번째였다.

—안녕하세요. 메모 받고 놀라셨죠? 저 이나예요. 이전부터 오빠를 좋아했어요. 마음을 받아주실 수 있다면 내일 아침 7시에 이수공원 분수대 앞에서 뵈어요. 혹시 힘드시다면 연락 주세요. 저는 언제든지 시간이 비어 있습니다.

이 고백까진 힘들지 않게 썼다. 그런데 메모의 위에 [To. 주형 오빠]만 썼다 하면 심장이 쿵쿵대고 손바닥에서 땀이 삐져나와 글자가 엉망진창이 되었다. 다른 것도 아니고 러브레터의 첫 줄이다. 첫 줄의 글씨체가 메모의 이미지 80%를 차지한다.

"흐엉. 이름을 못 쓰겠어. 떨려."

이나가 입술을 깨물며 책상 위에 엎어졌다. 한시라도 빨리 고백은 해야겠는데, 글씨가 마음처럼 되질 않는다.

그때 누군가가 방문을 두드렸다.

"누나."

문 너머에서 들리는 설준의 목소리에 이나가 '들어와!' 라고 소리쳤다. 방문을 밀고 들어온 설준은 과일이 든 쟁반을 이나의 책상 위에 내려놓았다.

"이거 먹어."

이나는 접시에 담긴 딸기를 포크로 집으며 힘없이 물었다.

"무슨 일이야? 갑자기 남의 방까지?"

"무슨 일이겠어. 과일 배달이지. 아! 그리고 엄마가 내일 저녁에 시간 비우래.”

“왜? 또 외식해?”

“아니. 유 씨 아저씨네랑 우리 집이랑 다 함께 만나서 밥 먹기로 했어.”

“그게…… 돼?”

모두 유명 연예인 버금가게 스케줄이 바쁜 사람들이다. 이 사람들이 한날한시에 모이기란 엄청나게 힘든 일이었다. 이나가 그게 있을 수 있는 일이냐는 듯 쳐다보자 설준이 고개를 끄덕였다.

“어, 가능해. 누나는 몰랐겠구나? 누나가 유학 간 후로 유 씨 아저씨네랑 우리 집이랑 한 달에 한 번씩 모여서 식사했어. 아, 물론 건호 형님은 제외고. 그분은 어디에 소속되는 거 별로 안 좋아하잖아.”

설준의 말에 이나는 알 만하다는 듯 고개를 끄덕였다. 아웃사이더를 자처하는 건호가 가족 모임도 아니고 가족‘들’ 모임에 참석할 리 없었다. 그리고 건호가 나타나지 않는 게 설준과 이나에게 훨씬 좋았다.

“그럼…… 주형 오빠도 참석 안 하시나? 한창 바쁠 때잖아.”

“한창 바쁠 때지, 레지던트니까. 그래도 무슨 수를 써서라도 나오더라고. 아마 내일 저녁에도 나올 거야.”

설준의 말에 이나의 입술 끝이 살짝 길어졌다. 내일 저녁이면 주형의 얼굴을 볼 수 있다. 그 사실만으로도 없던 힘이 불끈 났다. 그러다 궁금하다는 듯 이나가 설준을 쳐다보았다.

“너도 참석해?”

밥 먹을 시간에 게임을 더 한다라는 게 설준의 가치관이었다.

그런 설준이 이득 없이 가족 '들' 의 모임에 참석할 리 없었다. 이나의 물음에 설준의 얼굴이 하얗게 질린 채 말했다.

"당연하지. 윤공헌 씨의 명령이야."

윤공헌의 명령이란다. 그럼 불복종 따윈 있을 수가 없다. 이나가 알 만하다는 듯 고개를 끄덕였다.

과거 설준에게도 질풍노도의 시기가 있었다. 혈관을 타고 뜨거운 피와 함께 반항심이 폭발하던 시기. 그때 설준은 공헌에게 몇 번 반항했었다.

'형이 뭔데 나한테 이래라저래라야? 뭐가 그렇게 잘나서? 형이면 형답게 좀 굴지?' 라고 망언을 한 날, 그날 설준이 힘겹게 모은 한정판 게임 CD가 모조리 반쪽 났다. 반쪽 난 게임 CD를 껴안고서 미친놈처럼 울부짖는 설준을 눈 한 번 깜빡이지 않고 쳐다보던 공헌이 짧게 물었다.

"스트리트 파이터 좋아해?"

그때 설준은 제정신을 차렸어야 했다. 피가 튀기고 죽도록 싸우는 스트리트 파이터 같은 게임 모른다고 소리쳤어야 했다. 그저 게임 CD 반쪽 난 것이 충격이라 설준은 넋 나간 듯 울부짖기만 했다. 그런 설준에게 공헌은 스트리트 파이터를 경험하게 해주었다. 피가 튀길 만큼 죽도록 얻어맞은 설준은 딱 두 가지의 깨달음을 얻었다. '싸움 잘하는 냉철한 미친놈에겐 절대로 복종하자' 와 '스트리트 파이터 게임은 죽어도 안 한다'.

"후우, 그렇게 알고 내일 저녁엔 시간 비워둬."

설준이 시크하게 말한 후 대답도 듣지 않고 방을 나갔다. 홀로 남겨진 이나는 한숨을 훅 내쉬었다. 그러다 좋은 생각이 머릿속을 빠르게 치고 지나갔다.

"그럼 내일 직접 주면 되잖아!"

그럼 메모에 주형의 이름을 쓰지 않아도 된다. 이나가 방긋 웃으며 메모지에 곱게 마음을 적어 넣기 시작했다. 얼마 후 완성된 메모를 벅찬 표정으로 바라보던 이나가 메모지를 조심스럽게 품에 안았다.

"후우, 오빠가 꼭 나왔으면 좋겠다."

이나는 메모지를 조심스럽게 봉투에 넣어 구겨지지 않게 잘 보관했다. 그때까지만 해도 이나는 알지 못했다, 그로 인해 돌이킬 수 없는 일이 벌어진다는 것을.

2

이나의 부친인 윤태조와 하정의 부친인 유성태는 어린 시절부터 한동네에서 태어나 자랐다. 오랫동안 이어져 내려오던 의사 집안이었던 유성태는 자연스럽게 가업을 따랐고, 윤태조는 의사의 꿈을 막 키워갔다. 그러나 집안 사정이 어려워 공부하기 여의찮았던 윤태조는 꿈을 포기하려 했고, 이 사실을 알게 된 유성태가 자신의 부친에게 부탁해 도울 수 있도록 했다. 이후 두 사람은 선의의 경쟁자이자 인생의 동료로 함께 발전하며 의사의 꿈을 이루었다.

세월이 흘러 유성태가 이사장으로 오른 병원에서 윤태조는 병원장을 맡았다. 때때로 의견이 달라 다툴 때가 있었으나 며칠 가지 않았다. 가열찬 젊은 시기를 함께 보낸 인생의 동료로서 두 사람은 형제보다 가까운 친분을 유지했다.

그 친분을 자식들이 이어줬으면 하는 마음에서 두 사람은 바빠도 한 달에 한 번씩 꼭 가족 모임을 가졌고, 자식들은 특별한 사정이 없는 한 꼭 참석해야 했다.

법과도 같은 공식을 무참히 깬 것은 유건호가 유일무이했다. 그의 부친인 유성태가 분노하여 '너는 내 재산을 단 10원도 가질 수 없을 거다!' 라고 협박했으나, 유건호는 '지금 벌어놓은 돈도 다 쓰지 못하고 죽을 것 같으니 걱정 마세요.' 라고 단칼에 물리쳤다. 그러한 사정의 유건호와, 유학 중인 이나를 제외하고 남은 사람들은 한 달에 한 번 조촐하게 식사 자리를 가졌다.

그리고 이나는 몇 해 만에 가족 모임에 참석하게 되었다. 약속 장소는 유명한 한정식집으로 열 명이 둘러앉고도 넉넉할 만큼 큰 방이 예약되어 있었다.

이나의 가족이 착석한 지 얼마 되지 않아 하정의 가족이 문을 열고 들어왔다.

"이게 누구야! 이나는 못 본 사이에 더 예뻐졌구나!"

성태가 호탕하게 웃으며 손을 내밀자, 이나가 넙죽 잡았다.

"오랜만이에요, 아저씨."

"그래, 녀석아. 해외에 나간 후에 코빼기도 안 보이고 말이야. 내가 전에도 말했지? 스물다섯 전까지는 세뱃돈이랑 용돈 줘도 그 이후에는 없다고. 이젠 안 준다!"

장난스럽게 던진 성태의 말에 이나가 입을 가리고 웃었다. 이나는 자리에 앉아 마주 앉은 주형을 힐긋 보았다. 눈이 마주치자 주형이 빙긋 웃으며 '오랜만이다.' 라고 따뜻하게 말을 건네주었다. 그 사소한 친절함에 이나는 온 가슴이 따뜻해지는 걸 느꼈다.

모두가 둘러앉자 종업원이 보기 편하게끔 1인당 하나씩 메뉴판을 내려놓았다.

"뭘 먹을래? 애들아, 너희들이 골라봐라."

성태가 주형과 공헌을 쳐다보며 말할 때였다. 갑작스레 문이 열렸다.

"아직 메뉴를 안 정……."

종업원인 줄 알고 메뉴를 정하지 않았으니 나중에 오라고 말을 하려던 성태의 입이 벌어졌다. 놀란 건 성태만이 아니었다. 남은 모든 가족들이 귀신이라도 본 것처럼 눈을 크게 뜨고서 열린 문만 보았다.

열린 문을 꽉 채우는 큰 키에, 슬림한 체형, 도무지 변호사라고 느껴지지 않는 섬세하고도 잘생긴 남자가 서 있었다.

"왜들 그렇게 놀라세요?"

남자가 무심하게 물으며 방 안으로 들어섰다.

"그럼 놀라지 안 놀라겠어?"

성태가 그걸 말이냐는 듯 반문했다. 열린 문을 꽉 채우고 서 있는 사람은 다름 아닌 자신의 첫째 아들 건호였다. 가족 모임에 참석하라고 입술 주름이 닳도록 이야기했건만 귓등으로도 안 듣던 그 아들!

"무슨 바람이 불어서 온 거야?"

"지나가다가요."

성태의 물음에 건호가 건성으로 답하며 슈트 재킷을 벗어서 일자 옷걸이에 걸었다.

"그래, 잘 왔다. 일단 앉아라."

태조가 건호를 반기며 웃어 보였다. 건호는 맨 마지막 자리인 하정의 옆에 앉았다. 엉겁결에 건호와 마주 앉은 막내 설준은 희게 질린 얼굴로 이나의 옆구리를 쿡 찔렀다. 이나가 왜 그러냐는 듯 쳐다보자 설준이 '자리 바꾸자.' 라며 복화술로 말을 건네왔다. 이나는 고개를 절레절레 내저었다. 설준이 지금 당장 자신이 가진 전 재산을 다 준다고 해도 자리를 바꿀 생각이 없었다. 비스듬히 앉아 있는 이 자리도 치명타인데 건호와 마주 앉는 건 자살행위다. 더군다나 건호와 관련하여 안 좋은 추억이 있는 이나로서는 더더욱 건호와 마주 앉고 싶지 않았다.

이나의 거절에 그럴 줄 알았다고 짐작하면서도 설준이 세상 무너진 표정으로 눈을 내리깔았다. 밥 먹다가 얹히게 생겼다. 그러다 설준이 슬쩍 고개를 들어 건호를 보았다. 그는 허리를 반듯하게 편 채 눈을 내리깔고 있었다.

"오랜만이다, 건호야. 여전히 외모도, 목소리도 참 좋구나."

이나의 부친인 태조가 건호를 향해 살갑게 말을 건넸다. 건호는 입꼬리를 올리며 예의상 고개를 까딱였다.

"감사합니다."

"아주 오랜만에 건호랑 이나가 온 김에 오늘 메뉴는 두 사람이 골라보렴. 그나저나 건호한테 메뉴판이 있던가……."

이나의 부친인 태조의 말이 떨어지기가 무섭게 하정, 공헌, 이나, 설준이 짠 듯이 자신의 메뉴판을 건호에게 들이밀었다. 마치 뽑아달라는 구애라도 하듯이 뻗어온 메뉴판을 건호가 무심하게 바라보았다. 그러고는 손을 움직여 메뉴판 하나를 집었다.

이나는 자신의 손에서 무언가가 쑥 빠져나가는 느낌에 슬쩍 고개를 들었다. 건호가 우아하게 메뉴판을 펼쳐서 보고 있었다.

"이나야, 너도 메뉴 골라야 하는데 네 걸 주면 어쩌자는 거냐?"

건호의 부친인 성태가 웃으며 말했다. 그러자 이나가 깨달았다는 듯 짧게 아, 소리를 냈다.

"자. 여기."

주형이 본인의 메뉴판을 이나에게 내밀었다. 이나는 주형과 메뉴판을 번갈아 보았다. 방금 전까지 가슴 한가운데 시베리아 바람이 몰아댔는데, 지금은 봄바람이 분다. 이나는 활짝 웃으며 손을 뻗었다.

"감사합니다."

이나는 기쁜 마음으로 주형의 메뉴판을 받아 펼쳤다. 세트를 읽던 이나는 슬쩍 건호를 보았다. 사람들의 시선이 모두 건호와 이나에게 쏠렸다. 어서 고르라는 사람들의 시선에 못 이긴 이나가 건호를 불러야 하나 말아야 하나 고민하는 찰나, 묵직한 목소리가 방을 갈랐다.

"매화 세트 어때?"

메뉴판에 여전히 시선을 둔 채 건호가 무심하게 물었다.

"네, 좋습니다!"

네가 물만 먹자고 해도 난 좋아요! 라는 기세로 이나가 빛보다 빠르게 답했다. 지나치게 빠른 이나의 대답에 건호가 고개를 들었다. 건호와 눈이 마주친 이나는 바짝 얼어붙었다. 분명 다른 사람과 똑같은 검은 눈동자건만, 건호의 눈동자는 조금 달랐다. 마주치면 눈이 시렸다. 이나가 찔끔해서 시선을 돌렸다.

저 남자가 변호사가 된 건 잘한 일이다. 절대로 변호할 수 없을 것 같은 일도 그는 변호해 낼 것만 같다. 건호는 아군이면 가장 든든하지만, 적군이면 가장 치명적일 스타일이라고 이나는 홀로 조용히 생각했다.

"매화 세트로 할게요."

메뉴판을 내려놓으며 건호가 말하자, 성태가 벨을 눌러 종업원을 불렀다.

"허허. 그나저나 다들 표정이 왜 그러냐?"

바짝 얼어붙은 분위기를 감지한 이나의 부친인 태조가 웃으며 물었다.

"그러게요."

물수건으로 손을 닦으며 건호가 동의하자 모두들 짠 것처럼 입꼬리만 바짝 올렸다. 건호의 막냇동생인 하정조차도 건호가 어려운 듯 어색한 표정을 지었다.

"보자. 건호가 올해 나이가 몇이지?"

이나의 부친인 태조가 분위기를 전환시키고자 물었다.

"서른셋입니다."

건호가 정중한 목소리로 답했다.

"결혼할 때가 다 됐구나. 만나는 사람은 없고?"

"네, 아직 없습니다."

"일이 바빠서 정신이 없나 보구나. 허허. 일도 적당히 해야지 무리하면 안 된다."

태조의 말에 건호는 예의상 웃을 뿐 별다른 대꾸를 하지 않았다. 그사이 이나의 시선은 대각선에 앉아 있는 주형을 향했다. 그는 어머님들끼리 나누는 대화를 들으며 고개를 끄덕이고 있었다.

첫째와 다르게 유순한 생김새에 잘 웃는 그는 다정함의 결정체였다.

이나는 어렸을 적부터 늘 엄격한 공헌의 태도에 주눅 들어 있었다. 어렸을 적부터 완벽에 가깝게 살아온 공헌은 동생의 철없는 실수를 용납할 수 없었다. 그 때문에 이나는 공헌을 피해 다니기 바빴다. 그런 그녀에게 주형처럼 다정한 오빠는 신세계였다. 주형은 실수를 해서 지레 겁먹고 우는 자신의 눈물을 닦아주며 '괜찮아.' 라고 말해주었다. 그때 이나는 주형의 머리에서 후광을 보았고, 이런 남자를 만나서 시집가야겠다고 생각했다.

사실 어릴 적부터 함께해서 심장 뛰게 설레거나, 주형을 생각한다고 해서 밤에 잠을 못 이룰 만큼 벅찬 적은 없었다. 다만 주형을 떠올리면 마음이 편안했다. 무슨 잘못을 저질러도 공헌처럼 화를 내는 게 아니라, 다독거려 줄 것 같은 아늑함. 이나는 그런 안온함을 사랑했다.

"오늘 도저히 직접 못 전달할 것 같아."

하정이 화장실 가는 걸 보고 얼른 따라 나온 이나가 하얗게 질린 얼굴로 중얼거렸다.

"지금 네 얼굴색 화장실 타일색이랑 똑같은 거 알아?"

하정이 새하얀 화장실 타일을 툭 치며 말했다.

"알아. 체했거든."

"체했어? 깨작거리면서 먹지도 않더만."

하정이 얼굴을 구겼다.

“그러게. 별로 먹지도 않았는데 체했다. 대각선 앞에 건호 오빠가 있어서 그런 것 같아. 그게 문제가 아니라 러브레터, 어쩌지?”

“오늘 전달해야 해. 둘째 오빠, 내일 선보고 괜찮으면 바로 결혼할 작정인가 봐.”

“뭐? 결혼을 왜 그렇게 번갯불에 콩 구워 먹듯이 하는데?”

“뭐에 뭘 구워? 번개에 공을 구워? 왜?”

미국 유학을 다녀온 탓에 속담에 약한 하정이 잠시 혼란스러운 얼굴로 물었다. 설명할 기력이 없는 이나는 됐다며 손을 내저었다.

이나는 세면대를 짚고 서서 고민했다. 오늘이 아니면 주형을 또 언제 볼지 모른다. 그사이에 은근히 성격 급한 주형은 선본 여자와 만남을 계속 가질지도 모른다.

그렇다고 오늘 고백하자니 떨려서 맘처럼 되질 않았다. 더군다나 오늘은 스케줄이 바빠 2차로 다 함께 차를 마시러 가지 않는다고 했다. 결론은 식사만 하고 뿔뿔이 헤어진다는 건데, 아무리 고민해 봐도 고백할 타이밍이 없었다.

“어쩌지…….”

이나가 입술을 씹었다.

“러브레터 써왔다고 했지?”

하정이 불쑥 물었다.

“응.”

이나가 힘없이 대답했다.

“그럼 둘째 오빠 슈트 재킷 주머니에 러브레터를 넣어.”

"응?"

"둘째 오빠 재킷이 일자 옷걸이에 걸려 있거든? 내가 잠시 가리고 있을 테니까 넣으라고. 주머니에 러브레터 넣는 건 쉽잖아."

"그래도 명색이 첫 고백인데 그렇게 해도 되나?"

"명색이 첫 고백을 죽을 때까지 못 해보고 싶어?"

하정이 삐딱하게 고개를 기울인 채 물었다.

"아니."

이나가 단호하게 고개를 가로저었다. 하정은 패닉이 와서 쇼크사 직전에 달한 이나의 얼굴을 한심하다는 표정으로 바라보았다.

핏줄은 못 속인다고, 이나 또한 공헌만큼 똑똑했다. 실제로 의대에 입학할 수 있는 성적을 갖고도 대학에 진학하지 않은 그녀였다. 그 때문에 당시 담임선생님과 부모님은 머리에 끈을 매고 드러누웠었다. 그만큼 똑똑한 이나도 고백 앞에선 생각 자체가 불가능해 보였다. 보다 못한 하정은 이나에게 자세한 행동 지침을 내리기로 했다.

"문 열고 들어가면 바로 옷걸이 있거든? 내가 잠시 가릴 테니까 두 번째 재킷에 러브레터를 넣어. 만약에 어르신들이 뭐 하냐고 물어보면 설준이 외투에 넣어놓은 네 물품 찾는다고 말하고. 이것조차 못 하면 오늘 고백은 접어."

단호한 하정의 말에 흔들리던 이나의 눈이 멈췄다. 이나는 천천히 허리를 폈다. 그러고는 긴 생머리를 한 갈래로 높이 묶으며 심호흡했다. 이나는 거울 속에 비친 자신의 모습을 보았다. 자신은 이것보다 더 많은 일을 해냈다. 4개 국을 돌아다니며 힘겹게 말을 배우고, 요리를 배웠던 자신의 긍지가 되새기며 이나가 눈을 빛냈다.

"그래, 그래야겠다."

이나는 품에 고이 넣어놓은 손바닥 반만 한 러브레터를 손에 쥐었다.

"들어가자!"

하정이 호기롭게 소리쳤다.

"그래!"

주먹을 불끈 쥐며 이나가 대답했다.

한 시간 반가량 이어지던 식사가 끝난 후, 테이블을 둘러싼 사람들이 모두 자리에서 일어났다. 그중 건호의 맞은편 자리에서 드디어 해방을 맞게 된 설준의 얼굴과, 무사히 주형의 재킷에 러브레터를 넣은 이나의 얼굴엔 웃음꽃이 피었다.

사람들이 모두 나간 후 건호와 주형이 마지막에 남았다. 주형은 끝까지 남아 부모님의 재킷을 챙겼고, 건호는 그 곁에서 기다리느라 순서가 밀렸다.

"형 재킷이 첫 번째 거지?"

주형이 위에 걸린 재킷을 건호에게 내밀었다.

"아냐. 그 밑에 거."

건호가 건조하게 답하며 두 번째 옷걸이에 걸린 같은 색의 재킷을 들었다.

"어? 형이 나보다 늦게 왔잖아. 그럼 위에 있어야 하는데?"

"아까 떨어졌어."

"그래? 아! 설준이가 지나가면서 떨어뜨렸었지?"

주형이 생각났다는 듯 탄식했다. 이나와 하정이 화장실을 간 후 안절부절못하던 설준이 나가던 중 옷걸이를 툭 쳐서 옷들을 쓰러뜨렸다. 그때 옷 순서가 바뀐 것을 건호는 어쩌다 목격했다.

"옷 색깔이 같아서 헷갈릴 뻔했네."

주형이 픽 웃으며 자신의 재킷을 걸쳤다.

"그러게."

건호가 가볍게 대꾸하며 재킷을 챙겨 입었다. 그리고 막 방에서 나가려고 할 때였다.

"형."

주형의 부름에 건호가 비스듬히 돌아섰다. 먹물이라도 빨아들인 것처럼 새까만 머리카락에 대비되는 하얀 피부, 유난히 날카로운 외모의 건호가 옆으로 쳐다볼 때는 더욱 날카롭게 느껴졌다. 주형은 오랜만에 가까이서 보는 건호의 외모에 잠시 놀랐으나 이내 건호를 향해 빙긋 웃었다.

"가족 모임에 자주 나오고 그래. 부모님이 되게 좋아하신다."

"그래, 생각해 볼게."

건호가 가볍게 고개를 끄덕였다. 주형은 자신이 제안하고도 건호가 받아들일 줄 몰랐던 터라 조금 놀랐다. 본래 변호사가 된 이후 법적인 조항까지 들어 가족 모임에 강제로 참석할 이유가 없음을 냉정하게 말하던 그가 아니던가.

"무슨 바람이 분 건지 모르겠는데, 잘 생각했어."

주형이 웃으며 먼저 방에서 나갔다. 뒤따라 나간 건호는 마당에

삼삼오오 모여서 다음 약속을 기약하는 일행을 보았다. 그중 화사하게 웃으며 성태에게 이런저런 이야기를 하고 있는 이나에게 시선이 닿았다.

"무슨 바람이라……."

작게 중얼거리는 입술 위로 선선한 봄바람이 닿았다. 건호는 픽 웃었다.

아침부터 이나는 초조했다. 밤새 선잠을 잤고, 뒤척거리다 겨우 잠들었을 땐 악몽을 꿨다. 주형이 나타나 웃는 얼굴로 러브레터를 찢거나, 혹은 러브레터를 돌려주는 꿈이었다. 가수면 상태에서 악몽에 짓눌리다 깨기를 반복하던 이나는 새벽 5시엔 아예 잠들기를 포기했다. 잠을 이룰 수가 없었다. 그때부터 씻고 외출 준비를 했다.

하정에게 들은 바로 주형은 가족 모임을 가진 날에는 집에서 잠을 잔다고 했다. 다음 날 새벽 6시쯤 병원으로 돌아가는데, 약속 장소인 이수공원은 병원으로 가는 길목에 자리하고 있었다.

나올까, 나오지 않을까.

주형 오빠의 성격을 고려해 보건대 나올 게 분명했다. 거절도 눈을 보고서 최대한 마음이 다치지 않을 언어를 선별하여 할 거다. 만약 고백을 받아들인다면 그 다정한 눈에 웃음기를 가득 담고서…….

"으으."

머리를 말리다 말고 이나가 부르르 몸을 떨었다. 생각을 하는 것만으로도 온몸이 떨렸다. 태어나서 고백은 받기만 했지 하기는 처음이었다. 다들 이렇게 떨리는 마음으로 자신에게 고백했다고 생각하니 냉정하게 거절했던 게 미안해졌다.

부엌으로 몰래 내려간 이나는 어젯밤 준비해 둔 음식 재료로 간단하게 도시락을 쌌다. 건너 듣기로 레지던트 기간은 죽음의 문턱에 다리 하나 걸쳐놓고 사는 것과 다름없다고 했다. 체력이 아니라 정신력으로 버티는 시기인 데다가 끼니도 거른다고 했다. 이럴 때일수록 음식을 잘 챙겨 먹어야 한다는 생각에 이나가 주변 사람들 몫까지 해서 8인분의 도시락을 준비했다.

몇 번이나 옷을 갈아입은 이나는 전신거울 앞에 섰다. 봄을 맞이해서 화사한 원피스를 골랐다. 상의는 하얗고 아래로 갈수록 분홍빛으로 물드는 원피스였다. 평소보다 더 꼼꼼하게 준비를 마친 이나가 8인분의 도시락을 들고 막 현관문을 밀고 나갈 때였다. 손이 닿기도 전에 문이 벌컥 열렸다.

검은 모자를 푹 눌러쓴 남자가 고개를 번쩍 들었다.

"악!"

"나야. 쉿."

꽥 소리 지르는 이나의 입을 설준이 틀어막았다. 이나가 눈을 크게 뜬 채 산도적 같은 남자를 보았다. 그러다 금세 의아한 표정이 되었다. 자신의 동생은 왜 산도적 같은 몰골로 새벽에 몰래 들어오는 건가.

"뭔데. 설마, 그럴 리 없겠지만, 너 운동하고 왔어?"

입을 막은 손을 밀어낸 이나가 설준의 아래위를 살피며 물었다.

그러기엔 설준의 상태가 지나치게 보송보송했다. 설준도 그럴 리 있겠냐는 표정으로 얼굴을 구겼다.

"내가 설마 운동하고 왔겠어?"

"그럼 이 새벽에 어디 갔다 오는 건데?"

"게임 상가에. 오늘 한정판 게임 나오는 날이거든. 이건 직접 구매만 가능해서 다녀오는 길이야. 이것 봐. 내가 큰맘 먹고 박스만 보여줄게. 이게 딱 천 개 한정으로 나온 한정판이야."

시크한 얼굴로 설준이 커다란 박스를 들어 보였다. 외계인 모양을 한 캐릭터가 중간에 떡하니 박혀 있었다. 이나는 박스와 설준을 번갈아 보다가 물었다.

"한정판은 뭐가 좋은데?"

"박스가 달라. 그리고 캐릭터 관절 인형이 담겨 있어."

"또?"

"또는 뭐가 또야. 그게 다지."

고작 다른 박스와 인형 하나를 더 얻겠다고 새벽에 산도적 꼴로 게임 상가를 다녀왔다는 건가. 이나는 심각한 얼굴로 설준에게 말했다.

"넌 부모님과 신한테 감사해야 해."

"그렇지? 내가 이 한정판을 구매할 수 있었다는 건 신의 한 수야."

설준이 기가 막히다는 듯 자신의 이마를 짚으며 중얼거렸다. 그런 설준을 징그럽다는 표정으로 바라보며 이나가 냉정하게 말했다.

"그게 아니라 네 외모가 번듯한 걸 감사하게 생각하라고. 넌 그 빛나는 외모 덕분에 그나마 못생긴 오타쿠에서 잘생긴 오타쿠가 된 거니까."

이나가 혀를 끌끌 차며 설준을 지나쳤다.

"오타…… 야!"

본인의 취미 생활을 오타쿠로 폄하당한 설준이 버럭 소리 지르다가 제 입을 틀어막았다. 이 박스를 사러 새벽부터 게임 상가를 오간 걸 장남 윤공헌이 알면 또 박스를 반으로 부수는 차력쇼를 할 거다. 설준은 대문을 밀고 나가는 이나의 뒤를 노려보았다.

이 새벽부터 보이지도 않는 분홍 원피스에 5층 도시락이라니. 딱 봐도 피크닉 가는 몰골의 이나를 향해 설준이 음산하게 중얼거렸다.

"그러는 자기는 봄처녀 코스프레하는 주제에."

약속 시간인 7시보다 일찍 도착한 이나는 1분도 되지 않아 약속 장소를 잘못 잡았음을 깨달았다. 아침 7시의 이수공원은 다소 낭만과 거리가 먼 모습을 하고 있었다.

"흐헙! 합! 하!"

달리기를 하는 아저씨가 일정한 기합을 넣으며 지나갔다.

"하! 하! 하!"

그 뒤를 이어 어머님이 요란한 기합 소리와 함께 뒤로 달리기를 하다가 철퍼덕 쓰러지셨다. 여기까진 그럭저럭 활기찬 아침의 광경이라고 생각하고 넘길 수 있었다.

"으아아아아압! 하!"

개량한복을 입은 아저씨가 양팔을 휘두르며 장풍을 쏠 기세로 기합을 넣었다. 구불구불한 턱수염을 기른 아저씨는 이나와 눈이 마주치자 더욱 열정적인 기합과 함께 팔을 휘둘렀다. 그러다 팔이 서로 퍽 소리 나게 마주쳤고, 아픈지 아저씨의 귀가 벌게지더니 부리나케 도망갔다.

그 난감한 와중에 이나를 가장 곤욕스럽게 하는 것은 다른 것이었다. 운동하는 사람들이 모두 이나를 흘깃대며 지나갔다. 요리를 제외하곤 신경이 둔한 이나라지만 이목이 집중되는 것까지 모르진 않았다. 아무래도 운동을 하는 그들이 보기엔 이 시각에 화사한 봄 원피스를 입고 나타난 여자는 재미있는 구경거리인 듯했다.

이런 곳에서 고백이 가능할까.

이나가 심각하게 고민할 때 또 한 번 어디선가 으하합! 하고 기합 소리가 들렸다.

"하아, 진짜."

이제라도 약속 장소를 바꾸고 싶지만 주형에게 연락할 방도가 없었다. 이나는 일부러 지금껏 휴대폰을 개통하지 않았다. 혹시나 자신의 고백을 주형이 휴대폰으로 거절할까 싶어서.

이나가 손목시계를 확인했다.

7시다!

"후우."

갑자기 심장이 꽉 조여들면서 숨쉬기가 힘들어졌다. 무서워서 좌우를 살펴볼 수도 없었다. 고개를 들어 하늘을 바라보며 숨을 고를 때였다. 시야 끄트머리로 다가오는 한 남자가 보였다. 이나는 마른침을 꼴깍 삼켰다. 고개를 돌려 남자의 얼굴을 확인해야 하는데 뒷목이 뻣뻣해지고 눈앞에 검게 변했다가 하얗게 변하는 등 난리를 치는 통에 꼼짝도 할 수가 없었다. 이러다가 죽는 거 아닌가 싶을 즈음, 남자가 이나의 앞에 딱 멈춰 섰다.

"윤이나."

남자의 목소리가 들렸다. 동시에 이나의 가슴이 철렁 내려앉았다. 낮고 힘 있는 목소리. 뭐든 맡겨도 좋을 것처럼 든든한 그 목소리를 음미하던 이나가 뒤늦게 살짝 얼굴을 구겼다. 주형의 목소리가 이랬던가. 그는 조금 더 가볍고 부드러운 톤의 목소리였는데.

거짓말처럼 이나의 고개가 옆으로 돌아갔다. 이제 막 동이 튼 아침 공원의 풍경을 배경으로 남자가 서 있었다.

깔끔한 슈트 차림에, 바지에 손을 찔러 넣고 선 자세가 치명적으로 멋있는 남자. 눈이 마주치면 여태껏 지은 죄를 술술 고해바쳐야 할 것만 같은 남자였다. 남자는 근사하고 치명적이지만, 여기 나타나서는 안 되는 남자였다.

꿈인가.

이나가 제 눈을 의심했다.

"윤이나."

그가 다시 한 번 자신의 이름을 부른 순간, 이나는 꿈이 아님을 확신했다.

확실했다.

유건호. 그가 이곳에 나타났다.

3

지금 당장 혜성이 눈앞에서 떨어져도 이만큼 놀라지는 않겠다, 라는 생각을 하며 이나가 건호를 보았다. 운동하며 지나가는 아저씨가 '헙! 헙!' 하고 기합을 넣지 않았다면 이나는 하염없이 건호만 바라보고 있을 뻔했다.

"안녕하세요."

이나가 퍼뜩 고개를 숙여 인사했다.

"어."

그가 짤막하게 답했다.

"어쩐 일로……?"

이나가 무슨 일이냐는 듯 그에게 물었다.

"의외네."

그건 내가 할 말입니다. 네가 갑자기 여기 나타나서 명을 달리

할 뻔한 건 저입니다, 라고 이나가 속으로 항변했다. 그런 이나의 속도 모른 채 건호가 말을 이었다.

"잘 봤어."

무슨 소리냐는 듯 이나가 쳐다보았다. 그러자 건호는 군더더기 없는 깔끔한 동작으로 주머니에서 무언가를 꺼냈다.

"이거."

그 무언가가 자신의 러브레터라는 걸 안 순간, 이나의 표정이 기묘해졌다.

그게 왜 거기 있지?

이나가 혼란스러워하는 사이, 그는 러브레터를 다시 안주머니에 넣었다. 그러고는 무표정한 얼굴로 이나를 바라보았다.

"서로 바쁠 테니 빠르게 이야기하도록 할게."

'무슨 이야기요?' 라고 이나는 묻고 싶었으나, 건호의 기세에 밀려 입술도 달싹일 수 없었다. 건호는 다시 바지주머니에 제 손을 밀어 넣었다. 그러고는 빠르게 물었다.

"일단 확인하고 싶은 게 있어. 휴대폰은?"

"……."

"있어? 없어?"

이나가 말귀를 못 알아먹는 표정을 짓자 건호가 무뚝뚝하게 한 번 더 물었다.

"아직, 없습니다."

건호의 심기를 거스를까 봐 이나가 빠르게 답했다. 그러나 원치 않게 말이 뚝뚝 끊어졌다.

"오늘 중으로 만들 거야?"

"아, 아뇨."

이나가 대답하기가 무섭게 건호의 질문이 치고 들어왔다. 넋이 나간 이나는 정신없이 대답했다.

"그럼 오늘 저녁에 시간 되지?"

"네? 네."

"집에 있을 거고?"

"네."

"잘됐네. 오늘 저녁 7시에 집 앞으로 나와. 데리러 갈 테니까."

"……."

"데려다주고 싶은데 오늘은 로펌 회의 때문에 길게 시간을 뺄 수가 없어. 저녁에 보도록 해."

대화의 행방이 알 수 없는 곳으로 향한다고 이나가 느낄 즈음엔, 모든 대화가 끝난 후였다. 건호가 도시락을 힐끔 보더니 돌아서서 왔던 길로 멀어져 갔다. 도시락과 함께 공원에 남겨진 이나는 느릿하게 눈을 감았다 뜨기를 반복했다.

이게 대체 무슨 일이지.

건호가 바람처럼 빠르게 왔다 간 후로 남은 거라곤 '저녁 7시에 집 앞에서 유건호를 봐야 한다.' 라는 약속뿐이었다.

훼엥, 긴 바람이 불었다.

바람과 함께 사라진 이나의 넋은 한참이나 돌아오지 않았다.

러브레터에는 대상의 이름이 적혀 있지 않았다. 어떤 과정을 거

쳤는지 몰라도 그 러브레터를 소지한 사람은 건호였다. 건호가 어떤 오해를 했는지 유심히 생각하지 않아도 결론이 도출되었다. 그때부터 이나는 피가 바짝바짝 말라가는 기분에 시달렸다.

다른 사람도 아니고 두 집안의 어른들이 힘을 합쳐도 컨트롤할 수 없는 유건호다. 그 유건호에게 자신이 고백한 셈이었다.

이나는 곧장 하정에게 전화를 걸었다. 열 통이 넘게 전화를 했지만 도통 받질 않았다. 잠귀가 어두운 하정을 떠올리며 이나는 입술을 씹었다.

일단 이나는 바닥에 내려놓은 도시락을 들고 집으로 돌아왔다. 그러고는 곧장 설준의 방으로 쳐들어갔다. 컴퓨터 앞에 앉아 한정판 게임에 몰두하고 있는 설준에게 도시락을 내밀었다.

"너, 먹어."

"안 먹어. 바빠."

설준은 모니터에 여전히 시선을 둔 채 말했다.

"그럼 먹은 셈치고, 잠깐만 나랑 이야기 좀 해."

"나중에 해."

"심각한 이야기야."

고저 없이 덤덤하게 말을 이어가는 이나의 상태가 심상찮았다.

"사고 쳤어?"

설준은 여전히 시선을 모니터에 둔 채 물었다.

"아니. 그냥 상담하려고."

"해봐."

선심 쓴다는 듯 설준이 말했다. 이나는 숨을 깊게 고른 후 말을 꺼냈다.

"내 이야기는 아니고 내 친구 이야기야. 절대로 내 이야기 아니야. 알았지?"

"알았어. 이야기나 시작해."

"내 친구가 실수로 남자A한테 고백해야 할 걸 남자B한테 고백했대."

"저런."

영혼이 0.1g도 들어 있지 않은 리액션이었다. 그러나 이나는 계속해서 말을 이었다.

"내 친구는 어떻게 해야 할까?"

"어떻게 하기는. 정정해야지. 남자B한테 가서 잘못된 고백이었다, 라고 이야기하는 거지."

"근데 들어보니까 그 남자B가 딱 유건호 오빠 같은 스타일이야."

"……."

"유건호랑 비슷하게 생겼고, 유건호랑 비슷한 체형에, 비슷한 성격이래! 직업도 변호사래! 내 친구는 어떻게 해야 할까?"

이나가 방에 들어온 이래 처음으로 설준은 PC 게임을 중단했다. 그러고는 의자를 핑글 돌려 조마조마한 얼굴로 서 있는 이나를 보았다. 이나는 두 손을 다소곳하게 모은 채 하늘에서 구명줄이 떨어지길 바라는 난민의 표정을 짓고 있었다.

설준이 건조하게 물었다.

"누나. 너, 설마 유건호 형님한테 고백했냐?"

"아, 아니, 내가 미쳤니? 넌 무슨 말을 그렇게 하니? 하하하하!"

이나의 웃음소리가 여간 어색한 게 아니다. 설준이 미간을 구기며 이나를 쳐다보았다.

“그럼 네가 새벽같이 꽃단장을 하고 나가서 친구를 만나고 왔다고? 친구를 만나는데 도시락까지 싸갔었고? 근데 왜 도시락은 다시 갖고 와? 참 이상하지?”

“…….”

“남자A는 유주형 형님, 남자B는 유건호 형님. 맞지?”

“…….”

“맞네. 표정 보니 맞아.”

“…….”

“미쳤어? 왜 귀국하자마자 자살 시도를 하고 그래? 그것도 그런 방식으로!”

설준의 말에 이나의 입술이 딱 붙었다. 입이 있어도 할 말이 없다는 게 이런 경우구나 싶었다. 순백한 얼굴로 자진 고백하는 이나를 보며 설준은 깊은 한숨을 내쉬며 얼굴을 가렸다.

윤이나에겐 주기가 있다. 대형사고를 치는 주기인데, 대체로 2년에서 4년에 한 번씩 터뜨리곤 했다. 갑자기 대학 진로를 포기한 것, 갑자기 유학을 결정한 것이 그 사고 중 하나였다. 그 주기가 곧 돌아오겠구나 생각은 하고 있었지만, 귀국한 지 이틀도 채 되지 않아 이런 사고를 칠 줄은 꿈에도 몰랐다. 이 사고는 이전처럼 가족들을 기함하게 할 만한 사건은 아니지만, 파급력은 이전 사건들보다 더 컸다.

이나는 큰 눈을 깜빡거리며 설준만 빤히 쳐다보다가 스스로 빠져나갈 구멍을 찾기 시작했다.

“수습할…… 방법 없을까? 역시 사실대로 실토하는 게 낫겠지?

주형 오빠 줄 거였는데 잘못 들어갔다고 하면 설마 나를 잡아먹겠어? 그냥 그렇게 덮어버리면……."

"잡아먹진 않아도 가만두진 않겠지."

설준의 덤덤한 대답에 이나의 얼굴이 하얗게 질렸다. 그러거나 말거나 설준은 이나를 쳐다보며 물었다.

"형님이 누나 고백에 뭐래?"

"오늘 저녁 7시에 같이 밥 먹재."

이나의 자그마한 중얼거림에 설준의 얼굴이 아주 심각하게 일그러졌다.

"거절하지 않았구나."

"……응."

"형님 성격에 거절하지 않은 게 더 위험한 거 알지?"

"……."

설준의 말에 이나는 반박할 수 없었다. 건호의 성격상 싫은 건 세상이 반쪽 나도 싫은 거다. 고로, 이나의 고백이 마음에 들지 않았다면 러브레터를 던지며 '갖고 가. 못 본 걸로 할 테니까.' 라고 말해야 정상인 거다.

"그냥 사실대로 실토해야겠어. 실수로 고백한 거라고!"

이나가 소리 질렀다.

"그래, 그러면 형님이 그러겠지. 본인을 능욕한 대가로 전쟁을 선포하겠다고. 그리고 누나와 건호 형님은 아주 껄끄러운 사이가 되겠지."

"그렇게까지 할까? 그냥 실수로 고백한 건데……."

이나가 그렇게까지 하겠냐는 듯 반문했다. 그러자 설준이 차갑게 웃었다.

"잘 생각해 봐. 누나의 잘못된 고백에 건호 형님은 단칼에 거절하지 않고 보류 중이야. 그 뜻은 뭘까? 누나의 고백을 진지하게 검토하고 있다는 뜻이야. 무슨 이유에서인지 누나가 싫진 않다는 거지. 그런데 갑자기 누나가 이제 와서 '사실은 주형 오빠 줄 러브레터였어요.' 라고 고백한다면 건호 형님은 얼마나 수치스러울까? 속된 말로 쪽팔려서 죽으려고 할걸? 자기한테 한 고백도 아닌 걸 갖고 고민한 거니까. 그리고 가장 큰 문제는 건호 형님은 쪽팔리는 걸 세상에서 제일 싫어한다는 거야……."

설준이 마지막엔 음산한 목소리를 내다가 '전설의 그 사건 몰라?' 라고 한마디 덧붙였다. 그때 이나의 머릿속에 공헌을 통해 들었던 이야기가 팍 하고 지나갔다.

평소 건호를 시기하던 한 무리가 건호의 이미지에 흠집을 내기 위해 체육복의 등짝을 찢었다고 했다. 아무것도 모르고 체육을 하던 건호는 뒤늦게 그 사실을 알게 되었고, 반 아이들의 웃음거리가 되었다. 특히 건호를 괴롭힌 무리는 목청이 터져라 웃어대며 건호를 놀려댔다고 했다. 건호는 찢어진 체육복을 알면서도 끝까지 입은 채 수업을 마쳤고, 그 뒷날부터 일이 시작되었다고 했다. 건호의 체육복을 찢는 데 가담한 무리의 일원들은 다음 날부터 선도부와 학생부의 집중 감시를 받으며 벌점을 끝없이 받아서 한 달에 교내 청소를 두 번이나 하는 기록을 세웠다고 했다. 당시 이런 일을 벌일 수 있는 것은 학생회장이던 건호뿐이었다. 이 사실을 알게 된 무리는 건호를 찾아와 책상을 던지고 으르렁댔으나, 건호는 눈 하나 깜빡하지 않았다. 오히려 그다음 날부터 더욱 강도 높은 감시를 받는 바람에 숨을 쉴 수가 없을 지경에 달했다. 결국 그 무리는 두 달도 못 가 건호의 앞에 무릎을 꿇고 애걸복걸하며 살려달라고 애원했다. 교내 봉사활동이 석 달간 이어질 경우 태도 불량으로 부모님이 학교를 방문해야 했기 때문이다. 그것만큼은 막고자 싹싹 비는 무리에게 건호는 다리를 꼰 채 우아하게 말했다고 했다.

"난 아직 내가 쪽팔렸던 그 값을 지불하지 못했어. 그러니까 비는 건 1년 후에 해. 그때 고려할 테니까."

그 후로 건호는 선포한 대로 1년간 그 무리를 가만두지 않았다. 선도부와 학생부가 합심하여 피를 말리는 공세에 그 무리는 넋이 나갔고, 결국 건호 앞에 완전히 무릎을 꿇었다.

그 이야기를 되새기던 이나의 얼굴이 백지장처럼 창백해졌다. 허공을 멍하게 바라보며 넋 나간 얼굴로 이나가 중얼거렸다.

"그래, 그랬었지. 그때부터 그 남자가 공권력 하나는 미친 듯이 잘 휘둘렀지."

여섯 살 차이 때문에 직접 본 바는 없으나, 공헌을 통해 들은 바로 유건호는 공권력을 누구보다 잘 쟁취하는, 그리고 누구보다 공권력을 잘 휘두르는 사람이었다. 유건호가 그때 1년간 괴롭힌 무리는 당시 학교의 불량배들로 그 일이 있은 후 와해되었고, 불량 학생들 때문에 골머리를 썩이던 선생님들의 유건호 사랑은 두 배로 높아졌다고 했다. 덩달아 그 상황을 주시하던 일반 학생들의 신임과 신뢰가 더욱 높아져 학교 건립 이래 최초로 학생회장을 연임하는 남자가 되었다고 했다.

이나의 넋 나간 표정을 보며 설준이 삐딱하게 턱을 괸 채 한마디 더 보탰다.

"건호 형님은 초등학생 때부터 싹수가 다르다고 했었지. 고등학생 때 그 사건으로 공권력의 올바른 휘두르기 예를 보여주며 싹을 움트더니 기어코 검사가 되어선 만개하셨지. 그리고 그 실력으로 변호사가 된 후 말발까지 탑재하는 바람에 초인이 되었고."

"그러게. 다시 생각해도 대단한 남자야."

이나가 동의한다는 듯 고개를 끄덕였다. 피가 뜨거울 나이라 보통 체육복을 찢은 상대에게 똑같이 체육복을 찢는 복수를 하거나, 혹은 주먹다짐을 할 텐데 그는 손가락 하나 까딱하지 않고 한 무리를 무릎 꿇게 만들었다.

"무서운 남자야."

이나가 중얼거렸다.

"그래. 누나는 그 무서운 남자를 다시 한 번 쪽팔리게 만든 거야."

"……."

잠시 잊고 있던 현실감이 확 몰려들어 이나의 얼굴이 다시금 하얗게 질렸다.

"나…… 어쩌지? 솔직하게 말하는 건 힘들겠지?"

"일단 떠보기라도 해봐. 아! 그리고 하정이 누나한테는 말하지 말고."

"왜?"

이나가 눈을 크게 뜬 채 반박했다. 설준이 그것도 모르겠냐는 듯 한숨을 팍 내쉬며 입을 열었다.

"생각해 봐. 하정이 누나가 어설프게 건호 형님 위로했다가 사건이 더 커질 수가 있어."

"……."

"하정이 누나의 언어 능력을 믿어?"

"아니."

이나가 빛보다 빠르게 대답했다. 하정은 누군가를 위로할 때 꼭 속담을 썼는데, 그 속담은 늘 본뜻과 어긋나는 경우가 많았다. 자신의 무식함에 괴로워하던 친구를 향해 '낫 놓고 미역자도 모른다더니. 사람이란 다 그런 거야. 모르는 분야가 있는 거야.' 라는 위로를 하는 게 그녀였다. 그런 하정이 자신을 돕고자 어설프게 건호를 위로했다간, 건호의 수치스러움은 약 열 배쯤 증폭할 거다. 그 대가는 고스란히 자신이 치러야 할 게 분명했다.

이나가 심각한 표정으로 중얼거렸다.

"다시 유학을 가야 하나."

"엄마가 누나 한 번만 더 외국 나가면 국내에 발도 못 들이게 할 거래."

"하아. 이러나저러나 죽음뿐이구나. 일단 나는 좀 잘게. 현실을 떠나 있어야겠어. 도시락은 너 먹어."

이나가 비척거리며 방문을 열고 나섰다. 쿵 하고 방문이 닫히는 걸 본 설준이 혀를 끌끌 차며 도시락을 끌어당겼다. 뚜껑을 열자 어마어마한 음식들이 쏟아졌다. 그 음식들을 보던 설준은 이나가 나간 방문을 다시 쳐다보았다.

"누나, 미안. 그래도 하정이 누나는 살려야 할 거 아냐."

말도 안 되는 변명을 써가며 겨우 하정을 살려낸 설준은 한숨을 내쉬며 베이컨 떡말이를 집어먹었다.

대한민국 굴지의 기업이 탈세 문제를 놓고 국가와 소송을 벌이게 되었다. 이 일이 건호가 몸담고 있는 대화로펌에 떨어지면서 눈코 뜰 새 없이 바쁜 나날이 지속되고 있었다.

"오늘 아침엔 평소보다 늦게 출근했던데. 무슨 일 있는 건가?"

회의를 끝마치고 회의실을 나서던 중 한성이 웃으며 건호에게 말을 건넸다. 한성은 건호와 같은 검사 출신의 변호사로, 건호보다 먼저 대화로펌에 스카우트를 받아 입사했다. 이후 건호를 눈여겨보던 한성은 대화로펌에 건호를 추천했고, 때마침 검사직을 관두려던 건호는 대화의 제안을 수락했다.

"별일 아닙니다."

건호가 짤막하지만 정중하게 답했다.

"그럼 다행이고. 나중에 또 보자고."

한성이 손을 들어 보인 후 본인의 사무실로 들어섰다. 맞은편 사무실에 들어간 건호는 가장 먼저 푸른색 버티칼 블라인드부터 거둬냈다. 그러자 밖에 몰려 있던 아침 햇살이 사무실 안까지 깊게 치고 들어왔다. 시계를 보니 어느새 점심시간이었다.

모처럼 바쁜 스케줄이 끝난 건호는 재킷 안주머니에서 봉투를 꺼냈다. 재킷 안주머니에 들어 있던 거라고 믿기 힘들 만큼 빳빳한 상태였다. 건호는 메모지를 펼쳤다.

—안녕하세요. 메모 받고 놀라셨죠? 저 이나예요. 이전부터 오빠를 좋아했어요. 마음을 받아주실 수 있다면 내일 아침 7시에 이수공원 분수대 앞에서 뵈어요. 혹시 힘드시다면 연락 주세요. 저는 언제든지 시간이 비어 있습니다.

손끝에 힘을 바짝 준 채 각 잡고 쓴 것이 역력한 글씨체였다. 그래서인지 언뜻 글씨에서 비장함까지 느껴졌다.

이 봉투를 발견한 것은 어젯밤 옷을 갈아입은 후 놓친 물건이 없는지 주머니를 살필 때였다. 재킷의 주머니에 낯선 무언가가 들어 있었다. 꺼내보니 러브레터였다. 그것도 의외의 상대에게서 날아온 러브레터였다.

'이전부터 오빠를 좋아했어요.' 건호의 시선이 그 문장에 닿아서 떨어질 줄 몰랐다. 그랬단다. 그것이 의외였다.

언젠가부터 이나는 자신만 보면 얼굴이 하얗게 질렸다. 말을 걸어도 어색하게 웃으며 단답형으로 대답할 뿐이었다. 집안의 관계상 자신을 무시하거나 도망치는 건 아니었으나, 인사 외엔 어떤 말도 건네지 않았기에 건호는 이나가 자신을 무서워한다고 생각했다. 그런데 아니었다. 거짓말처럼.

벚꽃잎 같은 원피스를 입고서 공원 한가운데 서 있는 이나가 떠올랐다. 건호의 입술이 나른하게 늘어났다.

이제 어떻게 할까.

건호가 고민할 때였다. 누군가가 문을 두드렸다. 건호는 상념을 방해받은 것이 불만스러운 듯 미간을 좁힌 채 '네.' 라고 대답했다.

"오빠."

문을 열고 들어온 사람은 하정이었다. 남매지만 남보다 못할 정도로 왕래가 없어서 어색한 그들이었다. 건호가 의외라는 듯 쳐다보자, 하정이 어색하게 웃었다.

"엄마 심부름 왔어요."

건호는 하정의 손에 들린 도시락을 보았다. 며칠 동안 바빠서 집에 들어가지 않았더니 도시락을 싸서 보낸 모양이었다. 물론 저 도시락을 싼 사람은 가사도우미라는 걸 건호는 알고 있었다. 네일아트를 좋아하는 어머니가 도시락을 직접 쌀 리 없었다.

"점심은?"

건호가 묻자 하정이 빙긋 웃었다.

"먹고 왔어요."

"심부름 때문에 온 거야?"

건호가 자리에서 일어나며 묻자, 하정이 고개를 끄덕였다.

"네. 동료가 이 근처에 작업실을 오픈했다고 해서요."

대답하는 하정의 목소리에 어색함이 가득했다. 하정은 건호와 둘이 있는 이 시간이 무척 어려웠다. 같은 핏줄이 맞나 의심스러울 만큼 건호는 허당인 자신과 달리 뭐든 잘했다. 거기다가 감정 표현까지 잘 하지 않아서 다가가기 더욱 어려웠다. 건호가 먼저 친해지자고 손을 내밀면 모를까.

"오빠는 밥 먹었어요?"

어색함을 깨고자 하정이 물었다.

"아니. 도시락 왔으니 이걸로 대충 먹으려고."

"아아."

하정이 그러냐는 듯 길게 소리 냈다.

"커피는?"

"괜찮아요. 이제 가봐야죠."

"그래."

건호는 건성으로 답하며 봉투를 재킷 안주머니에 넣을 때였다.

"어? 그거!"

하정이 눈을 크게 뜨며 메모지를 가리켰다. 건호가 고개를 들어 하정을 보았다. 하정도 이 러브레터에 대해 아는 모양이었다. 건호가 별거 아니라고 이야기를 하려 할 때였다.

"그게 왜 거기 있어요?"

하정이 새된 목소리로 꽥 소리 질렀다. 생각지 못한 하정의 반응에 건호의 눈이 가늘어졌다. 그게 왜 거기 있냐니. 마치 이 러브레터가 여기에 있어서는 안 되는 것처럼 말했다.

"그럼 이게 어디 있어야 하는 건데?"

건호가 러브레터를 들어 보이며 물었다.

"그거 이나가 쓴 메모 아니에요?"

"맞아. 그런데?"

"허……. 아니에요, 아무것도."

하정이 우물쭈물거리다가 입을 다물었다. 그러나 하정의 불안한 시선은 여전히 메모 봉투에서 떨어질 줄 몰랐다. 뭔가가 이상했다.

"말해."

건호가 짤막하게 말했다.

"뭐, 뭐를요?"

"네가 지금 생각하고 있는 거, 전부 다."

건호가 책상을 짚고 서서 고개를 비스듬히 기울였다. 하정은 꼴깍 마른침을 삼켰다. 자신이 가장 무서워하는 첫째 오빠의 표정이 심상찮게 변했다. 아무리 수려하고 잘생긴 외모라고 해도 저렇게 노골적으로 무서운 표정을 지으면 겁이 안 날 수가 없다.

"그, 그게……."

건호의 기세에 떠밀려 하정이 입술을 달싹였다. 그러는 와중에 머릿속에선 사실대로 말해도 된다, 안 된다가 치열하게 싸워댔다.

"어서."

건호가 힘주어 짤막하게 재촉한 순간, 하정의 머릿속에서 '사실대로 말해도 된다.' 가 전적으로 우세했다.

"그거, 이나가 주형이 오빠한테 주려고 했던 거예요!"

눈을 질끈 감은 하정이 돌이킬 수 없는 말을 뱉었다. 이내 사무실이 고요해졌다. 그러나 하정은 들었다. 얼마 후 뚝, 하고 손가락 관절이 눌리는 소리를.

4

하정은 자신이 이 자리에서 연기처럼 사라져 버렸으면 좋겠다고 생각했다. 손가락 관절이 뚝 소리가 난 후 3분이 지나도록 아무 소리도 나지 않았다. 건호는 무슨 생각 중인 건지 책상을 짚은 자세에서 꼼짝도 하지 않았다. 그 덕에 하정은 아까 전부터 마른 침을 삼키고 싶었으나 계속해서 참고 있었다.

대체 이게 어떻게 된 일일까? 하정은 다시 한 번 이나의 러브레터를 바라보았다. 분명 두 번째 재킷은 주형의 재킷이었다. 출입 순서대로 옷을 걸기 때문에 확실한 일이었다. 그런데 어째서 저 러브레터가 건호의 손에 들어간 걸까. 긴장한 이나가 실수를 한 걸까. 그럴 리가 없다. 아무리 긴장하고 둔치라고 해도 그런 실수를 할 리가 없다. 더군다나 건호의 주머니와 주형의 주머니를 헷갈리는 건 있을 수가 없다. 그때 같은 색의 재킷이긴 했지만…….

그 생각에 잇닿자 하정의 얼굴이 하얗게 식었다. 이나가 같은 색의 재킷이라 헷갈렸다면? 만약 자신들이 자리를 비운 틈에 옷의 순서가 바뀌었다면? 아무리 그래도 러브레터에 이름이……. 이나가 주형의 이름만 쓰면 심장이 뛰어서 못 썼다고 했다.

이런, 젠장.

고민 끝에 얼추 결론이 났다. 하얗게 질린 얼굴로 하정이 두 손을 다소곳이 모았다.

"저는 이만 가보겠습니다. 수고하세요."

콱 졸린 목구멍 사이로 말을 억지로 뱉은 하정이 뻣뻣한 목을 숙인 후 돌아설 때였다.

"거기 서."

음산한 목소리가 하정의 뒷덜미를 낚아챘다. 그 순간 하정의 머릿속에 떠오른 단어는 연좌제. 공권력을 휘두르는 건 심심하다며 공권력에 맞서는 변호 직을 하겠다고 과감하게 뛰어 나간 저 남자라면, 자신과 이나를 세트로 묶어 형벌을 내릴 수도 있었다. 아니, 없던 죄까지 만들어서 징벌할 수도 있다. 그 생각에 닿자 하정의 얼굴은 더 하얘질 수 없을 만큼 하얗게 질렸다.

지뢰를 밟아도 어떻게 이런 지뢰를 밟냐! 윤이나!

"네, 오빠."

하명만 하소서, 라는 얼굴로 하정이 천천히 돌아서서 건호를 보았다. 어느새 허리를 곧게 편 그는 생각을 알 수 없게끔 무표정했다. 그러나 얼굴에서 냉기가 철철 흘러넘쳤다. 차라리 윽박이라도 질러줬으면 좋겠다. 하정이 낮은 한숨을 억지로 목 안으로 집어넣었다.

"이 사실을 너 말고 누가 알지?"

건호가 무심한 얼굴로 러브레터를 들어 보였다. 주먹을 쥔 것 같은데 희한하게 러브레터가 하나도 구겨져 있지 않았다.

"없는 걸로 알고 있습니다."

"그 누구도?"

"네."

"그럼 여기서 묻어."

무엇을 말씀이십니까? 아까 전부터 말의 목적어가 죄다 빠져 있었다. 하정은 무슨 말이냐는 표정으로 반문했다. 그러자 건호가 냉정한 얼굴로 말했다.

"넌 이 일을 모르는 거야."

"……."

"그러니까 이 러브레터의 주인이 다른 사람이었다는 사실을 내가 알게 되었다는 걸, 윤이나한테 알리지 마. 너도 모르는 거야. 잊어버려."

"그, 그래도…… 오빠."

하정이 친구를 위해 티끌같이 남아 있는 힘을 짜내 미미하게 반항하려 할 때였다.

"아버지가 아끼는 50년산 위스키 내용물이 바뀌었던데."

러브레터를 내려놓으며 건호가 눈을 내리깔았다. 그와 동시에 하정이 입을 벌린 채 굳었다.

그 사실을 어떻게!

약 1년 전, 하정은 작곡용 작업실을 마련한 후 엔지니어들과 거나하게 술 한잔을 걸치고 돌아왔다. 그날 그러면 안 된다는 걸 알면서 흥에 취한 하정은 아버지가 아주 귀하게 아끼는 50년산 위스키를 땄다. 다음 날 아침 빈 통으로 구르고 있는 위스키병을 보며 하정은 제 머리를 쥐어뜯으며 소리 없는 비명을 내질렀다. 얼른 새것으로 사려고 했으나 시중가 1,700만 원가량 하는 술값을 감당할 수 없었고, 하정은 울며 겨자 먹기로 중저가 양주와 보리차, 소주를 황금비율로 섞어 넣은 후 아무 일 없었다는 듯 잘 가져다 놓았다. 이 일을 아는 건 자신밖에 없다고 자부했는데 건호가 어떻게 알게 된 걸까!

"저, 저는 모르는 일이에요!"

하정이 발뺌했다. 그러자 건호가 눈만 치켜떠 어떻게든 빠져나갈 궁리를 하고 있는 하정을 쳐다보았다. 하정이 평소 활동량의 열 배 속도로 머리를 굴린다고 해도, 건호의 평소 두뇌 회전 속도를 따라오지 못했다.

건호는 팔짱을 낀 채 차분하게 말했다.

"그래? 그럼 아버지께 이 사실을 알려볼까? 증거 수집 및 범죄 입증은 내가 잘하는 특기라는 건 알 테고. 나는 적극적으로 아버지를 변호할 생각이야. 어때?"

없는 죄도 만들어낼 수 있는 인간이 저 인간이다. 실제 죄의 세 배쯤 부풀려서 말할 수 있는 것도 저 인간이고.

하정이 뜨악한 얼굴로 쳐다볼 때였다.

"아버지의 개인 재산 절도, 파손, 고의성을 가지고 은닉."

"오, 오, 오, 오빠."

하정은 버퍼링이라도 걸린 것처럼 버벅거렸다.

"이건 경고야. 내가 실전에서 더 강하다는 사실을 하나 알려주도록 하지."

여기서 이나의 편을 들었다가는 건호는 당장 오늘 저녁 가족 재판을 열 듯했다. 그렇게 된다면 차라리 실제 법정에 서고 싶을 만큼 건호는 가혹하게 자신의 죄를 입증해 발기발기 찢어놓을 확률이 높았다. 그럼 분노한 아버지는 자신의 작업실을 철수시킬 거다. 그 생각에 닿자 하정의 손이 가늘게 떨렸다.

그때 건호가 고개를 비스듬히 기울이며 나른한 미소를 지었다.

"네가 지금 이 사실을 묵과한다면 위스키 50년산은 내가 사서 넣어놓을 수도 있어."

채찍을 휘두르던 건호가 매혹적인 얼굴로 당근을 투척했다. 하정의 마음은 강풍 앞의 갈대처럼 미친 듯이 흔들렸다. 그리고 고민한 지 1분도 되지 않아 하정은 마음의 결단을 내렸다.

"오빠."

"말해."

건호가 여유롭게 대답했다.

"저는 오늘 아무것도 보지도, 듣지도 못했습니다. 저는 여기에 와서 도시락만 내려놓고 돌아간 겁니다."

이나가 안타깝긴 하지만, 우정도 살아야 지킬 수 있는 거다. 그리고 이 사실을 이나에게 알린다고 한들 달라질 건 없다. 주형은 오늘 저녁이면 선 자리에 나갈 거고, 이미 공들여 써놓은 러브레터는 건호의 손에 들어가 있다.

"말귀를 잘 알아들어서 좋네."

건호가 상황과 맞지 않게 매혹적이게 웃어 보였다.

"그럼 저는 이만 가보겠습니다. 수고하세요."

하정이 꾸벅 인사를 하고 돌아서서 나갔다. 쿵, 하고 문이 닫혔다. 건호의 시선이 자연스럽게 책상 위에 내려놓은 러브레터에 닿았다.

힘주어 주먹을 쥘 때에도, 그 주먹이 책상의 모서리를 눌러 손 관절이 뚝 소리를 낼 때에도 이 러브레터는 구겨지지 않았다. 아니, 구기지 않았다.

"이게 내 게 아니란 말이지."

건호가 음산하게 중얼거리며 러브레터를 노려보았다.

"이 오피스텔이 근방에서 가장 좋습니다."

부동산 업자가 오피스텔 문을 열며 웃었다. 텅 빈 오피스텔 내부로 햇살이 깊게 파고들었다. 맞은편에 고층건물이 없어서 전망도 탁 트여 있고, 구조도 침실과 거실이 분명히 구분되어 있어서 생활하기에 적합해 보였다. 내부를 쭉 둘러보던 이나의 모친인 영주는 흡족한 표정으로 부동산 업자에게 확인차 물었다.

"부엌 위주로 리모델링할 건데 상관없나요? 오피스텔에서 제재를 가한다거나 그런 건 없죠? 가끔 그런 곳이 있어서요."

"안 그래도 물으시길래 오피스텔 측에 문의했더니 전혀 상관없다는 대답이 돌아왔습니다. 수도관 연결도 그렇고, 편하신 대로 사용하시면 됩니다."

부동산 업자가 고개를 얼른 끄덕이며 답했다. 영주가 대답이 마음에 든 듯 흐음, 하고 긴 소리를 내며 차근차근 오피스텔을 살폈다. 이나가 요리 연구실로 사용할 곳이었다. 영주의 마음 같아서는 이나가 집에서 요리 연구를 했으면 하지만, 이나와 가사도우미가 서로 불편할 것 같아서 어쩔 수 없이 따로 집을 구하는 중이었다.

"어떠니?"

영주가 옆에 멀거니 서 있는 이나를 보며 물었다.

"괜찮아."

이나가 덤덤하게 대답했다.

"괜찮아? 좋은 건 아니고?"

"좋아."

"좋다는 애 목소리가 왜 이렇게 다 죽어가?"

영주가 미간을 좁히며 물었다.

"아냐, 아무것도."

이나는 건성으로 대답하며 천천히 오피스텔을 훑어보았다. 침실보다도 이나의 발걸음이 가장 먼저 향한 곳은 부엌이었다.

이나에게 필요한 것은 침실보다 큰 부엌이었다. 다른 용도의 냉장고가 두 대 들어와야 하고, 싱크대도 일반형이 아니라 기역자 형태의 큰 사이즈여야 했다. 거기에 독립형 아일랜드까지 설치해야 함으로 여유 공간을 살피는 것이 중요했다. 이전이라면 신났겠지만, 지금은 도무지 그럴 정신이 아니었다.

"이 정도면 될 것 같아."

이나가 부엌을 여기저기 살핀 후에 대답하자, 영주가 부동산 업체 사람을 보았다.

"여기로 할게요. 최대한 빠른 시일에 계약을 하고 싶은데요."

영주가 오피스텔에서 나오며 계약의 뜻을 전하자, 부동산업자가 '그럼 집주인과 통화 후에 연락드리겠습니다.' 라며 전했다.

부동산업자와 헤어진 후 영주와 이나는 근처 카페로 자리를 옮겼다. 오랜만에 딸과의 외출이니 커피나 마시고 들어가자는 영주의 청 때문이었다. 잔잔한 음악이 흐르는 가운데, 영주는 아까 전부터 입을 다문 채 넋이 나간 이나를 보았다.

"너 정말 무슨 일 있는 거야?"

"하아. 별일 아냐."

이나는 그렇게 대답하며 휴대폰을 들여다보았다. 죽음의 7시는 다가오고 있는데, 아침부터 오후 4시가 다 되어가는 지금껏 하정은 연락 두절 상태였다. 마치 자신의 전화를 피하는 것처럼 느껴졌다.

"엄마랑 있는 게 싫어? 한숨이란 한숨은 푹푹 다 내쉬고 말이야."

"미안, 엄마. 오랜만에 외출했는데, 시차 때문인지 정신이 없어. 오랜만에 한국 와서 그런 것 같기도 하고."

차마 자신이 벌인 실수를 미주알고주알 다 떠들 수 없었던 이나는 시차를 핑계로 댔다.

"그런 거면 다행이고. 이나야."

"응?"

영주의 말에 덤덤히 대답하며 이나가 스트로우로 아메리카노를 한 모금 쭉 빨아마셨다.

"너는 유 씨 아저씨네 아들들 어떻게 생각해? 건호라던지, 주형이라던지……."

때마침 건호와 주형의 생각을 하던 이나가 쿨럭거리며 가슴을 내려쳤다.

"얘가 왜 이래?"

"아냐. 쿨럭, 쿨럭. 너무 뜬금없는 말이라서. 후우, 갑자기 그 말은 왜 하는 거야?"

이나가 벌게진 얼굴로 가슴을 쓸어내리며 물었다.

"유 씨 아저씨네도 그렇고, 우리 집도 그렇고 너희 태어날 때부터 사돈 맺고 싶다고 생각했거든. 이런 말을 괜히 했다가 너희 사이 어색해질까 봐 말 못 하고 알아서 눈 맞기를 기다렸는데, 어쩜 한 커플도 안 생기니? 너희 눈 맞기 기다리다가 내가 관에 드러눕는 게 더 빠르겠다 싶어서 말 꺼내는 거야."

"엄마는…… 누가 괜찮은데?"

이나가 슬쩍 영주의 의견을 물었다.

"나야 건호도 주형이도 다 괜찮지."

"뭐? 건호 오빠도 괜찮다고?"

이나가 진심이냐는 듯 반문했다.

"그럼. 건호 봐라. 어렸을 때부터 지금껏 완벽하잖아. 외모, 키, 학벌, 운동, 건강, 직업, 뭐 하나 부족한 게 있어야지. 직업은 어디 가서 그런 남자 잡으라고 해도 못 잡아. 사법연수원에서 성적 우수자로 판사 할 수 있는 거 거절하고 검사로 내려왔지. 2년 정도 하다가 대형 로펌에서 바로 스카우트해 가는 게 어디 쉬운 줄 아니?"

"그래서 무섭다는 생각 안 해봤어?"

이나가 차갑게 식은 얼굴로 물었다. 지나치게 무결점이라서 무서운 거다.

"얘는, 죄다 못 하는 것보단 죄다 잘하는 남자가 나아. 그리고 성격 보니까 여자한테 한눈팔 것 같지도 않고. 나이 들어 살다 보면 이 여자, 저 여자한테 다 잘해주는 주형이보다 딱 한 여자만 쳐다보는 건호 같은 남자가 훨씬 낫다?"

이나는 모친인 영주를 무척 사랑하고 존경했지만 도무지 그 말만큼은 받아들일 수가 없었다.

건호가 자신만 딱 쳐다본다니. 생각하니까 무섭다. 거기다가 무결점의 인간이다 보니 자신의 수많은 결점을 포용해 줄 수 있을 것 같지도 않고. 그리고 가장 중요한 건 그 냉정한 인간이 '사랑한다.' 혹은 '너를 아낀다.' 라는 말을 하는 게 도무지 상상이 가질 않는다는 거였다. 오히려 '널 법정에 세워주지.' 혹은 '판사, 검사, 변호사를 한자리에서 만나볼 텐가?' 라는 말이 더 어울리면 어울렸지.

건호를 생각하자 다시 숨이 막히고 갑갑해졌다. 시간을 돌릴 수만 있다면 러브레터를 계획하던 때로 돌아가고 싶다. 이나는 눈을 질끈 감으며 한숨을 푹 내쉬었다.

"그래서 넌 뜻이 있다는 거야 없다는 거야? 너는 유씨 아들들한테 관심 없어?"

"그야, 뭐……. 그게 내 맘만 가지고 될 것도 아니고……. 너무 오랫동안 친형제처럼 자라다 보니까……. 그리고 건호 오빠가 날 좋아하지 않아."

오히려 싫어하는 쪽에 가깝다. 어렸을 적부터 자신을 쳐다보던 시선이 늘 날카로웠다. 이나의 이야기를 듣던 영주가 가슴이 내려

않도록 한숨을 내쉬었다.

"아휴, 그래. 내가 너를 잡고 무슨 이야기를 하겠니? 건호는 여자라고는 쳐다보지도 않고, 둘째 주형이는 오늘 선보러 나간다는데……. 이미 늦었지, 늦었어."

"뭐? 주형이 오빠 오늘 선보러 나가?"

이나가 깜짝 놀란 얼굴로 물었다.

"그래, 오늘 나간다더라. 괜찮으면 결혼할 생각인가 봐."

영주의 말에 이나의 입이 쩍 벌어졌다. 이나의 질색하는 얼굴도 모른 채 영주는 창밖을 보며 고민에 빠졌다.

"이제 남은 건 하정이가 내 며느리가 되는 건데. 보자, 공헌이 그거는 너무 까탈스러워. 여자 마음 잡을 줄도 모르고. 그렇다고 하정이를 설준이……. 어휴, 내가 말을 말자. 저러다가 웬 여자 인형 하나 들고 와서 결혼한다고 날뛰는 거 아닌가 모르겠다. 나는 아들 농사를 왜 이렇게 지었다니?"

아들들을 곱씹던 영주가 생각도 하기 싫다는 듯 머리를 절레절레 흔들었다. 동시에 오늘 7시를 생각하던 이나도 고개를 절레절레 흔들었다.

어쩔 줄 모르는 사이 시간은 빛과 같이 흘렀다. 오후 6시가 되기 5분 전, 이나는 가까스로 하정과 통화를 할 수 있었다. 자신의 러브레터가 건호의 손에 들어가 있다는 소식에 하정은 헛숨을 들이켜는 소리를 냈다.

[넌 사고를 쳐도 어마어마한 사고를 치는구나.]

그 말이 마치 책을 읽는 것처럼 어색했으나, 이나는 알아채지 못했다.

“그러니까!”

이나가 한숨을 내쉬며 침대 위 걸터앉았다.

“근데 넌 건호 오빠를 왜 그렇게 무서워해? 나야 건호 오빠가 날 싫어하는 데다가 무서워서 그렇다지만 너는 친남매잖아.”

이나가 묻자, 하정이 새삼스럽게 뭐 그런 걸 묻냐는 듯이 답했다.

[알잖아. 고등학생 때 반년간 일탈한 거. 그때 내가 한 여자애랑 싸웠는데 잘못 밀쳐서 엄청 다쳤었잖아. 그 당시에 부모님은 걱정을, 주형 오빠는 따뜻한 위로를, 건호 오빠는 내가 해결해야 할 법적인 문제에 대해 조목조목 설명해 줬던 거. 아마 그때 건호 오빠가 검사였으면 난 어떻게 됐을지 몰라.]

당시 가족인데 너무하다며 윽박지르는 하정에게 건호는 ‘가족이라서 위로하면 뭐가 달라지지? 해결해야 할 일이 있는데 감정 소모하고 있는 게 한심해.’ 라며 진심으로 한심해했다.

하정의 말에 이나는 기억난다는 듯 휴대폰을 든 채 고개를 끄덕였다. 기억난다. 안 날 수가 없다.

[그거뿐이겠어? 건호 오빠, 얼마나 무섭게 말하니? 나야 그런 경험이 있다지만 넌 없잖아.]

“있어.”

[있어?]

“어. 아주 많아.”

[언제?]

하정이 의아하다는 듯 물었다. 이나는 숨을 고른 채 말을 시작했다.

"첫 시작은 말이야……."

때는 바야흐로 이나가 열두 살 때였다. 당시 아주 사소한 것으로 공헌에게 지독하게 혼이 난 이나는 울면서 거리를 나섰다. 눈물 때문에 시야가 가린 이나는 어쩌다 보니 폐가가 줄지어 서 있는 위험한 곳까지 발을 들였다. 뒤늦게 그 사실을 깨달은 이나가 다시 돌아가려고 할 때 한 무리의 불량 중학생이 그녀의 앞을 막아섰다.

"얘, 걔 아냐? 윤공헌 동생."

"아, 얘가 걔야? 와, 윤공헌 동생 말만 들었는데 실제로 보니까 겁나 예쁘네."

빙글빙글 웃으며 성큼 다가서는 불량 중학생은 모두 세 명이었다. 그들은 교복 차림에 보란 듯이 담배를 물고 있었는데, 셋 다 윤공헌에게 호의적이지 않았다.

겁을 먹은 이나가 셋을 돌파하려고 뛰었으나 남자 셋을 당해낼 수는 없었다. 이나는 본래 서 있던 자리보다 더 안쪽으로 내몰렸다. 골목은 재개발을 앞둔 텅 빈 골목이었고, 지나치는 사람조차 없었다. 비명을 질러야 하나, 어째야 하나 고민하는 사이 이나는 골목 안쪽으로 몰렸다. 점점 몰려드는 두려움에 이나가 엄마를 찾으며 눈을 감을 때였다.

갑자기 쿵 하는 소리와 함께 으악 하는 비명이 들렸다. 눈을 번쩍 뜬 이나는 보았다. 남자 하나가 반대편 골목으로 눈 깜짝할 새에 날아가는 것을. 뒤이어 남은 남학생도 저 멀리로 날아갔다.

남자 셋을 손쉽게 날린 남자는 주름 하나 잡히지 않은 반듯한 하계 교복을 입고 있었다. 큰 키에 뒷모습만 봐도 이나는 그가 건호라는 것을 알아보았다. 잠시 벽 쪽으로 밀린 남자 중학생 셋은 주춤했으나 자신들의 숫자만 믿고 건호에게 달려들었다. 이후 싸움이 벌어졌다. 먼지가 일어나고, 발길질이 오가고, 거친 욕설이 오가는 가운데 누구의 것인지 알 수 없는 핏방울까지 보였다.

싸움이 벌어진 지 15분도 되지 않아 중학생 셋은 나란히 무릎을 꿇었고, 건호는 먼지만 덮어썼을 뿐 멀쩡한 모습이었다. 건호는 가방에서 메모지와 볼펜을 꺼냈다.

"학생증 내놔."

건호의 말에 중학생 셋이 서둘러 학생증을 내밀었다. 건호는 중학생들의 학교, 이름, 학번을 모두 기입한 걸로 부족해 학생증 앞에 있는 사진까지 뜯었다.

"또 걸리면 죽는다."

건호의 낮은 으름장에 셋은 더 맞기 싫었는지 얼른 고개를 끄덕였다. 이나는 그때 건호의 옆얼굴을 아직도 기억하고 있었다. 노을이 지는 가운데 음영이 짙게 진 차가운 얼굴. 이나의 12년 인생에 그런 남자는 처음이었다.

단숨에 세 명의 남자를 때려잡는, 누군가를 때려놓고도 일말의 죄책감이 전혀 없는, 때린 걸로 부족해서 코피를 철철 흘리는 중학생에게 '죽는다.' 라고 다시 협박할 수 있는 남자.

당시 이나에게 세상에서 제일 무서운 사람은 윤공헌이었다. 그러나 그때 바뀌었다. 이나에게 세상에서 가장 무서운 사람은 유건호였다. 자신을 구해준 고마운 마음보다도, 저 남자에게 잘못 걸리면 뼈도 못 추리겠다는 생존 본능이 꿈틀댔다.

[보통 위험에서 구해준 사람을 좋아하지 않나?]

이나의 이야기를 모두 들은 하정이 조심스럽게 물었다. 그러자 이나가 단호한 목소리를 냈다.

“내 말 잘 들어. 보통 공주가 자신을 위험에서 구해준 왕자에게 반하는 경우엔 꼭 이런 엔딩이 있어. 구해준 후, 다가와서 다정하게 다친 곳이 없는지 살피고 우아하게 안고 가거나 혹은 안아주는 경우. 그런데 건호 오빠는 중학생을 다 때려잡은 후에 날 보면서 딱 한 마디 했어.”

[뭐?]

“한 번만 더 여기서 얼쩡대면 가만 안 둔다.”

하정은 할 말을 잃었다.

“열두 살짜리가 반하기엔 무리가 있는 엔딩이지? 난 말이야, 불량 중딩보다 건호 오빠가 더 무서웠어. 그때 내 나이가 스물두 살이었으면 건호 오빠는 나한테 그랬을 거야. ‘한 번만 더 여기서 얼쩡대면 법적 조치를 가하도록 하지.’ 라고.”

[그러게.]

하정이 순순히 시인했다. 그러고도 남을 사람이다.

[그럼 어쩌게?]

한숨을 푹 내쉬던 하정이 물었다.

“글쎄. 일단은…… 오늘 나가 봐야지. 갑자기 아프다고 변명할 수도 없는 거고, 시간을 끌어봐야 소용없는 거니까."

[그래, 그렇게 해. 이제 마음의 준비를 해. 7시까지 얼마 남았어.]

"으윽."

이나가 짧게 비명을 내질렀다. 이나는 아주 잠깐 주형의 선에 대해 물어볼까 하다가 입을 다물었다. 지금 이 어정쩡한 상황에서 주형의 선 자리 사실을 확인하게 되면 마음이 지독하게 아플 것 같았다.

[수고해.]

"하정……!"

하정을 부르려던 찰나 전화가 매정하게 끊어졌다.

"이런 눈물도 자비도 없는 것."

이나는 참혹한 얼굴로 휴대폰 액정만 쳐다보았다.

7시 되기 딱 4분 전이었다.

5

7시 정각, 설준이 이나의 방문을 벌컥 열고 쳐들어왔다.

"누나! 형님!"

전혀 연관성 없는 호칭 두 개에 이나가 무슨 소리냐는 듯 설준을 쳐다보았다. 그러자 설준이 발을 동동 구르며 자신의 휴대폰을 폭탄 보듯 쳐다보았다.

"건호 형님이라고."

"뭐?"

깜짝 놀라 이나가 설준의 휴대폰을 보았다. 걱정 반, 놀람 반으로 손을 덜덜 떨며 휴대폰을 받아 들었다.

"네, 전화 바꿨습니다."

[나와. 집 앞이야.]

"네."

이나는 곱게 대답한 후 전화를 냉큼 끊었다. 그러자 기다렸다는 듯이 설준이 목에 핏대를 세우며 소리쳤다.

"누나는 오늘 개통한 누나 폰 내버려 두고 왜 내 휴대폰 번호를 알려줘?"

"밝힐 수가 없었어."

"간이 입 밖으로 튀어나오는 줄 알았잖아! 누나 때문에 게임하다 말고…… 악! 내 던전! 그게 어떻게 들어간 던전인데!"

설준이 악 소리를 내며 제 방으로 도로 뛰어 들어갔다.

"게임하다 죽을 놈……."

이나가 설준의 등 뒤를 보며 작게 중얼거렸다. 이나는 주머니를 뒤적거려 오늘 오후에 엄마와 함께 개통한 휴대폰을 꺼냈다. 가장 먼저 가족들에게 알렸고, 이후 하정에게 알렸다. 아직 건호에게 휴대폰 개통한 사실을 알리지 않았다. 가능한 한 건호에게 이 휴대폰 번호를 알려줄 생각이 없었다. 휴대폰 벨소리가 울릴 때마다 놀라고 싶지 않았다.

책상 위에 휴대폰을 곱게 잘 올려둔 후, 아무 일 없다는 듯 옷매무새를 다듬었다. 부모님에겐 잠시 친구를 만나고 오겠다는 말을 남긴 후 대문을 밀고 나섰다.

가로등 불빛을 받고 선 매끈한 검은 자동차 옆에, 자동차보다 더 눈이 가는 남자가 서 있었다. 깔끔한 슈트 차림으로 손목시계를 보고 있는 그는 미관상 보기 좋았다. 그래서 딱 이 정도 거리에서 지켜보고만 싶었는데, 공교롭게도 눈이 마주쳤다. 단지 눈만 마주쳤는데 머리털이 모조리 삐쭉 서는 기분이었다.

이 남자는 변호사가 아니라 계속 검사를 했어야 할 남자였는데……. 눈빛으로 범죄자의 입을 술술 열게 할 수 있었을 거다.

"식사는?"

인사, 안부, 모조리 생략하고 그가 물었다.

"아직이요."

본래 '먹었어요.' 라는 말을 하고 싶었다. 그러나 건호의 뒤로 '나는 다 알고 있다.' 라는 글자가 보이는 듯했고, 거짓말을 하면 잡혀갈 것 같았다. 그래서 이나는 계획과 달리 술술 불었다.

"타."

그가 조수석을 턱으로 가리킨 후 운전석에 올라탔다. 이나가 막막한 눈으로 자동차를 쳐다보았다. 저 남자와 밀폐된 공간에 나란히 앉아야 하다니. 그러나 이나는 거부권을 행사할 수 없었다. 조수석에 얌전히 올라탄 이나는 막 군입대한 사람처럼 바짝 긴장한 채 앞만 쳐다보았다.

"뭘 좋아해?"

건호가 물었다.

"뭐든 다 좋아해요."

"그중 가장 좋아하는 건?"

"가장 좋아하는 건 김밥, 떡볶이, 순대예요."

"첫 데이트 음식치곤 특이하네."

데이트요?

하마터면 이나가 그 말을 입 밖으로 뱉을 뻔했다. 대신 눈이 튀어나올 것처럼 부릅떠졌다. 다행히 앞을 보고 있느라 건호는 이나의 표정을 보지 못했다. 핸들을 톡톡 두들기며 건호가 난감한 표정으로 말했다.

"맛있게 하는 분식집 아는 곳 있어?"

"아뇨."

"인터넷 검색해 봐, 네가 먹고 싶은 곳으로."

"그냥 얼마 전에 하정이랑 갔던 피자집을 가면 안 될까요?"

"왜?"

"갑자기 피자가 먹고 싶어서요."

너랑 분식집이 참 안 어울려서요, 라는 말을 삼킨 이나가 건호의 옆얼굴을 흘깃 보았다.

"어딘데?"

"여기서 걸어서 가면 돼요. 수제 피자집인데 쌀가루를 써서 밀가루 피자보다 무해해요. 그리고 맛은 일반 피자보다 더 우수하고요."

프레젠테이션을 하듯이 바짝 기합 든 채로 또박또박 말하던 이나는 갑자기 주변이 고요해진 것을 느꼈다. 천천히 이나가 고개를 돌려 옆을 보았다. 그가 고개를 모로 세운 채 이나를 가만히 응시하고 있었다.

왜? 내 말에 법적으로 문제되는 부분이 있어? 과대 홍보? 혹은 과대 포장? 뭔데!

놀란 이나가 호흡을 멈춘 지 한참이 지나서야 건호의 시선이 앞으로 향했다.

"그래, 그럼 거기로 가."

그럴 리 없겠지만, 어쩐지 이전보다 건호의 입술 끝이 묘하게 위를 향한 것 같았다.

❖ ◈ ❖

건강과 맛을 동시에 잡겠다는 피자 가게 사장님의 포부가 가게 한 면 가득 적혀 있었다. 쌀도우의 우수성과 번거로우나 천연 발효제를 이용해 믿고 먹을 수 있는 먹거리 문화에 이바지하겠다는 내용이 주였다.

이나는 피자를 우물거리며 그 글을 다섯 번째 읽는 중이었다.

“이제 다 읽을 때도 되지 않았나?”

“네, 다 읽었습니다.”

건호의 말에 이나가 빛보다 빠르게 고개를 돌리며 대답했다. 그 얼굴에 긴장감이 가득했다. 보는 사람이 안쓰러울 만큼 이나는 아까 전부터 저런 상태였다.

잡아먹는 것도 아닌데.

건호가 낮은 한숨을 내쉬었다. 그러자 피자를 조각내던 이나의 나이프가 움찔했다. 그것을 보았으면서 건호는 못 본 척 눈을 내리깔았다.

“오빠.”

피자를 썰다 말고 이나가 긴장한 눈빛을 슬그머니 들었다. 처음으로 이나가 먼저 말을 건 것이라 건호가 흥미롭다는 표정을 지었다. 저 엄청난 긴장감을 뚫고서 하고 싶은 질문이라는 게 뭘까.

“말해.”

건호의 승낙이 떨어지고 나서야 이나가 입술을 열었다.

“오빠는 아주 사소한 실수를 한 지인에게 주로 어떻게 대처하세요?”

"조금 더 질문의 폭을 좁혀봐."

건호가 입가를 티슈로 닦으며 물었다. 건호가 진지하게 들을 자세를 취하자 이나가 마른침을 꼴깍 삼킨 후 말을 시작했다.

"그러니까 예를 들자면 오빠에게 편지가 왔어요. 꽤 중요한 편지인데, 오빠는 오빠의 것인 줄 알았던 거예요. 그런데 알고 보니까 오빠의 것이 아니었던 거죠. 지인의 그런 아주 사소하고도 자그마한 실수에는…… 관용을 베푸시나요?"

……전직 검사 양반?

이나는 차마 덧붙이지 못한 한마디를 속으로 중얼거렸다.

건호는 검지로 테이블을 톡톡 두들기며 조마조마한 표정을 짓고 있는 이나를 쳐다보았다. 이건 누가 들어도 윤이나가 보낸 러브레터에 관한 이야기였다. 자신의 대답에 따라 대처하겠다는 기색이 역력했다.

간을 봐도 이렇게 노골적으로 볼 수가.

다른 의미로 건호는 놀랐으나 태연하게 무표정을 고수했다.

"상황에 따라 다르겠지. 그런데 내가 왜 그 편지를 내 거라고 오해했는데?"

"뭐, 예를 들면 수신인이 적혀 있지 않았다던가."

"글쎄, 수신인이 적혀 있지 않은데 내 거라고 오해한 상황이라. 경험해 본 적이 없어서 모르겠지만, 일단 난 실수에 그다지 너그럽지 않아."

"……."

"난 대체로 법으로 해결하는 걸 좋아해. 이게 직업병이라면 직업병이지."

"그, 그게 법적으로 해결할 수 없는 일이라면……."

"그럼 내가 직접 해결하겠지."

"어떤……."

"그건 그런 일이 벌어지면 알겠지. 그런데 그건 왜 묻지?"

건호가 문제 있냐는 듯 나른한 미소를 지으며 쳐다보자, 이나가 1초당 5회로 고개를 가로저었다. 절대로 말할 수가 없다. 그 편지가 네 편지가 아니었다, 하는 순간 저 얼굴이 얼마나 차갑게 변할지 알기 때문에 이실직고할 수 없었다.

"아니요. 그냥 궁금해서 여쭤봤습니다."

아까 전보다 이나의 얼굴이 한 톤 다운되었다. 그걸 훤히 보면서도 건호는 모르는 척 웃었다.

"그래, 그런 거면 다행이고. 그런 지인이 네가 아니라서 다행이야."

갑작스러운 건호의 말에 이나의 등에서 땀이 한 바가지 흘러내렸다.

"갑자기 무슨 말씀이신지……."

이나가 어색하게 웃으며 물었다.

"생각해 보니 너의 러브레터에도 내 이름이 적혀 있지 않았잖아."

"……."

"그런데 내가 아는 윤이나가 그런 실수를 할 리가 없지. 더군다나 다른 것도 아니고 러브레터잖아. 본래 이게 내 것이 아니었다면……."

건호가 말끝을 늘이자 이나의 양쪽 귀가 쫑긋거렸다.

"……생각하기도 싫어지네."

차분한 음성이 낮게 가라앉았다. 동시에 이나의 정신력이 퍼석 소리를 내며 가라앉았다. 생각하기도 싫어질 만한 일을 벌일 거라는 말이었다. 실제로 눈을 내리깐 건호의 눈빛이 묘하게 냉랭했다. 이나는 마른침을 삼켰다.

"그렇지만 내가 아는 윤이나가 그럴 리 없잖아."

"그, 그럼요……."

"그거면 됐어."

건호가 미소 지으며 이나의 앞으로 피클 그릇을 밀었다.

"같이 먹어."

"네."

이나는 딱딱하게 대답한 후 피자를 자르기 시작했다.

오늘 만나면 분위기를 봐서 이실직고할 생각이었다. 그런데 이실직고했다간 피바람이 불 기세다. 유건호를 모르는 사람이라면 '고작 그런 실수에 그렇게까지 겁먹고 그러느냐!' 라고 비웃겠지만, 유건호를 아는 모든 사람이라면 '어쩌다가 그런 고차원적인 자살 방법을 택했느냐!' 라고 호통을 칠 거다.

다른 대책을 세우자!

이나는 기계처럼 피자를 조각조각 잘라 입안에 넣어 우물거렸다.

맛있어야 할 피자가 돌덩이처럼 딱딱하기만 했다.

세상이 완연한 봄으로 접어들었음을 하늘이, 바람이, 벚꽃이 증명하고 있었다. 피자 가게에서 집으로 가는 길은 두 가지였는데 하나는 지름길, 하나는 조금 돌아가는 길이었다. 이나는 지름길로 가고 싶었으나, 건호가 너무도 당연하게 돌아가는 길을 택하는 바람에 반항 한 번 못 하고 끌려갔다.

그 길에 벚꽃을 만났다. 길따라 벚꽃 나무가 길게 심어져 있었는데, 바람이 불자 벚꽃잎이 허공으로 흩날렸다. 검은 밤, 그 풍경을 가로지르는 하얀 점들을 보자 눈이 멀어버릴 것 같았다. 귀국 후 이토록 아름다운 풍경은 처음이었다.

낮보다 아름다운 밤이다.

"좋다."

이나는 건호와 함께 있다는 사실을 잠시 잊을 만큼 벚꽃과 봄바람에 취했다. 홀린 것처럼 하늘을 바라보며 웃던 이나는 손을 들었다. 금방이고 잡을 수 있을 것 같던 벚꽃잎이 손가락 사이로 새어 나갔다. 한 번 더 주먹을 움켜쥐었다가 폈다. 그러나 손바닥은 여전히 텅 비어 있었다. 아쉬운 마음에 벚꽃잎을 쫓아 한 번, 두 번 헤매던 이나가 포기할 때였다.

"자."

건호가 주먹을 내밀었다. 이나는 주먹과 건호를 번갈아 보았다. 이 주먹의 의미가 뭘까, 하고 고심하던 이나가 용기 내어 주먹을 쥐고는 건호의 주먹에 쿵 가져다 댔다.

"……뭐 해?"

파이팅 넘치게 자신의 주먹에 주먹으로 응수한 이나를 보며 건호가 기가 찬 표정으로 물었다.

"파이팅하자는 말씀이신 줄 알고."

이나의 말에 건호는 다시 한 번 기가 찼다.

"아래에 손바닥 가져다 대라고."

"아아."

말귀를 뒤늦게 알아들은 이나가 붉어진 얼굴로 손바닥을 건호의 주먹 아래에 가져다 댔다. 그가 손을 편 후 거둬들였다.

이나의 손바닥 위에 벚꽃잎 하나가 얌전히 잠들어 있었다. 그토록 잡고 싶어 했으나 잡지 못했던 벚꽃잎을, 건호는 손쉽게 잡은 모양이었다. 분위기 탓인지, 들뜬 탓인지 이나의 표정이 한결 풀려 있었다. 고맙다는 말을 하려고 이나가 고개를 들었다.

"받아줄게."

건호가 목적어도, 주어도 모두 빠진 문장을 말했다. 이나가 바람에 날리는 머리카락을 귀 뒤로 넘기며 건호를 쳐다보았다.

무엇을, 받아들인다고 말하는 걸까, 이 남자는.

얼마 지나지 않아 그가 입술을 달싹였다. 바람이 불었다. 그 바람에 이나의 손바닥에 얌전히 잠들어 있던 벚꽃잎이 날아갔다. 그럼에도 이나는 그 벚꽃잎을 잡을 생각조차 할 수 없었다.

그가 말했다.

'받아줄게, 네 고백.' 이라고.

집으로 돌아온 이나는 넋이 나간 얼굴로 천장을 바라보았다.

무슨 광명을 누리자고 귀국을 하였던가.

수제 햄버거 가게의 잭슨이 좀 더 자신의 가게에서 일해달라고 할 때 그 청을 받아들였어야 했다. 아니, 거기서 잭슨 햄버거 가게 체인점을 내고 영영 돌아오지 않았어야 했다. 잭슨은 자신의 요리 감각과 손재주, 친절함을 인정해 주었으니까. 거기서 한국식 음식을 개발해 한국식 수제 햄버거를 만들어야 했다.

휴대폰 벨소리가 울렸다. 침대에 늘어져 누워 있던 이나는 남은 힘을 짜내어 책상 위를 더듬었다. 휴대폰이 손끝에 걸렸다. 가까스로 휴대폰을 잡아 액정을 확인해 보니 하정이었다. 이나는 하정의 번호를 조용히 노려보았다.

왜 자신의 친구는 유건호의 여동생은 유하정인가. 그리고 자신의 부모님은 어째서 유건호의 부모님과 친했을까. 아니, 어째서 하정의 부모님처럼 따뜻한 분들 사이에서 유건호 같은 인간이 나왔나. 실수 한 번 했다고 잡아먹으려는 저 무서운 남자의 유전자의 시발점은 어디인가.

이런저런 생각을 하는 사이 벨소리가 뚝 끊겼다. 이나가 하정에게 다시 전화를 하려는데, 하정으로부터 전화가 왔다.

"여보세요."

[어디야? 큰오빠 집에 왔던데!]

"나도 집이겠지. 잠깐 우리 집 올래?"

[그래! 알았어!]

하정의 집은 이나의 집으로부터 걸어서 5분 거리에 자리하고 있었다. 마음만 먹고 뛴다면 2분 내외로 올 정도였고, 실제로 하정은 2분 만에 뛰어왔다. 휴대폰을 책상 위에 내려놓고 편안한 추리닝으로 갈아입자마자 방문이 벌컥 열린 것이었다.

"아, 깜짝이야!"

"헉, 헉! 뛰어왔어."

바람을 맞아 산발이 된 하정의 머리카락에 벚꽃잎이 엉켜 있었다. 이나는 하정의 머리에 붙은 벚꽃잎을 떼어주다가 문득 벚꽃을 품은 건호의 주먹이 떠올랐다. 그의 손에서 벚꽃이 떨어졌을 때, 그 벚꽃을 보고 자신은 웃었고, 그가 했던 말이 떠올랐다. 갑자기 멀미라도 난 것처럼 속이 울렁거렸다.

"왜 그래? 어디 아파?"

하정이 고개를 들이밀며 걱정스럽게 물었다.

"아니."

"그럼 다행이고."

"그런데 그다지 다행인 상황은 아니야."

하정이 이나의 침대에 걸터앉았다. 그러고는 심각한 표정으로 이나를 올려다보았다.

"어? 왜? 큰오빠가 뭐래?"

하정의 말에 이나의 얼굴이 급속도로 식어갔다.

"그게……."

"응."

"……준대."

"뭐라고?"

뭉개지는 이나의 말에 하정이 얼굴을 찌푸리며 물었다. 그러자 이나가 창백한 얼굴로 말했다.

"받아주신대, 내 고백을."

"……."

"그래서 진지하게 고민 중이야. 이번엔 어느 나라로 가볼까. 미국, 프랑스, 이탈리아를 찍었으니 중동 음식에 대해 배워볼까 싶어. 거긴 전파도 잘 안 터지겠지? 안 그래? 건호 오빠 나이도 있는데 나를 기다리진 않을 거 아냐. 이제 어떤 이유를 댈까? 중동 요리 협회에서 제안이 왔다고 할까? 한식과 중동 요리의 합작 프로젝트의 일원으로 참가했다고 하면 건호 오빠도 뭐라고 못 할 거 아냐."

조곤조곤한 목소리로, 그러나 제정신이 아닌 게 틀림없는 이나를 보며 하정은 눈도 깜빡이지 못했다.

하정은 여전히 제 귀를 의심하고 있었다. 누가 누구의 고백을 받아줘? 부모님이 좋아할 만한 참한 여자를 만나 결혼하는 게 꿈인 유주형이 이나의 고백을 받아들였다면 이해할 수 있다. 자신의 부모님은 내색하지 않았으나 요리 잘하고 주변 어른들에게 싹싹한 이나를 며느리 삼고 싶어 했으니까.

그러나 자신의 첫째 오빠인 유건호는 그럴 위인이 아니었다. 타인의 기대를 충족하고자 자신이 별 마음 없는 일을 덥석 할 사람이 아니었다. 자신이 싫어하는 일은 죽어도 하지 않는, 오히려 자신이 싫은 일을 강요하면 반대로 튀는 게 그 남자였다. 그런 남자가 이나의 고백을 받아들였다? 그 고백이 뻔히 자신의 고백이 아니라는 걸 알면서? 대체 왜?

"중동은 어디가 좋을까? 아랍 에미리트 어때? 음, 그곳이 아니라면 여성 인권이 가장 보장받는 국가로 선택을……."

이나가 여전히 헛소리를 늘어놓았다.

"윤이나, 정신 차려."

"중동은 뭐니 뭐니 해도 사우디아라비아지! 그래! 아니면 휴양지의 꽃, 두바이? 좋다! 두바이! 그곳에서 내가 못다 이룬 한식의 세계화를 이루……."

"미쳤냐?"

하정이 짤막하게 한 소리 했다. 그러자 이나가 한숨을 내쉬며 침대에 걸터앉았다.

"후우."

여전히 허물어져 가는 정신력은 회복할 수가 없었다.

생애 첫 고백이었다. 메모지를 몇 장이나 버려가며 보물처럼 써 놓은 자신의 마음이 엄한 사람에게 날아갔다. 이것만으로도 관계가 어색하게 되어서 주형에게 고백하기 민망할 지경인데, 건호가 덜컥 자신의 고백을 받아들인다고 했다. 이제 관계가 엉망진창이 되어서 주형에게 고백할 수도 없다. 자신의 오랜 짝사랑이 물거품이 되어 사라졌다. 그러나 이 아픔은 건호와의 연애에 비하면 별 타격도 입히지 못했다.

"분명히 건호 오빠는 날 싫어했잖아. 안 그래?"

"그러니까."

하정이 맞다는 듯 수긍했다. 건호는 이상하리만치 이나를 좋아하지 않았다. 잠시 고민하던 하정이 이나를 불렀다.

"윤이나."

"응?"

아주 느릿하게 이나의 초점이 잡혔다. 불쌍한 내 친구. 하정이 속으로 끌끌 찼다. 친구를 위해서 건호가 다 알고 있다는 사실을 말해주는 게 인지상정이지만 상황이 여의치 않은 하정은 혀를 깨물었다. 일단 1,700만 원을 모아 50년산 고급 위스키를 구매할 때까진 보류해야 한다. 그래도 하정은 정신이 완전히 탈출한 이나에게 조언을 해주기로 했다.

"건호 오빠가 고백을 받았다는 건 연애를 물릴 수 없다는 거야."

"그렇지."

"그럼 즐겨. 피할 수 없다면 즐겨라!"

"그전에 미칠 것 같은데? 피할 수 없으니 미친다!"

"으휴!"

하정이 답답하다는 듯 제 가슴을 쿵쿵 내려쳤다. 그 모습에 이나가 움찔하며 큰 눈을 깜빡였다가 떴다. 하정은 한숨을 훅 내쉰 후 차분하게 한마디 던졌다.

"네가 차이면 되잖아."

"어?"

하정이 속삭이는 말에 이나가 무슨 소리냐는 듯 반박하다가 이내 눈을 동그랗게 떴다. 총명한 이나는 하정의 말에 숨겨진 뜻을 단박에 알아들었다. 잠시 눈을 깜빡이던 이나의 입꼬리가 슬그머니 올라갔다.

왜 그 생각을 하지 못했을까. 오로지 연애를 무위로 돌리는 방법에만 고심하느라, 차이면 관계가 끝난다는 사실을 간과하고 있었다. 이미 주형에게 고백하는 건 물 건너간 일이고, 건호와의 연애만 정리하면 된다. 고로, 자신이 건호의 눈 밖에 나서 그의 입에서 '헤어지자.' 라는 말이 나오면 될 일이었다. 그럼 자신은 슬픈 척 헤어지면 그만이다.

"그거네."

이나가 홀린 것처럼 중얼거렸다.

"그래, 그거지. 어차피 건호 오빠가 네 고백을 받아준 건 '괜찮아 보이네.' 정도의 마음일 거란 말이야."

그게 아니면 복수던가.

하정은 뒷말을 꿀꺽 삼키며 말을 이었다.

"그런 남자에게 차이는 건 일도 아니야. 네가 덜떨어지게만 행동하면 돼! 평소보다 좀 더 오버하고, 밥 먹다가 흘리고, 알겠지? 여자로서 환상을 깨주란 말이야!"

하정이 동조하듯 부드럽게 속삭였다.

"역시…… 넌 내 친구야!"

구세주라도 만난 표정을 짓는 이나를 보자 하정은 가슴이 뜨끔했으나, 안도했다. 이걸로 자신의 죄책감이 조금이나마 덜어지길 바랐다.

6

이나가 건호와의 연애를 수용함과 동시에 가장 먼저 한 일은 설준과 하정의 입막음이었다. 건호의 귀에 자신의 휴대폰 개통 사실이 들어가지 않도록 하기 위함이었다. 최대한 건호와의 접점을 줄이고 대화를 나눌 시간을 줄이는 것이 이 관계와 자신의 수명에 도움이 된다는 판단하에서였다.

하정은 든든한 지원군이므로 알겠다고 했고, 설준은 '내 목숨은 안중에도 없냐? 드문드문 액정에 건호 형님 이름 뜰 때마다 심장마비 올 것 같아! 내가 그 전화 때문에 게임 아이템을 몇 번이나 떨어뜨렸는지 알아?' 라며 목에 핏대를 세웠다. 이미 설준의 그런 행동은 예측했던지라 이나는 진지하게 상황을 설명해 주었다.

"너, 잘 생각해야 해. 이대로 나랑 건호 오빠랑 계속 연애하게 되면, 건호 오빠가 우리 집을 드나들겠지? 네가 물 마시러 부엌 왔다가 건호 오빠와 딱 마주쳤다고 생각해 봐.”

“…….”

“그런 일이 ‘만약’에만 벌어질 것 같지? 아니야. 잘 생각해. 이대로 가다간 2D로 존재하던 건호 오빠를 3D로 생생하게 체험할 수 있는 일이 벌어질 거야. 아니, 3D가 웬 말이야. 4D지.”

이나의 맞춤형 설명에 얼굴이 희게 질리던 설준은 어쩔 수 없이 이나의 제안을 받아들였다. 그나마 사운드 공격이 낫지, 청각, 시각, 동시 공격은 도무지 견딜 수가 없을 것 같다는 표정을 짓고 있었다. 부모님은 건호 오빠와 마주칠 일이 거의 없는 데다가 자신에 관한 이야기를 나눌 일은 거의 제로에 수렴하므로 미리 말하지 않았다.

그러나 1차 공격에 대해 만반의 준비를 한 것이 민망하리만큼 건호 오빠에게선 연락이 오질 않았다. 이나도 그날 벚꽃에 취한 건호 오빠가 충동적으로 자신의 고백을 받아들인 게 아닐까 의심스러울 지경이었다.

그러나 그럴 사람이 아니었다. 독한 보드카, 위스키를 먹고도 멀쩡히 두 발로 걸어다니는 남자가 벚꽃에 취할 리 만무했다.

계약한 오피스텔의 부엌 인테리어 시공이 들어갔다. 부엌의 싱크대만 시공하는 것이라 일주일 정도 소요된다고 했다. 업체용 냉장고 하나와 김치 냉장고 하나를 들여놓아야 하기에 거실도 부엌이 되었다. 그래도 거실이 넓은 편이라 1인용 소파를 가져다 놓고도 공간이 넉넉하게 남았다. 잠시 낮잠을 잘 수 있을 정도의 간단한 침구와 행거는 안방에 가져다 놓았다. 요리와 부엌에 관한 한 깐깐한 이나는 시공 기간 내내 오피스텔에서 살다시피 했다.

일주일 후 시공이 마무리되었고, 이나는 물을 틀어 싱크대 아래에 방수 패드가 설치되어 있는지 수납장이 기울지는 않았는지까지 꼼꼼히 확인한 후 잔금을 지불했다.

이후 이나는 청소업체를 불러 부엌과 침실을 다시 한 번 꼼꼼하게 청소시킨 걸로 부족해 자신이 걸레를 들고 한 번 더 닦았다.

"으으."

몸을 일으키자 허리에서 뚝 소리가 났다. 청소하느라 사용한 걸레를 빨아 건조대에 널어놓던 이나는 어느새 밤이 깊었다는 것을 알았다. 이나는 팔에 힘을 탁 풀며 고개를 들었다. 검은 밤, 별이 총총 떠 있는 것을 보고 있자니 커피 한 잔이 생각났다. 향긋한 커피를 마시며 앞으로 자신이 무엇을 해야 할지 곰곰이 생각해 보는 시간을 가지는 여유. 생각만으로도 즐겁다. 그러나 아쉽게도 믹스커피 하나 없는 게 지금 사정이었다.

"시장 보러 가야지."

늦은 시각이긴 하지만 일단 커피를 비롯해 간단히 몇 가지는 사 놓을 생각이었다. 시장을 보러 간다는 생각만으로 신난 이나가 봄 재킷을 걸치고 막 나설 때였다.

딩동.

오피스텔 벨이 울렸다. 이곳을 아는 사람은 가족들과 하정뿐이었다. 당연히 그들 중 하나일 거라 생각한 이나가 신난 얼굴로 오피스텔 문을 벌컥 열었다가 그대로 돌처럼 굳었다.

"맞게 찾았네."

건호가 여유롭게 말했다.

"어떻게 여기를……."

갑작스럽게 건호를 3D로 마주한 이나는 깜짝 놀란 얼굴로 물었다.

"설준이한테 전화했더니 여기라고 알려주던데?"

아아. 설준이에게 오피스텔 이야기를 하지 말라고 언급하는 걸 잊었다.

"좀 들어갈까 하는데."

돌처럼 굳어 있는 이나를 보며 건호가 정중하게 말했다.

"네에."

거절하고 싶었으나 기가 막힌 거절 방법이 떠오르지 않아 이나는 몸을 비스듬히 돌려세울 수밖에 없었다. 건호가 안으로 들어섰다. 뒤이어 무언가를 든 남자들이 줄줄이 따라 들어왔다. 눈 깜짝할 새에 집이 관엽식물로 가득 찼다.

"수고하셨습니다."

인부들을 돌려보내는 건호의 등과 관엽식물을 번갈아 보다가 물었다.

"이게 다 뭐예요?"

이나가 내어준 실내용 슬리퍼를 신은 건호는 관엽식물 앞에 서서 줄줄 읊었다.

"행운목, 스투키, 떡갈고무나무, 폴리셔스, 관음죽, 산세베리아, 아레우카리아라고 하던데 나도 구별은 못 해. 물 주는 시기, 양, 기타 관련 자료는 화분에 붙여놨다고 하니까 시간 나면 한 번

읽어봐."

"이걸 갑자기 왜……."

관엽식물의 이름보다 이것들이 들어온 이유가 궁금하다는 듯 이나가 건호를 쳐다보았다. 그가 바지주머니에 손을 찔러 넣은 채 무심하게 대답했다.

"요리를 많이 하는 집은 공기가 별로 안 좋다는데, 넌 폐가 안 좋으니까 공기에 민감할 거 아냐."

"……."

"환기를 자주 시키면 되겠지만, 그래도 이런 식물들 몇쯤 있으면 공기 정화에 도움이 될 거야."

이나가 멍한 얼굴로 건호를 바라보다가 화분으로 시선을 돌렸다.

이게 몇쯤인가. 남의 요리 공간을 관엽식물 밭으로 만들어놓고. 눈으로 세어도 어림잡아 여덟 개가 넘었다. 공간 대비 관엽식물의 수가 많은 것처럼 느껴졌으나 이나는 일단 군소리하지 않았다.

자신의 작업실을 찾은 첫 손님이다. 그리고 자신을 위해 선물을 사온 사람이다. 이런다고 해서 그녀의 두려움이 반감되는 건 아니지만, 고마운 건 고마운 거였다.

"뭐 하려던 참이야?"

건호가 덤덤하게 물었다.

"시장……."

무심결에 답하려던 이나가 말끝을 흐렸다. 시장 보러 간다고 하면, 왠지 이 남자는 따라올 것 같다. 남자와 시장 보는 것은 이나의 오래된 로망이었다. 그 로망을 이 남자와 현실화시키고 싶지 않았다.

"……해서 식사를 하러 가려던 길이었어요."

"그래?"

뭔가 미심쩍은 구석이 있긴 하지만 넘어가겠다는 투로 건호가 답했다.

"네. 오늘은 안 바쁘셨나 봐요."

이나가 어색하게 웃었다.

"요즘은 그다지 바쁘지 않아."

정시에 퇴근하기 위해 9시부터 6시까지 딱 한 번 자리에서 일어났지만, 건호는 그 사실을 구구절절 말할 생각 없었다.

"앞으로 바쁠 일도 없고."

바쁜 일이라도 해내면 된다. 앞으로는 되도록 정시에 퇴근할 생각이었다.

"그렇군요."

자신의 대답에 단번에 흙빛으로 변하는 이나의 얼굴색을 보던 건호의 입꼬리가 삐딱하게 휘어졌다.

"움직이자, 저녁 먹어야 하니까."

건호가 돌아섰다. 이나는 실내용 슬리퍼를 신고 오피스텔을 가로지르는 근사한 남자의 뒷모습을 바라보며 잠시 고개를 갸웃거렸다.

근데…… 폐가 약한 건 어떻게 알았지? 어릴 적 일이라 하정이도 모르는, 가족들만 아는 사실인데?

"뭐 해?"

어느새 현관에서 신발을 신은 건호가 재촉하듯 물었다.

"지금 가요."

기합이 든 채 현관으로 달려가느라 이나는 그 의문을 금세 잊어버렸다.

뭐가 먹고 싶냐는 건호의 질문에 이나는 기다렸다는 듯이 '삼겹살이요!' 라고 대답했다. 평소와 다르게 즉각적인 이나의 반응이 의아스러운지 건호가 쳐다보았다. 잠시 주춤한 이나가 '제가 가보고 싶은 맛집이 있었거든요.' 라고 변명을 덧붙였다. 건호는 '그래.' 라며 흔쾌히 승낙했고, 이나는 속으로 쾌재를 불렀다.

실제로 삼겹살이 먹고 싶기도 했지만, 얼마 전 구매한 '연애, 이렇게 하면 성공한다!' 라는 책의 비법에서 착안한 방법이기도 했다.

—조용하고 은은한 저녁 식사 분위기는 사람을 설레게 만들고, 자연스럽게 상대방이 예뻐 보인다. 그러면 연애 성공 확률은 업!

그 문구에 이나가 무릎을 탁 쳤다. 그럼 시끄럽고 냄새나고 소란스러운 저녁 식사 분위기는 사람을 기분 나쁘게 만들고, 자연스럽게 못나 보일 게 아닌가. 가장 시끄럽고, 기름 냄새가 나면서, 상대방에게 집중할 수 없는 곳! 삼겹살집! 더욱이 정적이고 고요한 곳을 좋아하는 그가 왁자지껄한 삼겹살집을 좋아할 리 없었다.

팁을 얻자 용기를 얻은 이나가 이참에 자신의 계획에 박차를 가하기로 했다.

"오빠."

이나의 조심스러운 부름에 건호가 말하라는 듯 고개를 살짝 돌렸다.

"저기…… 제 고백을 받아주신 이유가…… 뭔가요?"

지피지기 백전백승이라고, 상대방이 자신의 고백을 받아준 이유를 알아야 거절당할 수도 있다. 건호가 자신의 외모에 반했다면 살을 찌우면 될 일이고, 자신의 성격에 반했다면 포악해지면 될 일이었다.

이나의 질문에 건호의 입술이 매력적으로 휘어졌다.

"그러는 넌 나를 왜 좋아하는데?"

건호의 목소리가 고요한 차 안에 착 깔렸다.

"좋아한다고 고백했잖아, 네가."

생각지 못한 역공에 이나의 입이 작게 벌어졌다.

"어…… 그게……."

이나의 등 뒤로 식은땀이 삐져나왔다. 이 남자의 무서움에 관한 논문을 제출하라고 한다면 이틀에 걸쳐서 숱한 경험과 목격자들의 증언을 바탕으로 서술할 수 있지만, 이 남자를 좋아하는 이유에 대해서 논하라고 한다면 할 말이 없다. 생각해 본 적도 없다.

"여러모로, 두루두루, 그렇습니다."

차마 할 말이 없어서 이나가 둘러 대답했다. 굳이 그의 장점을 꼽자면 놀랍도록 똑똑한 두뇌, 침착한 성격, 완벽한 외모와 체형, 큰 키 등등을 꼽을 수 있지만 자신의 입으로 그를 극찬하고 싶지 않았다.

"그래?"

돌아오는 건호의 목소리에 웃음기가 묻어 있다.

"네."

"나도 그래. 여러모로, 두루두루."

건호의 입꼬리가 작게 말려 올라가 있는 걸 보며 이나는 터져 나오는 한숨을 꾹 참았다. 잠시 잊고 있었다. 이 남자가 얼마나 머리가 똑똑한지.

"오빠는 원래 절 싫어하셨잖아요."

이나가 잠시 고민 끝에 용기 내어 물었다.

"내가?"

"네."

"왜 그렇게 생각했는데?"

건호가 의아하다는 듯 물었다.

"그야 어렸을 때부터 거리를 두셨으니까요."

말이 거리를 뒀다는 거지, 실제로 그는 살벌한 표정으로 자신을 노려보기 일쑤였고, 손끝이라도 스치는 날엔 굉장히 싫어하는 걸 티 냈다.

"나이 차이가 많이 나서 거리를 뒀던 거야."

건호가 짤막하게 답했다. 그러나 이나는 건호가 거짓말을 한다고 생각했다. 나이 차이가 많이 나면 보듬고 안아줘야지, 노려보는 건 이상한 일이었다. 그러나 더는 따져 묻지 못했다.

대화가 끊어지자 묵직한 정적이 내려앉았다. 하필이면 건호가 모는 차는 승차감과 고요함을 보강한 신차로, 바람 소리조차 잘 들리지 않았다.

"본래 꿈이 의사셨죠?"

이나가 침묵을 깨고자 넌지시 말을 꺼냈다.

"어, 그랬지."

"의사를 포기하고 검사가 되신 이유가 따로 있으세요?"

"하얀 가운이 안 어울리는 것 같아서."

건호가 사이드미러를 확인하며 고저 없는 덤덤한 목소리로 답했다.

"단지 그게 다예요?"

"어."

"……."

조금 당황스러웠다. 그보다 더 당황스러운 것은 다른 사람이 뱉으면 자랑처럼 들려 재수 없을 말인데, 이 남자가 뱉으니 묘하게 수긍이 갔다. 평생 입을 하얀 가운이 마음에 안 들어서 의사를 안 하겠다는데 뭐랄 건가. 그럼에도 묘하게 기분이 이상해진 이나는 말을 말자 싶어서 시선을 창밖으로 돌렸다.

"너도 그렇지 않았나? 의사가 꿈이었다고 알고 있었는데."

건호의 말에 창밖을 바라보던 이나가 고개를 끄덕였다.

"어릴 땐 그랬어요."

"그런데 어쩌다 요리를 하게 된 거야?"

"중학교에서 요리 실습 시간에 요리에 반했어요. 그때부터 쭉 하게 되었어요."

"자세히 이야기해 봐."

건호가 궁금한 듯 캐물었다. 이나는 침묵보다야 뭐라도 떠드는 게 낫다 싶어서 입을 열었다.

"중학교 요리 실습 시간 땐 요리를 처음 하는 거라서 재미있는 줄 알았어요. 그런데 고등학생이 된 후에 한 번 더 요리 실습을 했는데 재미있어서 견딜 수가 없었어요. 머릿속에서 이 재료와 이 재료가 만나면 어떨까, 그 재료에 어떤 양념장이 가장 잘 어울릴까 등등. 그런 생각을 하다 보니까 세계 각국의 다양한 음식 문화가 궁금해졌어요. 그래서 훌쩍 떠났죠. 지금 생각해 보면 의사 집안이라서 자연스럽게 의사가 되어야 한다고 생각했던 것 같아요. 지금은 요리를 연구하고, 만들고, 하는 게 좋아요."

씩씩하게 대답한 후에야 이나는 자신이 지나치게 말이 많았음을 깨달았다. 공포도 일정 시간 지속되면 무뎌진다더니, 그 말이 사실인 모양이었다.

이나가 힐끔 건호를 보았다. 그는 여전히 앞을 보며 무언가 생각에 빠진 얼굴이었다.

내 말에 법적 문제라도 있는가? 이나가 희게 질린 얼굴로 건호를 쳐다보았다. 그 순간 건호의 입술이 달싹였다.

"만약 너랑 내가 의사가 되었다면."

건호가 대뜸 가정했다. 가로등 불빛에 젖은 건호의 옆얼굴이 경건했다.

"메디컬 로맨스를 이루는 건가?"

그러나 그가 뱉은 말은 전혀 경건하지 않았다.

저 남자가 뭐래.

이나는 혼미해지는 정신을 다잡으며 물었다.

"……대, 대체 그런 말은 어디서 들으셨어요?"

"한때 하정이의 입버릇."

"……."

"메디컬 드라마를 보더니 메디컬 로맨스를 이루고 싶다고 떠들고 다녔어."

건호가 핸들을 가볍게 돌리며 대답했다.

"그렇군요. 하하하. 메디컬 로맨스라니. 메디컬 로맨스라니……."

이나가 넋이 나간 듯 중얼거리며 고개를 창밖으로 돌렸다.

흘러가는 풍경을 바라보며 이나는 아주 잠깐 상상했다.

유건호가 레지던트, 자신이 막 들어간 인턴이라면?

아무리 좋게 생각해 봐도 메디컬 로맨스가 아니라 메디컬 호러였다.

❖ ◈ ❖

강풍에 간판이 떨어지진 않을까 걱정스러울 만큼 오래된 간판에는 '최고 삼겹살' 이라고 적혀 있었다. 노골적이고 직접적인 가게 간판의 센스만큼이나 가게의 시설 또한 낙후되었다. 문은 여닫이가 아니라 미닫이였는데, 이가 잘 맞지 않았다. 미닫이의 창문 너머로 보이는 테이블 또한 간판의 상태와 별다르지 않았다. 좁고 오래된 테이블에 다닥다닥 붙어 있는 사람들은 대부분 중년의 남녀였고, 젊은이들도 남자들이 전부였다. 전혀 데이트를 할 분위기가 아니었다.

"가게가 좀 낙후되었죠? 그래도 내부는 넓다고 그러네요."

일단 건호를 여기까지 데려오긴 했으나, 이나는 조마조마한 표정으로 살폈다. 건호가 '다른 곳으로 가.' 라고 하면 자신의 계획은 엉망진창이 된다. 건호의 시선이 스르륵 이나를 향했다. 이나가 두려움과 곤란함이 뒤섞인 눈빛으로 빠르게 눈을 깜빡였다.

"그래도 맛은 좋다고 하니까……."

이나가 있는 용기, 없는 용기를 짜내어 한마디 보탤 때였다.

"그래, 먹자."

"……."

"네가 먹고 싶다니까."

건호가 앞장서서 미닫이문을 열었다. 가게 내부에 있던 사람들이 일제히 건호를 쳐다보다가 수군거렸다. 값비싼 슈트 차림의 그가 낡은 가게에 들어서는 걸 보며 누군가가 '아무리 잘살아도 먹을 거 앞에선 어쩔 수 없어.' 라고 중얼거렸다.

건호를 뒤따르던 이나는 난감한 얼굴로 그의 뒤통수를 쳐다보았다. 그와의 엉망진창 데이트만 생각하느라, 그가 다른 사람들에게 구경거리가 될 거라는 생각을 미처 하지 못했다. 이나는 건호에게 조금 미안해졌다.

"뭐 해?"

이모의 안내에 따라 자리에 착석한 건호가 앉으라는 듯 턱짓으로 맞은편 자리를 가리켰다.

"네."

이나는 건호의 맞은편 자리에 앉아 메뉴판을 보았다.

"뭐 줄까?"

다가온 이모가 물었다.

"삼겹살 3인분 주세요."

"그래, 알았어."

자연스럽게 반말을 척척 하는 가게 이모가 이내 물티슈, 상추, 각종 밑반찬이 올려진 쟁반을 들고 나타났다. 이모가 내려주는 밑반찬을 이나가 먹기 좋도록 배열했다. 얼마 후 삼겹살 3인분과 집게, 가위가 도착했다. 자연스럽게 집게를 잡으려는 이나의 손을 건호가 저지했다.

"내가 할게."

이나는 주춤했다. 건호는 멍한 이나의 표정을 보며 조금은 감동한 건가, 라고 생각했다. 그러나 돌아온 질문이 가관이었다.

"구울 줄 아세요?"

너, 이거 할 줄 알긴 아니? 라는 질문에 건호의 미간이 설핏 좁아졌다. 동시에 이나가 아차 한 표정을 지었다.

"자주 구웠어. 검사들은 주로 회식 때 삼겹살을 먹으니까."

건호의 목소리가 이전보다 더 착 가라앉았다.

"아아, 네."

쭈그러든 이나가 얼른 수긍한 얼굴로 고개를 끄덕였다.

건호는 자신의 말대로 능숙하게 삼겹살을 구웠다. 적당히 익자 먹기 좋은 크기로 썰어 이나의 겉절이 그릇에 몇 개 담아주었다. 아주 오랜만에 먹는 한국 삼겹살 맛에 이나가 눈을 크게 떴다.

이 맛이다! 이 맛이야!

겉절이, 삼겹살, 마늘, 양파의 양념장이 기묘하게 섞여 들어간 맛! 이 맛은 한국에서밖에 느낄 수가 없었다. 이나는 감동한 채 식사를 하다가 건호와 눈이 마주쳤다. 건호가 눈으로 말하고 있었다.

'아주, 잘, 먹고 있군.' 이라고.

이러려고 여기 온 게 아닌데!

고향의 삼겹살에 심취해 본래의 목적을 망각한 이나가 입안에서 우물거리던 고기를 꿀꺽 삼켰다.

"여기 삼겹살 2인분 더 주세요."

말릴 틈 없이 건호가 고기를 추가 주문했다. 건호는 남은 고기를 불판 위에 올렸다. 치이익, 하고 고기가 익어가는 소리가 들렸다. 이나는 티슈로 입가를 닦은 후 물로 입안을 헹궜다. 그리고 본래 목적에 맞게 건호에게 용기 내어 물었다.

"오빠는…… 어떤 여자를 싫어하세요?"

주위의 왁자지껄한 소리에 이나의 목소리가 먹혔다. 대신 붕어처럼 입만 뻥긋거리는 이나를 향해 인상을 쓰며 건호가 물었다.

"뭐?"

"어떤 여자를 싫어하시냐고요!"

때마침 옆 테이블에서 와하하 웃음을 터뜨리는 바람에 이나의 목소리가 또 한 번 사라졌다.

"뭐?"

똑같은 말을 세 번 반복하게 된 이나가 어금니를 꽉 깨물었다. 이나가 숨을 깊게 들이마셨다.

"어떤 여자를 싫어하시냐고요!"

이나가 버럭 소리 질렀다. 그러나 인생은 타이밍이라고, 때마침 가게가 조용해졌다. 이나의 엄청난 목소리에 주변의 사람들이 죄다 쳐다보았다. 이나의 얼굴이 점점 붉어짐과 동시에 아래로 향했다.

보고 싶어, 잭슨. 미국으로 다시 돌아갈까 봐.

"글쎄."

다른 사람들이 보건 말건 건호는 전혀 개의치 않는 얼굴로 짤막하게 답했다. 그러면서 이나의 겉절이 그릇에 익은 고기 몇 점을 덜어주었다.

"감사합니다."

부끄러운 와중에 감사의 인사를 한 이나를 보며 건호가 픽 웃었으나, 그녀는 보지 못했다. 고기를 두어 점 집어먹은 이나는 주변이 대화할 정도로 정돈되었다는 것을 확인한 후 말문을 열었다.

"그래도 이런 여자는 싫다, 라는 게 있으실 거 아니에요."

건호가 이나를 쳐다보았다. 오늘따라 집요하다. 특히나 자신이 싫어하는 여자에 대해 집요하다.

"왜 그걸 묻는데?"

건호가 건조하게 물었다. 이나는 잠시 움찔했다. 방금 목소리가 굉장히 차가웠던 것 같은데. 이나는 기분 탓이라 느끼며 대답했다.

"그래야…… 그걸 제가 피할 수 있으니까요."

이나는 어색하게 웃으며 속으로 자신의 신속한 임기응변에 감탄했다. 건호는 낮게 침음했다. 대답을 기다리는 이나의 표정은 해맑았다. 지나치게 해맑아서 무슨 생각을 하는지 건호는 손쉽게 읽을 수 있었다.

'네가 싫어하는 여자가 되어주마!'

이나의 온몸이 그렇게 말하고 있었다.

기가 차는군.

건호는 집게를 내려놓은 후 물티슈로 손을 닦으며 픽 웃었다.

7

이나는 조마조마한 얼굴로 건호의 얼굴을 들여다보았다. 그는 우아한 몸짓으로 허리를 곧게 세웠다.

"생각해 보니 몇 가지가 있어."

"그래요?"

이나의 얼굴에 혈색이 돌기 시작했다. 상체를 앞으로 바짝 들이민 채 이나가 두 눈을 반짝이는 걸 건호가 무심히 쳐다보며 말했다.

"요리 못 하는 여자."

이나는 한식, 일식, 중식, 양식 하물며 복어까지 다룰 줄 알았다. 대충 만들어도 가족들은 물개박수를 치며 그녀의 요리를 극찬했다. 요리 내공 30년 차의 가사도우미도 자신의 요리를 한입 먹고 국자를 던지며 좌절하지 않았던가. 고로 자신은 저 조건에 해당하지 않았다.

"또…… 없어요?"

이나가 초조하게 입술을 깨물었다. 건호가 나른하게 눈을 내리깔았다. 그러자 긴 속눈썹이 아래로 드리우며 차분한 느낌을 자아냈다.

"있어. 외국 여자."

이나는 뼛속까지 한국인이었다.

"또요?"

"열정이 없는 여자."

이나는 열정이 지나치게 컸다. 목표가 한식의 세계화이지 않던가. 이 세상 모든 사람이 퓨전 한식이라도 좋으니 한식을 한 번쯤은 먹기를 그녀는 소망하고 있었다. 그걸 건호의 집안사람들도 모두 알고 있었다.

"또요?"

이나가 마지막 희망을 놓지 않겠다는 듯 물었다. 건호의 눈이 잠시 가늘어졌다.

"하나 더 있어."

"뭔데요?"

"스킨십을 노골적으로 원하는 여자."

"……."

그건 할 수 없다. 손끝만 스쳐도 죽을 것 같은데, 스킨십이라니.

"더는 없어요?"

"없어."

건호가 단호하게 선을 그었다. 건호가 제시한 그 어떤 조건에도 이나는 부합하지 않았다.

역시 머리를 노랗게 염색하고 파란 렌즈를 껴서 짝퉁 외국인의 모습으로…….

"그래서 말인데, 가능한 노란색 염색은 안 했으면 좋겠어. 렌즈도 마찬가지고."

건호의 말에 이나의 입이 소리 없이 벌어졌다.

방금 저 남자, 독심술했어!

"왜? 문제 있어?"

건호가 건조하게 물었다.

"아뇨."

"그럼 먹어."

"네."

경악한 채 식사하는 이나의 얼굴을 보며 건호는 입술 끝을 미미하게 끌어 올렸다. 본인은 자각하지 못하는 듯했지만 이나는 지나치게 투명했다. 무슨 생각을 하는지, 무슨 고민을 하는지, 그래서 어떤 짓을 할지까지. 그래서 그 점이 재미있고 신기했다.

건호는 묵묵히 이나에게 삼겹살을 구워주었고, 이나는 넋이 나간 와중에도 삼겹살 맛에 감탄하며 식사를 이어갔다.

삼겹살 그릇이 텅 비고 몇 가지 밑반찬도 바닥을 드러냈다.

"다 먹었어?"

건호의 물음에 이나가 고개를 끄덕이며 작게 '네.' 라고 대답했다.

"그럼 일어나."

건호가 먼저 자리에서 일어났다. 뒤이어 이나도 자리에서 일어나며 가방을 뒤적였다. 이나가 카드를 꺼냈을 땐 이미 건호는 계산대에서 카드를 내미는 중이었다. 이나가 빠르게 달려갔으나 이미 종업원은 건호의 카드를 긁은 후였다. 건호에게서 한 발자국 떨어진 곳에 서서 미안한 표정으로 말했다.

"제가 계산할 건데……."

"괜찮아. 먼저 나가 있어."

건호는 서명란에 시선을 둔 채 말했다.

"네."

이나가 돌아서서 가게 밖으로 나갈 때였다. 때마침 들어오던 일용직 아저씨와 어깨를 툭 부딪쳤다. 생각보다 강한 힘에 뒤로 휘청하던 이나는 뒤통수를 어딘가에 부딪쳤다. 단단한 가슴이었다. 이나가 고개를 들자 익숙한 얼굴이 그녀를 내려다보고 있었다.

아래에서 보니 건호의 속눈썹이 훨씬 길어 보였다. 섬세한 선을 가진 얼굴선에 이나가 잠시 할 말을 잃었다.

"뭐 해?"

언제까지 보고 있을 거냐는 듯이 건호가 건조하게 물었다. 이나가 냉큼 몸을 일으켰다.

"감사합니다."

민망함에 이나가 60도로 꾸벅 인사를 할 때였다. 툭. 팔에 걸어둔 봄 재킷에서 떨어져선 안 될 것이 떨어졌다. 이나가 발로 밟아 증거를 소멸하려고 할 때, 시력까지 출중한 그가 바닥에 떨어진 무언가를 주워 들었다.

"……휴대폰?"

"……."

“이게 왜 네 재킷에서 떨어져?”

건호가 휴대폰을 들며 물었다. 이나는 넋이 나간 채로 건호와 휴대폰을 번갈아 보았다.

……간다, 간다. 단명의 쾌속열차가 브레이크도 없이 달려간다.

이나가 정신 나간 머릿속으로 중얼거렸다.

“일어나 봐.”

허리를 굽힌 채 석고상이 되어버린 이나에게 건호가 건조하게 말했다. 마지못해 이나가 천천히 고개를 들었다. 이나의 얼굴이 흙빛이 되어 있었다. 건호는 알 만하다는 듯 흐음, 소리를 내며 휴대폰과 이나를 번갈아 보았다.

“일단 나가서 이야기하자.”

건호가 휴대폰을 든 채 미닫이문을 밀고 나섰다. 뒤따라 나가던 이나는 오늘따라 바람이 차갑다고 생각했다. 그렇지 않고서야 머리부터 발끝까지 일제히 소름이 돋을 리 없었다.

졸졸 따라오는 이나를 확인한 건호는 휴대폰을 찬찬히 살폈다. 이 휴대폰이 떨어지자마자 이나는 발로 이것을 가리려고 했다. 그리고 지금 얼굴색은 땅에서 벌떡 일어난 시체의 색과 같았다. 고로 이걸 일부러 숨겼다는 말이었다.

가지가지 한다, 윤이나.

건호는 기가 막혀 하아, 하고 허탈하게 웃었다.

“타.”

주차장에 도착한 건호가 자동차를 가리켰다. 이나는 미적거리다가 자동차에 올라탔다. 뒤따라 올라탄 건호에게 이나가 준비해 둔 이야기를 하려고 할 때였다.

"이 휴대폰은……."

설준이의 것입니다! 라고 피를 토하며 이나가 말하려는 순간이었다.

"언제 개통했어?"

씨알도 안 먹힐 변명 하지 말라는 듯 건호가 말을 잘라먹었다.

"……오늘요."

이나는 힘없이 대답하며 마음의 준비를 했다. 건호가 왜 휴대폰을 개통하고도 자신에게 알리지 않았는지 물어본다면 깜빡했다고 말할 생각이었다. 깜빡했다는데 뭐라고 할 건가. 설마 머리를 열어보려고 하진 않을 테고.

그러나 마음의 준비를 한 것이 허망하리만큼 건호는 아무 질문도 하지 않았다. 오히려 매끈한 손가락으로 휴대폰의 액정을 두들겼다.

"비밀번호."

"네?"

"휴대폰 비밀번호 뭐냐고."

건호가 힐끗 보며 물었다.

"0000입니다."

휴대폰까지 들켰는데 비밀번호 부르는 거야 뭐가 어렵겠는가. 이나가 자포자기한 심정으로 비밀번호를 불렀다.

건호가 휴대폰 액정을 두드린 지 얼마 되지 않아 주머니에서 클래식 음악이 잔잔하게 흘렀다. 딱 유건호의 벨소리스러운 음악이었다.

이렇게 휴대폰 번호를 뜯기고야 마는구나.

이나가 썩은 얼굴로 건호와 자신의 휴대폰을 물끄러미 응시했다. 그러고도 건호는 잠시 이나의 휴대폰을 만지작거리다가 이나에게 돌려주었다.

정신력이 바닥을 드러낸 이나는 이만 집으로 돌아가고 싶었다. 깨끗하게 씻은 후 뽀송뽀송한 침대에 드러누워 오늘 자신에게 벌어진 비극적 일들을 싹싹 지운 채 잠들고 싶었다. 그러나 그는 그럴 생각이 전혀 없어 보였다.

"커피 한잔하자."

"네에, 네에."

네 마음대로 다 해라.

이나는 그런 심정으로 대답한 후 시트에 몸을 깊게 기댔다.

몸에 밴 고기 냄새 때문에 커피는 테이크아웃해야 했다. 다행히 밀폐된 차에서 커피를 마시는 참사는 일어나지 않았다. 선선한 바람이 부는 공원을 걸으며 한 시간가량 건호와 커피를 마시는 동안 별다른 대화가 오가지 않았다.

이나는 극도로 신경을 예민하게 했던 공포감이 마모되어 이젠 건호와 눈이 마주쳐도 기겁할 정도로 놀라지 않았다. 마치 같은 공포영화를 수도 없이 반복해서 봤더니 공포감이 사라진 경우랄까. 이나의 입장에선 기적과도 같은 변화였으나, 그다지 달갑지 않은 변화였다. 이러다가 유건호의 매끈한 외모, 그와 반비례하는 성질머리에 익숙해지면 어쩌나 하는 걱정이 되었다.

자동차가 이나의 집 앞에서 멈춰 섰다. 건호는 창 너머로 불이 켜진 집을 힐끗 보았다.

"들어가 봐."

"네."

이나가 조수석에서 내리자, 건호가 창문을 내렸다. 대문 앞에 선 이나는 고개를 꾸벅 숙였다. 남자의 차가 멀어졌다.

"하아."

이나가 한숨을 내쉬며 어깨를 축 늘어뜨렸다. 오늘은 그 어떤 수확도 얻지 못했다. 커피를 마시면서 다시 한 번 싫어하는 여성상에 대해 캐물었으나 돌아오는 건, '넌 아니니까 걱정 마.'라는 원치 않는 답변뿐이었다. 이후 좀 칠칠치 못하게 보이려고 커피를 살짝 흘렸다. 그러나 건호는 그 모습을 보지 못했다. 웃만 버렸다.

이나가 지친 발걸음으로 집 안에 들어섰다. 부모님께 인사를 한 후, 방으로 들어온 이나는 소원대로 샤워를 하고 침대에 대자로 드러누웠다. 새하얀 천장에 얼기설기 엮인 무늬가 보였다. 이나가 느릿하게 눈을 감았다가 떴다.

이제 어떻게 해야 유건호한테 차이나. 일단 유건호가 싫어하는 여자의 부류에 자신이 속하지 않는다는 것을 알았다. 그렇다면 대다수의 남자들이 싫어하는 여자가 되어야 한다. 된장녀가 되어볼까. 아니면 음주가무를 잘하는 여자? 양가 집안에서 자신들의 교제 사실에 대해 알게 되어 일이 한층 꼬이기 전에 차여야만 했다.

띠릭, 띠릭, 띠릭. 이런저런 고민을 하던 이나가 낯선 소리에 자리에서 일어났다. 탈취제를 뿌려 걸어놓은 봄 재킷에서 휴대폰을 꺼냈다. 휴대폰 벨소리가 뚝 끊겼다. 그러나 이나는 다시 전화를 걸 생각도 못 한 채 멍하게 액정만 보았다.

—수신 필수

그 아래에 담긴 낯선 휴대폰 번호.

이게 누구 번호인지 고민할 필요도 없이 0.1초 만에 알아챘다.

유건호.

"수신 필수……. 저장을 해도 꼭 지같이……."

멍한 얼굴로 꿍얼거리던 이나는 이제 자신의 주제곡이 되어버린 노래를 떠올렸다.

간다, 간다, 단명의 쾌속열차가 브레이크도 없이 달려간다.

건호는 모처럼 휴일에 집에서 휴식을 취했다. 가족끼리 똘똘 뭉쳐 지내는 걸 좋아하는 이 집안의 특성을 싫어해서 휴일엔 대체로 나가 있는 건호였지만, 오늘은 감기 기운이 있어서 쉬기로 했다. 이 타이밍을 절대로 놓칠 리 없는 건호의 모친은 가족끼리 다 함께 저녁을 먹자고 청했다. 그 말은 가족끼리 모여 여태껏 묵혀두었던 건에 대해 토론을 하자는 소리이기도 했다. 안건은 다양했다. 집의 인테리어와 관련된 소소한 문제부터 크게는 누군가의 결혼 계획까지 속했다. 한 문제에 대해 다수가 동의해야 일이 진행되었다. 그러나 건호는 발언권이 있다고 해도 이 집안의 일에 별 관심이 없었고, 늘 그래 왔듯이 침묵을 지킬 생각이었다.

부모님은 지적인 분이셨고, 현명하셔서 그들이 따로 충언을 하지 않아도 옳은 선택을 하시는 분들이니까. 적어도 주형의 선 이야기가 나올 때까지만 해도 그랬다.

부모님, 하정, 주형, 그리고 자신이 모인 자리에서 모친인 은아가 부친인 성태에게 의견을 물었다.

"여보, 당신은 이나에 대해서 어떻게 생각하세요?"

여태껏 가족회의를 귓등으로 듣고 있던 건호가 '이나'라는 이름에 눈을 치떴다.

"이나? 좋은 아이지. 제 꿈 있고, 야무지고, 집안 교육 잘 받았고."

성태가 생각만으로 흐뭇한 듯 웃었다.

"그렇죠? 그래서 말인데요. 영주한테 이야기해서 이나랑 주형이가 정식으로 선 자리를 갖게 하는 건 어떨까 해서요."

건호가 들고 있던 숟가락을 내려놓았다.

"주형이랑 이나? 주형이, 네 생각은 어떠냐?"

성태의 시선이 묵묵히 식사를 하던 주형에게 닿았다. 하정의 시선이 빠르게 건호를 향했다. 식사를 마친 건호는 미미하게 인상을 쓰고 있었다. 모든 속사정을 아는 하정은 조마조마하면서도 궁금해졌다. 사정이야 어찌 되었든 건호는 이나와 연애 중이다. 그런데 부모님이 이나와 주형을 선보게 하려고 한다. 이걸 막기 위해 건호가 사실을 밝힐지, 침묵할지 궁금해졌다. 어느 쪽이든 이나의 입장은 바뀔 것이 없겠지만.

"이나요? 괜찮죠."

주형이 고민 끝에 활짝 웃으며 답할 때였다.

"이나, 만나는 사람 있습니다."

건호의 짤막한 대답에 가족들의 시선이 우르르 건호에게 쏠렸다.

"뭐? 이나가 만나는 사람이 있어? 영주는 그런 소리 안 하던데? 오히려 자식 셋 다 결혼할 생각이 없어서 문제라던데?"

은아가 눈을 둥그렇게 뜬 채 물었다.

"제가 알기로는 교제하는 사람이 있다고 들었습니다. 진지한 관계라더군요."

담담한 건호의 대답에 하정은 입을 쩍 벌렸다. 자신의 똑똑한 첫째 오빠는 이나의 연애 사실만 밝히고 자신은 뒤로 쏙 빠질 생각이었다. 여기서 이나의 허락도 받지 않고 섣불리 교제 사실을 알렸다간 문제가 생길 수도 있으니까.

"그래? 아쉽네."

은아가 정말로 아쉬운 얼굴로 한숨을 폭 내쉬었다. 이나가 유학에서 돌아오면 내심 자신들의 아들 둘 중 한 명과 맺어졌으면 하고 바랐다.

"내일 영주한테 물어봐야겠네."

"언급하지 마세요."

건호의 말에 은아가 고개를 갸웃거렸다.

"응? 왜?"

"이나의 개인 사정이고 아직 심각한 사이가 아니라서 부모님에게 말씀 못 드린 걸 수도 있으니까요."

"그래? 하긴, 그렇겠네. 그런데 넌 어떻게 알았어? 네가 이나랑 친했던가?"

은아가 날카로운 질문을 던졌다. 그러나 숱하게 법정에 서서 표정 연기와 급습에 단련이 된 건호에겐 어떤 충격도 주지 못했다. 건호는 으레 짓는 무표정한 얼굴로 덤덤히 답했다.

"목격한 게 있어요. 들은 바도 있고요."

"아아, 그렇구나. 그래, 알았어. 건호, 네가 일찍 말해줘서 다행이네. 하마터면 이나를 난처하게 만들 뻔했구나. 그럼 우리 주형이의 새로운 선 자리는 당분간 보류할까? 어휴, 주형이 너는 언제까지 선만 볼 거야? 저번 여자도 별로라고 하더니. 아니면 네가 좋아하는 여자가 따로 있는 거 아냐?"

"아니에요."

"엄마는 며느리 자격이 까다롭지 않은 거 알지? 그냥 인성만 훌륭하고 집에 빚만 없으면 돼."

의사 집안이라고 굳이 비슷한 부류의 여자를 만날 필요 없다는 은아의 말에 주형은 알겠다는 듯 온화하게 웃으며 고개를 끄덕였다.

식사 시간이 끝난 후, 과일과 티타임까지 가진 후에야 건호는 풀려났다. 이 정도는 해야 한 달간 집이 조용했다. 이렇게 가족의 화합을 강조하는 집도 드물 거라는 생각을 하며 건호가 계단을 밟고 올라갔다. 주머니에서 휴대폰을 꺼냈다. 전화는커녕 메시지 한 통도 오지 않았다. 분명 한 시간 전에 전화를 했는데 답변조차 없다. 건호가 어금니를 꽉 깨물며 방으로 들어갔다.

답답한 마음에 창문을 활짝 열어젖히자 바람이 불었다. 그 바람에 벚꽃잎이 날려 들어왔다. 마당에 심어놓은 벚꽃 나무에서 날아온 게 분명했다. 건호는 손을 뻗어 허공에서 주먹을 움켜쥐었다.

천천히 손을 펴자 연분홍빛의 벚꽃이 얌전히 잠들어 있었다.

윤이나는 교제한 지 2주일이 넘어가건만 여전히 차이기 위해 몸부림 중이었다. 그걸 잘 아는 건호는 여전히 윤이나를 놔주지 않았다. 앞으로도 놔줄 생각이 없었다. 다만 닿지 않고 평행선처럼 이어지는 이 관계는 조금 지긋지긋했다.

"받아줄게, 네 고백."

고백이 잘못이었을까. 어긋난 자존심을 지키기 위한 고백이 아니라, 진심을 담은 고백이었다면 결과는 달랐을까. 아마 자신의 진심을 말하는 순간, 이나는 도망쳐 버렸을지도 모른다. 건호의 얼굴이 미미하게 굳었다.

바람이 불어 벚꽃잎을 날려 버렸다. 순식간에 사라지는 벚꽃잎이 마치 데이트를 마치고 대문 안으로 뛰어 들어가던 윤이나와 같다.

생각에 잠긴 듯 건호의 눈이 느릿하게 감았다가 떠졌다. 이윽고 무언가를 생각한 듯 건호의 입술이 삐딱하게 휘었다.

단명의 쾌속열차가 브레이크도 없이 달려간다고 했더니 정말 끝없이 달려갈 생각인 모양이었다.

갑작스럽게 유건호가 오피스텔로 들이닥쳤고, 이나는 3초간 자신의 심장이 멎는 것을 느꼈다. 가까스로 시계를 확인했을 땐 8시가 넘어가고 있었다.

"연락이라도 하고 오시지 그랬어요. 제가 없으면 어쩌려고요."

이나가 어색하게 웃으며 작게 불만을 토로했다.

"전화를 하면 외출할까 봐서."

"그럴 리가요. 하하."

……라고 했지만 정확했다. 건호가 오피스텔에 오겠다고 전화를 하면 집안일을 핑계대면서 만나지 않았을 거다.

늘 그렇듯 인사, 안부를 모조리 생략한 유건호는 자연스럽게 오피스텔에 들어와 재킷을 벗어 걸었다. 길게 뻗은 손가락으로 넥타이를 풀며 살짝 인상을 쓰는 그의 모습은 화보 속 모델처럼 지적이면서 야성적이었다.

"내기, 하나 할까?"

아주 잠깐 건호의 치명적인 외형에 홀려 있던 이나가 퍼뜩 정신 차렸다.

"네? 뭐라고 하셨어요?"

"내기 하나 하자고."

"어떤 유의……?"

"이기는 사람의 소원을 들어주는 거야."

"소원의 범위는 어디까지인가요?"

이나가 바짝 긴장한 채 물었다. 상대방은 하하호호 하면서 어울려 놀면서 장난삼아 내기를 할 수 있는 사람이 아니다. 자칫 잘못했다간 고소를 할지도 모를 인간이다.

"재산상, 혹은 신체상 위해를 가하거나 간접적으로 가하신다면 저는 그 내기에 참여할 수 없습니다."

이젠 제법 이나가 자신의 목소리를 내기 시작했다. 아주 오랜만에 이나에게서 어릴 적 총기 어린 모습을 발견한 건호가 픽 웃었다.

"그런 게 아니라면?"

"그럼 어떤 걸 원하시는데요?"

"연인 간에 할 수 있는 어떤 소원. 물론 신체상 접촉이나 위해, 혹은 재산을 갈취당하는 일은 없을 거야."

"쿨럭! 쿨럭!"

연인이라는 말에 이나가 사레들렸다. 물론 요즘 들어 눈앞의 남자를 부모님보다 자주 만나고 있는 데다가 요새는 간이 부풀 만큼 부풀어 올라서 이전처럼 무섭진 않았지만, 그래도 유건호다. 달콤하고 부드러운 명사인 연인과는 제법 거리가 있는 그 유건호!

이나는 1인용 소파에 앉아 있는 건호를 보았다. 그는 조명 아래에서 무결점 피부를 자랑하고 있었다. 그의 눈빛은 올곧았다. 저 사람이 죄인이다, 라고 누군가를 지목하면 죄인이라고 단번에 믿어버릴 만큼 그는 경건한 외모를 갖고 있었다.

그의 외모에 이나는 잠시 홀려 내기를 하겠다는 말을 하려다가 퍼뜩 정신을 차렸다. 요즘 들어 유건호의 외모에 왜 이렇게 홀리는지 모르겠다. 이나가 제시한 내기를 거절하려고 손을 들 때였다.

"그럴 리 없겠지만 굳이 극단적 예시를 들자면 잠시 시간을 갖자는 것까지도 수용해야겠지. 그건 신체상 접촉, 위해, 재산을 갈취하는 일이 아니니까."

"……."

"물론 뒤탈은 없을 거야. 난 내가 뱉은 말은 끝까지 지키니까."

건호의 낮은 목소리가 오피스텔을 울렸고, 이나는 신의 계시를 들은 사람처럼 얼굴이 환해졌다. 물론 대놓고 웃지를 못해 입술 끝이 움찔거리긴 했지만. 그러나 여기서 넘어가면 안 된다.

"오빠는 어떤 소원을 비실 건데요?"

"넌?"

"……."

너와의 '이별'이라고 차마 할 수 없던 터라 이나는 입을 다물었다. 그사이 이나의 머릿속이 바빠지기 시작했다. 내기에 이겨서 건호에게 '잠시 시간을 가져요.'라고 한다면 그는 자신이 뱉은 말을 지키기 위해서라도 어쩔 수 없을 거다. 물론 그랬다간 건호와의 사이가 어색해지고, 다시는 가족 모임에서 얼굴을 볼 수 없겠지만 대를 위한 소의 희생은 어쩔 수 없었다. 건호가 복수의 칼을 휘두르지 않는다는 것만으로도 이나에겐 엄청난 행운의 기회였다.

"어떤 내기를 하실 건데요?"

이나가 두 눈을 반짝이며 건호에게 조심스럽게 물었다.

"글쎄, 일단 각자 두 개의 내기 거리를 정해. 휴대폰 어플로 사다리타기를 해서 정하는 거야. 물론 내기를 제시한 건 내 쪽이니까, 휴대폰 어플은 네 걸로 하는 거야."

더할 나위 없이 공평하다. 그리고 여기서 더 나빠질 것도 없다. 건호와 뒤탈 없이 헤어질 수 있다면, 운에 맡기는 것도 좋다.

이나는 결심한 듯 힘차게 고개를 끄덕이며 말했다.

"해요! 내기!"

8

불을 켜지 않아 어두운 방구석에서 머리카락을 길게 늘어뜨린 이나가 불현듯 중얼거렸다.

"미친 거지. 미친 거야."

흑주문을 거는 마녀처럼 이나가 음산한 목소리를 냈다.

"미친 거야, 윤이나."

다시 한 번 읊조리며 이나가 퀭한 눈을 감았다.

약 세 시간 전 자신이 보였던 패기와 결단은 지나치게 무모했다. 유건호가 내민 조건이 지나치게 달아서 현명하게 판단하지 못했다. 유건호가 먼저 내기를 제시할 만큼 어떤 소원이 있다는 것을, 차마 제 입으로 말하기 뭣한 소원을 이루기 위해서 내기를 이용하는 것을 왜 그땐 알지 못했을까!

약 세 시간 전, 유건호와 이나는 각자가 유리한 내기 두 개를 제시했다. 이나가 내민 내기 중 하나는 하이힐 신고 달리기, 30초 안에 누가 더 많은 개수의 양파를 까는가였다. 건호가 제시한 내기는 가위바위보 달랑 하나였다. 이나가 진심으로 가위바위보가 전부냐는 표정으로 건호를 쳐다보았고, 그는 넓은 어깨를 으쓱하며 피식 웃었다. 그 웃음이 마치 '이 세상 그 어떤 게임을 해도 넌 나를 이길 수 없다.' 라는 뜻을 품은 것 같아 이나는 울컥했다. 그리고 간절히 빌었다. 제발 자신의 게임이 뽑히기를. 하이힐 신고 달리는 그런 비참한 내기까진 걸리지 않더라도 양파를 까는 것 정도는 걸렸으면 했다.

그리고 그녀를 동정한 하늘은 이나의 간절한 소원을 이루어주었다. 이나의 휴대폰으로 사다리게임을 한 결과 양파 까기가 걸렸고, 이나는 독립을 맞이한 독립투사처럼 손을 치켜들며 포효했다. 이나는 건호가 딴소리할세라 선선한 곳에 거대하게 쌓아놓은 양파망을 질질 끌고 나왔다.

"합시다!"

호기롭게 외치는 이나를 보며 건호는 가볍게 고개를 끄덕였다.

"대신 서로 등지고 까."

건호의 제안에 이나는 속으로 생각했다.

엉성하게 양파 까는 모습만큼은 보여주고 싶지 않아서 그러는 건가. 그럴 거다. 모든 것에 완벽한 그가 자신 앞에서 엉성한 손놀림을 보여주긴 부끄럽겠지. 이나는 기꺼이 그를 배려하기 위해 그의 조건을 수용했다.

이나는 건호에게 자신이 사용하는 도마, 그릇, 칼을 지급했다.

휴대폰 타임워치를 1분으로 맞춰놓은 후 건호를 등진 채 이나가 소리쳤다.

“시작!”

그 소리와 함께 이나는 전력을 다했다. 일생일대 그토록 집중해 본 순간이 없었다. 미리 칼에 묻혀놓은 물과 입에 물고 있는 대파 때문에 맵진 않았다. 정신없이 양파를 까고 보니 1분 안에 무려 열세 개를 깠다. 이나는 자신의 승리를 예감했다. 그러나 입술을 꽉 깨물었다. 이제 곧 잠재적 이별을 고해야 하는데 즐겁게 웃을 수 없는 노릇이었다.

‘미안하다. 오빠를 좋아하지만 아무래도 그건 동경이었던 것 같다. 오빠는 지나치게 눈부신 사람이라서 내 곁에 둘 수가 없다. 부디 좋은 여자를 만나라.’

이런 멘트를 생각하며 감정 연기에 들어간 이나는 몸을 돌려 건호를 보았다. 건호의 눈가가 붉었다. 느릿하게 눈을 감았다 뜨자 툭 떨어지는 건호의 눈물을 보는데 이나는 심장이 쿵 내려앉는 듯했다.

나한테 진 게 그렇게 쪽팔렸니? 울 정도로?

이나는 눈을 크게 뜬 채 괜찮냐고 말도 못 건네고서 건호만 쳐다보았다. 건호는 손끝으로 눈물을 닦으며 인상을 팍 썼다.

“매워.”

그럼 그렇지.

아주 잠깐이나마 그의 다친 자존심을 걱정한 자신이 바보 같았다. 그러다 이나는 문득 그의 칼에 물을 묻히지 않았음을, 그에게 대파를 지급하지 않았음을 뒤늦게 깨달았다. 이나는 얼른 대파를 구겨 자신의 주머니 안에 쑤셔 넣었다. 건호는 왜 울지 않냐는 듯 이나를 쳐다보았고, 당황한 이나가 '전 양파 까면서 울 내공이 아니에요.' 라고 쓸데없이 도도하게 답했다.

"이제 확인해 볼까요?"

이나가 승리를 예감하며 건호의 어깨 너머를 흘깃 보았다. 건호는 순순히 한 걸음 뒤로 물러섰다. 싱크대에 보이는 참상에 이나가 눈을 깜빡거렸다.

"이게…… 무슨……."

싱크대가 난장판이었다. 양파를 까라고 했더니, 격파를 해놨다. 넓은 공간 여기저기 양파 껍질이 너저분하게 늘어져 있었다. 쿵쿵대던 소리가 이것 때문에 나던 소리였나. 지나치게 놀라 눈만 끔뻑거리는 이나에게 건호는 은색 믹스볼을 내밀었다.

"이게 깐 거야."

어째서 성인 주먹만 하던 양파가 초등학생 주먹 크기로 변했는지 모르겠다. 그리고 그 초등학생 주먹 크기의 양파는 얼추 열세 개가 훨씬 넘어 보였다.

"이게 무슨 깐 거예요! 버린 게 훨씬 많잖아요!"

울컥한 이나가 소리치며 싱크대에 버려진 양파를 가리켰다. 그러자 손을 깨끗이 씻은 건호가 마른 수건에 손을 닦으며 대꾸했다.

"까라고 한 거지, 어떤 사이즈로, 어떻게 까라는 건 말한 적 없잖아?"

"……."

"이게 내가 양파 까는 방식이야."

건호가 문제될 거 있냐는 듯 차분한 표정으로 응답했다.

그랬다. 이번 내기는 양파를 누가 더 '많이' 까는 게 중점이지, '어떻게' 까는 것까지는 포함되지 않았다. 고로 건호가 손으로 격파하듯 양파 껍질을 한 뭉텅이 뜯어내도 할 말이 없다는 거였다. 최소량의 음식 쓰레기를 배출하자는 이나의 말하지 않은 전제 조건을 그가 어떻게 알 건가. 더군다나 내기인데.

이나는 버려진 양파가 아까워서 속이 쓰려 눈물이 났고, 이딴 식으로 교묘하게 양파를 학대한 건호가 못되어서 눈물이 났고, 양파보다 못한 신세가 된 자신이 불쌍해서 눈물이 났다. 뒤늦게 눈가가 붉어진 이나를 보며 건호는 무심하게 물었다.

"양파 까면서 울 내공은 아니라며."

유난히 싸한 목소리로 말하는 건호를 보며 이나는 눈물까지 삼켜야 했다.

저 피도 눈물도 없는 남자를 봤나.

이나는 건호가 눈물을 흘릴 때 잠시나마 심장이 떨어지는 기분을 느꼈던 스스로를 욕했다. 건호가 이나의 어깨 너머 볼에 담긴 양파의 개수를 세었다.

"넌 열세 개군. 난 열여섯 개야."

건호가 말했고 이나는 그때 잠시 넋을 놓았다.

저 남자는 어떤 소원을 빌까. 신체상 터치도, 재산상 간섭도 없는 조건이 대체 뭘까. 그리고 나는 누구고, 너는 또 누구며, 여긴 어딘가, 양파란 왜 까도 까도 또 깔 것이 나오는 채소이던가.

이런저런 생각을 하는 사이, 이나의 시야로 건호의 얼굴이 불쑥 들어왔다. 깜짝 놀라 한 걸음 뒤로 물러선 이나는 건호가 자신의 눈높이에 맞춰 허리를 굽히고 있었음을 알았다.

"왜, 왜, 왜 그러세요. 분명히 신체상 접촉은 하지 않는 걸로……. 아아. 안구 테러도 안 됩니다. 뭐, 예를 들어 노출이라던가, 기타 등등……."

자기가 무슨 소리를 하는지도 모른 채 이나가 떠벌거릴 때였다.

"내기 한 번 더 할까? 가위바위보로."

"……."

"혹시 알아? 네가 이길지. 네가 이기면 너도 소원을 빌고 나도 소원을 비는 거지. 두 사람 다 해피엔딩."

네 고민을 모두 말하라, 내 모두 이루어주리라— 라고 선언하는 듯한 경건한 그의 얼굴에 작은 웃음이 맺혔다. 다시 한 번 심장이 쿵 내려앉았다. 기꺼이 배려하는 그의 자그마한 머리 뒤로 후광이 보였고, 절망의 나락으로 떨어져 가고 있던 이나는 그의 손을 덥석 잡을 수밖에 없었다.

그때 그 손을 잘랐어야 했다. 경건은 개뿔이었다. 법정에 서서 모두를 올바른 길로 이끌 것같은 경건한 생김새와 달리, 그가 얼마나 지독하게 자신의 똑똑함을 이용하는 인간인지 잊지 않았어야 했다.

가위바위보에 졌다. 그는 꼼수를 부리지 않았다. 정직하게 가위바위보를 했고, 자신은 보를, 건호는 가위를 냈다. 운에 맡기는 가위바위보까지 지자 이나는 하늘이 진정 자신을 버린 건가 하는 의심까지 들었다. 보를 낸 손을 벌벌 떠는 이나를 보며 건호는 섬세한 얼굴 가득 부드러운 미소를 지으며 말했다.

"여전하구나. 가위바위보만 하면 보를 내는 건."

"……."

"난 소원을 두 개 빌면 되는 건가?"

그렇게 말하는 건호의 표정은 거대 프로젝트를 성사시킨 젠틀한 사업가의 얼굴과 같았다. 철저하게 계산된 정중한 미소.

정신을 놓다 못해 넋이 허공에 떠돌고 있는 이나를 보며 건호가 차분하게, 그러나 잘 들으라는 듯 또박또박 말해주었다.

"소원 두 개를 빌고 싶은데, 내 소원은 하나면 족할 것 같으니 하나만 빌도록 할게. 그건……."

건호의 뒷이야기를 떠올리던 이나가 머리를 부여잡고 침대를 굴렀다.

"아악! 진짜! 내가 미쳤지!"

이나는 밤새 괴로움에 몸부림쳐야 했다.

"허허. 살다 보니 별의별 일이 다 있구나. 바쁘다는 핑계로 집에 잘 있지도 않는 녀석이 식사를 다 대접하고."

건호의 부친인 성태가 오늘은 해가 서쪽에서 떴나, 라는 말을 덧붙였다.

"그러게나 말이네. 건호가 오늘 저녁 식사 대접한다는 말에 나는 오늘 점심도 걸렀어."

이나의 부친인 태조가 한마디 거들었다. 양쪽에 앉은 부인도 동의한다는 듯 웃으며 고개를 끄덕였다.

"여기 맛이 참 좋네요."

공헌의 말에 모두들 동의한다는 듯 고개를 끄덕였다.

건호가 예약을 잡은 곳은 일대에서 유명한 횟집이었다. 위생이 철저하고 맛이 깔끔해서 건호가 중요한 사람을 대접할 때 종종 이용하는 곳이었다.

"오, 진짜 맛이 다른데?"

회를 좋아해서 맛집이란 맛집은 다 휩쓸고 다닌 설준도 회를 한 점 먹고는 눈을 크게 떴다. 모두가 회의 맛에 반해 어쩔 줄 모르는 동안, 이나는 회를 씹는지 고무줄을 씹는지 알 수 없었다.

"회가 맛있어서 깜빡하고 있었네. 건호야, 긴히 할 말 있다고 하지 않았어?"

건호의 모친인 은아가 기억났다는 듯 말했다. 그와 동시에 이나의 얼굴은 표백제로 빤 것처럼 희게 질렸다. 이야기를 미리 전해 들은 하정은 한숨을 내쉬며 그런 이나의 얼굴을 쳐다보았다.

오늘 아침 이나로부터 전화가 왔었다. 오늘 폭탄선언이 있을 예정이니 마음의 준비를 하고 나오라는 당부였다. 하정은 제 가슴을 팡팡 치며 이나에게 소리쳤다.

"야! 나도 건호 오빠 진짜 무섭거든? 자다가 벌떡 일어날 만큼 무서워! 근데! 이건 아니야. 실수했다고 말하고, 헤어지자고 해!"

"……그 말은 진즉 했어야 했어. 지금 사실대로 시인하는 게 더 죽일 일이야."

"그렇긴 한데, 어쩔 거야? 언제까지 끌려갈 건데?"

"내가 건호 오빠와 틀어지면…… 부모님들 사이가 서먹해져.

알잖아."

이나가 넌지시 던진 말에 하정의 입은 딱 다물렸다. 알고 있다. 오랜 시간 함께해서 이젠 형제와 같은 부모님들이다. 그 부모님들이 사돈이 되었으면 하는 기색을 내비치면서도 선불리 말하지 않은 것은 자식 일이기 때문이었다. 모든 부모가 그러하듯, 그들의 부모도 자신들의 자식이 가장 우선이었다. 그런 자식들 간에 생긴 문제는 결국 부모의 싸움으로 번질 확률이 높았고, 설령 싸움이 아니더라도 불편해질 확률이 높았다. 그런 이유로 소중한 사람을 잃고 싶지 않았던 부모님의 조심스러움을 이나와 하정 모두 알고 있었다. 그런데 거기서 건호, 주형, 두 사람과의 스캔들이라니. 대범하기로 둘째가라는 하정조차도 부담스러운 일인데, 유난히 사람에게 약한 이나가 감당할 리 없었다. 이나라면 참으면서 자신이 건호에게 차이길 기다릴 확률이 높았다.

"에효."

로얄 살루트 50년산에 발목이 잡히지만 않았어도 저 둔치를 도와줬을 텐데.

"이나가 이야기할 겁니다."

건호가 이나를 보며 옅게 웃었다. 동시에 시선 집중을 받게 된 이나가 빠르게 눈을 깜빡였다. 이나는 슬쩍 건호를 보았다. 그는 여유롭게 그녀를 바라보았다.

"부모님에게 말씀드리고 진지하게 만났으면 해. 아, 물론 이야기는 네가 하는 걸로."

내기에서 승리한 그는 삼 일 전 그렇게 말했다. 이나는 손끝이 차게 식는 걸 느끼며 마른침을 삼켰다.

"무슨 말인데 그렇게 뜸을 들이니?"

이나의 모친인 영주가 눈을 동그랗게 뜬 채 물었다.

"아…… 그게……."

이나가 말문을 열다가 한숨을 훅 내쉬었다. 그러다 주형과 눈이 마주쳤다. 그의 눈가가 부드럽게 휘어졌다.

"무슨 말인데? 궁금하다."

주형이 격려하듯 한마디 보탰다. 이나는 그의 안온한 얼굴에 한층 더 절망했다. 이제 유주형과는 영원히 안녕이다. 이나가 낮은 한숨을 내쉰 후 속삭였다.

"그게…… 중입니다."

"응? 뭐라고?"

"크게 말해, 크게!"

설준이 귀를 이나 쪽으로 가져다 대며 물었고, 인내심이 다한 공헌이 나지막하게 으름장을 놓았다. 이나는 울컥했다. 이미 러브레터를 건호의 주머니에 넣은 순간부터 자신의 연애 인생은 끝났다. 갑자기 이판사판 공사판 상태가 된 이나는 고개를 번쩍 든 채 어른들을 똑바로 쳐다보며 말했다.

"저랑 건호 오빠, 교제하는 중입니다!"

이나의 소리침에 방 안이 고요해졌다. 사람들이 입을 벌린 채 눈만 깜빡였다. 이나는 억지로 웃으며 속으로 중얼거렸다.

지독한 유건호. 죽어도 저승사자가 무서워서 데리러 나오지도 않을 유건호. 저승 가서도 염라대왕을 말발로 이겨먹을 유건호.

이나가 속으로 꿍얼거리는 사이 미리 짐작하고 있던 하정과, 이 사건을 주동한 건호를 제외한 모든 인물들이 시간이 멈춘 것처럼 행동을 멈췄다.

"결혼을 전제로 만나고 있습니다."

건호가 부드럽게 웃으며 차분한 목소리로 한마디 덧붙였다.

쨍그랑.

뒤늦게 건호의 부친인 성태의 손에서 젓가락이 떨어졌다. 그것이 시발점이 된 것처럼 갑작스럽게 사람들이 일제히 제각기 목소리를 쏟아내기 시작했다. 반응은 판타스틱했다.

"형님! 어쩌시다가 그런 어긋난 선택을! 형님에겐 좀 더 격에 맞는 여자가 필요합니다!"

공헌이 테이블을 내려치며 건호에게 소리쳤다.

"미친, 약 먹었냐? 해외 4년 갔다 오더니 약 구하기 아주 쉽지? 부모님한테 밝혀? 조만간 청첩장도 찍겠다?"

설준이 어금니 꽉 깨문 채 이나만 들을 수 있는 목소리로 속삭였다. 이나는 기력이 없어서 설준에게 화내지 못한 채 묵묵히 앞만 보았다. 주형이 깜짝 놀란 얼굴로 눈을 빠르게 깜빡이더니, 이내 환하게 웃었다.

"생각지 못한 일이네. 축하해. 형, 이나야, 두 사람이 인연이었구나."

아니요, 그쪽이랑 내가 원래 인연이었어요.

이나는 차마 뱉을 수 없는 말을 속으로 꿀꺽 삼키며 아련하게 눈을 내리깔았다. 이제 정말로 주형과는 끝이다. 그렇게 생각하자

술도 마시지 않은 속이 무작정 쓰려왔다.

지금껏 별 굴곡 없이 살아왔다 싶더니, 이십대 중반에 이런 어마어마한 마가 끼여 있으려고 그랬구나.

이나는 작게 한숨을 내쉬었다. 그런 이나를 보던 하정은 한숨을 내쉬었고, 양가 부모님은 황당함, 반가움, 알 수 없는 조합에 대한 신기함이 뒤섞여 허공을 보며 어허허허허허 웃느라 정신이 없었다.

양가 부모님들은 의외의 조합에 놀라면서도 온몸으로 기뻐했다. 내심 사돈을 맺고자 했던 자신들의 염원을 하늘이 들어준 거라는 터무니없는 생각까지 하고 있었다. 보통 1차만 하고 헤어지던 평소와 달리 오늘은 2차까지 이어졌다. 2차 자리는 인근 조용한 술집으로, 어른들은 그때부터 본격적으로 이나와 건호에게 술을 권하며 넌지시 물어봤다.

언제부터 눈이 맞은 거냐, 결혼을 전제로 만난다던데 그럼 언제로 생각하느냐, 어디가 그렇게 좋았느냐 등등.

이나는 썩은 미소를 흘리며 어른들이 술을 주시는 족족 받아먹었다. 그 때문에 대답은 건호의 몫이었다. 건호는 적당히 솔직했고, 적당히 가려 말했다. 덕분에 건호와 이나는 서로를 아주 좋아하고, 존중하며, 아주 반듯한 만남을 가진 남녀로 포장되었다.

“잠시 실례하겠습니다.”

이나가 자리에서 일어났다. 눈앞이 핑글 돌았다.

"괜찮아?"

건호가 고개를 든 채 물었다.

너 때문에 안 괜찮아요.

이나는 그리 말하고 싶었으나 할 수 있는 거라곤 쓰게 웃는 것뿐이었다. 이나는 어지러운 머리를 붙잡은 채 룸을 빠져나왔다. 실내용 슬리퍼를 신고서 화장실로 가던 중 이나는 누군가에게 붙잡혔다. 설준이었다.

"야, 너 진짜 돌았냐?"

"여기 미국 아니다. 누나라고 불러."

이나가 술에 취해 굳은 혀를 억지로 움직이며 말했다. 그러자 설준이 핏발 선 눈을 부릅뜨며 따발총처럼 말을 쏘아댔다.

"갑자기 며칠 새에 왜 그래? 차일 거라며. 어떻게든 헤어질 거라며. 그런데 갑자기 교제 발표를 하면 어떻게 해? 이제 헤어지기 쉬울 것 같아?"

"후우."

운 없으면 앞으로 3D로 건호를 종종 봐야 할지도 모른다는 생각이 든 설준은 절박해 보였다. 이나도 그런 설준의 마음을 알지만 어쩔 도리가 없었다.

내기에 응한 것은 자신이었다. 그 내기에 진 것도 자신이었고.

건호는 조건에 맞춰 신체적, 재산적으로 전혀 관계없는 '양가 부모님께 교제 사실을 알리자. 이나, 네가 직접 말하는 걸로.' 라는 소원을 빌었다. 부담스럽다는 이유로 거절하려 했으나, 건호는 거절 따윈 받아들일 수 없다는 냉랭한 눈빛을 하고 있었다. 그 기세에 밀려 일단 승낙해 놓은 후 수습하려 했으나, 행동력 빠른 건호는 소원을 빈 지 며칠도 되지 않아 바쁜 양가 부모님들을 초대해 이 모양 이 꼴을 만들어놓은 거였다.

"누나가 면목이 없다."

이나가 벽에 기대서며 한숨을 내쉬었다.

"누나가 말 못 하겠으면, 내가 말할까? 내가 말할게! 사실 누나는 건호 형한테 아무 마음 없다고. 오히려 무서워서 싫어한다고! 누나가 좋아하는 건 다정하고 착한 주형이 형이라고 내가 말할게! 정말 잘못되기 전에 바로잡자!"

"야! 야! 미쳤어? 지금 이 상황에서?"

이나가 덥석 설준의 팔을 잡았다. 그러나 설준은 '놔!' 라고 이나의 손을 뿌리치고 커브 길을 딱 돌 때였다. 죽어도 달려갈 것처럼 굴던 설준이 딱 멈췄다. 의아함을 느낀 이나가 '설준아!' 라고 부르며 다가갔다. 그러다 이나도 뻣뻣하게 굳었다. 건호가 바지주머니에 손을 찔러 넣은 채 무표정하게 서 있었다.

언제부터 여기에 있었던 거지? 아니, 무슨 이야기를 들은 거지?

"혀, 혀, 혀, 형님."

누가 시키지도 않았는데 설준은 바짝 기합이 든 자세로 덜덜 떨었다. 건호의 차가운 눈동자가 설준을 쳐다보았다.

"어."

그의 짤막한 대답에 설준이 꼴깍 마른침을 삼켰다. 방금 전까지 심장을 뛰게 하던 술기운도 한 방에 달아났다.

"여, 여, 여기는 어, 언제 오셨습니까?"

당장에라도 건호를 만나면 멱살잡이라도 할 것처럼 굴던 설준이 더듬거리며 물었다.

"방금. 왜?"

"아, 아닙니다."

"그럼 나와. 갈 수가 없잖아."

건호가 설준을 스쳐 지나갔다. 그가 긴 복도를 지나가는 것을 본 후에야 이나가 설준의 등을 퍽 소리 나게 때렸다.

"너 때문에 미쳐!"

"나도 갑자기 귀신처럼 나타날 줄 몰랐지! 형님 들었을까? 못 들은 것 같지? 형님 성격에 들었는데 모르는 척할 리가 없잖아."

"모르지! 하여튼 말해도 내가 말하고, 수습을 해도 내가 해. 엉망진창으로 만들 생각하지 마. 알았어?"

"어."

설준도 건호에게 말할 자신이 없는지 있는 힘껏 고개를 끄덕였다. 이나는 설준을 데리고 가며 연신 뒤를 돌아보았다. 그는 정말 아무것도 못 들은 걸까? 그러다 이나가 고개를 절레절레 내저었다.

쥐가 고양이 생각을 해도 유분수지, 싶어서.

9

2차 자리가 끝났을 때 밤은 깊었고, 이나는 만취 상태였다. 어른들의 쏟아지는 질문이 불편해서 한 잔, 술집 복도에서 설준과 나눈 대화를 건호가 들은 건 아닐까 걱정스러워서 한 잔, 건호가 피의 복수를 하는 건 아닐까 두려워서 한 잔, 눈만 마주쳤다 하면 축하해 주기 바쁜 주형 때문에 속이 쓰려서 한 잔……. 그렇게 마시다 보니 걸을 수 없을 만큼 만취했다.

"얘가, 얘가."

이나의 모친 영주가 그런 이나가 볼썽사납다는 듯 눈썹을 치켜뜨며 말했다.

"괜찮습니다."

그런 이나를 건호가 단단히 붙들었다. 영주가 이나를 빼오려고 하자, 이나의 부친인 태조가 말렸다.

"왜? 보기 좋구만."

"그래도……."

딸의 헝클어진 모습을 보기 싫었던 영주가 볼멘소리를 냈다.

"됐어. 이런저런 모습 다 봐야 정이 더 들지."

"그래. 술에 취해도 우리 이나는 예쁘기만 하구만."

건호의 부친인 성태까지 거들고 나섰다. 그러더니 갑자기 둘러 모인 양가 어른들이 무언가를 의논하듯 쑥덕거렸다.

"건호야, 이나를 잘 부탁한다."

이나의 부친인 태조가 건호에게 한마디 툭 던지더니 마뜩잖아 하는 공헌, 하정, 설준을 죄다 데리고 순식간에 사라졌다. 아마도 이참에 쐐기를 박을 생각인 모양이었다. 건호는 굳이 사라지는 가족들을 잡지 않았다. 오히려 정중하게 살펴가시라며 인사하는 내내 이나를 데려갈세라 꽉 붙들고 있었다.

늦은 밤이라 거리가 텅 비었다. 부는 바람에 봄내음이 가득했다. 건호는 여전히 휘청거리는 이나를 마주 세웠다.

"괜찮아?"

건호가 물었으나, 이나는 눈꺼풀이 무거운지 느릿하게 감았다 뜨기만을 반복했다. 바람이 불자, 이나의 머리카락이 날리었다. 건호는 이나를 반쯤 안다시피해서 이나의 머리카락을 떼어주었다.

그때였다. 이나의 팔이 건호의 목을 감쌌다. 이나의 머리카락을 떼어주던 건호의 손이 허공에서 멈췄다. 시선도 밤거리 어딘가에서 멈췄고, 심장도 멈춘 듯했다. 제 몸을 모조리 의지하는 이나의 포옹에도 건호는 꼼짝할 수 없었다.

세상 모든 것이 시야에서 차츰차츰 증발해 사라지는 듯했다. 아주 드물게 지나가는 사람도, 화려한 네온사인도, 자동차도…… , 그리하여 세상에 이나와 자신만 세상에 남겨진 듯했다. 이대로 세상이 멈춰 버린다고 해도 꽤 괜찮겠다 생각을 할 때, 이나가 웅얼거렸다. 바람 소리에 뭉쳐져 제대로 들을 수 없던 그 말을 이나가 몇 번이나 중얼거린 후에야 들을 수 있었다.

"……주형 오빠아."

이나가 주형을 찾았다. 건호의 눈빛이 탁하게 흐려졌다.

자신의 목을 끌어안고서 자신의 동생을 찾는 여자다. 자신의 동생도 이 사실을 알면 이나를 거절하지 않을 거라는 걸 안다. 양가 부모님도 두 팔 벌려 반길 거다. 안다. 모두 다 안다. 알면서도 자신의 못된 이기심에 놔줄 수가 없다.

오래전부터 시작된 마음이다. 그 마음은 차츰 가속도를 내어 달려갔고, 이나의 고백으로 최고의 스피드를 내며 달리고 있었다. 이제 와서 멈추라는 건 부서지라는 말밖에 되지 않는다. 자신은 살고 싶다. 살고 싶어서…… 놔줄 수가 없다.

건호가 단단한 팔로 이나를 끌어안았다. 온몸에 착 감겨오는 이 느낌이 소중해서 놔줄 수가 없다. 그런 와중에도 이나는 드문드문 주형을 찾았다.

"그래."

건호가 이나의 귓가에 부드럽게 속삭였다.

"……여기 있어."

건호는 기꺼이 부는 봄바람보다 부드럽게, 그 어떤 말보다 상냥한 '여기 있어.' 라는 말을 반복해 주었다.

자신이 조금 괴로워도, 이나가 편하길 바라는 마음에서.

"일어나."

나지막하게 경고하는 목소리에 이나의 눈이 바로 떠졌다. 본능이 위험하다고 경고한 것이었다. 눈을 뜨자마자 보인 건 하얀 빛이 새어 들어오는 익숙한 방과 함께 팔짱을 끼고 있는 공헌이었다.

"오, 오빠?"

"일어나."

다시 한 번 공헌의 입에서 음산한 목소리가 퍼져 나왔다. 이나가 벌떡 몸을 일으키다가 머리를 감싸 쥐었다. 누군가가 머릿속을 망치로 내려치는 듯이 아팠다.

공헌은 그런 여동생을 냉담한 눈으로 바라보았다. 공헌에게 건호는 자신의 우상이자 롤모델이었다. 유건호는 어린 시절부터 독보적인 존재였다. 동갑내기 친구들이 로봇 장난감에 미쳐 있을 때 그는 우아하게 책을 읽었고, 어디에 있든 간부직을 맡았으며, 간부직에 부여되는 혜택과 권리를 마치 제 옷을 입은 것마냥 자연스럽게 썼다. 그러면서도 책임 있게 행동했고, 한 번도 누군가에게 꼬투리 잡힌 적이 없었다. 그런 유건호를 닮기 위해 공헌은 노력했지만 아직도 자신은 실수투성이 레지던트에 불과했다.

그런데 그런 유건호와 자신의 여동생이 만난다니. 지금도 그 사실이 믿기지 않아 공헌은 찬찬히 이나를 살폈다.

얼굴은 팅팅 붓고 까치집을 두어 개 짓고 있는 머리, 숙취로 죽을 듯한 표정을 짓는 이나에겐 우아함, 고상함이란 일절 찾아볼 수 없었다. 건호에겐 우아함과 고상함으로 무장이 된 여자도 아까울 판이다. 아무리 생각해 봐도 이나가 좋다고 건호에게 매달려서 사귄 걸로밖에 보이지 않았다. 자신의 여동생이 유건호에게 누를 끼치다니. 공헌은 수치스러웠다.

"네가 유건호 형님을 만난다지?"

음산한 목소리에 이나가 움찔했다.

"으. 응? 응. 어제 들었잖아."

"과정은 잘 전해 들었다. 아마 건호 형님이 많이 포장했겠지. 자기 사람에겐 아량을 베푸는 분이니까."

공헌의 말에 이나의 표정이 미미하게 구겨졌다.

아침 댓바람부터 저 인간이 무슨 소리래.

그러나 차마 그 속마음을 뱉을 수 없었다. 뱉었다간 오늘 해가 지는 걸 못 보게 되는 수가 있다. 이나는 억지로 초점을 맞춰 공헌을 보았다.

공헌은 새벽임에도 깔끔한 양복 차림을 하고 있었다. 정신 없다는 레지던트가 저토록 말끔한 옷차림과 헤어스타일을 고수할 수 있는 건 기적이다. 저러니 병원에서 '결벽증 걸린 미친 도끼' 라고 불리지. 성질을 있는 대로 휘둘러 다른 사람들을 찍어댄다고 해서 붙은 별명이라고 했다.

"이전에 알았으면 손을 썼을 텐데, 이미 사귄다니까 어쩔 수가 없구나. 사귀는 건 좋다. 단, 어제와 같은 모습을 보인다면 가만두지 않을 거다."

"어제…… 같은 행동?"

이나가 자신도 모르게 무슨 소리냐는 듯 반문했다. 그러자 공헌의 눈빛이 대번에 얼어붙으면서 등 뒤로 검은 아우라를 뿜어냈다. 이나는 실언을 했다는 듯 혀끝을 꽉 깨물었다.

"기억도 못 하나 보군."

차가운 목소리가 정수리로 뚝 떨어졌다.

"어제처럼 건호 형님에게 안겨서 귀가하는 거 말이다."

이어진 공헌의 음산한 목소리에 이나가 움찔했다. 그의 말에 이나의 머릿속에 어젯밤 있었던 일이 파노라마처럼 좌르륵 소리를 내며 지나갔다. 어젯밤 가족들이 있는 술집에서 가족들을 믿고 술을 진탕 마셨다. 자신이 믿었던 가족들은 건호에게 자신을 버리고 갔으며, 자신은 건호를 껴안았……. 이나의 얼굴이 하얗게 질렸다. 기억이 사라졌으면 좋겠는데 억울하게도 기억이 뒤를 이어 떠올랐다. 자신을 안아주던 건호가 휘청거리는 자신을 안아 든 것이 기억의 마지막이었다.

모조리 기억난 듯 넋이 나간 이나의 얼굴을 보며 공헌이 얼굴을 찌푸렸다. 대체 부족하고 모자란 자신의 여동생을 건호가 선택한 이유를 알 수 없었다. 그저 장점이라곤 요리를 잘하는 것과 그럭저럭 봐줄 만한 외모뿐인데 말이다.

"인사불성이 된 것도 아니고 아예 의식이 없는 상태로 건호 형님에게 안겨서 귀가하지 마라. 너의 그 어이없는 행동으로 수치스러움은 내 몫이 되었다."

"네에."

이나가 마지막 이성을 짜내며 대답했다.

"건호 형님의 애인이 되려면 많은 자격을 필요로 한다. 지적인 우아함, 고상함, 철저한 자기 관리를 한 여자만이 건호 형님의 애인이 될 수 있지. 건호 형님을 아는 모든 사람들은 그런 여자가 배필이 될 거라 믿어 의심치 않기 때문에."

공헌의 이상한 말투에 이나가 울리는 머릿속으로 '여기가 조선시대인가, 중세시대인가.' 라며 홀로 생각했다. 공헌이 말을 이었다.

"그러니 그런 여자가 될 수 있도록 심신을 정진해라. 알겠냐?"

"……네."

"후우, 건호 형님은 어쩌다가 너를……."

공헌은 한숨을 내쉬며 그 한마디를 흘린 후 방문을 밀고 나갔다. 이나는 울리는 머리를 잡고서 방문을 쳐다보았다. 윤공헌이 유건호의 집사처럼 군다는 건 알고 있었지만, 여동생에 대한 염려를 끝까지 하지 않는다.

"그러니까…… 건호 오빠 괴롭히지 말라는 말을 하려고 이 새벽부터 날 깨운 거란 말이지? 하아. 누가 누굴 괴롭혀? 그 사람이 괴롭힌다고 괴롭혀질 사람이야? 우리 오빠지만 진짜 이상한 사람이야."

이나는 한숨을 내쉬며 눈을 감았다. 아주 잠깐 윤공헌이 유건호를 좋아하는 건 아닐까 의심했지만, 얼른 불경한 생각을 털어냈다.

아침 내내 숙취에 시달리면서도 이나는 오피스텔로 달려갔다. 집에 있으니 모친이 건호와의 일을 꼬치꼬치 캐묻고, 설준은 '미쳤어!' 라고 날뛰어서 정신을 차릴 수가 없었다. 도망치듯 오피스텔로 온 이나는 곧장 노트북을 펼쳤다. 이나는 국내에서 가장 유명하고 유구한 전통을 자랑하는 한정식 식당 '락' 의 홈페이지를 꼼꼼하게 다시 살피며 제출할 이력서를 정리했다.

본래 이나의 꿈은 자그마한 한정식 식당을 개업해 규모를 키우는 것이었으나, 4년간 유학길 끝에 깨달았다. 한식의 대중화에 앞장서기에 자신의 한식 깊이는 얼마 되지 않는다는 것을. 다른 사람의 맛이 아니라 자신만의 고유한 맛을 만들기 전까지 이나는 조금 더 배울 생각이었다. 그러기 위해서는 꼭 '락' 에 입사해야만 했다.

이나는 이력서에 4년간 유학길에 올라 수많은 음식을 접하고, 맛보고, 개발한 결과 한식도 분명 대중화시킬 수 있다는 확신을 얻은 점, 2년간 지방 곳곳을 다니며 배운 점, 두 가지를 조합시킬 수 있는 방법을 생각 중이며, '락' 에서 그 능력을 발휘하고 싶다는 포부를 밝혔다. 이력서를 다 쓴 후에 꼼꼼하게 되살펴 보던 이나는 순간 눈앞이 핑 돌아서 이마를 짚었다. 손바닥이 후끈거렸다. 이나가 얼굴을 찌푸렸다. 과음을 하고 나면 그다음 날은 꼭 두통과 발열이 오곤 했는데, 한동안 술을 마시지 않아 깜빡하고 있었다. 물론 어제 같은 경우엔 기억났다고 하더라도 마셨겠지만.

"으으. 머리 아파."

이나가 좀비처럼 방으로 걸어가며 중얼거렸다. 간이침대에 드러누워 이불을 목끝까지 끌어당길 때였다. 휴대폰이 울렸다. 무시했다. 그런데 또 울렸다. 벨소리가 세 번쯤 이어지자 더는 견디지 못한 이나가 비척거리는 걸음으로 거실로 나와 걸어놓은 외투에서 휴대폰을 꺼냈다.

"하아, 무시할걸."

액정을 본 이나의 첫마디였다. 수신 필수. 이나는 멈칫하다가 액정에 뜬 이름이 무시무시해서 휴대폰을 귀에 가져다 댔다.

"여보세요."

[목소리가 왜 그래?]

인사 생략은 기본으로 깔고 가는 건호의 전화 예절에 이나는 이제 적응이 되었다.

"숙취가 덜 풀려서요."

[많이 아파?]

"그냥 조금요."

이나가 좁혀지는 미간을 억지로 펴며 대답했다. 머릿속에 수천 마리의 딱따구리가 들어 있는 듯했다.

[집이야?]

"아니요. 오피스텔이요."

그렇게 답한 후 이나가 아차 했다. 두통 때문에 자신도 모르게 술술 불었다.

[그럼 나오진 못하겠군.]

한숨을 내쉬며 작게 중얼거리는 건호의 말에 이나가 눈을 반짝 떴다. 생각지 못하게 건호가 오늘은 포기할 모양이었다. 이나는 이참에 잘됐다 싶어 더욱 앓는 소리를 냈다.

"네. 정말…… 죄송해요. 저도 마무리하다가 집에 가서 쉬려고요."
[언제 귀가할 예정이야?]
건호의 물음에 이나가 고개를 들어 시계를 확인했다. 어느새 오후 4시였다. 건호의 퇴근이 6시 반이라는 걸 떠올린 이나가 얼른 말했다.
"5시에 나가려고요. 한숨 자고 가려고요."
5시면 건호가 한창 일할 시각이었다. 그도 불가능하다는 걸 알아챘는지 한결 낮은 목소리로 물었다.
[그래. 식사는 할 수 있어?]
"네."
[좋아하는 거 챙겨 먹어.]
"네. 가는 길에 간단히 김밥 사가려고요."
[김밥?]
"네. 제가 입맛 없거나 피곤할 땐 김밥을 먹거든요. 좋아하는 음식이 김밥이에요."
이나가 더는 묻지 말라는 듯 아주 상세하게 답변했다.
[알았어.]
건호가 대답했다. 순순히 통화가 끊겼다. 이나는 씩 웃으며 외투에 휴대폰을 쑤셔 넣었다. 오늘은 유야무야 건호와의 데이트를 미룰 수 있다는 즐거움에 취해 이나가 간이침대에 드러누웠다. 되도록 오늘은 늦게 귀가할 생각이었다. 가족들의 괴롭힘을 피하기 위한 방법이었다. 그러다 건호가 번쩍 떠올랐다. 혹여 건호에게 전화가 오더라도 집에서 쉬고 있는 중이라고 하면 오피스텔까지 찾아오지 않을 거다.

"다행이다."

이나는 작게 중얼거리며 눈을 감았다. 간이침대를 사서 넣어둔 건 현명한 판단이었다. 생각 외의 폭신함과 편안함에 이나가 기분 좋은 얼굴로 눈을 감았다. 잠이 든 지 얼마 되지 않아 이나는 꿈을 꾸었다. 그녀가 일곱 살 때 있었던, 주형을 좋아할 수밖에 없었던 그 일이 아주 오랜만에 꿈에 나왔다.

일곱 살이던 이나는 유치원을 마치고 가사도우미가 데리러 올 때까지 기다려야 했지만, 유난히 호기심이 많았던 때라 선생님이 안 보는 사이에 도망쳐 나왔다. 자신은 혼자서 집에 갈 수 있는 나이라며 기세등등했던 듯했다. 그런 이나의 마음과는 달리 하늘이 점점 꾸물꾸물해졌고 이내 꽤 굵직한 빗방울이 한두 방울씩 떨어지기 시작했다.

이나는 불안한 마음에, 얼른 집에 가야겠다며 발길을 재촉했다. 그때 갑자기 공사장 위에서 어, 어, 소리가 났고 갑작스레 누군가가 '윤이나!' 라고 소리치며 어린 그녀를 떠밀었다. 그녀의 어린 몸이 튕겨 나가 바닥을 한 바퀴 굴렀다.

이나가 정신 차렸을 즈음에 자신을 떠민 어린 소년의 곁엔 공사장 인부들이 가득 둘러서 있었다. 그 주변으로는 피가 흘렀다. 소년은 알 수 없는 소리를 내며 소리 질렀고, 인부는 그런 그를 꽉 붙드느라 정신이 없어 보였다.

소년의 얼굴은 인부들의 다리에 가려 보이지 않았다. 다만 짐승처럼 뭐라고 소리를 지르는 어린 소년이 무섭기만 했다. 이윽고 응급차가 오고, 어린 소년을 태워 갈 때까지 어린 이나는 넋이 나가 멍하게 쳐다만 보았다. 유일하게 근처에 넋 놓고 앉은 이나를 알아본 인부가 그녀에게 다가와 '괜찮니?' 라고 물었고, 이나가 그제야 빽 하고 울음을 터뜨렸다. 비를 흠뻑 맞고 있는 이나를 보고 놀란 인부는 일단 소년이 떨어뜨리고 간 우산을 펼쳐 어린 그녀의 손에 쥐어주었다. 어디 가지 말고 여기 있으라는 인부의 당부가 아니더라도 어린 이나는 다리에 힘이 풀려 움직일 수 없었다.

낯설고, 아프고, 외롭고, 무서운 마음이 한데 뒤엉켜 눈물이 찔끔찔끔 났지만 어린 이나는 지쳐서 더 울 수 없었다. 엄마가 보고 싶었다. 집에 가고 싶었다. 그럼과 동시에 자신을 밀친 소년이 궁금했다. 누굴까. 죽은 걸까. 고민과 걱정을 번뇌하던 차에 우산 끄트머리에 달랑거리는 이름표를 보았다.

유주형.

가까스로 그 이름을 읽은 이나는 인부의 신고로 경찰이 올 때까지 바람에 흔들리는 이름표만 멍하게 쳐다보았다.

그날, 이나는 엄마에게 오래도록 혼이 났다. 다시는 그러지 않겠다고 싹싹 빈 후에야 이나는 부모님과 함께 잠들 수 있었다. 어린 이나가 잠들기 전, 부모님이 두런두런 나누는 대화를 들었다.

"은아 아들이 입원했나 봐요."

"그래? 누가?"

"주형이라나 봐요."

주형. 이나는 잠결에도 그 이름을 번뜩 알아들었다.

"갑자기 왜?"

"공사장에서 떨어지는 벽돌에 어깨를 맞았나 봐요. 우리 이나가 있던 공사장 아래쪽에도 무슨 이유에서인지 피가 잔뜩이던데. 요즘 공사장 관리가 소홀한가 봐요. 우리 이나가 거기 있었어 봐요. 그것만큼 큰일이 없죠."

영주가 가슴을 쓸어내리며 중얼거렸다. 영주는 이나가 사고당할 뻔했다는 일을 알지 못했다. 인부는 굳이 자신의 공사장 사고를 말하지 않는 게 낫다고 판단한 듯했다. 이나 또한 겁에 질려 말을 제대로 할 수 없었다. 그 순간만 생각하면 가슴이 떨려서 울음부터 나왔으니까.

"저런! 어쩌다가! 조심하지 않고. 그 공사장은 안전시설을 어떻게 관리한 거야?"

아빠의 노기 어린 목소리를 마지막으로 이나가 까무룩 잠이 들었다. 이나는 어린 소년을 직접 보지 못했지만 자신을 구해준 사람이 주형일 것이라 확신했다. 분명 '윤이나!' 하고 자신의 이름을 불렀고, 우산의 이름표에는 '유주형'이라고 되어 있었으니까.

주형을 만난 것은 그로부터 여섯 달 후였다. 무슨 이유에서인지 건호는 없었고, 주형은 말끔한 얼굴로 이나를 향해 웃어주었다. 그날도 공헌에게 잔뜩 혼이 나서 기가 죽어 있는데 그런 이나를 향해 주형은 천사처럼 웃어주었다.

"웃는 게 예쁜데. 내가 공헌이 혼내줄까?"

화사하게 웃으며 덧붙이는 주형의 말에 이나는 자신도 모르게 웃었다. 그러면서 이나는 어깨를 힐끔 보았다. 다 나은 건지 멀쩡했다. 이나는 고민하다가 '구해주셔서 고맙습니다.'라고 꾸벅 인사하자, 주형이 과한 인사에 의아한 듯 쳐다보다가 다시 싱긋 웃었다.

"괜찮아."

그는 상냥하게 이나의 머리를 쓰다듬어 주었다. 어린 이나의 눈에 주형은 동화 속에 나오는 왕자님처럼 보였다. 그때부터였다, 이나가 주형을 조금씩 생각하게 된 것은.

사춘기에 접어들었을 땐 주형과 자신은 운명이라고 확신했다. 그때 주형이 아니었다면 자신은 죽었을 거다. 한데 어렸을 적부터 조금씩 싹을 틔워온 마음이 잘못된 고백 한 번으로 죽어버렸다. 잠결에도 그 생각을 하자 가슴이 갑갑해지면서 온몸이 고통스러웠다.

유건호. 백설공주의 마녀 같은 남자.

딩동. 딩동. 딩동!

연거푸 들리는 벨소리에 이나가 번쩍 눈을 떴다. 숙취를 깨고자 잠들었는데 오히려 꿈자리가 사나워서 두통이 배가되었다. 이나는 울리는 머리를 꽉 붙잡고 자리에서 일어났다. 비틀거리는 걸음으로 현관을 향해 걸어가던 이나가 소리쳐 물었다.

"누구세요?"

"나야."

현관문 고리를 잡던 이나가 낮고 깊은 목소리에 멈칫했다. 부스스한 머리를 짜증 섞인 손놀림으로 넘기며 얼굴을 팍 찌푸렸다. 창밖을 보니 이미 어둑했다. 7시가 넘도록 잔 모양이었다.

그나저나 이 남자는 자신이 아직 귀가하지 않은 걸 어떻게 알았을까. 자신의 몸에 위치추적기를 달아놓은 걸까.

이런저런 복잡한 생각을 하며 이나가 문을 열었다. 건호는 '실례할게' 혹은 '들어가도 돼?' 라는 말을 생략한 채 아주 자연스럽게 오피스텔 안으로 들어왔다. 엉겁결에 이나가 뒷걸음질치며 건호의 입성을 허락하고야 말았다.

"여기 있는 건 어떻게 아셨어요?"

꿈자리가 사나운 탓에 이나의 피로는 배가되었다. 그 때문에 건호에게 묻는 목소리가 쩍쩍 갈라졌다.

"설준이한테 연락해 보니 귀가 전이라고 해서."

건호가 자연스럽게 바닥에 비닐봉지를 내려놓으며 답했다.

설준이가 다시 한 번 난리를 치겠군.

이미 집 안까지 들어온 건호를 내쫓을 담력이 없는 이나는 거실을 가로질러 갔다. 재킷에서 휴대폰을 꺼냈다. 잠들기 전 무음으로 바꿔놓은 휴대폰에는 부재중 전화가 엄청나게 찍혀 있었다. 건호 2통, 나머지는 설준이었다.

—내가 심장마비로 죽으면 네 탓이다, 누나.

설준이 이를 꽉 깨문 채 날렸을 게 분명한 문자를 보며 이나는 허망하게 웃었다.

네가 죽기 전에 내가 먼저 죽을 것 같구나, 설준아.

이나는 자신의 부엌을 점령한 마트 봉지와 재킷을 벗는 건호의 모습을 번갈아 보았다.

"저건 뭐고, 뭐 하시는 거세요?"

이나가 울리는 머리를 잡은 채 비닐봉지를 가리키며 물었다.

“김밥 재료.”

건호가 반듯하게 재킷을 걸어놓으며 답했다. 이나는 건호를 잠시 멍한 얼굴로 쳐다보았다.

“네?”

“김밥 먹고 싶다며.”

“지금 김밥을 할 체력이 안 되는데…….”

이나가 난처한 얼굴로 중얼거렸다. 그러자 건호가 무슨 소리냐는 얼굴로 쳐다보며 소매 단추를 풀었다.

“너보고 하라고 한 적 없어.”

“네?”

“내가 해보려고.”

“……김밥을 만들어보신 적은……?”

“없어.”

당당하게 없다고 말하지 마! 누굴 실험체로 쓰는 거야!

이나가 차마 못 할 말을 억지로 삼키며 무시무시한 얼굴로 건호를 노려보았다. 그러다 허공에서 눈이 딱 마주쳤고, 이나는 반사적으로 웃어버렸다. 유건호 앞에만 있으면 반사적으로 비굴해진다. 이래서 어린 시절 경험과 세뇌가 중요한 거다.

건호가 소매를 둘둘 걷자 핏줄이 도드라진 굵은 팔이 드러났다. 손목부터 팔꿈치까지 이어지는 선이 참 예뻤다. 그러고 보면 유건호는 잔인하리만치 냉정한 성질머리를 제외하곤 완벽한 인간이었다. 딱 관상용 인간인데, 어쩌다가 자신의 인생에 굴러떨어진 건지…….

이나가 심란한 표정을 짓자, 자신의 요리를 걱정하고 있는 거라

판단한 건호가 덤덤하게 말했다.

“걱정하지 마. 내가 칼이랑 검이랑 친해.”

아아, 김밥을 만들지 않았을 뿐 다른 요리는 해봤구나!

이나는 그럼 어느 정도 요리 감각이 있을 거라며 안심했다. 비록 양파를 격파한 전적이 있긴 하지만, 그건 내기 중이라서 마지못해 한 선택이라고 생각할 때였다.

“어릴 적에 아버지 메스를 가지고 고무를 반듯하게 잘라본 적 있어. 지금도 칼 종류는 대부분 잘 다뤄.”

“…….”

“그리고 약 5년간 검도를 했었고.”

“…….”

“그러니까 걱정하지 마.”

대체 어느 포인트에서 안심을 해야 하는 거지?

이나가 넋이 나간 얼굴로 주섬주섬 음식 만들 준비를 하는 건호의 넓은 등을 쳐다보았다.

“들어가서 쉬어.”

네가 내 부엌을 볼모로 잡고 있는데 쉴 수가 있겠니.

바닥에 발이 붙은 듯이 서 있는 이나가 심각한 얼굴로 건호를 쳐다보았다.

“어서.”

그러나 조용하게 한마디 덧붙이는 건호의 목소리에 이나는 얼른 방으로 걸음을 옮길 수밖에 없었다. 침대에 걸터앉은 이나는 조마조마한 마음으로 부엌을 힐끔거렸다.

부엌이 폭발하면 어쩌나, 배상해 주겠지? 그럼 재료들은 무사

한가, 냉장고 비싼 건데, 갑자기 저 남자가 평생 안 해본 요리를 하려는 이유는 뭔가, 신종 괴롭힘인가? 저 고문관 출신 같은 인간을 봤나, 기타 등등 고민을 끊임없이 하던 이나는 자포자기한 채 간이침대에 대자로 드러누웠다. 부디 아무 일이 없길 바라며.

10

열린 방문으로 건호가 들어왔다. 건호는 우아한 몸짓으로 침대에 걸터앉아 이나의 다리 위에 쟁반을 올려놓았다. 쟁반 위엔 김밥 세 줄, 어묵탕, 포크가 놓여 있었다. 이나가 멍하게 건호를 바라보았다.

"감동할 필요 없어."

감동이 아니라, 이 김밥 세 줄 마는 데 두 시간 반이 걸린 이유를 묻고 있었다.

부엌에서 쾅 소리가 나고 퍽 소리가 나던데. 부엌은 무사한 건가.

이나는 고개를 들어 시계를 보았다. 어느새 9시 30분이었다. 저녁이 아니라 야참이 되어버렸다. 이런저런 생각을 하는 사이 건호가 이나의 손에 젓가락을 쥐어주었다. 갑작스럽게 손길이 닿자 이나가 움찔하며 어깨를 움츠렸다.

"왜?"

멍하게 쳐다보는 이나를 향해 건호가 짤막하게 물었다.

"두통이 있을 뿐, 사지는 멀쩡해요."

그러니 굳이 과하게 포크를 쥐어줄 필요 없다는 말을 이나가 생략했다. 건호가 픽 웃으며 '알아.' 라고 답하고는 이나의 손을 말아주었다. 이나는 건호의 손을 바라보았다. 자신의 손 하나쯤은 가뿐히 덮고도 남을 만큼 큰 손이었다. 그렇게 큰데도 몸의 비율에 딱 맞아서 여태껏 이만큼 큰 줄 모르고 있었다.

"먹어봐."

"네."

그렇게 답한 후 이나는 젓가락으로 어묵탕만 휘휘 내저을 뿐 김밥에 손을 대지 않았다. 먹어도 무사할까. 먹다가 토하면 저 남자 표정이 어떻게 변할까. 그럼 차이겠지? 시도를 한 번 해볼까…….

"안 먹어?"

건호의 무심한 목소리가 이나의 생각을 툭 잘랐다.

"이제 먹으려고요. 그런데 이건 뭔가요?"

이나가 김밥 아래에 정체를 알 수 없는 부추를 가리키며 물었다.

"데코레이션."

"……."

"잡지에서 보니까 이런 식으로 데코레이션하던데."

다행이다, 부추라서. 길가에서 민들레 안 꺾어온 게 어디야.

이나는 그렇게 속으로 생각하며 '네, 네.' 라고 대답했다.

"꽃집은 오늘 문 닫았길래."

"……."

김밥에 장미 데코레이션 할 생각이었냐.

이나는 황당함에 잠시 말문을 잇지 못했다. 그러는 사이 건호가 재촉했다.

"안 먹어?"

"먹어야죠."

"먹여줄까?"

건호의 음산한 목소리가 머리 위로 떨어졌다. 먹지 않으면 입을 찢어서라도 넣어주지, 라고 들리는 건 두통 탓이겠지.

이나는 냉큼 김밥을 하나 입에 넣었다. 오랜 시간 요리를 해오는 동안 이나는 어쩔 수 없이 입맛이 까다로워졌다. 함부로 아무 음식이나 먹지 않았다. 특히 한식이나 쌀에 관련된 음식엔 더 까다로워서 자신이 가는 음식점 외엔 발길도 하지 않았다. 그 탓에 이나는 요리 왕초보의 유건호 음식을 먹는 것에 거부감이 들었다. 진짜 토할까 봐 걱정이었다. 그러나 이나는 성의를 생각해 꾹 참고 씹었다. 얼굴을 미미하게 찌푸린 채 몇 번 씹던 이나의 얼굴이 의외라는 듯 펴졌다.

"오."

짤막하게 감탄하는 이나를 보면서 건호의 긴 눈매가 가늘어지며 끝이 살짝 휘었다.

"괜찮아?"

"맛있어요."

이나의 말에 건호가 미소를 지으며 고개를 비스듬히 기울였다.

한 손을 침대에 짚은 채 웃고 있는 건호의 묘한 자세에 이나가 씹고 있던 김밥을 꿀꺽 삼켰다.

살짝 풀어진 셔츠, 느슨한 넥타이, 나른하게 늘어진 표정과 자세로 침대 위에 앉아 있는 남자가 야해 보일 줄이야. 여태껏 자신의 마음이 시끄러워서 이 집에 둘밖에 없다는 사실을 잊고 있었다. 민망한 마음이 든 이나는 슬쩍 눈을 내리깔고서 김밥을 한 개 더 집으며 건호에게 물었다.

"오빠는 안 드세요?"

"난 요리하다가 조금 먹었어. 그래서 배불러."

"굳이 안 해주셔도 되는데, 다음엔 사 먹을게요."

"사 먹는 거 싫어하잖아."

이나가 고개를 번쩍 들어 건호를 보았다. 어떻게 알고 있냐는 얼굴로 쳐다봤으나, 건호가 대답 대신 입술 끝을 올리며 웃었다.

"그리고 아픈 사람한테 어떻게 만들어졌는지 모를 음식 먹이고 싶지 않아."

"두통인데요……."

"두통이라도 아픈 건 아픈 거니까."

건호의 말에 이나가 다시 눈을 내리깔았다. 코끝이 찡해왔다.

어둑한 방 안, 산소가 얼마 남지 않은 것처럼 불편한 공간에 산소가 소량 주입된 것 같다. 건호를 향한 두려움이 아주 조금 툭 떨어진 것 같다. 그 덕에 조금 편안한 목소리로 말할 수 있었다.

"맛있어요, 정말로."

까다로운 자신의 입맛에 먹을 만한 정도지만, 이나는 건호의 성의를 무시할 수 없었다. 이나가 김밥 하나를 집어 들었다. 처음 한 것치곤 밥의 간도, 김의 바삭거림도, 안의 내용물까지도 모두 완벽했다.

"어떻게 하셨어요?"

"칼이랑 친하거든."

요리는 단순히 칼이랑 친하다고 될 일이 아니다.

"요리는 처음 하신다면서요."

"웹 사이트가 친절하게 알려주던데. 1g의 오차 없이 요리했어. 물론 재료도 1㎝의 오차 없이 잘랐고."

김밥 싸기를 과학으로 승화시켰구나.

"그래서 시간이……."

그 지경으로 들었군요, 라는 말을 삼켰다.

"아파서 입맛도 없을 텐데 맛없는 걸 해줄 순 없으니까."

건호가 목에 감긴 넥타이를 자연스럽게 풀었다. 부드러운 질감의 넥타이가 건호의 목에서 스르륵 빠져나오는 모습이 지독하게 퇴폐적으로 보였다.

김밥에 약을 탔나. 아까부터 건호가 야해 보인다. 전직 검사에 현직 변호사가 퇴폐적으로 보일 리 없다.

이나가 심란한 얼굴로 고개를 숙였다. 이나는 김밥 하나를 더 떼어내며 김밥으로 관심을 돌렸다. 김밥 속을 유심히 살폈다. 세 줄 모두가 내용물의 사이즈, 위치가 동일했다. 누가 보면 김밥을 공장에서 만들어낸 줄 알겠다. 이나는 속으로 혀를 내둘렀다. 그러나 이전처럼 '김밥도 무섭게 싸는 놈!' 이라고 생각할 수 없었다.

고작 두통이다. 고작 두통을 앓는 자신이 김밥을 먹고 싶어 한다는 이유로, 이렇게 김밥을 싸주는 남자다. 이런 남자를 속으로 욕하면 자신이 천벌을 받을 것 같다. 더군다나 이나는 4년간의 해외 생활로 이런 따스함이 아주 오랜만이었다. 토닥토닥, 누군가가 자신을 안고서 등을 두들겨 주는 듯 편안해졌다.

"맛있어요."

이나가 다시 한 번 그 말을 한 후 김밥을 우물거렸다.

"많이 먹어. 어묵국은 되도록 목이 많이 막힐 때 먹도록 해. 김밥에 비해 신경을 못 썼거든."

어묵국은 크게 자신 없나 보다. 이나는 픽 웃었다. 왠지 건호가 인간적으로 느껴졌다. 그러다 자신이 평소보다 크게 웃은 걸 알고 얼른 웃음을 감췄다. 그런 이나의 얼굴을 건호가 물끄러미 바라보았다.

조금 더 웃지.

건호는 아쉬운 속내를 삼켰다. 조용한 식사 시간이 이어졌다. 김밥을 몇 개 더 집어먹던 이나는 슬쩍 고개를 들어 건호를 보았다. 그는 여전히 침대를 짚고 앉은 채 자신을 빤히 쳐다보고 있었다.

"왜?"

건호가 왜 그렇게 쳐다보냐는 듯 짤막하게 물었다. 이나는 우물쭈물거리다가 입술을 열었다.

"고마워요. 그리고……"

"그리고?"

이나가 아직 본론을 말하지 못했음을 알아챈 건호가 짤막하게 물었다. 이 말을 뱉어도 되나, 말아야 하나 생각하던 이나가 고민 끝에 뱉었다.

"다음에 제가 여기서 식사 대접할게요."

"직접 요리해 준다고?"

건호의 눈빛이 예리해졌다. 확답을 받고야 말겠다는 의지가 충만해 보였다.

"네."

대답한 이나가 잠시 멈칫했다. 단둘이서 여기에서 먹는 건 좀 그렇다는 생각에 이나가 얼른 뒷말을 붙였다.

"하정이, 설준이 불러서 다 같이 밥 먹어요."

"거부."

생각지 못한 건호의 대답에 이나가 고개를 번쩍 들었다. 건호는 손을 들어 엄지손가락으로 이나의 입술에 붙은 밥풀을 떼어주었다. 건호의 시선이 이나의 입술에 닿았다. 부드럽고 촉촉한 입술이다. 이나는 바짝 얼어붙어 있었고, 건호는 아쉬운 표정으로 손을 거둬들였다. 윤이나가 밥 먹다가 얹히면 안 되니까.

"하정이, 설준이 빼고 둘만 먹자."

건호의 말에 이나는 다시 시선을 내리깔았다. 입안에 있던 김밥을 꿀꺽 삼켰다. 그러고는 쟁반을 옆으로 치워놓은 후 자리에서 일어났다. 어디가냐는 듯 쳐다보는 건호에게 이나는 '물 좀…….'이라고는 쏜살같이 부엌으로 나왔다. 정수기에서 물을 뽑아 마신 이나는 숨을 헐떡거렸다.

목이 타는 게 아니라 심장이 안 뛰는 것 같아서 일단 방에서 뛰어나왔다. 일단 숨을 헐떡거리는 걸 보니 심장이 다시 뛰는 모양이었다. 자신의 입술에 유건호의 손가락이 닿는 순간, 그 손가락이 은밀한 움직임으로 부드럽게 스치는 순간 심장이 멎는 듯했다.

이 심박 정지는 두려움에서 기인한 것인가, 또 다른 감정에 의한 것인가.

이나는 스스로에게 물었으나 대답을 찾을 수 없었다. 단지 갑작스러운 스킨십에 감각이 일제히 요동친 거라고 억지로 결론 내리며 싱크대에 물컵을 내려놓으려 부엌을 둘러보았다. 난장판이 되어 있을 거라 생각한 부엌은 말끔했다. 그릇 위에 놓인 남은 재료와 불룩 솟아 있는 휴지통이 아니었다면 건호의 요리를 의심할 뻔했다.

방으로 가려던 이나는 무언가가 번쩍 생각나서 뒷걸음질쳤다. 휴지통을 열어보니 익숙한 재료들의 봉투가 보였다. 모두가 열 개 기준이다. 남은 재료는 네 줄 기준이다. 자신에게 세 줄을 싸주었고 남은 세 줄은?

"요리하다가 조금 먹었어."

불쑥 건호의 목소리가 생각났다. 실패작은 모조리 먹어치우고, 성공한 것만 자신에게 갖고 왔다.

대체 왜? 이 남자는 왜 이렇게까지 자신에게?

"뭐 해?"

건호가 방에서 걸어 나오며 물었다.

"물 마셨어요."

이나는 당황한 마음을 숨긴 채 대답했다.

"그래?"

말과 달리 건호는 이나의 대답을 믿지 않는 듯이 물끄러미 쳐다보았다. 동시에 이나도 처음으로 그의 얼굴을 꼼꼼하게 바라보았다.

조명 빛이 흘러내리는 하얀 얼굴과 가로로 긴 날카로운 눈매, 유난히 붉은 입술이 조합된 얼굴은 아름답지만, 그만큼 무서웠다. 그에겐 절제된 냉정함이 있었다. 그래서 눈이 마주치면 혼이 멱살 잡히는 기분이 들곤 했다.

그런데 오늘은 조금 덜 무섭다. 두통이 아니라 정보를 제대로 해석하지 못하는 뇌질환인가. 이나가 자신의 이마를 짚었다.

거실을 가로질러 온 건호가 커다란 손을 이나의 이마에 올렸다. 이나의 자그마한 얼굴이 자신의 손에 절반 조금 못 되게 가려졌다.

"열은 없는데."

"괜찮아요."

"식사 다 했으면 가자."

"김밥은요?"

"다 먹었으면 버리고."

건호가 방으로 들어가 김밥을 들고 나왔다. 김밥은 조리 후 최대한 빠른 시간 안에 먹는 게 맞다. 그러니 지금 먹지 않을 거면 버리는 것이 건강에 좋다. 알고 있는 상식이다. 그러나…….

"잠시만요!"

음식물 쓰레기통을 열던 건호가 멈칫했다.

"먹을 거예요. 밤에 야식으로 먹을 거니까…… 이건 저 주세요."

이나가 냉큼 건호의 손에 들린 접시를 빼앗아갔다. 이건 버리기 아깝다. 왠지 이 김밥을 버리면 두고두고 괴로울 것 같다. 그리고 두 시간 30분 공들인 김밥을 남겼다고 유건호가 꿈에 나와 피의 복수를 할 수도 있고……. 이런저런 생각을 하며 비닐 팩에 김밥을 조심스럽게 싸는 이나를 건호가 뒤에서 바라보았다. 조심조심 싸는 탓에 시간이 꽤 걸렸고, 건호는 팔짱을 낀 채 벽에 기대섰다.

자그마한 여자가 부지런하게 움직인다. 조금 싱거운 어묵국도 야무지게 냉장고 안에 넣어놓는다. 남은 김밥을 정말로 먹을 생각인지 흔들리지 않게 고정까지 시켰다. 바쁘게 움직이는 이나의 등을 바라보던 건호가 피식 웃었다.

처음 알았다.

자신이 해준 음식을 싸가는 여자의 등이 이렇게 예쁠 수 있다는 것을.

집 앞에 건호의 새까만 자동차가 멈춰 섰다. 밤이 깊은 탓에 거리엔 인적이 드물었다. 창문 너머로 보니 집의 몇몇 방은 불이 꺼져 있었다.

“오늘 감사했습니다. 김밥도 잘 먹을게요.”

이나가 비닐봉지를 흔들어 보이며 작게 웃었다. 물론 건호와 눈이 마주치자마자 금세 웃음이 사라졌지만.

“조심해서 가세요.”

건호에게 빠르게 인사한 이나가 자동차에서 내렸다. 뒤에서 쿵, 하고 차 문 닫는 소리에 이나가 돌아섰다. 건호가 운전석에서 내려 이나의 앞으로 성큼 다가섰다. 이나가 할 말 있냐는 얼굴로 건호를 바라보았다. 그의 손이 다시 한 번 이나의 이마를 덮었다.

"열은 없다. 두통은?"

"나아졌어요."

"자."

건호가 재킷 주머니에서 두통약을 꺼내 내밀었다. 이나가 의아한 얼굴로 두통약과 건호를 바라보았다.

"지금은 필요 없어 보이는데, 일단 갖고 있어."

이나가 건호와 두통약을 수없이 번갈아 보다가 얼떨떨한 얼굴로 두통약을 받아 들었다. 그때 머리 위가 묵직했다. 이나는 그것이 무엇인지 깨닫고는 입도 벙긋거리지 못했다. 지금 때리는 거 아니지?

건호는 이나가 그런 생각을 하는 거라고 추호도 생각지 못한 채 머리를 쓰다듬었다. 한 번, 두 번, 세 번. 끝없이 쓰다듬으며 이나를 바라보았다.

"아프지 마."

아프다는 말에 손가락 사이로 일이 줄줄이 새어 나갔다. 이나의 말대로 고작 두통일지도 모르지만, 마음이 편치 않았다. 그래서 무작정 퇴근했고, 오는 길에 마트에 들러 장을 봤다. 한 번도 해본 적 없는 요리를 하느라 부엌을 난장판으로 만들기까지 했다. 그러면서 깨달았다.

자신이 윤이나를 아주 많이 좋아하고 있다는 것을.

"또 아프면 나랑 헬스 다녀야 할 거야."

자신의 말에 이나가 잔뜩 긴장하는 게 느껴졌다.

한 번만 안아보자.

이 말을 했다간 석고상이 되어버리다 못해 한 줌의 가루로 분분이 날릴지도 모른다. 그런 식으로 윤이나를 잃을 순 없다.

"잘 자."

건호는 아쉬운 마음을 숨기며 손을 거둬들였다.

한정식 식당 '락'으로부터 서류 합격 통보가 온 기분 좋은 저녁이었다. 실기 면접은 일주일 후였고, 이나는 몇 가지 레시피를 정리한 후 하정을 따라 기분 좋게 고3 동창회에 참석했다. 동창회라는 거창한 간판이 무색하게 고3 때 같은 반이었던 열 명이 모인 것이 전부였으나, 오랜만에 보는 얼굴들이라 이나는 반가웠다. 모두들 이전과 다를 것 없다며 으레 하는 농담을 던졌고, 여자들은 서로에게 예뻐졌다며 칭찬하는 것을 잊지 않았다. 옛날 일들도 생각나고, 새록새록 떠오른 추억을 곱씹으며 하하호호 꽤 좋은 분위기가 이어졌다. 남자친구를 대동하고 나타난 진주와 보란 듯이 정장을 빼입은 하동이 나타나기 전까진.

10분 전까지 웃었던 게 거짓말이었던 것처럼 열 명의 얼굴이 싸하게 식었다. 이나도 미지근해진 맥주잔만 들여다보며 한숨을 내쉬었다. 어딜 가든 진상이 있다지만, 동창회까지 진상이 나타날 줄이야.

"서류 넣었는데 한 번에 통과되었지 뭐냐, 하하. 대기업 어렵다, 어렵다 말들 많던데 다 헛소리더만. 자기만 다 잘하면 대기업

들어가는 건 식은죽 먹기야."

하동이 먼저 자랑의 첫발을 내디뎠다. 반에서 1등을 놓치지 않았던 하동은 고3 때부터 자기자랑을 많이 하기로 유명했다. 그때 입에 달고 살던 말이 '공부, 그거 별거 아닌데.' 였는데, 지금은 '대기업, 그거 별거 아닌데.' 로 바뀌었다. 하동의 말을 듣던 진주가 질세라 웃으며 자신의 남자친구 어깨를 슥슥 털었다.

"어머, 우리 자기는 이번에 사법고시 합격했잖아. 사법연수원 다녀. 아마 우리 자기 성적으로는 충분히 검사가 되지 않을까 싶어. 오호호."

뒤이어 진주가 진상의 앙상블을 시작했다. 진주 옆에는 정장 입은 것이 어색해 보이는 차림의 남자가 앉아 있었다. 그러나 자신이 사법연수원에 있다는 사실이 자랑스러운지 아까 전부터 어깨가 한껏 올라가 있었다. 과거의 추억을 곱씹으며 하하호호 놀던 때가 거짓말 같다. 모두의 표정이 어색해지고, 몇몇은 주눅 든 얼굴로 어깨를 움츠리기까지 했다. 겨우 현실에서 벗어나 떠들고 있었는데, 다시금 갑갑한 현실 중간에 내던져진 듯했다.

"다들 뭐 하시나요?"

진주의 옆에 있던 남자가 열 명의 사람을 주르륵 훑어보며 물었다. 자신만만한 물음엔 자신보다 더 좋은 직업이 있는 남자가 있냐는 얼굴이었다. 이럴 때 누군가가 나서서 코를 납작하게 해주면 좋으련만, 다들 고만고만한 직업이었다. 하나둘 자기 본인이 무슨 일을 하는지 밝혔다. 대부분 평범한 일을 했다. 그럴수록 진주, 진주의 남자친구, 하동의 어깨가 으쓱해졌다. 자신들만 한 직업이 없다는 얼굴이었다. 직업으로 인간을 나누려는 이런 사람들이 있기 때문에 사회엔 보이지 않는 계층이 자리한다. 이나는 한심해서 한숨을 훅 내쉬었다.

"난 작곡해."

하정이 팔짱을 낀 채 삐딱하게 대답했다.

"작곡? 어휴."

진주가 대뜸 한숨을 쉬었고, 하정이 얼굴을 찌푸렸다. 진주의 한숨엔 고생길이 훤한 그런 일을 왜 하냐는 얼굴이었다. 하정이 기가 차다는 듯 진주를 쳐다보며 물었다.

"그러는 넌 뭐 하는데?"

"나야 우리 자기 내조해야지."

"야, 조심해라. 너 헌신하다가 헌병된다."

"헌신하다가 헌신짝이겠지."

이나가 작은 목소리로 얼른 정정해 주었고, 진주는 같잖다는 얼굴로 '풋' 하고 웃었다.

"네가 왜 작사를 안 하고 작곡만 하는지 알겠다."

진주의 덧붙이는 말에 하정이 욱해서 일어나려는 걸 이나가 꽉 잡았다. 오랜만에 만난 동창회다. 저런 진상들 때문에 싸움을 할 필요는 없었다. 무섭고 더러운 건 피하는 게 상책이다. 물론 자신은 무서운 사람을 피하지 못했지만.

"후우. 나 화장실 좀."

하정이 욱하는 얼굴로 화장실로 향했다.

"이나, 너는 뭐 하는데?"

미지근해진 맥주를 마시며 10분 후에 자리에서 일어나야겠다는 생각을 하던 차였다. 이나가 질문을 던진 하동을 보았다.

"나는 요리사."

이나가 짤막하게 답했다.

"아하."

생각 외로 하동은 반가운 기색으로 말을 이었다.

"그래. 여자는 요리를 잘해야 해. 조신하게 집에서 밥하고, 남편 기다리고. 얼마나 좋냐?"

"잘못 이해한 것 같은데 전업주부 말고 요리사."

"그래. 요리사한다는 애들 결국은 좋은 남자 만나서 다 집에 들어앉던데?"

"실망시켜서 미안한데, 나는 요리 계속 할 거야."

"그래, 그래. 근데 너 남자친구 있냐?"

어련하겠냐는 듯 건성으로 대답하던 하동이 넌지시 건네는 물음에 이나가 기가 차다는 얼굴로 쳐다보았다.

그러고 보니 이 녀석, 이런 식으로 물은 적이 있었다. 고3 겨울 방학식 때 그다지 말도 섞지 않던 자신에게 다가와 '남자친구 있냐?' 라고 대뜸 물었다. 없다고 대답한 자신에게 '이번 주말에 놀이공원 같이 안 갈래? 내가 츄러스 사줄게.' 라는 다소 납치범스러운 멘트를 날린 적 있었다. 역시 그때나 지금이나 조금도 달라진 게 없다, 저놈의 정신연령은.

"어. 있어."

이나는 저번과 같은 제안을 받지 않기 위해 단칼에 대답했다.

"그래? 애인은 뭐 하는데?"

하동이 실망과 짜증이 뒤섞인 얼굴로 물었다. 하동의 질문에 이나는 순간 말문이 턱 막혔다. 자신의 애인이 유건호라는 사실을 밝힐 수가 없었다. 여섯 살의 나이 차이에도 불구하고 유건호는 이나의 학년에서 유명했다. 하정이 유건호의 동생이라는 것을 안 학교 선생님들이 수업시간에 유건호의 활약상에 대해 퍼뜨린 탓이었다. 그때까지만 해도 심드렁하던 학생들은, 유건호가 하정의 학부모로 대신 참석하면서 태도가 달라졌다. 큰 키에 단단한 체형, 유난히 진한 검은색 머리카락, 섬세하게 그려진 수려한 외모와 은은한 분위기가 여심을 뒤흔든 탓이었다. 이후로 졸업할 때까지 하정은 본인의 이름보다 '유건호의 동생'으로 더 많이 불리었다.

"일해."

이나는 대충 둘러 대답했다. 변호사라고 했다간 진주가 꼬치꼬치 캐물을 거고, 굳이 머리 아픈 일을 사서 할 필요 없었다.

"그래?"

하동이 알 만하다는 듯 비웃으며 대답했다.

"적당한 남자 만나 아등바등 살지 말고 현명하게 선택해."

진주가 잠시 남자친구가 자리를 비운 틈에 생긋 웃으며 한마디 했다. 그 말 안에 어떤 의미가 숨어 있는지 알고 있었다.

이나는 얼굴을 찌푸린 채 진주와 하동을 번갈아 쳐다보았다. 한 명은 반에서 1등 하던 인재, 또 다른 한 명은 반에서 품행이 단정치 못했던 꼴찌였다. 그런데 하는 짓은 다를 바가 없다. 두 사람을 번갈아 쳐다보며 속으로 혀를 끌끌 차던 이나는 건호가 얼마나 양반인지 깨달았다. 품행이 단정하고, 성적이 우수하며, 만인의 사랑을 받는데도 자신의 입으로 스스로를 치켜세우지 않는 남자. 저 둘을 상대하느니 유건호를 상대하는 게 일억 배는 낫겠다는 생각을 할 때였다.

"윤이나."

등 뒤에서 익숙한 목소리가 들렸다.

설마.

이나가 불안한 표정으로 맥주잔을 든 채 몸을 돌렸다.

신이시여, 이런 소원만 칼같이 들어주시는 이유는 무엇인가요.

이나가 희게 질린 얼굴로 생각했다.

반듯한 슈트 차림의 유건호가 하정과 함께 이곳으로 걸어오고 있었다.

11

이나는 하정에게 표정으로 물었다. 왜 갑자기 유건호가 이곳에 나타나게 된 거냐고. 그러자 하정은 애매한 표정을 지으며 웃었다.

갑작스러운 건호의 등장으로 모두가 어리둥절한 표정을 지었다. 그러다 진주를 비롯해 두엇은 단박에 유건호를 알아보았다. 하정이 '인사해. 우리 첫째 오빠 유건호.' 라고 하자 남은 사람들도 한 번에 알아보았다. 무척 놀란 몇은 자리에서 벌떡 일어났다.

"여긴 어쩐 일로……."

이나가 얼떨떨한 얼굴로 건호를 보며 물었다.

"잠시 앉아도 되나?"

말과 달리 이미 그의 손은 이나의 옆자리 의자를 빼고 있었다.

"예, 앉으세요."

이나가 대답하기도 전에 어디선가 냉큼 대답했다. 건호는 고맙다는 말과 함께 예의상의 미소를 지으며 착석했다. 이나는 건호의 등 뒤로 슬쩍 몸을 넘겨 하정을 쳐다보았다. 하정은 빠르게 휴대폰을 두들겼다. 얼마 후 띠릭 소리와 함께 문자가 도착했다. 이나가 슬쩍 휴대폰을 열어보았다. 카톡이 줄지어 왔다.

—사탕 사러 편의점 가다가 만남.

—예의상 왔다 가라는 말을 냉큼 받아들임.

—오빠 성격상 거절할 줄 알았는데, 일이 이렇게 됨.

—미안함.

아아. 그러니까 유추를 해보자면 금연 후 스트레스를 받으면 사탕을 먹는 하정이 편의점을 갔다 오면서 건호를 우연히 만났다는 거다. 그의 로펌 사무실이 이 근처인 데다가 그의 퇴근시간인 걸 감안하면 충분히 그럴 수 있다. 하정은 당연히 건호가 거절할 거라 생각하고서 이나도 있으니 얼굴 비추고 가라는 말을 던졌다는 건데, 그가 그 말을 냉큼 받아들였다는 거다. 그래서 어색하고 난감한 지금의 이 상황이 닥쳤다는 거다.

"오랜만입니다, 형님."

하동이 씩 웃으며 손을 내밀었다. 난생처음 보는 얼굴이 자신을 형님이라 부르는 것이 성격상 마뜩잖을 텐데도 불구하고 건호는 정중하게 웃으며 그의 손을 맞잡아주었다.

"잠시 인사하러 온 겁니다. 그러니 불편하게 생각하지 마세요."

건호가 한마디 덧붙였다. 사람들은 괜찮다는 듯 고개를 끄덕였으나, 갑작스럽게 나타난 건호 때문에 무슨 말을 해야 할지 몰라 우왕좌왕거렸다. 그에 비해 분위기를 어색하게 만든 주범인 건호는 세상에서 가장 여유로운 표정으로 사람들을 응시하고 있었다.

"더 멋있어지셨어요."

출판사에 근무한다는 여자 동창이 불그스름한 얼굴로 한마디 던졌다. 마치 오래전 사모하던 아이돌 스타를 만난 20대 처자의 모습이었다.

"감사합니다."

건호가 근사한 미소를 지어 보였다. 이나는 그것이 예의상의 미소라는 것을 간파했다. 건호는 마음을 다해 웃을 땐 눈꼬리가 살짝 내려갔다. 그러나 지금은 입만 웃고 있었다. 그러나 이런 세세한 것들을 모르는 사람들은 봇물 터진 것처럼 건호에게 묻기 시작했다.

과거에 일진들을 타파했다는 그 말이 진짜였느냐, 초등학생 때부터 줄곧 간부였다는데 맞느냐 등등. 유건호의 영웅담을 확인하려는 인터뷰장이 되어버렸다. 사람들의 청에 의해 건호는 어느새 말까지 놓았다. 이나는 그가 등장할 때부터 이런 분위기를 예상했다. 유건호를 위한, 유건호 중심의 자리가 되리라고. 그래서 모임의 분위기를 주도하던 진주와 하동은 사람들의 관심을 빼앗겼다는 것이 불쾌한 모양이었다.

"이나야, 네 애인은 무슨 일 하는데?"

여태껏 자신을 투명인간 취급하던 진주가 대뜸 큰 목소리로 이나에게 물었다. 하마터면 맥주를 뿜을 뻔했다. 이나는 티슈로 입가를 닦으며 진주를 쳐다보았다.

하필이면, 이 타이밍에, 저따위 말을.

옆얼굴에 익숙한, 그러나 절대로 익숙해지고 싶지 않은 남자의 시선이 와 닿았다.

"그러게. 아까부터 넌 한마디도 안 하더라? 남 이야기만 듣고 네 이야긴 안 하는 건 좀 그렇지 않아?"

몸을 핑글 돌린 하동이 합세해서 이나에게 물었다. 자신들이 돋보이기 위한, 그리고 과도하게 유건호에게 집중된 분위기를 환기시키기 위한 제물로 지목당했음을 이나는 단박에 알아챘다. 그러나 그들은 잘못된 선택을 했다.

"어, 나. 잠시 화장실 좀."

이나가 휴대폰을 쥔 채 황급히 자리에서 일어나 화장실로 향했다. 이나가 사라지자 하동이 낮게 혀를 끌끌 찼다.

"대체 어떤 놈을 만나길래, 무슨 일 하는지 말도 못 하고. 쯧쯧."

하정이 움찔해서 건호의 옆얼굴을 쳐다보았다. 그는 주문한 생맥주 잔을 쥔 채 평소처럼 절제된 무표정을 짓고 있었다.

"그러니까……."

"이나가 말을 안 하던가?"

하동에게 경고를 하기 위해 하정이 입을 열었으나, 건호에 의해 처참히 잘려 나갔다. 건호가 관심을 보였다. 그렇다면 이미 끝났다. 하정은 아까 전부터 주머니에서 진동이 끊임없이 이어지는 것을 느꼈다. 화장실로 뛰어간 윤이나의 저주 카톡일 게 뻔해서 확인조차 하지 않고 있었다. 그사이 눈치 없는 하동이 심술궂은 얼굴로 말했다.

"네. 보통 애인이 생기면 자랑하게 마련인데, 놈팡이 같은 놈 만난 건지 도통 말을 안 하잖아요. 무슨 일을 하는지, 누구인지."

"유명한 사람이라서 말을 못 한다고 생각해 본 적은?"

"그럴 리가요. 유명한 사람들이 미쳤다고 요리하겠다는 애를 만나요? 말이 요리사지 결국 저 나이까지 아무것도 못 했다는 건데……. 으휴. 은근히 저렇게 예쁘고 잘사는 집 딸이 망나니 같은 놈이랑 눈 맞고 하잖아요? 현명하지 못하게. 하긴 요리한답시고 부엌에만 박혀 있었을 텐데 세상 물정에 대해 뭘 알겠어? 저런 애들은 그냥 시집가는 게 나아."

걱정하는 듯했으나 결국은 이나를 폄하하는 말이었다.

"넌 무슨 일을 하지?"

건호가 하동에게 물었다. 하동은 건호가 자신에게 관심을 보인다는 것에 우쭐한지 어깨를 으쓱거리며 말했다.

"시온전자 본사 기획부 대리입니다."

"시온전자 본사 기획부 부장님이 차동우 씨일 텐데."

기억을 더듬듯 건호가 눈을 가늘게 뜬 채 말했다.

"어? 어떻게 아셨어요?"

하동이 깜짝 놀란 얼굴로 건호를 쳐다보았다. 건호는 피식 웃었다.

"일전에 소송 상담을 한 적이 있거든."

"아아, 변호사세요? 하긴, 차동우 부장님이 얼마 전에 이혼하셨죠. 소송까지 해서 이혼한 줄 몰랐네요."

하동이 씩 웃으며 말했다. 그러면서 건호를 슬쩍 아래위로 훑었다. 이젠 변호사가 차고 넘치는 세상이다. 날고 긴다던 유건호도 결국은 이혼 소송을 하는 변호사가 되었다는 사실에 하동은 같잖다는 웃음을 지었다.

"그랬나? 내가 맡은 건은 이혼 관련이 아니라서 그건 모르겠군."

건호가 짤막하게 답하자, 하동이 그럼 대체 무슨 일로 만난 거냐는 듯한 얼굴로 쳐다보았다. 건호는 한 모금도 마시지 않은 맥주잔을 빙글빙글 돌리며 말했다.

"시온전자와 강전자의 신제품 TV 특허권 소송."

건호의 덤덤한 대답에 가장 먼저 반응한 건 진주의 남자친구였다. 건호가 소송이라는 말을 한 순간부터 엿듣고 있다가, TV 특허권 소송이라는 말에 맥주를 뿜을 뻔했다. 대한민국을 떠들썩하게 만든 어마어마한 규모의 소송이었다. 하동의 눈도 함께 커졌다. 하동이 빈 입만 벙긋거렸다.

갑자기 반전된 분위기에 진주가 눈을 깜빡이며 자신의 남자친구 옆구리를 쿡쿡 찔렀다.

"왜 그래? 어?"

"대, 대화로펌."

웅얼거리듯 진주의 남자친구가 말했다.

"뭐?"

"대화로펌 변호사라고. 저 사람, 아니, 저분."

남자친구의 중얼거림에 진주가 번쩍 고개를 들어 건호를 쳐다보았다. 진주도 대화로펌이 어떤 곳인지 잘 알고 있었다. 검사, 판사 출신의 사람만 들어갈 수 있다는 로펌으로, 대한민국 최고를 자랑했다. 안 되는 재판도 되게 만드는 곳. 검사, 판사 출신이라도 무조건 들어갈 수 없는 곳이라고 했다.

진주가 입술을 깨물었다. 자신의 남자친구는 이제 사법연수원을 다니는데 그는 무려 대화로펌 소속 변호사라니. 더군다나 그는 모델처럼 근사하기까지 했다. 갑자기 자신의 남자친구가 한없이 초라해 보였다. 진주가 짜증스러운 듯 앞에 놓인 술잔을 들었다.

진주의 남자친구는 까마득한 선배라서 건호를 쳐다보지도 못했다. 사실 선배를 만나 반갑다며 철면피를 깔고 말하면 될 테지만, 진주가 자신의 남자친구가 사법연수원에 다니고 있다는 사실을 어마어마하게 자랑하며 부풀려 놓은 탓에 이제 와 인사하기 민망했다.

"내가 가야 이나가 오겠군."

사람들이 깜짝 놀란 얼굴로 자신을 보든 말든 상관없이 건호가 손목시계를 보며 중얼거렸다. 그러자 하정이 지은 죄도 없이 움찔했다.

"계산은 내가 하도록 하지."

건호가 계산서를 집어 들고 자리에서 일어났다. 그러다 무언가 생각난 듯 아, 소리를 내며 하동의 앞에 멈춰 섰다. 하동은 고개를 한참이나 들어 자신의 앞에 서 있는 유건호를 보았다. 살면서 잘생긴 얼굴이 귀신보다 무서워 보이는 건 처음이었다. 단지 가까이 서 있을 뿐인데 기세에 눌려 온몸이 쭈뼛거렸다. 위험한 인간. 본능이 그렇게 소리치고 있었다. 하동의 어깨가 축 늘어졌다. 이런 남자 앞에선 기는 게 좋다라는 판단이 들어 하동이 립서비스를 하려고 할 때였다. 건호가 한발 빨랐다.

"타인의 명예에 대해 함부로 입 놀리는 버릇은 고치는 게 좋을 거야. 명예훼손 소송으로 인생 여럿 피곤해지는 걸 자주 봤거든. 물론 그렇게 만들어준 적도 있고."

건호의 목소리가 음산하게 떨어졌다. 하동의 어깨가 움찔했다.

"제, 제가 언제…… 그랬다고…… 하하. 오해십니다."

"윤이나."

건호가 짤막하게 이름을 거론하자, 하동은 자신이 뱉은 말을 기억하곤 움찔했다. 건호는 재킷 주머니에서 자신의 명함 한 장을 꺼내 하동에게 내밀었다. 손을 떨며 명함을 받아 든 하동의 얼굴은 하얗게 질렸다. 그는 불가능한 재판도 가능하게 만든다는 기적의 대화로펌 소속 정식 변호사가 맞았다. 요즘 변호사, 거기서 거기 아니냐는 생각이 쏙 들어갔다.

"도움이 필요하면 찾아와, 네가 내 수임료를 감당할 수 있다면."

명함을 받아 든 하동의 얼굴이 멍해졌다. 설마 했는데 진짜 대화로펌 변호사다. 얼어붙어 있는 하동의 어깨에 건호가 손을 올렸다. 동시에 하동의 얼굴이 와락 찌푸려졌다. 건호는 살짝 몸을 숙여 하동만 들을 수 있는 목소리로 낮게 속삭였다.

"그리고 이건 비밀인데, 보다시피 난 망나니도, 어쭙잖은 자식도 아니니까 걱정하지 마."

건호가 천천히 몸을 일으켰다. 하동의 얼굴이 흙빛으로 변해 있었다. 자신의 경고를 똑똑하게 해석한 하동을 등진 채 건호가 지나갔다. 일정한 소리를 내며 건호가 멀어지고서야 긴장에 얼어붙어 있던 하동의 어깨가 축 늘어졌다. 망나니도, 어쭙잖은 자식도 아니라는 말은…… 유건호가 윤이나의……?

하동이 눈을 질끈 감았다. 자신이 했던 말들이 새록새록 떠오르면서 아차 싶었다.

사람들이 왜 그러냐고 물었으나 하동은 앞에 놓인 술잔만 연신 들이켰다. 그런 하동을 멀리서 바라보던 하정은 혀를 끌끌 찼다.

촌철살인의 대가 유건호가 또 한 건 했구나 싶어서.

이나는 오빠가 갔다는 하정의 문자를 받고서야 화장실에서 나섰다. 건호를 옆자리에 두고 애인이 누군지 말하라는 동창의 등쌀을 버텨낼 재간이 없던 탓이었다. 무슨 팔자가 이렇게 기구한지. 이나가 한숨을 푹 내쉬며 터덜터덜 걸어갔다. 막 룸의 문을 열려고 하는데 등 뒤에서 누군가가 '윤이나' 하고 그녀의 이름을 불렀다. 움찔한 이나가 천천히 돌아섰다. 계산대와 문 사이에 팔짱을 낀 채 서 있는 건호가 보였다. 막 술집으로 들어오던 여자들이 건호를 보고 움찔하더니 불그스름한 얼굴로 힐긋대며 지나갔다.

갔다며! 유하정!

이나가 속으로 절친의 이름을 애타게 불렀으나, 답할 리 없었다.

"네."

이나가 건호의 앞으로 느릿하게 걸어갔다.

"잠깐 이야기 좀 해."

"동창들이 기다리고 있어서요."

건호의 표정과 분위기가 심상찮은 것을 알아챈 이나가 용기 내어 말했다.

"그럼 같이 있다가 함께 귀가할까?"

"아…… 생각해 보니 지금 대화를 나누는 게 좋겠네요."

이나가 성큼성큼 가게 밖으로 걸어 나갔다. 어디선가 향긋한 꽃 내음을 담은 바람이 불었다. 그 바람을 흙빛 얼굴로 마시던 이나가 등 뒤로 다가오는 발소리에 돌아섰다. 가게 옆에 마련된 자그마한 화원 앞에서 마주 섰다.

둥그런 가로등에서 주홍 불빛이 쏟아져 내렸다. 덕분에 건호의 얼굴 음영은 더욱 도드라졌고, 그의 기세는 한결 더 사나워 보였다.

"무슨 일로……."

이나가 슬쩍 시선을 피하며 물었다.

"나랑 교제하는 사실을 말하지 않았더군."

"그거야…… 아직 사귄 지 얼마 되지도 않았고, 그럴 만한 분위기도 아니었어요. 조금 더 안정되면 정식으로 소개를 해주려고요."

이나가 미리 화장실에서 준비했던 말을 대답했다.

"그래. 그건 그렇다 치고, 사람들이 함부로 말하는데 왜 가만히 있어?"

건호가 차갑게 말하자, 이나가 고개를 다시 들었다. 이나가 말뜻을 이해하는 데는 오래 걸리지 않았다. 하동과 진주의 무시를 받으면서도 왜 아무 말도 하지 않았냐는 채근이었다. 이나는 바람이 불어 헝클어진 머리카락을 쓸어 넘기며 덤덤하게 답했다.

"말할 필요가 없을 뿐이에요. 내가 말한다고 해서 그 사람들의 가치관이 변할 리도 없고, 변할 사람들도 아니라는 걸 잘 아니까요. 한 번 보고 말 사이인 사람들인데 설득할 필요 없잖아요."

"그래도 말해. 네 직업이 너한테 어떤 가치인지, 네가 얼마나 소중하게 생각하는 일인지."

"……."

"그 말은 너라도 들으니까."

"……."

"네 꿈이니까 지든 이기든 넌 그 꿈을 변호해야 할 의무가 있어. 그건 스스로의 자긍심을 지키기 위한 최소한의 예의야."

건호의 건조한 말에 이나는 잠시 말을 잇지 못했다. 다른 사람들을 설득할 수 없기 때문에 이나는 사람들이 요리사에 갖는 편견에 대해 아무 말도 하지 않았다. 그런데 건호의 말을 듣자 뒤통수를 얻어맞은 느낌이었다. 다른 사람을 위한 것이 아니라, 자신을 위해서 자신의 꿈을 변호하라니. 허를 찔려 아무 말도 하지 못하는 이나를 건호가 무심한 눈으로 바라보았다.

건호는 자리에 앉은 지 몇 분 되지 않아 하동과 진주의 태도를 보고 알았다. 두 사람은 이 자리의 모든 사람을 눈 아래로 보고 있었고, 그중 이나도 포함이 되어 있었다. 피가 차갑게 얼어붙는 기분이었다. 동시에 화가 났다. 스스로의 꿈과 자존심을 변호하지 못한 이나에게, 그리고 그 자리의 오만한 두 사람에게.

그래서 사람을 직업으로 줄 세우는 오만한 하동에게 건호는 둘러말했다.

직업을 기준으로 사람들을 줄 세운다면, 넌 감히 나와 마주할 수 없는 부류라고. 실제로 이 자리가 아니었다면 건호는 직업상 하동을 마주할 일이 없었다. 그가 상대하는 사람들은 대기업의 부장급 이상의 사람들이었다. 그마저도 예약이 밀려 모두 다 소화를 못 하는 상황이었다.

건호는 재킷 주머니에서 명함지갑을 꺼냈다. 그의 손놀림이 평소보다 거칠어서 이나는 건호가 꽤 화가 났음을 알아챘다. 건호는 명함 몇 장을 뽑아 이나의 손에 쥐어주었다. 그러다 그것도 부족하다고 느꼈는지 명함지갑을 통째로 쥐어주었다.

"누군가가 널 무시한다거나 일이 생기면 이걸 내밀어."

"이걸 왜……."

"네 고문변호사라고 해."

"……."

대화로펌 변호사가 고문변호사라니.

너, 왜 이러세요?

이나는 건호가 잠시 분노로 인해 절제력을 잃은 건 아닌지 걱정스러운 얼굴로 바라보았다. 살짝 미간을 찌푸린 건호는 화가 난 듯했지만 판단력을 잃은 정도는 아닌 듯했다.

"실제로 고문변호사가 되어줄게. 필요하면 연락해."

이나가 다시 한 번 명함을 쳐다보았다. 법 쪽으로 문외한인 자신도 이 사람의 상담 시급이 어마어마하다는 걸 알고 있다. 그런 사람을 고문변호사로 삼기 위해선 자신이 가진 전 재산을 내놓아야 한다. 이나가 다시 생각해 보라는 말을 하려고 할 때였다.

"만약 널 무시한 사람이 나보다 지위나 사회계층이 높은 사람이라면 말해."

건호가 차갑게 말했다.

"어쩌시려고……."
"내가 그 사람보다 더 높은 사람이 될 테니까."
이나가 얼떨떨한 얼굴로 제 손에 쥐어진 명함지갑을 번갈아 보았다. 이젠 저 남자가 멀쩡한 얼굴로 미쳐 버린 게 아닌가 걱정스럽기까지 했다. 저 남자는 허투루 말하지 않는다. 고로, 높은 사람이 된다는 말은 진심이었다.
"……왜 이렇게까지……."
왜 이렇게까지 화를 내는 거냐, 왜 이렇게까지 하는 거냐, 두 개의 질문이 엉켜서 이나는 끝까지 묻지 못했다. 그저 멍하게 건호만 바라보았다.
"너한테 가장 가치 있는 사람이 되고 싶으니까."
고요한 밤거리 가운데에 건호의 목소리가 울렸다.
"윤이나가 그 누구에도 무시당하지 않았으면 좋겠고, 내가 그렇게 만들고 싶어."
건호의 말에 이나는 잠시 할 말을 잃었다.
그런 말이 있다. 분명 귀로 들은 게 확실한데 가슴으로 들은 것 같은 착각이 드는 말. 어릴 적 공사장에서 사고 날 뻔한 후로 자신을 껴안으며 '우리 이나, 우리 이나' 하고 울부짖던 엄마의 목소리가 그러했고, 오늘 건호의 말이 그러했다.
"들어가. 나도 가볼 테니까."
건호가 이나의 대답 듣기를 포기한 듯 먼저 돌아섰다. 멀어지는 건호의 검은 뒷모습을 이나는 한참이나 멍하게 바라보았다.
또다. 이나가 멍한 얼굴로 자신의 왼쪽 가슴을 바라보았다.
또…… 심장이 안 뛰는 것 같다.

❖ ❖ ❖

모처럼 누구의 방해도 받지 않는 주말이었다.

어젯밤, 건호로부터 일이 바빠서 못 만날 것 같다는 연락을 받았고, 이나는 독립을 맞이한 항일투쟁열사처럼 손을 번쩍 들었다. 그러면서도 아쉬운 목소리를 내는 걸 잊지 않았다. 이제 표정과 목소리를 다르게 내는 건 일도 아니었다.

"그러시군요. 그럼 어쩔 수 없죠."

"밤늦게 잠깐 집 앞에서 얼굴이라도 볼까?"

"아닙니다. 푹 쉬세요. 휴식을 취해야 체력이 유지되죠. 저는 오빠의 건강과 성공을 기원합니다."

다소 행사용 멘트를 던지는 이나의 말에 건호는 잠시 아무 말도 하지 않았다. 이후 만나자는 말 없이 통화가 끝났다.

이나는 마음이 조금 불편했으나 올바른 판단을 내린 거라고 스스로를 다독였다. 요즘 들어 부쩍 건호와 자주 만났다. 정확히 건호가 집도를 하듯 김밥을 만들어준 후부터였다. 요즘처럼 통신망이 발달된 시대에 그는 연락 없이 오피스텔로 들이닥치는 악취미가 생겼다.

얼마 전엔 휴대폰 배터리까지 분리한 채 오피스텔에 조용히 머물다가 퇴근하려고 문을 열었는데, 저승사자처럼 서 있는 그와 마주쳤다. 그때를 생각하면 지금도 심장이 바닥으로 곤두박질쳤다.

너무 놀라 혼절할 것 같은 표정을 짓는 이나에게, 그는 무표정하게 '바빴나 보군.' 이라고 짤막하게 말할 뿐, 어떤 이유도 묻지 않았다.

그렇게 몇 번 당하고 나니 자포자기 심정으로 이젠 속편하게 문을 열어주었다. 그는 문만 열어주면 자신이 요리하는 동안 방해하지 않고 할 일을 했다. 일을 하기도 했고, 책을 읽기도 하면서 한 공간을 공유하는 것에 만족하는 듯했다.

한 번은 용기를 낸 이나가 건호에게 물었다.

"왜 자꾸 연락도 없이 오세요?"

그러자 건호가 덤덤하게 대꾸했다.

"연락하면 도망칠 테니까."

"아하하. 그, 그럴 리가요."

식겁한 마음을 억지로 구겨 넣으며 이나가 어색하게 웃었다.

"그러면 꽤 상처받을 것 같거든."

건호는 책에 시선을 둔 채 덤덤하게 답했고, 이나는 괜히 그 말이 마음에 걸려 그 후로 더는 묻지 못했다. 거기다가 자신의 명함지갑을 통째로 쥐어줬을 때 심장이 멈췄던 기이한 기분을 잊지 못했다.

왜 그랬을까. 스스로에게 물었으나, 이나는 아직도 그 대답을 찾지 못했다. 그저 이전과 다른 묘한 감정을 느낄 뿐이었다.

❖ ❖ ❖

모처럼의 주말에 이나는 하정을 만났다. 이나는 턱을 괴고서 테이블에 엎드렸다. 그런 이나를 보며 하정이 혀를 끌끌 찼다.

"우리 이나, 얼굴이 반쪽이 됐네."

한정식 식당 '락'의 요리사로 실무 요리 평가와 면접을 마친 후 이나의 얼굴은 반쪽이 되어 있었다.

"긴장했거든."

"'락'에 꼭 입사하고 싶었구나."

"응. '락'에 꼭 입사하고 싶은 건 맞는데…… 내 피로는 너희 첫째 오빠 때문이야."

"차일 거라면서? 노력은 하고 있어?"

하정이 스트로우에 입술을 대며 물었다.

"했지. 아주 열심히 했지. 연락도 씹어보고, 허름한 곳에서 식사하면서 분위기도 엉망진창으로 만들고, 공헌 오빠의 말에 의하면 가족 모임 있던 날 술 취해서 진상까지 부렸다고 그러고, 만남을 피해도 봤지. 근데 꿈쩍도 안 해. 내 생각엔 건호 오빠가 내 피를 말려 죽일 생각인가 봐."

이나가 우울한 얼굴로 중얼거렸다.

"그 정도로 건호 오빠가 떨어지겠어? 넌 우리 오빠를 뭘로 봐? 세상만사 자기 편할 대로 판단하는 인간이긴 하지만, 그래도 책임감이 뭔지는 아는 사람이야. 네가 그런 일차원적인 방법의 진상을 떤다고 자기가 너랑 사귀겠다고 결정 내린 걸 물리겠어?"

"그런가?"

"그래. 건호 오빠가 결정 내린 후에 행동력 하나는 엄청나거든. 후우, 그래도 진상 부리려면 한동안 피해서 부려."

"왜?"

이나가 눈만 들어 올려 하정을 보았다.

"아빠한테 들었는데 요즘 건호 오빠가 저기압이래."

"……."

"오늘 아침 먹는데 인상 쓰고 있더라."

"인…… 상?"

"힘든 일이 있나 봐. 힘든 일이 생겨도 내색 안 하는 사람인데, 무슨 일인지 요새 좀 저기압이야. 그러니까 목숨 귀하다고 생각 들면 조심해라."

하정이 삼엄한 목소리로 경고했다. 이나는 반사적으로 힘차게 고개를 끄덕였다.

"그래, 알았어. 피할게."

건호 오빠를 피해야겠다고 이나는 다부지게 다짐했다. 그러나 그 다짐이 강제적으로 깨지는 데는 열 시간도 채 걸리지 않았다.

12

엘리베이터에서 내린 건호가 긴 복도를 따라 걸었다. 베이지색 벽에 짙은 고동색 문이 다닥다닥 붙어 있는 오피스텔엔 사람들이 잠들었는지 고요했다. 길을 따라 걷던 건호의 걸음이 익숙한 오피스텔 앞에서 멈춰 섰다.

1202호. 습관처럼 벨을 누르려던 건호는 피식 웃으며 손을 거둬들였다. 오늘 이나는 하정을 만난다고 했다. 고로 이 집은 빈 깡통이란 소리였다. 알면서도 누르려고 하다니. 건호는 1202호의 맞은편 벽에 서서 문을 물끄러미 바라보았다.

귓가에 어제 들었던 여자의 울음소리가 쨍하게 울렸다. 아이를 빼앗기면 자신은 죽을지도 모른다며 서럽게 사정하던 여자는 시장 일을 한다고 했다. 아주 오래전 기업 총수의 비서이자 내연녀였던 그녀는 내쳐진 후에야 자신의 뱃속에 아이가 있음을 알았다고 했다. 그녀는 고민 끝에 아이를 낳았고, 어머니를 따라 시장에서 채소 장사를 하면서 여태껏 아이를 키웠다고 했다. 가난했지만 꽤 행복하게 살았다고 했다. 그런데 어떻게 안 건지 아이의 아버지가 대뜸 나타나 아이를 데려가겠다고 했다고 했다. 그 소식도 아이의 아버지가 직접 한 것이 아니라 그의 비서가 찾아와 던진 말이었다. 한몫 줄 테니 새 삶을 살라는 비서의 말에 노발대발하며 돌아온 지 한 달도 되지 않아 소장이 날아왔다고 했다. 이 사실을 안 여자는 회사로 달려갔으나 경비원에게 쫓겨나고 차선책으로 자신에게 온 것이었다. 그러나 그 일은 동명의 변호사 일이었기에 자신이 해줄 수 있는 것이 없었다. 알면서도 그 여자의 넋두리를 선 채로 들어줄 수밖에 없었던 것은 여자의 눈빛 때문이었다.

심장이 쥐어뜯긴 사람처럼, 눈물로 얼룩진 얼굴엔 불안함과 공포가 잔뜩 서려 있었다.

"우리 아이가 그 집에 가서 행복할 리가 없잖아요. 안 그래요? 아이가 불안해서 밤에 잠도 이루지 못하고 있어요. 아이는 엄마가 키워야 하잖아요. 변호사님, 뭐라고 말 좀 해보세요! 네? 제발!"

하고 싶은 말이 머릿속에서 뒤죽박죽된 건지 여자가 엉망진창으로 말했다. 그러면서도 여자는 건호의 손을 붙잡은 채 놓지 않았다.

"우리 아이한테 미안해서…… 엄마가 미안해서…… 너무 미안해서…….”

주저앉을 것처럼 힘없이 우는 여자의 초라한 행색 위로 한 여자의 얼굴이 겹쳤다.

“할미가 미안해. 건호야, 할미가 미안해. 정말 미안해. 건호를 두고 가서, 미안해.”

병원 침대에 누워 어린 자신의 손을 잡고서 할머니가 그리 말했었다. 며칠째 음식을 먹지 못해 잔뜩 메마른 몰골로, 눈물만 뚝뚝 흘리면서. 그것이 마지막이었다. 깊은 밤, 자신의 손을 잡은 채 미안하다는 말을 끝으로 할머니는 영원히 침묵에 빠졌다. 모두가 오열하는 가운데, 건호는 실신했다.

어린 시절 바쁜 엄마를 대신해 그를 키워준 분이었다. 엄마보다 더 엄마 같았던 할머니. 그분의 남루한 마지막은 건호에게 상처가 되었다. 그 상처는 시간이 지나면서 딱지가 되었고, 이젠 희미한 흉터로 남았다. 그렇기에 할머니를 연상시키는 누군가를 만났다고 해서 죽도록 아프진 않았다. 다만, 무기력해지고 지칠 뿐이었다. 일이 바빠 지쳤더니 마음까지 약해진 모양이었다.

건호가 벽에 기대선 채 지그시 눈을 감았다. 휴식을 취하고 싶고, 위로를 받고 싶은데, 생각나는 곳이 이곳밖에 없었다. 팔짱을 낀 채 건호는 오피스텔 내부를 떠올렸다.

고요한 오피스텔, 소리를 죽인 채 걷는 이나의 걸음 소리, 흘깃 자신을 쳐다보는 이나의 시선, 우물쭈물거리다가 한 번씩 물어오는 이나의 말들. 그러다 제 질문에 화들짝 놀란 것처럼 구는 모습, 머리카락이 한 올도 새어 나오지 못하게 돌돌 만 채 심각한 얼굴로 요리를 하던 옆얼굴. 상상을 하던 건호의 입술이 자그맣게 길어졌다.

윤이나를 만난 후, 내내 눈을 맞는 듯했다. 윤이나의 소소한 모습들이 눈처럼 마음에 쌓여간다. 이것들을 더 방치해 뒀다간 언젠가 어마어마한 무게로 자신의 마음을 무너뜨릴 거라는 걸 안다. 알지만, 차마 제 손으로 쓸어버릴 수가 없다. 쓸어내면 마음에 남는 게 아무것도 없어서. 무너지더라도…… 품은 채 있고 싶었다.

오피스텔의 열린 복도 창문으로 세찬 바람이 불어왔다. 초여름으로 넘어가는 바람은 제법 선선했다.

"……여기서 뭐 하세요?"

우물쭈물 건네오는 말에 건호가 눈을 떴다. 거짓말처럼 상상 속에 있던 자그마한 얼굴이 의아함, 놀람, 난감함을 품은 채 자신을 바라보고 있었다.

이나는 대답 없이 자신을 가만히 응시하고 있는 건호를 불안한 표정으로 쳐다보다가 숨을 들이마셨다. 술 냄새는 안 난다. 고로, 맨정신에 이러고 있다는 소리였다.

하정과 헤어지고 나서 오피스텔에 레시피북을 가지러 잠시 들른 길이었다. 처음엔 자신의 오피스텔 앞에 기대서 있는 남자를 본 순간 신고를 하려고 휴대폰을 꺼냈다. 그러다 남자의 모습이 유난히 익숙하다는 생각에 발소리를 죽이며 다가와 보니 건호였다. 그는 지그시 눈을 감은 채 석상처럼 서 있었다. 집도, 사무실도 있고 돈도 많은 사람이 왜 남의 오피스텔 앞에서 서서 자나 싶었다. 더군다나 저기압이라는 사람이. 처음엔 도망갈 생각이었다. 그러나 저대로 뒀다간 밤을 샐 것 같아서 내버려 둘 수가 없었다. 가장 마음에 걸린 것은 허물어질 것 같은 그의 모습이었다.

"안 들리세요?"

이나가 진지한 얼굴로 건호에게 다시금 물었다. 느리게 눈을 깜빡이던 건호가 힘 빠진 팔을 들었다. 그러더니 이나의 뺨을 감쌌다.

"……진짜 윤이나네."

작게 중얼거리는 건호의 머리카락이 바람에 날리었다. 동시에 그가 옅게 웃었다. 그는 온몸에 힘이 다 빠져 버린 사람처럼 축 처져 있었다. 난생처음 보는 모습이었다. 이나는 또 한 번 가슴이 쿵 하고 내려앉는 기분이 들었다.

"무슨 일 있어요?"

이나가 조심스럽게 물었다.

"있다면?"

"……."

없다고 할 줄 알았는데 있다고 하니 갑자기 말문 막힌다. 무슨 일이냐고 물어도 될까. 대답을 들으면 자신은 그를 위로해야 할지도 모른다. 자신의 위로가 잘못되어 이 남자의 기분을 거스르기라도 한다면……. 차라리 묻지 말자.

이나는 큰 눈을 깜빡거리며 자신의 뺨을 감싸고 있는 손을 흘깃 보았다.

"일단 소, 손 좀 거둬주시겠어요?"

"왜? 불편해?"

건호가 대답하며 픽 웃었다. 이나가 다시 한 번 숨을 들이마셨다.

술 냄새 안 나는데. 이 인간 왜 이러지?

이나는 불안한 얼굴로 건호를 바라보았다. 저기압이라던데, 무슨 일이 생기긴 정말로 생긴 모양이었다. 잠시 머뭇거리던 이나가 슬쩍 건호를 쳐다보며 물었다.

"어쩐 일이세요?"

"그냥."

"제가 여기 올 줄 어떻게 아시고……. 하하."

"안 올 줄 알았어."

그럼 대체 여긴 왜 온 거냐는 얼굴로 이나가 건호를 보았다. 그러자 그는 대답 없이 옅게 웃었다. 이나는 잠시 고민하는 듯 눈을 굴리더니 말했다.

"아하! 배고프셨구나."

"……."

건호가 잠시 말문 막힌 얼굴로 이나를 쳐다보았다. 이 분위기를 그렇게 해석하다니. 그러나 이나는 건호의 반응을 긍정으로 해석했다. 몸에 안 좋은 음식은 잘 안 먹는 사람이다. 더군다나 이 시각에 남자 혼자서 마땅히 밥 먹을 만한 곳도 없었을 테고……. 그래서 여기 찾아온 게 아닐까? 이나는 제멋대로 그렇게 확신했다. 잠시 고민 끝에 이나가 작게 물었다.

"……전에 밥해준다는 거, 오늘 해드릴까요?"

건호의 한쪽 눈썹이 살짝 위를 향했다. 표정이 정말이냐고 묻는 듯했다. 이나는 살짝 고개를 끄덕였다. 내버려 뒀다간 건호는 자신의 뺨을 감싼 채로 밤새 이러고 서 있을 것 같아서 내린 결정이었다. 물론 이나는 건호가 '됐어.' 라고 거절할 줄 알았다.

"그래."

건호가 벽에서 몸을 떼어냈다.

"열어."

건호가 멍하게 서 있는 이나를 보며 턱으로 문을 가리켰다. 갑자기 유건호가 지나치게 멀쩡해졌다. 뭔가 당한 기분이 드는데? 이나가 미심쩍은 얼굴로 건호를 쳐다보았다. 그러자 건호가 바지 주머니에 손을 찔러넣은 채 덤덤한 얼굴로 말했다.

"아니면 비밀번호를 알려주던지."

"제가 직접 열겠습니다."

이나가 단호하게 거절했다. 고양이 앞에 생선을 갖다 놨으면 놨지, 저 남자한테 오피스텔 비밀번호까지 알려줄 순 없다. 그랬다간 이 오피스텔이 자기 건 줄 알고 드나들 게 뻔했다. 이나가 오피스텔 비밀번호를 조심하면서 꾹꾹 눌렀다.

"생일이 비밀번호구나."

"악!"

언제, 어떻게 본 거야! 손으로 가렸는데!

이나가 질색한 얼굴로 돌아섰다. 그러자 건호가 '걱정 마, 주거침입은 안 해. 범죄니까.' 라는 씨알도 안 먹힐 변명을 해댔다. 그래도 이나가 못 믿겠다는 얼굴로 쳐다보자 그가 픽 웃으며 한마디 덧붙였다.

"전직 검사는 그런 짓 안 해."

이나는 자포자기의 심정으로 오피스텔 문을 열어젖혔다. 그러다 문득 생각했다.

저 남자는 자신의 생일을 어떻게 아는 걸까, 하고.

오피스텔로 들어와 뭘 좋아하냐고 묻자, 건호는 아주 자연스럽게 거실에 자리한 1인용 소파에 털썩 앉으며 '아무거나' 라고 답했다. 이제 저 자리는 유건호의 지정석이 된 것 같다. 음식 알레르기는 없냐고 물었더니, 없다는 대답이 들어왔다. 그 대화를 끝으로 고요해졌다. 이나는 냉장고를 열어 재료를 살피며 물었다.

"해산물 리조또랑 비빔국수 중에서 뭐가 좋아요?"

"아무거나."

이나는 냉장고에서 재료를 꺼냈다. 어느 걸 좋아하는지 몰라서 둘 다 할 생각이었다. 육수를 낼 조개, 다시마를 꺼내 해동시키는 동안 냄비를 두 개 꺼냈다. 한 냄비에 물을 받아 가스레인지에 올려놓고 부산히 움직이는 동안, 이나는 문득 뺨에 와 닿는 시선을 느꼈다. 눈만 굴려 쳐다보니, 건호가 턱을 괸 채 쳐다보고 있었다.

"왜…… 요?"

이나가 왜 그렇게 쳐다보느냐는 듯 물었다.

"그냥."

건호는 가볍게 답하며 이나를 물끄러미 바라보았다. 방금 전 벽에 기대어 서서 상상하던 풍경이다. 이나는 부엌에서 꼼지락거리고, 자신은 그 움직임을 감지하면서 시간을 무념히 흘려보내는 것. 유난히 바람 좋은 산자락에 앉아 쉬고 있는 것처럼 마음이 평온해졌다.

건호의 날카로운 눈빛이 부드럽게 변하는 것을 보며 이나는 시선을 다시 도마로 돌렸다. 건호는 평소보다 수배는 힘이 없어 보였다. 엄청 지친 모습이었다. 저런 모습은 처음이었다. 낯설기도 하고, 어색하기도 했다.

어쩌지? 어쩌면 좋지?

이나가 입술을 깨물었다. 잠시 고민하던 이나는 칼을 내려놓은 후 싱크대에서 손을 꼼꼼히 씻었다. 좁은 거실을 가로질러 가며 수십 번 고민했다. 자신이 유건호에게 다가가는 것이 옳은 일인지 아닌지를. 그러나 이미 발은 유건호 앞에 멈춰 섰다. 거리 조절을 잘못했는지 생각보다 건호가 가까이에 있었다. 건호가 할 말 있냐는 얼굴로 쳐다보았다. 이나가 마른침을 꼴깍 삼켰다.

"무슨 일인지 모르겠지만, 힘냈으면 좋겠어요."

단지 이 말을 해주고 싶었다. 그래서 이나는 있는 용기, 없는 용기 다 짜내서, 요리를 하다 말고 여기까지 왔다. 역시 어설픈 위로가 잘못이었을까. 거실에 싸한 바람이 불었다.

"뭘."

건호가 짤막하게 물었다. 이나는 당황했다. 힘든 게 아니었나.

"그냥, 이런저런 거, 지금 머릿속에 들어가 있는 모든 거요. 지금 힘들어하는 모든 걸 이겨냈으면 좋겠다, 뭐 이런 거죠."

"내가 힘들어하는 게 보여?"

"네. 지금도요."

"그래서 방금한 건, 설마 위로?"

"예. 설마 위로요. 그러니까 힘드신 게 아닌데 제가 섣불리 위로를 한 거라면 못 들은 셈 치시고……."

횡설수설하던 이나의 말이 끝나지 못했다. 유건호는 이나의 허리를 끌어안고서 배에 이마를 대고 있었다.

"왜, 이, 러, 세, 요?"

지나치게 긴장하면 말이 분필처럼 툭툭 부서진다는 걸 처음 알았다.

"위로해 주고 싶다며."

"그건 그런데…… 이런 선정적인 위로는……."

이나의 더듬거리는 말에 건호가 픽 웃었다. 단지 끌어안았을 뿐인데 선정성 논란이 일다니. 키스했다간 소장 날아오겠다.

"억울하면 소송 걸어."

"제가 이길 수가……."

"없지."

"데이트 폭력으로 신고는 가능할까요?"

오늘따라 또박또박 대답하는 이나 때문에 건호는 다시 한 번 픽 웃었다. 덩달아 이나도 씩 웃었다. 변호사인 유건호의 말문을 막았다는 뿌듯함이 들었다. 내심 일전에 양파 까기 내기에서 진 후로 한 번은 유건호를 이겨보고 싶다는 마음이 들던 차였다.

"허위 신고로 나랏법이 어떤 건지 경험해 보고 싶은가 보지?"

"……."

"그 경험을 내가 돕도록 하지."

"법은 멀리 있을 때 아름다운 거죠."

이나가 칼같이 대답했다. 나랏법보다 그 나랏법을 휘두를 유건호가 더 무섭다. 건호는 대답 없이 조용했다.

건호는 이나를 끌어안은 채 숨을 골랐다. 코끝으로 이나의 향기가, 이마에 이나의 감각이 닿았다. 늘 바라보기만 하던 윤이나가 한결 가깝게 느껴지자 마음이 조용히 녹아내렸다.

일이 바쁜 나날이었다. 동시에 마음도 바빴다. 자신의 손을 붙잡고 아이에 대한 미안함을 토로하는 그 여자 때문인지, 아니면 아직까지 갖지 못한 이 여자의 마음 때문인지 모르겠지만, 조금 버거운 시간들이었다. 그런데 윤이나의 어설픈 위로로, 목 끝까지 거품처럼 차올랐던 피로가 거짓말처럼 스르륵 녹아내렸다. 한 사람이 존재한다는 것만으로 이토록 큰 위로가 될 수 있다는 게 놀라울 뿐이었다.

그 순간 건호는 주형이 선선하게 웃으며 덧붙이던 말이 떠올렸다.

"이나, 좋은 애지. 형이 아니었으면 내가 만났을 거야. 부모님도 좋아하시고, 예쁜 며느리가 될 테니까."

자신이 빠지면 주형과 이나가 서로 마주 보게 될 거다. 안다. 아는데, 이기심에 윤이나를 놓을 수가 없다. 아니, 놓아주기 싫다.

건호가 팔에 힘을 준 채 이나를 끌어안았다. 죽을 때까지, 아니, 죽어서도 두 사람이 서로의 마음을 모르길, 건호는 빌었다.

이나는 자신을 안은 건호 때문에 질식사하기 직전이었다. 숨을 내쉴 수가 없다. 이 남자가 자신의 허리를 부술 생각이 아닌가 의심스러웠다.

혹시 고백을 잘못했다는 걸 알았나. 아니면 리조또랑 비빔국수

둘 다 메뉴가 마음에 들지 않았나? 그럼 말로 하던가. 왜 남의 귀한 척추를 반으로 쪼갤 생각을 하는 건데!

간간이 흉부로 짧게 숨을 끊어쉬고 있지만 이마저도 얼마나 갈지 몰랐다. 힘들었다. 괴로웠다. 당장에라도 유건호를 확 밀치고 싶은데, 손이 움직이지 않았다. 건호를 뿌리칠 수가 없었다. 그럴 배짱도 없을뿐더러, 오늘은 그런 마음이 크게 일지 않았다. 자신이 아는 유건호는 세상에서 가장 단단하고, 무섭고, 강인한 남자였다. 이 남자가 흔들리는데 갑자기 온 세상이 흔들리는 것처럼 보였다.

그리고 그는 동창회에서 자신에게 자긍심을 되찾아주었다. 그날 건호가 아니었다면 자신은 진주와 하동의 무시를 귓등으로 들으며 넘겼을 거다. 건호 덕분에 두 사람에게 '타인을 존중하지 못하는 사람은 대부분 스스로를 사랑하지 못하는 사람이라던데. 부디 너희는 그런 게 아니길 바란다.' 라는 한마디를 해줄 수 있었다.

이나는 내쉬지 못할 한숨을 억지로 삼키며 손을 들었다. 허공에서 이나의 손이 쭈뼛거렸다. 한참을 고민하던 이나는 손을 천천히 그의 머리카락 위에 가져다 놓았다.

야생사자의 갈기를 쓰다듬는 마음이 이러할까. 그러나 불안함과 달리 손바닥에 닿는 촉감은 부드러웠다. 조금만 움직여도 손가락 사이로 그의 머리카락이 기분 좋게 파고들었다. 조금 용기 내어 크게 쓰다듬었다. 스윽, 스윽. 건호의 어깨가 움찔하며 몸이 굳었다. 동시에 허리를 조르는 힘이 한결 강해졌다.

……살려줘. 이 자식아, 내 소중한 척추를 살려달라고! 머리를 쓰다듬는 게 싫으면 말로 하라고!

이나가 속으로 발악했다.

"제가 무례하게 머리를 만진 거라면……."

"계속해."

"일단 팔에 힘 좀 풀어주시면……."

이나가 풍이 온 것처럼 떨리는 제 팔을 쳐다보며 건의했다.

"안 주고 있는데."

이나가 그게 말이냐는 표정으로 건호를 쳐다봤으나 항의할 수 없었다. 자신은 그만큼 간이 크지 않았다.

숨을 들이마신 이나는 다시 건호의 머리를 쓰다듬었다. 머리를 쓰다듬을수록 건호의 어깨가 차분하게 내려갔고, 허리의 힘이 느슨하게 풀렸다. 건호의 팔에 힘이 꽤 풀려서 도망칠 수 있었다. 그러나 이나는 그 자리에 서서 건호의 머리를 한참이나 쓰다듬어 주었다.

2층 계단에서 터덜터덜 내려오던 설준은 제 눈을 의심했다. 볕 좋은 일요일 오전, 자신의 거실을 점령하고 있는 저것이 무엇인가.

"엄마."

때마침 거실을 가로질러 가던 모친 영주를 불렀다.

"왜?"

"아무래도 나 안과에 가봐야 하나 봐. 건호 형님이 보여. 컴퓨터 하는 시간을 줄여야 할까 봐."

볕이 잘 드는 창가에 옅은 그레이 카디건, 면바지, 흰 티셔츠를 입은 건호가 차를 마시고 있었다. 설준이 눈을 끔뻑거리며 중얼거렸다.

"멀쩡하네. 안 가도 되겠다."

영주의 말에 설준이 흡 하며 한 걸음 물러섰다. 못 본 척 2층으로 올라가려던 설준은 때마침 '오랜만이군.' 이라는 건호의 인사에 발목 잡혔다.

"예, 형님. 하하. 오랜만입니다."

설준이 어색한 웃음을 흘렸다.

"와서 앉아."

건호의 말에 설준은 냉큼 건호의 맞은편 자리에 앉았다. 오차 없이 건호가 가리킨 자리였다.

"여긴 어쩐 일로……. 누나는 '락' 인가 '낙' 인가 거기에 출근했는데요. 하하. 우리 누나, 이제 휴대폰도 있으니 그쪽으로 연락해 보심이……."

"알아. 온 김에 널 보러 왔어."

우아한 자태로 말을 하는 건호를 보며, 설준은 처음으로 심장이 쿵 하고 내려앉는다는 말이 뭔지 실감했다.

"저, 저한테 왜……?"

설준이 크게 당황해서 물었다.

"별거 아냐. 너랑 이나가 유난히 공헌이를 무서워하던데. 이유가 있는 건가?"

건호가 찻잔에 여전히 시선을 둔 채 물었다. 어젯밤 이나를 데려다주는 길에, 공헌에게 연락이 오자 펄쩍 뛰는 이나를 보았다.

누가 보면 저승사자한테 걸려온 전화라도 받은 사람이라 착각할 정도였다. 무슨 이유라도 있느냐고 물었으나 이나는 애매하게 웃을 뿐 별말 하지 않았다. 그러다 건호는 궁금해졌다. 윤이나, 윤설준 남매가 유난히 윤공헌을 무서워하는 이유. 더불어 자신까지 무서워하는 이유에 대해서도. 때마침 길에서 만난 영주가 차를 마시고 가라고 청하는 바람에 이곳까지 들어왔다.

"엄해서 그렇습니다. 싸움도 잘하고, 힘까지 세서 누나랑 제가 못 당하거든요."

"공헌이가?"

의아한 듯 건호의 한쪽 눈썹이 치켜 올라갔다. 설준이 얼른 말을 이었다.

"네. 나이 차이도 있는 데다가 어릴 적부터 많이 맞고 자랐습니다. 오죽했으면 누나랑 제 이상형이 힘 약하고 싸움 못 하는 다정한 이성이겠습니까?"

'그러니 넌 우리 누나의 이상형이 아니다. 우리 누나를 놔줘라.' 라는 말을 설준이 아주 우회적으로 돌려 언급했다.

"그랬단 말이지."

"네. 궁금한 질문이 끝나셨으면 이제 그만……."

"그럼 나를 무서워하는 이유는?"

"……네?"

"나를 무서워하는 이유가 있을 거 아냐."

건호가 직접적으로 물었다. 윤이나에게 '나를 무서워하는 이유가 뭐냐.' 라고 직접적으로 물을 수 없으니 설준으로부터 유추할 작정이었다.

"그, 그, 그야…… 저는 형님을 존경합니다."

"그래, 그러니까 왜 무서워하냐고."

"안 무섭습니다."

"그럼 만만하다는 건가?"

"예? 아니요! 절대 아니요!"

"그럼 무서운 이유가 있을 거 아냐."

이런 고문관 같은 인간을 봤나.

설준이 희게 질린 얼굴로 우아한 자태를 한시도 잃지 않는 건호를 쳐다보았다. 이 남자, 작정하고 온 거다. 설준이 이나와 닮은 큰 눈을 끔뻑거리다가 조심스럽게 말문을 열었다.

"그야……."

설준이 무어라고 대답하려 할 때였다. 안방 문이 벌컥 열리며 영주가 혼비백산한 얼굴로 나왔다.

"설준아!"

평소 들어본 적 없는 모친의 외침에 설준이 고개를 홱 돌렸다. 무슨 일이냐고 묻기도 전, 영주가 소리쳤다.

"네 누나, 사고 났단다!"

13

뒤늦게 연락을 받은 공헌이 겨우 짬을 내어 응급실로 뛰어 내려왔다. 때마침 응급실 자리를 지키고 있던 주형이를 발견한 공헌이 흰색 가운을 펄럭이며 다가갔다.

"뭐가 어떻게 된 거야? 이나가 뭐? 이나는 어디 있어?"

"일단 진정해."

주형이 손을 들어 공헌을 막았다. 그러자 공헌이 버럭 하고 소리 질렀다.

"지금 진정하게 생겼어?"

공헌의 대답에 주형이 난감한 얼굴로 미간을 쓸었다. 진정할 리가 없다. 가족의 갑작스러운 사고 앞엔 의사도 경황없긴 마찬가지라는 걸 주형도 알고 있었다. 뭐라 설명을 하려고 고개를 들던 주형은 진그레이 슈트 차림의 건호가 빠른 걸음으로 다가오는 것을 보았다. 주형이 알은체도 하기 전에, 건호가 주형과 공헌을 살벌한 얼굴로 번갈아 보았다.

"둘 중에 누가 윤이나 상태에 대해 더 잘 알아?"

"나야, 형."

주형의 대답에 건호의 몸이 주형의 쪽으로 틀어졌다.

"어떻게 된 건지 설명해."

말을 하는 건지 얼음을 뱉는 건지 모를 만큼 건호의 입에서 냉랭한 목소리가 흘러나왔다. 그토록 빨리 걸어왔으면서 숨소리 하나 흐트러지지 않다니. 그보다 주형을 기겁하게 만드는 것은 건호의 잔뜩 날 선 표정이었다. 이 얼굴에 대고 '진정해.' 라는 말을 할 자신이 없어서 주형은 입을 열었다.

"화상을 입었어. 폐기름에 손등을 덴 모양이야."

"이나는?"

"지금 응급조치 중이야. 조금 있다가 한 번 더 상황을 봐야 해. 일단 지금은 들어가지 마. 세균 감염되지 않으려면 최대한 접촉을 줄이는 게 좋아. 상황 다 정리된 후에 들어가."

들어가지 말라는 주형의 말에 응급실로 뛰어갈 것처럼 움직이던 건호가 걸음을 단번에 멈췄다. 뒤이어 설준과 모친인 영주가 도착했고, 주형은 했던 말을 한 번 더 반복했다. 응급실 앞의 의자에 영주와 설준이 앉는 것을 확인한 공헌이 그들에게 다가가 안심시키려고 애썼다. 그사이 건호가 주형의 앞에 섰다.

"누구야?"

"어?"

"윤이나가 폐기름에 손을 담갔을 리도 없고, 본인이 엎었다면 하반신에도 튀어야 하는데 손등만 데었다며. 누가 그랬냐고."

주형은 깜짝 놀란 얼굴로 건호를 보았다. 경황없는 이 와중에도 침착하게 이런 추리를 해내다니. 그러나 주형은 시치미를 뚝 떼야 했다. 지금 유건호는 차분한 얼굴을 유지하고 있지만, 눈을 한 번도 깜빡이지 않고 있었다. 스스로의 폭주를 막기 위해 안간힘을 다하고 있다는 증거였다. 이런 상태의 그는 건드리지 않는 게 좋다.

"형, 무슨 소리야. 아냐. 이나 혼자서 움직이다가."

"유주형, 너 아까부터 손가락 꼼지락대고 있던데."

"……."

"어서 말해."

눈썹을 치켜뜬 채 살벌하게 말하는 건호를 보며 주형이 바짝 얼어붙었다. 그러다 주형은 건호의 등 뒤로 다가오는 한 여자를 보았다. 흰 유니폼 한가운데 즐거울 락 자가 크게 박혀 있는 여자는, 자신이 죽을 자리로 오고 있다는 것도 모른 채 주춤거리며 다가왔다. 주형이 눈짓으로 멀리 떨어지라고, 여기에 저승사자가 있다는 표정을 지어주었으나 눈치 없는 여자는 주형의 눈짓에 되레 '네?'라고 물으며 바짝 다가왔다.

주형의 시선을 따라 건호가 돌아섰다. 한 여자가 엉망진창이 된 얼굴로 서 있었다. 건호가 눈을 갸름하게 떴다.

"당신이지?"

건호가 유니폼을 입은 여자에게 다가가 물었다.

"네, 네?"

여직원이 깜짝 놀란 얼굴로 되물었다.

"윤이나 손등에 기름 부었다는 사람, 당신이냐고."

"죄, 죄송합니다. 조심했어야 했는데 냄비를 잡은 손이 미끄러지는 바람에 아래에 통을 잡고 있던 이나 씨 손에 튀었어요. 제가 그러려고 그런 게……."

"변명은 됐고. 이름이 뭐야?"

"예?"

"두 번씩 묻게 하지 말고, 한 번에 알아들어. 이름이 뭐냐고."

"저, 저는 김은정이요."

"나이는?"

"스, 스물다섯……."

여직원의 신상을 털기 시작하는 건호의 옆얼굴을 본 주형의 얼굴이 하얗게 질렸다. 보통 화난 게 아니다. 화를 잘 내지 않는 만큼, 한 번 화를 냈을 땐 끝장을 보는 것이 그의 성격이라는 걸 주형은 잘 알고 있었다. 삼대를 멸하고야 말겠다는 의지가 박힌 건호의 얼굴을 보다 못한 주형이 목숨을 걸고 그와 여자의 사이에 다가섰다.

"가게로 돌아가세요."

주형이 여자의 등을 떠밀었다.

"누구 맘대로."

건호가 잔뜩 굳은 목소리로 물었다.

"실수라잖아."

"실수라도 죗값은 치러야지."

"형. 그건 이나 말을 듣고서 해도 늦지 않아. 일단 어서 돌아가세요."

목숨 귀하면 어서 도망치라는 듯한 주형의 절박한 표정에 떠밀린 여자가 얼결에 저도 모르게 도망쳤다. 뒤따라가려는 건호를 주형이 확 붙잡았다.

"형! 이나가 원치 않을 수도 있잖아!"

절대로 시동이 꺼지지 않을 것처럼 들썩거리던 건호의 몸이 '이나' 라는 이름을 듣자 거짓말처럼 멈췄다. 건호는 한숨을 훅 내쉬며 자리에 앉아 있는 설준, 영주, 공헌을 확인했다.

"이나, 언제쯤 볼 수 있어?"

건호의 목소리가 잔뜩 갈라져 있었다.

"곧 볼 수 있어. 조금만 기다려. 진정하고. 형이 이런다고 이나가 더 빨리 낫는 거 아니야."

어깨를 다독이며 진지하게 답하는 주형 때문에 건호가 벽에 기대섰다. 한숨을 내쉬며 고개를 숙인 건호는 눈을 꽉 감았다.

기다리고만 있어야 하는 게 무기력하다. 할 수 있는 것이 하나도 없다는 게 이토록 힘든 일인지 몰랐다.

"……의사 할걸."

건호의 한숨 섞인 중얼거림에 주형이 뜨악한 얼굴로 그의 옆얼굴을 보았다. 윤이나 화상 소식에 대학 진로까지 후회하다니.

처음에 건호의 무표정한 얼굴을 보았을 땐 여자친구가 다쳤으니 으레 하는 걱정이겠거니 생각했다. 그런데 지금 보니 공헌과 설준에 비해 과도할 정도로 건호는 흥분한 상태였다. 물론 대체로 무표정을 유지하는 그이기에 다른 사람들이 봤을 땐 별로 티가 많이 나진 않았지만, 오랜 세월 함께 살아온 주형은 단박에 알아볼 수 있었다.

지금 유건호는 진심으로 화내고 있었고, 진심으로 괴로워하고 있었다.

이나는 퇴원 의사를 밝혔으나, 온 집안사람들의 반대에 가로막혀 어쩔 수 없이 며칠간 입원하기로 했다. 손등에 화상을 입어 무언가를 집기가 불편한 이나를 간병하겠다고 하정이 나섰고, 편히 쉬라며 가족들은 이나를 1인 특실에 입원시켰다.

"어쩌자고 손등에 뜨거운 기름을 부어? 그건 요리 문외한인 내가 들어도 안 될 말이다."

지금 생각해도 아찔하다는 듯 하정이 하얗게 뜬 얼굴로 물었다.

"그러게. 나는 식은 폐기름인 줄 알고 통을 잡았는데, 알바생이 뜨거운 기름을 갖다 붓더라. 내가 뜨거운 기름은 부으면 안 된다고 말하던 찰나에 냄비가 미끄러졌어. 그게 내 손등에 쏟아진 거지. 은정 씨도 놀란 거지. 어쩔 수 없지."

남 이야기하듯이 말하는 이나를 보며 하정이 속상하다는 듯 한숨을 내쉬었다. 그러다 눈을 번쩍 뜨며 말했다.

"우리 오빠한테 말해서 '락' 고소할까? 아르바이트생 교육이 미비한 점이랑, 그 아르바이트생을 상대로 고소하는 거지. 그리고 넌 손해배상 겸 산업재해 수당을 받는 거고. 안 되는 것도 되게 하는 유건호 변호사님이니까 알아서 하겠지. 뭐, 내가 이렇게까지 말 안 해도 우리 오빠 얼굴 보니까 할 것 같더라만은."

"……건호 오빠는 언제 갔어?"

이나가 묻자, 하정이 대답했다.

"아까 너 잠깐 졸았을 때."

"그랬구나."

이나는 조금 섭섭한 마음이 들었다. 이왕 온 김에 자신이 눈 뜨고 있을 때까지 있었으면 좋았을 텐데. 얼굴이라도 한 번 보면 불안한 마음이 조금 가실 것 같은데. 그러다 이나는 문득 자신의 이런 마음이 의아했다. 왜 자신이 유건호를 찾는 걸까.

"하여간에 고소하자니까."

하정이 못마땅하다는 얼굴로 말했다.

"그렇게까지는 할 필요 없어. 일단 나도 잘못한 부분이 있으니까."

"그래도 그냥 넘어갈 일은 아니야. 넌 평생 손등에 흉터를 달고 사는 거야. 그렇게 쉽게 넘겨줄 일이 아니라고."

하정의 말에 이나가 잠시 먹먹한 얼굴로 자신의 손등을 바라보았다.

"일단 차차 생각해 보자. 지금은 그 생각 하고 싶지 않다."

이나가 고개를 가로저으며 대화를 거부하자 하정은 얼른 입을 다물었다. 이나는 씩 웃으며 걱정 말라고 말한 후 팔을 보았다. 손가락이 겨우 보일 만큼을 제외하곤 팔꿈치까지 붕대로 둘둘 둘러놨다.

"하정아, 너한테 미안하다. 괜히 나 때문에 간병하느라고 시간만 쓰고."

"됐어, 이 여자야. 잠이나 자. 많이 먹고 푹 자야 얼른 낫는다더라."

"그래, 자야겠다. 내가 자야 너도 편하게 쉬지."

이나가 눕자 하정이 이나의 가슴께까지 이불을 덮어주었다. 조명의 조도를 낮춘 지 얼마 되지 않아 이나는 금세 잠이 들었다. 이나가 잠든 걸 끝까지 확인한 하정은 커피라도 뽑아 마시려고 1인실에서 나오다가 복도를 걸어오는 설준과 맞닥뜨렸다.

"이나, 자는데."

"그래요?"

설준이 아쉽다는 얼굴로 물었다. 하정은 고개를 끄덕였다.

"응. 왜? 누나가 걱정되어서 잠이 안 와서 또 온 거야?"

"아무래도 그렇죠. 병원이라고는 예방접종 맞을 때 빼곤 일절 안 오던 강철 누나가 화상을 당했다고 하니까요."

"그러니까 말이다. 그래도 이참에 건강검진도 할 거라고 공헌 오빠가 이나 혈액까지 뽑아가더라."

"그래요?"

설준이 하정의 말이 웃기다는 듯 픽 웃었다.

"커피 마시러 갈 건데, 너도 갈래?"

"네, 누나."

설준은 기다렸다는 듯이 하정의 뒤를 졸졸 따라갔다. 특실과 조금 떨어진 곳에 보호자가 앉을 수 있는 의자와 자판기가 마련되어 있었다. 하정은 설준에게 설탕 커피를 내민 후, 본인은 블랙커피를 뽑았다. 둘은 나란히 자리에 앉아 커피를 홀짝였다. 늦은 시각이라 간호사를 제외하곤 오가는 사람도 없었다. 가로등 불빛이 알알이 박힌 야경을 바라보던 설준이 하정에게 물었다.

"누나는 건호 형이랑 우리 누나랑 사귀는 거에 대해 어떻게 생각해요? 우리 누나가 누나한테는 솔직히 다 말했을 거 아니에요."

하정이 고개를 돌려 설준을 보았다. 잠시 난감한 표정을 짓던 하정이 우물거리며 대답했다.

"그냥 뭐, 처음엔 당혹스럽고 놀라웠는데 지금은 아무 생각도 안 들어. 이나가 아무리 싫다지만 다 큰 성인인데 정말 싫은 남자랑 사귀겠어? 이런 마음으로 가만히 지켜보는 중이야."

"저도 처음엔 그렇게 생각했어요."

"그런데? 지금은 다르다?"

하정의 물음에 설준이 말없이 고개를 끄덕였다. 설준은 한 모금도 마시지 않은 설탕 커피를 멀거니 들여다보았다.

"누나가 화상 입었다는 소식에 머릿속이 하얗게 변하더라고요. 알다시피 우리 누나는 손으로 먹고사는 직업이잖아요. 실제로 요리하는 낙으로 사는 사람인데 못 하게 되면 어쩌나, 그럼 우리 누나의 상실감은 어떻게 해야 하나 등등……. 다행히 손가락이 들러붙거나 하는 그런 비극적인 일은 없었는데, 문득 이런 생각이 들더라고요. 내가 우리 누나의 몸은 걱정하면서 마음은 너무 쉽게 방치한 게 아닌가."

"……."

"우리 누나가 생각보다 좀 쓸데없는 데에서 배려심이 강해요. 거기다가 본인의 고집으로 요리를 선택했고, 그 때문에 가족들의 마음을 불편하게 만들었다는 죄책감까지 갖고 있어요. 그런 마음들이 똘똘 뭉쳐져서 사돈이 되길 바라는 양가 집안의 기대에 부응하기로 한 건 아닌가……. 직업은 양보 못 해도 결혼 상대만큼은 양보한 게 아닌가, 뭐 이런 생각이 들더라고요. 자포자기했다는 느낌이 들고요."

"그럴 리가 없잖아, 라고 말하고 싶은데 네 말이 묘하게 설득적이다."

하정이 장난식으로 말을 툭 던졌다가 씁쓸하게 웃었다. 누나의 화상으로 설준은 깊은 고민을 한 듯했다. 그리고 하정도 이번 일을 계기로 설준과 비슷한 생각을 했다.

"손의 화상은 결국 낫지만, 결혼은 일생이 걸린 문제잖아요."

"이나, 아직도 건호 오빠 많이 무서워해?"

하정이 조심스럽게 설준에게 물었다. 이나는 건호와 연애를 시작한 후, 하정에게 건호와의 일에 대해 크게 언급하지 않았다. 친구긴 하지만 건호의 여동생이기도 했기 때문이다. 하정도 그 마음을 알기에 꼬치꼬치 캐묻지 않았었다.

"네, 무서워해요."

설준이 단호하게 대답했다. 설준은 얼마 전에 흘러가듯이 이나에게 '건호 형님이랑 깨소금 쏟아져?' 라고 물었었다. 그러자 이나가 쓰게 웃으며 '입에 소금을 물고 있는 기분이 들긴 해.' 라는 답을 하고 지나갔다. 그 외에도 이나는 건호에 관한 이야기만 나오면 급격히 표정이 묘해지곤 했다.

"그럼…… 네 눈에는 이나가 건호 오빠랑 억지로 사귀는 것처럼 보인단 말이지?"

"네. 억지로 사귀는 것처럼 보여요. 건호 형님이 무서운 데다가 양쪽 집안 어르신들 눈치도 보이고 하니까 버티고 있는 거죠. 하루라도 빨리 차이길 바라면서. 우리 누나가 아직까지 심장마비 안 걸린 채 살아 있는 게 용할 뿐이에요. 그래서 말인데…… 이제 저는 우리 누나 편을 들까 해요. 더 이상 누나한테 맡겨둘 수 없을 것 같아요."

"어떻게 편을 든다는 건데?"

"우리 누나가 원하는 선택을 하게끔 힘이 되어주려고요. 건호 형님이랑 싸워야 한다면 그렇게 하려고요."

설준이 주먹까지 불끈 쥐었다. 하정은 흐응, 소리를 내며 고개를 끄덕였다.

"그래, 파이팅."

하정이 응원하자, 설준이 눈을 내리깔았다.

"누나한테 이런 이야기 해서 미안해요. 섭섭하게 생각하지 마세요."

"그런 생각 안 해. 넌 그런 선택 하는 게 당연해."

"이해해 줘서 고마워요, 누나."

설준이 씩 웃자, 하정도 뒤따라 웃었다. 하정은 빈 종이컵을 구겼다. 그러면서 고개를 들어 야경이 담긴 창문을 바라보았다. 창문은 야경의 풍경도 담고 있었지만, 병원 내부의 풍경도 담고 있었다. 그 풍경엔 언젠가부터 다가와 있던 남자의 그림자도 있었다.

슈트의 소매 끝과 길게 이어진 남자의 단단한 그림자. 그것이 누구의 것인지 하정은 보자마자 알아챘다. 지나가는 사람이라면 지나갔을 텐데, 윤이나의 이야기라서 멈춰 서서 듣고만 있던 남자. 그 남자도 알아야 할 때가 온 거다.

아니, 그는 러브레터의 주인이 된 순간부터 이나가 어떤 마음으로 만나는지 알고 있었을 거다. 그럼에도 하정이 굳이 설준의 입을 통해 한 번 더 들려주는 것은, 그가 자각하길 바랐기 때문이다. 본인의 이기심으로 이나가 마음의 화상을 입었을지도 모른다는 것을.

그 남자가 본인의 그림자를 끌고 왔던 방향으로 멀어지는 것을 본 후에야 하정은 고개를 돌려 설준을 보았다.

“설준아, 짐 들고 왔지?”

“네.”

설준이 발아래에 가져다 놓은 종이가방을 들어 보이며 답했다.

“그건 나한테 주고 집에 가봐. 이나는 내일 아침에 와서 보고. 겨우 잠들었는데 깨우면 안 되잖아.”

“누나는요?”

“나는 커피 한 잔만 더 마시고 조금 있다가 갈게.”

“네.”

설준은 순순히 대답한 것과 달리 꽤 미적거리면서 자리에서 일어났다. 저벅저벅 걸어가던 그는 무언가 생각난 듯 돌아섰다.

“누나.”

“응?”

“남자친구 없어요?”

“어. 작업실에만 있다 보니까 없네? 엔지니어도 결혼했고, 그렇다고 내가 아이돌 남자애들이랑 연애를 할 수는 없잖아? 결혼 적령기인데 말이야.”

“그래요?”

묘하게 돌아오는 설준의 목소리가 들떠 보였다. 하정은 기분 탓이겠거니 하며 예의상 물었다.

"넌 애인 없어?"

"네, 없어요. 절대로 없어요. 연락처에 게임회사, 가족, 친구 번호 말고는 여자 번호는 일절 없어요. 썸 타는 여자도 없어요."

다다다 쏟아내는 설준의 답변에 하정이 멍하게 눈을 감았다 떴다. 방금 랩퍼신이 강림했다가 사라진 것 같은데. 이것도 기분 탓인가.

"그, 그래, 없겠지. 이나한테 들어보니까 넌 게임 캐릭터랑 연애한다고……."

"아니에요! 게임 캐릭터는 게임 캐릭터일 뿐, 저도 사람을 좋아하고 여자를 좋아해요. 엄청 좋아한다고요."

설준의 말이 딱 끝나자마자 갑자기 분위기가 싸해졌다. 설준도 아차 한 얼굴로 큰 눈을 데굴데굴 굴렸다.

"그러니까…… 제 말은…… 커피…… 너무 많이 마시지 말라고요. 몸에 해로워요."

그렇게 말하며 돌아선 설준의 귀가 벌게졌다. 하정의 고개가 비스듬히 기울어졌다.

"귀엽네."

하정이 뒤늦게 픽 웃으며 자판기를 향해 걸어갔다.

작은 소음과 함께 병실 문이 열렸다. 병실 안으로 길게 조명이 치고 들어왔다. 건호는 그 불빛에 이나가 깰까 봐 빠르게 문을 닫았다. 병실 창문으로 은은하게 가로등 불빛이 치고 들어왔다.

저벅저벅 낮은 발소리를 내며 건호가 이나의 곁에 다가섰다. 건호는 느릿하게 붕대를 감고 있는 이나의 손등을 바라보다가 손을 뻗었다. 그러나 끝내 이나의 손에 닿지 못하고 허공에서 멈춰 버렸다. 괴로운 눈빛을 한 채 건호가 이나를 바라보았다.

건호는 침대에 누워 있는 이나를 바라보았다. 왼쪽으로 고개를 꺾은 채 잠들어 있어서 얼굴을 볼 수 없다는 것이 안타까우면서도 한편으로는 다행이라고 생각했다.

"네, 무서워해요."

"건호 형님이 무서운 데다가 양쪽 집안 어르신들 눈치도 보이고 하니까 버티고 있는 거죠. 하루라도 빨리 차이길 바라면서. 우리 누나가 아직까지 심장마비 안 걸린 채 살아 있는 게 용할 뿐이에요."

설준이 했던 말이 귓가에서 웅 하고 맴돌았다.

알고 있다, 이나가 자신을 무서워하고 있다는 것을. 그래서 차이려고 안간힘을 다하고 있다는 것도 알고 있었다. 그래서 번번이 데이트 코스도 자신이 싫어하는 사람 많은 식당, 혹은 자리가 불편한 곳, 시끄러운 곳으로 향한다는 걸 알고 있었다. 알면서도, 놓지 못했다. 이기적이고 제 욕심이라고 해도 이것이 마지막 기회일 테니까. 함께하면 자신의 마음이 이나에게 흘러가지 않을까, 이나도 자신을 좋아하게 되지 않을까, 그렇게 생각했다.

이 생각에서 비롯된 이기심의 온도는 몇 도일까. 아무리 가늠해보려고 해도 모르겠다. 다만 이 상황을 감수해야 했을 이나에겐 자신의 마음이 그저 손등에 화상 자국을 남긴 폐기름과 다를 바가 없었으리라는 건 어렵지 않게 짐작할 수 있었다.

건호의 목울대가 오르내렸다. 건호의 눈썹이 구겨지고, 그의 입술이 안으로 말려 들어갔다. 얼마 후, 어둠에 가려진 그의 얼굴이 처참하게 구겨졌다.

14

병원은 일찍 소등하는 만큼 일찍 시작되었다. 새벽 6시 30분부터 간호사가 오가며 링거, 혈압, 체온을 확인했다. 간호사가 나간 후 한적하다 싶을 즈음엔 주형이 병실에 들렀다. 주형은 다정하게 웃으며 꼼꼼하게 이것저것 챙겨주었다. 이전이라면 그 모습에 설레야 하는데 이나는 오히려 '건호 오빠와는 전혀 안 닮았구나.' 라는 생각만 들 뿐이었다.

이른 아침, 하정은 이나의 머리카락을 한 갈래로 묶어주며 '미래의 딸 머리 묶기 연습하는 것 같아.' 라고 웃어댔다.

하정이 잠시 자리를 비운 틈에 이나의 시선이 창가로 향했다. 창문 너머의 하늘은 눈이 부실 만큼 파랗게 빛났다. 군데군데 흰 물감을 찍어 바른 듯한 구름이 자리하고 있었고, 그 사이를 새 한 마리가 여유롭게 지나치고 있었다. 모든 것이 평온하고 고요했다.

이나는 평온을 곱씹으려는 듯 느리게 숨을 내쉬며 창틀을 바라보았다.

어젯밤 꿈에서 이 창가에 서 있는 남자를 보았다. 역광 때문에 실루엣을 본 것이 전부였지만, 그 남자와 눈이 마주친 듯했다. 그 남자는 설핏 웃은 듯했다. 꿈이라는 걸 알면서도 그 웃음이 서글퍼서 이나는 온 마음이 아팠다. 누구세요, 라고 묻고 싶었으나 입술이 무거워 남자를 바라보고 있을 수밖에 없었다. 그 후의 기억은 없다.

누구였을까.

드르륵 소리와 함께 문이 열렸다. 이나는 여전히 시선을 창밖 어딘가에 둔 채 입술을 열었다.

"하정아, 어젯밤 내가 꿈을 꿨거든. 웬 남자가 여기 서 있더라. 누구였을까?"

"하정이는 집에 갔어."

갑작스레 들리는 낮은 목소리에 이나의 고개가 홱 돌아갔다. 아침 햇살이 눈부신지 건호가 눈을 가늘게 뜬 채 서 있었다.

출근을 앞둔 사람답지 않게 그의 옷차림은 편안했다. 뽀얗게 빛나는 흰 티셔츠에 깔끔한 남색 카디건, 검은 면바지를 입고 있었다. 늘 틈 하나 없이 단정하던 헤어스타일도 오늘은 한결 편안하게 흩어져 있었다. 멋있다는 생각과 동시에 갑자기 그가 왜 나타난 걸까, 하는 생각이 들었다.

"하정이가 집에 갔다고요?"

한발 늦게 이나가 깜짝 놀란 목소리로 물었다.

"어. 몇 시간만."

그는 덤덤히 대답하며 침대에 걸터앉았다. 이나가 큰 눈을 끔뻑거리며 건호를 마주 보았다. 하정이 말도 없이 사라져서 난처해졌다. 화장실이야 조금 불편하긴 하지만 비데가 있어서 혼자 할 수 있었다. 그러나 당장 아침 식사가 문제였다. 아직까지 수저를 쥐기엔 불편함이 많았다. 어쩔 수 없이 굶어야겠다고 생각하려는 찰나, 건호가 말했다.

"그동안 내가 있으려고."

"……출근 안 하세요?"

"반차 썼어."

가볍게 꺼내는 건호의 말에 이나의 입이 떡 벌어졌다.

"굳이……."

그러실 필요가 없다는 말을 하려는데, 건호가 이나의 뺨에 닿은 머리카락을 떼어주었다. 뺨을 스치는 손길에 이나의 입이 딱 다물려졌다. 간지러우면서, 묘하다.

"일에 집중할 수 없을 땐 쉬는 게 나으니까."

건호의 말에 이나가 왜 일에 집중할 수 없냐는 듯 쳐다보았다. 조금의 시간을 두고 건호가 이나의 눈을 바라보았다. 그는 한 손으로 침대를 짚은 채 비스듬히 앉아 고개를 기울였다. 그러자 눈높이가 완벽하게 같아졌다. 그는 그 상태에서 이나만 들을 수 있는 목소리로 낮게 말했다.

"불편하겠지만 두 시간만 참아. 네가 충분히 괜찮다는 걸 보고 나면 나도 갈 테니까."

건호의 말에 이나는 난처한 표정을 지었다. 건호는 그런 이나의 얼굴을 바라보다 쓰게 웃었다.

오는 길에 복도에서 하정을 만났다. 가지 않겠다던 하정을 등 떠민 것은 자신이었다.

"이나가 불편할 거예요."

평소 자신을 무서워하는 하정답지 않게 우물쭈물하며 반박했다.

"알아."
"지금 몸도 안 좋은데 마음까지 불편하게 만들기는……."

하정은 미적거리면서도 끝까지 반항했다. 건호는 바지주머니에 손을 넣은 채 삐딱하게 말했다.

"어젯밤 설준이랑 네가 하는 이야기 들었어. 넌 내가 거기 있었다는 거 알고 있었지?"

하정은 뜨끔한 얼굴로 아무 말도 하지 못했다.

"몇 시간만. 그거면 돼. 지금은, 그럴 자격 되잖아."

건호의 말에 하정은 더는 반박하지 못했고, '그럼 두 시간 후에 올게요. 이나 식사 잘 챙겨주세요.' 라는 말을 남긴 후 그 길로 사라졌다. 지갑, 열쇠 그 무엇도 가져가지 않은 걸로 봐선 두 시간

동안 근처에서 쉬다가 올 생각인 모양이었다. 그렇게 얻은 두 시간이었다. 아주 귀한 두 시간.

건호가 이나를 바라보며 물었다.

"컨디션은?"

"괜찮아요."

"손등은?"

건호의 시선이 이나의 손등에 닿았다.

"괜찮아요."

"아프면 진통제 놔달라고 할게."

"정말로 괜찮아요. 진통제에 의존할 순 없잖아요."

"앞으로 어떻게 할 거야? 고소는 생각해 봤어?"

"아니요. 그럴 생각 없어요."

이나가 단호하게 말했다. 건호가 창가 쪽에 다가가서 섰다. 햇살을 등진 채 서 있는 건호의 실루엣을 보며 이나의 눈이 갸름해졌다. 어젯밤 꿈에서 봤던 실루엣과 비슷해 보이는 건 기분 탓이겠지.

"그럼?"

"실수였으니까 넘어가기로 했어요. 직원분도 어젯밤에 몇 번이나 사과하시고, 치료비도 자기가 다 부담하겠다고 하던데 별로 내키지가 않네요. 그분 집안 사정이 어렵거든요. 본인의 월급으로 가족들이 모두 생계를 이어간다는데 치료비 부담하려면 얼마나 부담되겠어요. 더군다나 동생도 아파서 병원비 때문에 빚도 있다던데……."

"나중에 후회하지 않겠어?"

건호가 창틀에 비스듬히 기대선 채 물었다.

“네.”

“그럼 네 의견을 존중할게.”

건호의 말에 이나가 조금 놀란 얼굴로 쳐다보았다.

“정말요?”

“왜? 내가 고소하라고 할 줄 알았어?”

이나의 표정에 담긴 의아함을 읽은 건호가 물었다. 어떻게 말할까를 잠시 고민하던 이나가 멋쩍게 웃으며 말문을 열었다.

“네. 당연히 손해배상을 받아야 한다, 고소를 해야 한다, 이렇게 말할 줄 알았거든요. 설준이, 하정이를 포함해서 공헌 오빠, 주형 오빠까지 그랬거든요. 고소를 하지 않으면 적어도 손해배상이라도 받아야 한다고. 전 그럴 생각이 없는데 주변에서 자꾸 그런 말을 해서 사실 피곤했어요. 그리고 이건 편견일지 모르겠지만 오빠도 당연히 고소하라고 할 줄 알았고요.”

“어떤 결정이든지 가장 우선시되어야 하는 건 본인 마음이야. 네가 손해배상 받지 않는 게 편하다면 그렇게 해. 필요하다면 공헌이, 주형이, 부모님들한테도 내가 대신 설명할게.”

이나는 유일하게 자신의 결정을 지지해 준 건호를 의아한 얼굴로 바라보았다. 오늘따라 그가 듬직하게 보였다.

잠시 주변이 조용해졌고, 이나는 자신의 손등을 바라보았다. 씁쓸하게 손등만 쳐다보고 있는 이나를 흘깃 보던 건호가 물었다.

“무슨 생각 해?”

“……걱정이요. 원래 새끼손가락에 화상 자국이 있었거든요.”

“알아. 봤어.”

"그때도 대중교통 이용할 때 조금 불편했어요. 사람들이 새끼손가락에 화상 자국을 빤히 볼 때가 있거든요. 그땐 고작해야 새끼손가락이었는데 이젠 양손이니까……."

이나가 조금 괴로운 얼굴로 자신의 양손을 바라보았다. 요리를 하는 동안 이젠 화상 입은 자신의 손등을 바라봐야 한다. 자신의 얼룩진 손등이 아무렇지 않게 느껴지기까지 얼마만큼의 시간이 필요할까. 물리적인 고통보다 마음의 상실감이 더 괴롭다. 그러다 아차 한 얼굴로 이나가 고개를 들었다. 하정에게도 털어놓지 못한 속내를, 건호에게 털어놓고 있었다. 왠지 그라면 어디서도 이야기하지 않을 것 같다는 생각이 든 탓일까.

건호가 물끄러미 그녀를 응시하고 있었다. 이나가 어색하게 웃으며 말을 꺼냈다.

"쓸데없는 소리를 하고 있네요. 손이 잘린 것도 아니고, 언젠가는 괜찮아지겠죠."

이나가 싱긋 웃었다. 건호는 따라 웃지 않았다.

"그래도 힘들 때가 올 거야."

"……."

"그럴 땐 언제든 찾아와."

"……."

"고소든 위로든, 뭐든 해줄 테니까."

그의 나지막한 목소리가 창문에서 흘러온 바람과 뒤섞여 불어왔다. 뜨겁게 달아오른 가슴 위로 선선한 바람 한줄기가 들어왔다. 그 어떤 위로보다 안심시켜 주는 말이었다. 어쩌면 그는 생각보다 다정한 사람일지도 모른다는 생각이 들었다.

"그럴게요."

이나가 옅게 웃었다. 뒤따라 건호의 입술이 느슨하게 늘어났다. 등지고 있는 햇살 탓인지 건호의 미소가 오늘따라 멋졌다.

이나는 항생제를 맞은 후 잠시 잠이 들었다가 깨어났다. 시계를 보니 자신도 모르게 30분이나 잠들어 있었다. 건호가 간 건가 싶어 둘러보니 그는 침대 옆자리에 앉아 자신을 보고 있었다. 괜히 얼굴이 화끈거렸다. 이나가 헛기침을 하며 일어나자, 건호가 물었다.

"필요한 거 있어?"

"없어요. 피곤하실 텐데 가보세요."

이나가 고개를 절레절레 흔들며 말할 때였다. 병실 문을 똑똑 두들긴 직원이 문을 열고 들어왔다.

"식사 왔습니다."

"필요한 게 생겼네."

건호가 짤막하게 답하며 급식 쟁반을 받아 들었다. 간이 식탁을 펼쳐 그 위에 쟁반을 가져다 놓은 건호는 반찬 뚜껑을 차근차근 열었다.

"제가 먹을게요."

이나가 쭈뼛거리며 말했다.

"그래. 씹고 삼키는 건 어차피 네가 해야 해."

그렇게 말하며 건호는 숟가락으로 밥을 퍼서 그 위에 시금치나물을 얹었다.

"아."

이나는 굳은 얼굴로 숟가락과 건호를 번갈아 보았다.

지금 이 남자가 방금 뭐라고 한 건가. 보고도 믿을 수가 없어서 이나가 떨떠름하게 물었다.

“설마, 떠먹여 주시는 거예요?”

“그럼 지금 내가 너한테 밥 구경 시켜주는 걸로 보여?”

“식욕이 없습니다. 오늘 아침은 역시 거르는 걸로…….”

“아.”

거짓말하지 말라는 듯 그가 이나의 말을 무참히 잘랐다.

“……같이 드시죠.”

차마 자신만 입을 쩍쩍 벌릴 수 없었던 이나가 돌려 거절했다. 그러자 건호가 고개를 비스듬히 기울였다. 그는 아침 댓바람부터 묘하게 퇴폐적인 분위기를 풍기며 눈을 굴렸다.

“숟가락이 하나뿐이야. 내가 간접적인 건 싫어해. 그냥 키스는 좋아해도, 간접 키스는 조금…….”

“아!”

이대로 냅뒀다간 ‘그럼 식전에 키스부터 해볼까?’ 라고 건호가 말할까 봐서 이나가 입을 쩍 벌렸다. 건호가 피식 웃으며 그 입에 숟가락을 조심스럽게 넣었다.

“아쉽네.”

건호의 중얼거림에 이나가 눈을 크게 떴다.

뭐가 아쉬워! 목적어를 말해봐! 지금 손 못 쓴다고 못 때릴 줄 아는 건가! 손은 잘 못 써도 발이 있다!

이나는 그런 의지를 충만히 담아 발가락을 있는 힘껏 꼼지락댔다. 그러나 그마저도 ‘허리 간지러운데.’ 라는 건호의 말에 발가락 움직임을 멈췄다.

이나에게 밥을 떠먹인 건호는 숟가락으로 밥을 뜨면서 물었다.

"먹고 싶은 반찬 있어?"

이나가 찬찬히 반찬 메뉴를 보았다. 미역국, 동그랑땡, 시금치, 물김치, 갈치구이 반 토막이 차려져 있었다. 몇 번 건호의 밥을 받아먹다 보니 이젠 별로 부끄럽지도 않았다.

"갈치구이 주세요."

이나의 말에 건호는 젓가락으로 갈치의 뼈를 발랐다. 고개를 살짝 숙이고 있는 건호의 긴 속눈썹이 가장 먼저 눈에 들어왔다. 아래로 살짝 처진 속눈썹 때문에 눈매가 깊어 보였다. 피부도 잡티 하나 없이 깨끗하고, 젓가락을 감고 있는 손가락도 예쁘다. 이 남자는 떼어보면 떼어볼수록 장점이 많다. 역시 관상용 인간이다. 정신없이 건호를 떼어보던 이나는 고개를 살짝 든 건호와 눈이 마주쳤다. 심장이 쿵 소리 나며 아래로 곤두박질쳤다.

"얼굴 뚫어져."

건호의 짤막한 말에 이나가 마법에 풀린 것처럼 얼른 시선을 내리깔았다. 그러자 건호가 피식 웃었다.

"민낯이구나."

건호의 갑작스러운 말에 이나가 몸을 뒤로 확 젖혔다.

잠시 잊고 있었다!

오늘 아침 씻고서 립글로스 하나 못 바른, 그야말로 순도 100%의 민낯이었다. 여자의 민낯은 남편에게조차 보여주지 말라는 말이 있을 만큼 극비 사항이었다. 그런데 이 민낯으로 건호를 비롯해 온 가족들을 다 만났다. 이나의 얼굴이 하얗게 질리는 걸 보며 건호는 젓가락을 들었다.
"아."
이나는 갈치를 쳐다보았다.
지금 내가 재를 먹게 생겼냐고! 그럴 기분이 아니야!
"아."
그러나 다시 한 번 이어진 건호의 재촉에 이나는 입을 열었다. 두 번 말하게 했다간 저 남자가 입을 강제로 벌릴지도 모른다는 불안함 때문이었다. 이 와중에도 갈치는 맛있었다.
오물오물 갈치를 받아먹는 이나를 보며 건호가 피식 웃었다.
"예뻐."
건호의 갑작스러운 말에 이나가 눈을 동그랗게 떴다.
"갈치가요?"
현실도피식으로 답하는 이나를 보며 건호가 픽 웃었다.
"아니, 너."
"……."
"되도록 나 만날 땐 그냥 민낯으로 나와."
"……."
"아."
건호가 밥과 동그랑땡 조각을 얹은 숟가락을 들었다. 넋이 나간 이나는 그의 말에 반사적으로 입을 벌렸다. 이나는 입안에 가득 찬 음식을 오물오물 씹었다. 방금 전까지 먹음직스러워 보였던 동그랑땡이 지금은 무슨 맛인지 모르겠다.
그저 밥을 푸는 건호의 모습과 '예뻐.' 라고 말해준 그의 목소리만 뱅뱅 돌 뿐이었다.

❖　　◈　　❖

이나의 입원 기간이 연장되었다. 상처가 심하진 않지만 혹시 모를 일들에 대비하기 위함이었다. 더불어 흉터를 최소한으로 줄이기 위한 치료도 함께 들어갈 거라고 했다.

얼마 후, '락' 에서는 산업재해로 처리해 주겠다는 의사와 함께 정중하게 사과를 건네왔다. 손등의 치료를 마치는 대로 복귀해 주었으면 좋겠다는 대표이사의 제안에 이나는 그렇게 하겠다고 답했다.

더불어 이나는 은정에게 어떠한 손해배상 금액도 받지 않기로 했다. 이를 두고 이나의 집안 사람들은 제정신이냐며 날뛰었으나, 건호를 만나 무슨 말을 들은 건지 며칠 만에 잠잠해졌다. 이나는 새삼 건호의 영향력에 감탄함과 동시에 절대로 적으로 만들지 않아야겠다고 거듭 다짐했다.

"아, 심심해."

1인실에서의 생활은 꽤 무료했다. 설준은 그런 이나를 위해 태블릿 PC에 예능 프로그램을 잔뜩 담아왔고, 하정은 심심할 때 들으라며 수천 곡이 들어가 있는 MP3를 건네주었다. 그러나 그것도 몇 시간 가지 않았다. 아무리 재미있는 예능 프로그램을 봐도, 좋은 노래를 들어도 심심하고 따분한 시간이 이어졌다. 이틀 넘게 요리를 안 해본 건 몇 년 만에 처음이었다. 이나는 갑갑한 얼굴로 자신의 손등을 바라보다가 한숨을 푹 내쉬었다.

"이나야."

병실 문을 열고 하정이 들어섰다.

"어, 하정아."

"얼굴이 왜 이렇게 시들시들해?"

"심심해서."

"산책 갈까?"

"가도 돼?"

"당연하지."

하정의 대답에 이나가 얼른 고개를 끄덕였다. 1인실에 갇혀 있기 답답하던 차였다. 하정은 신이 난 표정을 짓는 이나의 어깨에 가벼운 외투를 둘러주었다. 링거대를 미는 것은 하정의 몫이었다. 이나와 하정은 옥상정원으로 향했다. 가지각색의 나무로 꾸며진 정원은 꽤 넓었다. 이나는 두 팔을 벌린 채 숨을 깊게 들이마셨다.

"아! 살 것 같다. 갑갑해서 죽는 줄 알았다. 나 때문에 우리 하정이가 너무 고생하네? 내가 퇴원하면 맛있는 거 사줄게. 어마어마하게 맛있는 걸로!"

"애개. 한 번만?"

"원하는 대로 사줄게!"

이나가 호언장담하자 하정이 픽 웃으며 '됐다. 반 백수한테는 안 얻어먹는다.' 라며 손을 들어 사양했다.

이나와 하정은 천천히 옥상정원의 길을 따라 걸었다. 병원 측에서도 링거대를 고려했는지 바닥은 평평하고 부드러웠다.

"언제 퇴원이랬지?"

"음, 모레 아침에?"

"그땐 퇴원해도 된대?"

"통원치료하면 된대."

이나가 대수롭지 않게 답하며 길게 이어져 있는 나무들을 찬찬히 살폈다.

"꽃들이 있으면 더 예쁠 텐데……. 꽃가루 알레르기 있는 환자들도 있을 테니까 일부러 심지 않은 거겠지?"

이나가 나무를 쳐다보며 중얼거렸다. 그런 이나의 등을 보며 하정은 고민했다. 사실대로 말할까 말까.

'실은 건호 오빠가 전부 다 알고 있어. 네가 고백한 사람이 주형이 오빠라는 것까지도.'

아마 이 말을 하게 되면 그 후의 파장은 어마어마할 거다. 그러나 하정은 말해야 한다는 걸 알고 있었다. 처음엔 건호와 이나의 만남을 가볍게 생각했다. 건호가 이나를 단순히 혼내기 위해서 만나는 줄 알았기 때문에. 그런데 양가 부모님께 교제 사실을 알린 시점부터 의아해지기 시작했다. 유건호가 진심으로 이나를 놔줄 생각이 없다는 게 느껴졌다. 그리고 어젯밤 퇴근하는 건호에게 용기 내어 물었다.

"오빠…… 이나랑 언제 헤어질 거예요?"

하정의 물음에 건호는 넥타이를 풀며 건조하게 되물었다.

"왜 헤어져야 하는데?"

"그야……."

"윤이나가 좋아하는 남자가 내가 아니라서?"

그렇게 답하는 건호는 지독하게 냉정한 얼굴을 하고 있었다.

"오빠……."
"내버려 둬, 알아서 할 테니까."

그는 냉정하게 돌아서서 자신의 방으로 들어갔다. 그때부터 하정은 조마조마했다. 하정은 건호가 이나의 마음을 간접적으로 알게 되면 포기할 거라 생각했다. 그러나 그는 추호도 그럴 생각이 없어 보였다. 이대로 이나가 어떤 사실도 모른 채 건호에게 끌려가는 건 시간문제였다.
"요즘 건호 오빠랑 어때?"
하정이 슬쩍 이나를 떠보았다.
"어떻긴. 그냥……."
건호를 떠올린 이나의 표정이 오묘하게 구겨졌다.
요즘 유건호를 생각하면 불안함과 공포보다도 더 낯선 감정이 가슴에서 스멀스멀 피어올랐다. 더불어 무슨 병이라도 걸린 건지 문득문득 유건호가 머릿속에 나타났다. 밥을 떠먹여 주고, 머리를 쓰다듬어 주고, 민낯이 예쁘다고 말해주고, 자신이 해준 밥을 정말 맛있게 먹어주고……. 괜히 가슴이 먹먹해졌다. 왜 이러지? 무슨 병에 걸렸나.
"그냥…… 그래."
뭐라 설명할 수가 없어져서 이나는 대충 그렇게 둘러댔다.
"왜?"

"아냐."

"근데 넌 표정이 왜 그래?"

여기저기를 둘러보던 이나가 아까 전부터 묵언수행을 하듯 가만히 있는 하정을 힐긋 보며 물었다.

하정은 이나의 미묘한 표정에 죄책감을 느꼈다. 저런 표정을 지을 만큼, 어떤 말도 못 할 만큼 힘들었구나……. 자신은 고작 작업실 하나 지키겠다고 이나의 인생을 팔아먹을 뻔했다. 물론 자신의 첫째 오빠는 굉장한 사람이었다. 조금 무섭긴 하지만 대부분 모든 면에서 완벽했고, 실제로 건호를 만나게 해달라는 선 자리가 줄을 이었다. 다만, 이나는 자신이 사랑하는 남자를 만날 권리가 있었다. 그 권리를 친구로서 지켜줘야 했는데 자신은 로얄 살루트에 우정을 팔아먹었다. 만약 이나였다면 목에 칼이 들어왔어도 사실을 말해줬을 텐데……. 갑자기 죄책감이 끝도 없이 부풀어 올랐다.

"이나야, 나, 너한테 할 말 있어."

하정의 심각한 말에 이나는 괜히 가슴이 떨렸다. 이나는 어색하게 웃으면서 말했다.

"무슨 말인데 그렇게 잔뜩 얼어붙은 채로 해?"

"다 듣고 나서 나를 죽일 년이라고 욕해도 돼. 때려도 돼. 뺨을 때려도 되고. 아니, 팔이 아프니까 발로 걷어차. 난 맞아도 싸. 내가 너무 쉽게 생각했어. 유건호가 그냥 유건호가 아닌데……."

"건호 오빠 이야기야?"

그렇게 묻는 이나의 얼굴이 미묘했다.

"어."

"뭔데?"

이나가 조심스럽게 물었다. 마음이 조마조마함과 동시에 별일이 아닐 거라고 이나는 스스로 세뇌시켰다. 어쩔 줄 모르는 얼굴로 동동거리던 하정이 결심한 듯 입을 열었다.

"사실은 ……었어."

"뭐?"

우물우물거리며 사라져 버린 하정의 말에 이나가 다시 한 번 물었다. 그러자 하정이 숨을 스읍 하고 들이마신 후 뱉었다.

"사실은 건호 오빠가 다 알고 있었다고."

"뭘?"

무슨 소리냐는 듯 되묻는 이나를 보던 하정이 눈을 질끈 감았다. 그러고는 이나가 한 번에 알아들을 수 있도록 또박또박 풀어서 말했다.

"사실은 네가 좋아하는 사람이 주형이 오빠인 걸 건호 오빠가 다 알고 있었어! 그러니까 러브레터의 주인이 자기가 아니라는 걸 처음부터 알고 있었다고!"

15

"그게 무슨 소리야?"

한참 만에 이나가 심각한 목소리로 되물었고, 하정은 차마 이나의 눈을 제대로 마주 보지 못했다.

"무슨 말이냐고."

이나가 한 번 더 묻고서야, 손끝을 만지작거리던 하정이 죽어가는 목소리로 말했다.

"사실은…… 건호 오빠가 처음부터 다 알고 있었어."

"어떻게?"

"네가 고백한 다음 날 내가 건호 오빠 사무실을 찾았거든. 근데 건호 오빠가 네 러브레터를 갖고 있잖아. 나도 모르게 그게 왜 거기 있냐고 물었거든. 알잖아. 건호 오빠, 기가 막히게 눈치 빠른 거. 사실대로 말하라고 닦달하길래 말했지. 그 편지의 주인공은 주형 오빠고, 러브레터가 잘못 간 것 같다고. 가만히 듣고 있더니 갑자기 로얄 살루트 사건을 운운하면서 입을 다물라고 하잖아."

"그러니까…… 지금…… 네가 날 로얄 살루트에 팔고서 여태껏 침묵했다는 거야?"

이나는 띵해오는 머리를 붙잡았다.

"미안해. 이나야. 때리면 맞고, 욕하면 듣고, 머리채 잡으면 잡히는 대로 가만히 있을게. 굳이 내가 구구절절한 변명을 늘어놓자면, 난 건호 오빠가 그러다가 말겠거니 했지. 그런데 일을 자꾸 크게 만들잖아. 그때부터 건호 오빠가 진심인 줄 알았어. 이러다간 한낱 해프닝으로 끝나지 않을 것 같아서……."

"……하."

하정의 이야기를 듣고 있던 이나는 기가 막힌다는 듯 웃었다. 실제로 기가 막혀서 아무 소리도 튀어나오지 않았다.

이게 대체 무슨 일이야.

고개를 든 이나는 유난히 새파란 하늘을 바라보며 허탈한 듯 웃다가 한숨을 내쉬었다. 방금 전까진 눈부시게 파란 하늘이 어여뻤는데, 이젠 제대로 눈에 들어오지도 않았다.

넋이 나간 듯 하늘만 보고 있는 이나를 보며 하정이 우물쭈물 말했다.

"이나야. 내가 죽을죄를 지었어. 그러니까 내가 대신 건호 오빠한테 가서 말할게. 처음부터 잘못된 일이니까 없던 일로 하자고! 내가 지금이라도 당장……."

"아니, 잠시만."

이나가 휴대폰을 막 꺼내 드는 하정을 막았다.

"왜?"

"그냥, 뭐."

"응?"

"그냥…… 내버려 두라고. 내가 알아서 할 테니까. 내가 말하고, 내가 따질게. 처음부터 내가 잘못한 거니까."

"이나야. 그런 고차원적인 자살은 하지 마."

하정이 심각한 얼굴로 말했다.

"내가 할게. 나도 생각 정리할 시간이 필요하니까. 휴대폰 다시 넣어."

이나의 단호한 대답에 하정은 우물쭈물거리다가 휴대폰을 도로 주머니 안에 챙겨 넣었다.

"그럼 나의 죄는 어떻게 사해질 수 있는 거니?"

하정이 불안한 얼굴로 쳐다보았다. 이나는 그런 하정을 노려보았다. 유건호와 공범인 자신의 친구를 어떻게 처리해야 할까.

"넌……."

"넌 친구도 아니야, 그 말만큼은 하지 말아줘!"

하정이 두 손을 가지런히 모으고 눈까지 질끈 감았다. 저도 이런 상황이 오게 될 줄 전혀 몰랐다는 얼굴이다. 이나는 다시 한 번 실소를 흘렸다. 유하정의 죄가 분명하지만, 유하정을 침묵하게 만든 배후의 죄가 더욱 크다. 이나의 눈빛이 냉정해졌다.

"네가 할 일은 하나뿐이야. 친구야."

"뭐, 뭔데? 절교?"

하정이 새하얗게 질린 얼굴로 물었다.

"아니. 내가 퇴원할 때까지 제대로 간병할 것과 건호 오빠를 병실에 못 오게 하는 것. 지금은 건호 오빠의 얼굴을 보고 싶지 않다.”

이나는 침대에 누워 복도에서 실랑이 중인 두 사람의 목소리를 듣고 있었다. 하정은 이제라도 자신의 죄를 사면받기 위해 최선을 다해 유건호를 설득 중이었다.

“이나가 방금 잠들어서요. 지금 들어가면 깰 거예요. 겨우 잠들었는데…….”

“잠들기엔 이른 시각 아닌가?”

“그렇긴 한데 상처가 나으려면 숙면을 취해야 한다고 해서요.”

“어차피 얼굴만 보고 갈 거야.”

“그게…… 조금 힘들 것 같아요. 잠자리가 바뀌어서 그런지 이나가 선잠을 자더라고요. 문 여는 소리도 조심스러워서 저도 지금 못 들어가고 있어요.”

그 이후에도 하정은 끊임없이 건호를 설득했고, 5분가량 이어지던 실랑이 끝에 건호가 돌아갔다. 하정은 병실에 들어와 자신의 생을 통틀어 가장 격렬한 싸움이었노라 증언하며 간이침대에 드러누웠다. 실제로 건호와의 싸움으로 인해 기가 다 빨려 나간 건지 하정은 금세 잠이 들었고, 이나는 잠이 오지 않아 침대에 걸터앉았다.

창문엔 문틈으로 새어 들어오는 빛이 반사되어 보였다. 그 어스름한 빛에 자신의 얼굴도 비춰 보였다. 두 개로 나누어진 얼굴은 심란함 그 자체였다. 그 심란함엔 황당함, 그리고 얼마의 분노까지 섞여 있었다. 자신이 고생했던 시간들이 화가 났다.

다 알면서 전전긍긍하는 자신이 얼마나 재미있었을까. 그래, 그는 재미있었을 거다.

띠링, 휴대폰이 알람 소리를 냈다. 이나는 협탁 위에 놓은 휴대폰을 손끝으로 톡 두들겼다.

—내일 데리러 갈게.

건호의 연락이었다. 마치 자신이 잠들어 있지 않았다는 걸 아는 듯한 내용이었다. 이나는 제 얼굴을 쓸어내렸다. 이제 더는 건호에게 붙잡혀 있을 이유가 없다. 아니, 오히려 건호에게 화를 내도 되는 상황이었다. 살다가 유건호에게 화를 내도 되는 상황이 올 줄이야. 이나는 기가 막힌 듯 웃었으나, 그 웃음도 얼마 가지 못했다.

건호는 이나의 퇴원 예정일에 병원을 찾았다. 그러나 병실은 비어 있었다. 수납장 위에 놓여 있던 물품들도 싹 치워졌다. 건호는 서랍장을 열었고, 옷가지와 가방이 사라진 것을 보았다.

"윤이나 환자 어디 갔습니까?"

때마침 병실을 정리하러 들어오는 간호사에게 건호가 물었다.

"퇴원하셨습니다."

설마 했는데 확실해졌다. 건호의 눈썹이 비스듬히 치켜 올라갔다.

"언제요?"

"15분 전에요."

"혼자 갔습니까?"

"그건 저도 잘 모르겠네요."

간호사가 어색하게 웃었다. 병실을 빠져나오며 건호는 곧장 주형에게 전화를 걸었다. 그러나 주형이 전화를 받지 않았고, 뒤이어 공헌에게 전화를 걸었다.

[네, 형님.]

몇 번 신호음이 지나지도 않았는데 공헌이 칼같이 대답했다. 목적지를 잃은 건호는 일단 복도에 멈춰 섰다.

"윤이나는?"

[하정이랑 설준이가 이나를 퇴원시켰다고 들었습니다. 그런데 왜 그러시는지요? 걱정되셔서 그런 거라면 걱정하지 않으셔도 됩니다.]

건호의 살벌한 목소리에 공헌이 긴장한 채 답했다.

"아냐. 수고해."

건호는 통화를 끊은 후 눈을 꽉 감았다가 떴다. 그 후 곧바로 건호는 이나에게 전화를 걸었으나 답변이 돌아오지 않았다. 어젯밤, 그리고 오늘 아침까지 데리러 가겠다고 연락했었다. 그런데 그 말을 무시하고 먼저 퇴원한 걸로 부족해, 그 소식을 전하지 않았다. 잠시 고민하던 건호는 하정에게 전화를 걸었다. 하정도 전화를 받지 않았고, 건호는 곧바로 문자를 전송했다.

—시간 만들어서라도 연락해.

그러나 건호가 주차장에 도착해 차를 끌고 로펌으로 갈 때까지 답은 돌아오지 않았다. 하정의 침묵으로 확실해졌다. 유하정은 자신의 연락을 피하고 있었다. 그렇다는 건 자신의 연락을 피할 만한 일을 저질렀다는 거였다. 건호는 단박에 그것이 무엇인지 깨달았다.

유하정이 여태껏 비밀로 했던 일을 윤이나에게 일러바쳤다는 것.

건호의 얼굴이 단단히 구겨졌다.

조금만, 아주 조금만 기다려 줬으면 될 일이 엉망진창이 되었다.

퇴원한 후 이나는 집에서 꼼짝도 하지 않았고, 그런 이나를 끌어낸 건 건호의 문자 한 통이었다.

—집 앞이야. 나와. 내가 들어가기 전에.

—10분만 기다려 주세요.

답장은 생각보다 빨리 돌아왔고, 건호는 허탈했다.

얼마 후 이나가 대문을 밀고 나왔다. 스웨터의 소매를 길게 늘여 손등을 모두 가린 차림이었다. 이나는 건호의 자동차를 발견하고 자연스럽게 올라탔고, 건호는 곧장 동네의 카페로 차를 몰았다.

늦은 시각이라 그런지 카페엔 아무도 없었다. 둘은 짠 것처럼 이야기 나누기 좋은 카페의 구석자리에 앉았다. 유난히 커다란 카페의 창문으로 깔끔하게 정리된 정원이 보였다. 평소라면 정원을 구경했을 이나는 마주 앉은 건호를 바라보았다.

어떤 말을 해야 할까.

한참 고민한 끝에 이나가 말문을 열었다.

"오빠는, 나를 왜 만나요?"

고민 끝에 고르고 고른 말치곤 꽤 평범한 말이었다. 이나의 말에 건호가 들고 있던 찻잔을 아래로 내려놓았다.

"그게 제일 궁금한 건가?"

건호의 뜻을 알 수 없는 대답에 이나가 미간을 찌푸렸다.

"다 알고 온 거잖아."

"……."

"내가 다 알면서 이런 짓을 한 이유를 물으러 나온 거잖아."

직설적으로 말하는 건호 때문에 이나는 잠시 말문이 막혔다. 이나는 뒤늦게 기분이 상했다. 미안한 기색까지는 아니더라도 민망해하는 표정쯤은 지을 줄 알았다. 그게 아니었다면 오랜 세월 알고 지낸 여동생에게 치는 장난이었다며 으레 웃어 보일 줄 알았다. 그러나 그는 지나치게 담담했고, 자신이 한 일에 일말의 죄책감도 갖고 있지 않았다.

"언제까지 숨길 생각이었어요?"

"되도록 오랫동안."

"왜요? 재미있었어요?"

이나가 왈칵 치민 분노에 얼굴을 구겼다. 갑작스레 화가 울컥하고 치솟았다. 자신이 어쩔 줄 몰라 하는 모습을 보고 있자니 재미있었을까. 자신은 그것도 모르고 주형 때문에 마음 아파하고, 건호에게 일말의 죄책감까지 갖고 있었다. 그래서 건호에게 모질게 대하지 못한 것도 있었다. 어쨌든 자신의 잘못된 고백을, 호감으로 응답해 준 남자니까. 최대한 그의 마음이 다치지 않도록 차이기 위해 안간힘을 썼던 자신의 배려를 그는 가지고 놀았다.

"아니, 재미없었어."

건호가 찻잔을 내려놓았다. 그러고는 꿰뚫을 것처럼 이나의 얼굴을 바라보며 대답했다.

"오히려 비참했어."

"……."

"때때로 미칠 것도 같았고."

건호의 표정은 차갑게 식어 있었다. 그러다 비참을 이야기할 땐 그의 단단한 무표정이 깨어졌다. 이나가 할 말을 잃은 표정으로 건호를 바라보았다.

"내가 좋아하는 여자가, 내 동생을 좋아하고 있었으니까."

부는 바람에 푸스스 하고 가루가 날릴 것처럼 깨진 얼굴로 그가 고백했다. 생각지 못한 말에 이나의 입술이 자그맣게 벌어졌다.

"나는 그렇게라도 해야 했어. 그렇지 않으면 상상도 못 할 최악의 일이 벌어졌을 테니까."

그가 느리게 눈을 감았다 떴고, 이전보다 눈동자가 촉촉하게 젖어 있었다. 마치 유건호의 얼굴을 한 다른 사람이 앉아 있는 듯했다. 그 오묘한 표정 탓일까. 그의 목소리가 가슴에 푹푹 꽂혔다.

"지금……."

이나가 더듬거리는 목소리로 차마 뒷말을 잇지 못했다. 그런 이나를 물끄러미 응시하며 건호가 새겨들으라는 듯 또박또박 말했다.

"좋아한다고 말했어."

"……."

"넌 가늠할 수 없을 만큼 오래전부터, 내가 너를 좋아했어."

시작점조차 불분명한 마음이었다. 시간이 흐를수록 키가 커져 가고, 발과 손이 커져 가는 것처럼 윤이나를 담은 마음도 커져 갔다. 마치 당연한 것처럼, 꼭 그래야 하는 것처럼, 순리에 따라 마음이 흘렀고, 어느새 통제할 수 없을 지경에 달했다. 막아보려고 했을 땐 이미 자신에게 선택권은 없었다.

이나의 입술이 작게 벌어졌다. 이나는 건호가 자신에게 적당히 호감이 있는 줄로만 알았다. 그가 자신을 좋아하고 있으리라는 것은, 그것도 아주 오래전부터 그런 마음일 거라고는 추호도 생각해 본 적 없었다. 분노와 불쾌함으로 덕지덕지 쌓여 있던 마음이 파도에 쓸려간 모래성처럼 스르륵 녹아내렸다.

"그렇게까지 해야 했던 내가, 즐거웠을 리 없잖아."

쐐기를 박듯이 그가 한마디 던졌고, 이나는 마른침을 삼켰다. 분명 귀로 들었는데 가슴으로 들은 것 같은 착각이 들었다.

잠시 시간이 멎은 것처럼 사위가 고요해졌다. 아주 드문드문 창문 너머로 바람 부는 소리가, 카페 주인이 신발을 끌며 사라지는 소리만이 들렸다. 그러나 이나는 분명히 느끼고 있었다. 시간이 멎은 것 같은 이 침묵엔 미세한 균열이 가 있다는 것. 언제든 깨어지고 날카로운 파편으로 남을 수 있다는 걸 알곤 이나는 더 이상 입술을 열지 못했다.

건호가 주머니에서 꺼낸 무언가를 테이블 위로 내밀었다. 이나는 그 무언가가 반지 케이스라는 걸 알고 건호와 번갈아 보았다.

"네가 스무 살이 되던 해, 주려고 했던 거야."

건호가 반지 케이스를 천천히 이나 쪽으로 내밀었다. 몇 해 전, 이 반지를 사기 위해 건호는 일주일이 넘도록 고민했다. 이 반지를 건네주던 가게 주인은 먹먹한 얼굴로 반지만 보고 있던 건호에게 '행복해 보이세요.' 라고 했었다. 어렴풋이 옛 기억이 떠오르자 손끝이 아릿해 왔다.

"……그때 왜 말하지 않았어요?"

이나가 좌절한 얼굴로 건호를 바라보며 물었다. 건호는 그런 이나를 말없이 물끄러미 바라보았다. 눈으로 이나의 얼굴을 차츰차츰 쓰다듬었다. 큰 눈, 하얗고 깨끗한 피부, 도톰하고 붉은 입술. 시선이 이나의 턱 끝에 닿았을 때, 건호가 잠긴 목소리로 말했다.

"그리고 그날, 네가 유학 가기로 결정했다는 것도 들었어."

"……."

"네 꿈이니까. 난 내가 하고 싶은 대로 살았어. 그런 내가 너보고는 꿈을 접으라고 할 순 없잖아."

"……."

"반지 케이스를 서랍에 넣으면서 4년 정도면 잊을 수 있겠지라고 생각했는데, 아니었어."

한시도 잊지 못했다. 보지 못할 때에도 뿌리를 내린 윤이나를 향한 마음은 점점 덩치를 키웠고, 숨길 수 없을 지경에 달했을 때 윤이나가 돌아왔다. 아주 오랜만에 마주했을 때 입에 박하사탕을 물고 있는 것처럼 시원해졌다. 이젠 기필코 잡아야겠다 생각이 들 즈음, 주형을 향한 이나의 마음을 알았다.

"이게 내 결정이야."

이나의 시선이 반지 케이스 뚜껑을 여는 건호의 손에 닿았다. 그는 다이아몬드가 박힌 금색의 반지를 내밀었다.

"결혼하자."

건호의 말에 이나가 흠칫했다. 사건의 사실 확인을 하다 말고 그가 청혼할 거라 예상치 못했다. 자신이 제대로 들은 게 맞는지 의심스러운 표정을 짓는 이나를 보며 건호는 숨을 들이켰다. 카페 안에 산소가 모조리 사라진 기분이었다. 억지로 숨을 쉬는 기분에 시달리며 건호는 입술을 다시 한 번 열었다.

"멋지게 프러포즈하는 재주는 없어. 대신 네 손이 되어줄게."

이나는 건호의 시선이 테이블 아래에 있는 자신의 손을 향하고 있음을 알았다.

"버스를 탈 때, 시장을 볼 때, 반팔을 입고 산책을 해야 할 때, 누군가와 악수를 해야 할 때. 네 손으로 차마 할 수 없는 일들, 하고 싶지 않은 일들, 그거 내가 할게."

"……."

"내가 해줄 수 있는 약속은 그것밖에 없다."

이나의 손이 작게 움찔했다. 건호는 병실에서 흘러가듯이 뱉었던 자신의 말을 기억하고 있었다. 건호는 이나를 마저 바라보며 말했다.

"혹시나 걱정할까 봐 한마디 덧붙이자면, 거절해도 돼. 뒤탈 없을 거야. 청혼을 거절했다고 해서 괴롭히는 짓은 하지 않을 테니까."

"……."

"이게 내가 너한테 하는 처음이자 마지막 고백이야."

건호의 말이 끝날 때까지 이나는 반지에서 시선을 떼지 않았다. 사실 반지 말고는 시선 둘 곳이 없었다. 진지하게 말을 하는 건호의 반듯한 입술도, 자신을 꿰뚫을 것처럼 응시하는 눈빛도 마주 볼 수가 없었다.

갑자기 가슴이 턱 막혔다. 건호의 고백이 지나치게 낯설고, 지독하게 무거워서 이나는 꼼짝도 할 수 없었다. 그러나 가장 괴로운 것은, 그가 던진 '처음이자 마지막 고백' 이라는 말이었다.

이 고백을 거절하면 이제 윤이나와 유건호는 아무것도 아닌 사이로 돌아간다. 그는 자신이 한 말은 지키는 사람일 테니, 자신이 우려하던 일도 벌어지지 않을 거다. 간절히 바라던 일이 이루어졌는데도 불구하고 이나는 그의 청혼을 거절할 수 없었다.

"대답은 천천히 해도 돼."

"왜 처음부터 사실대로 말하지 않았어요?"

시선을 여전히 반지에 둔 채 이나가 낮게 물었다.

"그럼 넌 도망쳤을 테니까. 날 무서워하잖아."

건호의 말에 이나는 반박할 수 없었다. 어렸을 적부터 윤이나에게 유건호는 아주 무서운 사람이었다. 지금 이 순간도 마찬가지였다.

"이게 내가 할 수 있는 최선이었어."

이나가 청혼을 받은 이후 처음으로 눈만 들어 올려 건호를 보았다. 그러다 이나는 건호가 앞에 놓인 차를 한 모금도 마시지 않았음을 알았다. 그의 입술은 조금 말라 있었고, 눈빛엔 숨길 수 없는 처참함이 담겨 있었다.

이 고백을 하기까지, 이 남자도 힘들었구나.

이나는 새삼 그의 모습이 제대로 보였다. 잠시 숨을 깊게 들이마신 후 느릿하게 뱉어냈다. 그래도 갑갑함이 가시질 않았다.

"일어나자."

건호가 자리에서 일어났다. 막 자신을 지나치려는 건호에게 이나는 가장 묻고 싶었던 질문을 했다.

"만약에."

이나의 자그마한 목소리에 건호가 걸음을 멈췄다.

"만약에, 시간을 돌이킨다고 해도 똑같은 선택을 할 거예요?"

"어."

"……."

"난 널 제수씨라 부를 자신이 없거든. 할 수 있다면 이것보다 더 못된 짓이라도 했을 거야."

건호는 그 말을 한 후 지나쳤다. 가게 문을 밀고 나간 건호는 자동차에 기대서서 카페 안을 바라보았다. 이나는 여전히 자리에 앉아 반지 케이스를 보고 있었다. 자신의 고백이 버겁고 무거운 듯, 꼼짝도 않고 있었다.

초여름의 청량한 바람이 불어 머리카락을 흩어놓았다. 건호는 눈도 깜빡하지 않은 채 이나의 모습만 바라보았다.

❖ ❖ ❖

설준이 눈을 크게 떴다. 그러고는 붕어처럼 입만 뻥긋거리며 이나와 반지 케이스를 번갈아 보았다. 놀라기는 설준의 옆자리를 차지하고 있던 하정 또한 마찬가지였다. 해가 뜨자마자 이나의 상태를 볼 겸 해서 하정이 놀러 왔고, 하정이 놀러 왔다는 소리에 설준이 이나의 방으로 건너왔다가 기가 막힌 소식을 전해 들었다.

"눈 떨어지겠어. 눈 좀 감아."

이나는 티 테이블에 마주 보고 앉은 하정과 설준에게 말했다. 그러자 설준이 큰 눈을 빠르게 깜빡이며 혀를 내둘렀다.

"청혼이라니. 무시무시한 유건호 형님의 청혼을 받는 여자는 어떤 여자일까 했는데 그게 우리 누나였구나."

"그러게. 내 꿈이 너의 시누이긴 하지만, 이런 식의 전개는 생각지도 못했네. 그래서 어쩔 건데? 건호 오빠의 청혼을 거절하든 말든 이미 주형 오빠랑은 끝난 건 알지? 네 말대로 건호 오빠가 자신의 청혼을 거절하는 건 이해해도, 네가 제수씨 되는 건 못 견딜걸?"

"알아. 나도 주형 오빠를 향한 마음 접은 지 오래야."

이미 유건호랑 가짜 연애를 하면서 쓴잔을 몇 번이나 들이켰다. 그동안 주형을 향한 마음은 싹 정리했다.

"그래서? 어쩔 거야? 청혼은?"

하정이 앞에 놓인 음료수 잔을 들며 물었다.

"당연히 거절하겠죠."

설준이 그걸 말이라고 하냐는 듯 답했다.

"그래도 함께한 시간이 있잖아. 혹시 정이라도 쌓였나 해서."

하정도 별 기대 안 한다는 듯 한마디 거들었다. 이나는 반지 케이스를 심란한 얼굴로 쳐다보았다.

"안 그래도 그것 때문에 밤새 고민해 봤는데……."

"응. 그런데?"

하정과 설준이 궁금하다는 듯 동시에 몸을 앞으로 숙였다. 이나는 두 사람의 관심이 부담스러운 듯 시선을 반지 케이스로 내리깔았다. 케이스만 봐도 건호의 얼굴이 떠올랐다. 그럴 때마다 건호가 애처롭고 마음이 기울어지곤 했다. 그렇지만 순간의 마음으로 일생일대의 선택을 할 순 없다.

"거절해야지. 건호 오빠가 대단하고 훌륭한 남자라는 거, 내 생각만큼 마냥 무서운 사람이 아니라는 건 알지만…… 나는 내가 좋아하는 사람, 나를 아주 많이 좋아하는 사람과 결혼하고 싶어. 내가 건호 오빠를 좋아하는지 확실하지도 않고, 건호 오빠가 나를 아주 많이 좋아하는지도 의심스러워. 그래서 반지를 돌려줄 생각이야."

이나의 조곤조곤 이어지는 말에 두 사람은 수긍한다는 듯 똑같이 고개를 끄덕였다.

그래, 그래야 한다.

이나는 스스로를 설득시키려는 듯 말을 꺼낸 후 시선을 창밖으로 돌렸다. 그런데 왜인지 숨이 막혔다.

16

"요즘 넌 어딜 쏘다니는 거야? 왜 이리 늦었어?"

늦은 밤 살금살금 집 안으로 들어오던 하정은 모친인 은아의 말에 멈칫했다. 그러고는 검지손가락을 입가에 가져다 대며 '쉿, 쉿!' 거렸다. 그러고는 내려오는 사람이 있는지 없는지를 슬쩍 확인했다. 그러나 그런 하정의 사정을 봐줄 모친이 아니었다. 요즘 잠을 못 이루는지 눈이 벌게진 은아가 하정을 노려보며 물었다.

"거기다가 술까지 마셨네? 이 술 냄새는 뭐야!"

"엔지니어들이랑 한잔했어. 이번에 작곡한 게 잘됐거든. 주간 음원 차트 3위했다고!"

"3위? 어젠 4위했다고 마셨다며."

"그렇지. 순위가 올라간 건 축하할 일이니까."

하정이 사뭇 진지한 얼굴로 응답했고, 은아는 콧방귀를 뀌었다.

자신의 딸이지만 대책 없었다. 더군다나 요즘은 무엇을 하고 다니는 건지 외출이 잦고, 외출 시간도 길었다.

"별의별 이유로 술을 마신다."

"건호 오빠는?"

"제 방에 있겠지. 갑자기 건호는 왜 찾아? 또 사고 친 거야?"

"사고는 무슨. 그리고 사고를 쳐도 내가 친 건 아니지. 올라가 볼게."

"무슨 말이야, 그게?"

"모르셔도 됩니다, 어머님. 그게 정신 건강에 좋으세요."

하정은 장난으로 공손한 태도를 취한 후, 2층 계단을 올라갔다. 최대한 발소리를 죽인 채 살금살금 올라가던 하정이 방문 고리를 딱 잡을 때였다.

"유하정."

동시에 저승사자가 그녀를 불렀다. 하정은 저도 모르게 마른침을 꿀꺽 삼키며 조금 더 기민하게 움직이지 못한 자신의 몸을 탓했다. 천천히 돌아선 하정은 팔짱을 끼고 서 있는 건호를 보았다. 평소보다 건호의 얼굴이 더욱 살벌해 보였다.

"하…… 하, 오빠."

하정이 어색하게 웃으며 눈을 데굴데굴 굴렸다. 저 표정, 분위기, 자세, 눈빛을 보건대 자신이 윤이나에게 이실직고한 걸 눈치챈 모양이었다.

"마침내 만났네."

'마침내'를 유난히 강조하는 건호의 말에 하정이 바짝 얼어붙었다. 며칠 동안 유야무야 잘 피해 다녔는데 이렇게 딱 마주칠 줄

이야.

"오, 오, 오빠, 어쩐 일로……."

"구두로 계약한 조항을 위반한 건 너야. 차후에 벌어지는 일들의 책임도 너한테 있다는 것만 알아둬."

누가 변호사 아니랄까 봐 협박도 딱딱하게 한다. 저 법전 같은 남자. 거기다가 차후에 벌어지는 일들에 대한 명시도 일부러 확실하게 해놓지 않은 게 확실했다. 돌아서는 건호의 등을 보던 하정은 울컥했다. 이때가 아니면 영영 할 말을 못 할지도 모른다.

"그래도 난 내가 잘못했다고 생각하지 않아요."

기어들어 가는 목소리지만 하정은 반항했다. 어차피 고급 위스키 날조 사건은 아버지 귀에 들어갈 거다. 이판사판이었다.

건호가 지금 뱉으면 다 말인 줄 아냐는 얼굴로 돌아섰다. 그 흉흉한 기세에 하정은 입술을 움찔거렸다. 그치만 술에 취해서 건호가 평소보다 약 10% 덜 무서웠고, 자신의 간은 약 200% 정도 커져 있었다.

"오빠가 아니었으면 이나는 주형 오빠한테 고백했을 거라고요. 주형 오빠도 이나를 괜찮게 봤고, 그랬으면 두 사람 잘됐을 거예요. 오빠 마음만 이나한테 강요하는 건 이기적인 거잖아요."

꼭 해주고 싶었던 말이었다. 하정은 독재에 대항해서 꽃피는 봄을 맞이하고야 말겠다는 시위단의 일원처럼 비장한 표정을 지었다.

거실이 고요해졌다.

"생각하는 김에 조금만 더 생각해 보지 그랬어. 너도 하는 그 생각을, 나는 안 했을 것 같은지를."

건호의 목소리가 뚝뚝 떨어졌다. 하정은 제 귀를 의심했다. 세상이 멸망해도 유일하게 살아남아 있을 것 같은 독종 유건호의 목소리가 오늘따라 구슬프다. 술에 취한 탓일까. 하정이 슬그머니 고개를 들었다. 건호가 무언가 이야기를 하려다가 어딘가를 보곤 입을 다물었다. 뒤따라 하정이 계단 쪽을 쳐다보았고, 이내 제 입을 틀어막았다. 주형이 계단을 올라오다 만 어정쩡한 자세로 두 사람을 쳐다보고 있었다.

"주형…… 오빠."

주형을 부르던 하정의 입이 쩍 벌어졌다.

"어, 그래."

주형은 하정을 향해 다정하게 웃었으나, 어색한 표정까진 미처 다 감추지 못했다. 무슨 말을 들은 건지, 어디서부터 들은 건지 하정이 조마조마한 얼굴로 쳐다볼 때였다.

"유하정, 들어가."

건호가 주형에게 시선을 둔 채 말했다.

"네, 네."

지금까지는 건호가 자신의 겁 없는 반항을 받아들였지만, 더는 용납하지 않을 것 같았다. 하정은 얼른 자신의 방문을 열고 들어섰다. 주형과 건호만 거실에 남았다. 주형은 어색하게 웃었다.

"옷 좀 갈아입으려고. 아주 오랜만에 반오프가 났거든. 잠을 자야 하는데……."

"다 들었지?"

횡설수설 늘어놓는 주형의 말을 건호가 딱 잘랐다. 주형이 움찔하며 건호를 쳐다보다 '어.' 라고 순순히 수긍했다.

주형은 때마침 올라오는 길에 이나가 자신을 좋아했다는 이야기를 들었다. 그 사실도 놀라웠지만, 더 놀라운 건 그 사실을 알면서 이나와 연애를 시작한 건호였다. 주형은 차마 무슨 말을 해야 할지 모르겠다는 얼굴로 건호를 바라보았다. 말을 꺼낸 건 건호가 먼저였다.

"전에도 말했지? 부모님의 애정이든, 재산이든, 필요한 건 다 준다고. 대신 윤이나는 안 된다고."

변명도, 상황 설명도 없이 자신의 입장만을 건호가 이야기했다. 극단적인 감정에 취한 건호를 보며 주형이 조심스럽게 물었다.

"왜 그렇게까지 윤이나한테 집착해?"

"좋아해, 이나를."

"……."

주형은 제 귀를 의심하는 표정으로 건호를 쳐다보았다. 좋아한다니. 지금 저 돌부처 같은 인간한테서 무슨 말이 나온 거야.

"진심…… 이야?"

"어. 그러니까 잊지 마. 윤이나는 안 돼. 다른 남자도 안 되지만 특히 넌 더 안 돼. 상상조차 하지 마."

건호는 건조하게, 그러나 절대로 거역할 수 없게끔 말했다. 그러곤 팔짱을 낀 자세로 주형을 지그시 바라보았다. 그에게 확답을 받겠다는 태도였다. 주형은 건호의 냉담하고 살벌한 기세에 내몰려 고개를 끄덕였다. 그러자 건호가 볼일을 마쳤다는 듯 자신의 방으로 들어갔다. 거실에 남겨진 주형은 황망한 얼굴로 닫힌 방문을 바라보았다.

주형에게 이나는 좋은 여동생이었다. 몇 번 만나다가 결혼해도 무방할 만큼 괜찮은 아가씨로 자랐고, 가족들도 모두 좋아할 게 분명했다. 그러나 주형은 이제 죽어도 윤이나를 친한 여동생 이상으로 생각할 수 없게 되었다. 주형은 건호의 말을 거역할 수 없었다.

어린 시절 집안의 자랑거리는 첫째인 건호였다. 그는 어디서나 빛이 났고, 소신껏 행동했으며, 어른들의 신뢰를 독차지했다. 학교에 진학해서도 마찬가지였다. 모두들 '네가 건호 동생이라며?' 라고 친근감을 표현했으나, 주형은 스트레스였다. 자신의 이름이 사라진 느낌이었다. 늘 자신의 이름보다 유건호가 앞서는 것이 버거웠다. 거기다가 막내로 태어난 하정이 딸이라는 이유로 사랑을 받아, 주형은 귀여움조차 받지 못했다.

노력을 안 해본 것도 아니었다. 이를 악물고 공부를 해서 자신이 전교 1등을 하면 건호는 전국 1위를 했다. 전국 1위를 하려고 아등바등 자신이 공부하는 사이에 건호는 더 따라잡을 수 없을 만큼 성큼 나아갔다. 운동을 해도 건호보다 뒤처졌고, 하물며 서예까지도 따라가지 못했다. 무엇을 해도 건호를 뛰어넘을 수 없었고, 막내만큼 사랑받을 수도 없었다.

주형이 존경하는 부모님을 뒤따라 의사가 되고 싶다는 뜻을 내비쳤을 때도 마찬가지였다.

"건호가 의사가 될 텐데 굳이 너까지 할 필요 있겠니? 의사란 매순간 공부를 해야 하는 직업이야. 나는 네가 조금 더 편한 직업을 가졌으면 좋겠구나."

어머니가 그렇게 말한 날, 주형은 처음으로 건호의 방에 들어가 윽박지르며 화를 냈다.

"형 때문에! 형만 없었어도! 나도 이 집에서 사랑받을 수 있었어! 형 때문에 난 내가 바보 같이 느껴져! 왜 내가 이런 기분을 느껴야 하는데! 왜!

누구보다 주형은 부모의 사랑을 간절히 바랐다. 부모의 인정과 사랑을 받기 위해서 의사가 되겠다고 했으나, 그마저도 부모님은 건호를 이유로 거절했다. 아무리 노력해도 눈앞에 건호라는 거대한 벽이 있는 이상 자신은 인정받을 수 없었다. 지독하게 완벽한 형 때문에 자신의 노력은 늘 무위로 돌아갔다.

화가 났다. 그리고 서러웠다. 주형은 뒤늦게 자신이 울고 있음을 알았고, 괴로움에 몸부림쳤다. 건호는 갑작스럽게 벌어진 일에 잠시 말을 잇지 못하는 얼굴로 주형을 바라보았다.

"그런 생각 하는지 몰랐어. 넌 늘 웃고 있었으니까."

건호가 들고 있던 펜을 내려놓으며 말했고, 주형은 그 말에 더 크게 화가 났다.

"좋아서 웃는 거 아니야! 성격 좋아서 웃고 있는 거 아니라고! 웃지 않으면 성격마저 나빠 보이니까! 그래서 웃는 거라고! 그래야 사랑받으니까! 엄마, 아빠한테 나도 인정받고 싶다고!"

주형은 바락바락 대들었고, 벽을 치며 울었고, 형을 원망했다. 건호는 그런 주형을 멀거니 바라만 보았다. 주형은 자신이 울면서 무슨 말을 했는지조차 기억하지 못했다. 그저 한참이나 건호를 향해 원망하고 욕을 하다가 지쳐서 방으로 돌아갔다는 것만 기억하고 있었다.

그리고 정확히 일주일 후, 가족이 다 함께 식사하는 자리에서 건호는 '법대에 입학할게요.' 라는 충격적인 선포를 했다. 그땐 주형도 그 말을 믿지 않았다. 그러나 수능을 마친 후 모두의 만류를 뿌리치고 건호가 법대에 진학하려는 걸 보고서야 진심이라는 것을 알았다.

"형! 대체 왜 그래?"

다급하게 옷자락을 붙드는 주형을 힐끗 본 건호가 덤덤하게 답했다.

"뭐가."

"갑자기 웬 법대야? 법엔 관심도 없던 사람이. 나 때문에 그래? 내가 그날 형한테 억지를 부려서……."

"아니. 난 원래 의사 하기 싫었어. 네가 의사 할 생각이 있었다면 난 진즉 법 쪽으로 진로를 정했을 거야."

"거짓말하지 마."

"진심이야. 고맙다, 이제라도 날 자유롭게 해줘서."

주형은 건호를 지그시 바라보았다. 건호가 거짓말을 하고 있다는 것을 알아챘다. 뼛속부터 자신이 의사라고 생각하던 사람이 유건호였다. 실제로 손끝도 섬세하고, 기억력도 좋고, 침착한 성격이라서 진로검사를 해도 의사가 제격이라고 나올 정도였다. 그런 그가 법대를 꿈꾸고 있을 리 없었다. 주형은 그런 건호의 속내를 알면서도 더는 말리지 않았다.

"그래, 형."

부모에게 인정받고 싶은 욕구가 미안함을 앞질렀다. 건호의 희생을 주형은 묵과했다. 이기적이지만 이 기회를 놓치고 싶지 않았다. 독한 표정으로 쳐다보는 주형을 건호는 물끄러미 바라보다가 '수고해.' 라는 건조한 응원을 해주었다.

건호가 법대의 길을 간다고 해서 주형이 건호라는 그림자에서 자유로워지진 않았다. 다만 의사 집안의 명맥을 이어주는 주형에게 부모님이 조금 더 관심을 갖기 시작했다. 대학에 진학한 건호는 점점 집을 비우는 시간이 늘어갔고, 집에서 겉돌기 시작했다. 마치 주형과 부모님이 함께 오래 있기를 바라는 것처럼. 주형은 자신을 위해 건호가 알게 모르게 수많은 것들을 포기했다는 것을 알아챘다. 그러나 주형과 건호는 짠 것처럼 서로에게 그 마음을 터놓지 않았다. 적어도 얼마 전까진 그랬다.

"다른 건 다 줄게. 부모님의 애정이든, 의사직이든, 이 집의 재산이든. 근데 걘 안 돼. 그러니까 만약이라는 가정조차 하지 마."

이나라면 괜찮다는 말을 꺼내자마자 안색이 달라지던 건호의 얼굴을 주형은 아직 기억하고 있었다. 그리고 입술 새로 냉기가 풀풀 날리던 건호의 말 또한 기억하고 있었다. 그 말속엔 '다른 건 내가 다 포기했으니, 넌 윤이나를 포기해라.' 라는 뜻을 담고 있었다.

"역시…… 그랬던 거구나."

주형이 놀란 얼굴로 중얼거렸다. 건호에게 직접 확인하지 않아도 이나가 다친 날 건호의 행동을 보자면 충분히 파악할 수 있었다. 이나의 손등에 폐기름을 부었다는 여자의 삼대를 멸하게 하려는 눈빛과 삼엄한 분위기를 보건대 그토록 흥분한 유건호는 살면서 처음이었다.

"하아."

주형은 자신이 부모에게 지나친 애착을 갖고 있듯이, 건호 또한 이나에게 그런 마음이라는 것을 알았다. 마치 신념처럼 굳어진 애정. 그것이 얼마나 애틋하고 또 사람 마음을 아프게 하는지 경험상 잘 알고 있었다.

주형은 복잡한 얼굴로 건호의 닫힌 방문을 바라보았다.

이나는 상처가 아물 때까지 '락' 으로 출근하지 않기로 했다. 그러나 마냥 집에서 놀 수만은 없었기에 레시피북이라도 정리해 놓

을 요량으로 며칠 만에 오피스텔을 찾았다. 가장 먼저 한 일은 창문을 활짝 열어 환기시키는 일이었고, 두 번째로 한 일은 냉장고를 확인하는 일이었다. 다행히 재료가 상한 건 없었으나, 몇몇 재료는 말라서 흐물거렸다. 그것들을 분류하고 싱크대를 청소하고 나니 어느새 시간이 제법 흘러 있었다. 일을 다 마친 이나는 어깨를 축 늘어뜨린 채 싱크대에 서 있었다.

열심히 일을 할 땐 잠시 잊고 있었던 상념이, 일이 끝난 후에 한꺼번에 몰려들었다. 손가락 사이로 잡을 수 없는 무언가가 스르륵 빠져나가는 기분이 들었다.

"해방되어서 기분이 좋아야 하는데 왜 이러지?"

이나는 스스로를 이해할 수 없었다. 무려 유건호에게서 해방되었다. 뒤탈 없이 헤어져 주겠다는 약속까지 받았다. 며칠 고민하는 척하다가 반지 케이스를 돌려주면 될 일이다. 앞으로 유건호를 볼 때 어색해지는 것 빼곤 모든 것이 해피엔딩이다. 이런 날 노래를 틀어놓고 '풍악과 함께하자!' 하면서 춤을 춰도 부족할 판에, 왜 이렇게 힘이 없는 건지.

띠리릭. 띠리릭.

울리는 벨소리에 이나가 흠칫하며 고개를 돌렸다.

"누구세요?"

현관으로 쪼르르 달려가며 이나는 무심코 한 사람을 떠올렸다. 아무 연락 없이 무턱대고 자신의 오피스텔에 들이닥칠 사람.

"이것 봐. 해방은 무슨. 그 성격에 날 내버려 둘 리가 없지."

이나가 혀를 끌끌 차면서도 문의 잠금해제를 풀었다. 문을 벌컥 여는데 낯선 남자가 박스를 든 채 서 있었다.

"택배입니다."

남자는 못 볼 걸 본 사람처럼 놀라는 이나를 보고 되레 놀란 표정으로 말했다.

"택…… 배요? 저는 시킨 적 없는데요."

"여기 이우현 씨 안 계십니까?"

"저는 아닌데요."

"아, 여기가 1204호가 아니네요. 죄송합니다. 제가 주소를 착각했네요."

택배 아저씨가 미안한 얼굴로 굽실거리며 옆집으로 건너갔다. 이나는 그 모습을 바라보다가 문을 당겨 닫았다. 갑자기 허무함이 몰려들었다.

"진짜 병에 걸렸나……. 왜 이러지?"

이나는 자꾸만 힘이 빠지는 스스로가 황당했다. 목적지를 잃은 사람처럼 그곳에 힘없이 서 있던 이나는 억지로 몸에 힘을 불어넣었다. 이렇게 처지면 안 된다. 오늘은 그야말로 기분 좋은 날이니까. 억지로 웃으며 고개를 돌린 이나는 그마저도 얼마 가지 못했다.

거실에 관엽식물 화분이 늘어서 있었다. 그 곁에 자리한 1인용 소파를 이나가 물끄러미 바라보았다. 저 불편한 곳에서 건호는 굳이 서류를 검토했고, 일이 없는 날엔 식물에 물을 주었고, 그마저도 할 것이 없는 날엔 턱을 괴고서 자신을 바라보았다. 요리를 하는 자신의 곁에서 물을 오래도록 마시면서 자신을 흘깃 바라보던 적도 있었다. 짧게 스친 만남이라고 생각했는데 조각조각 참 많이도 추억을 만들어놨다.

이나는 억지로 시선을 돌려 화장실로 걸음했다. 건호가 사다 놓은 자그마한 물뿌리개에 물을 한가득 담아 화분 앞에 섰다. 이나는 길게 늘어선 화분들 위로 물을 부으며 말했다.

"앞으로 물은 내가 줄 거야. 이제 다 끝났거든. 너희는 조금 슬플지 모르겠지만, 나는 기뻐. 드디어 해방되었으니까. 그러니까, 기다리지 마."

섭섭함은 한때다. 이 순간이 지나면 언제 그랬냐는 듯 마음은 허전함을 다른 것들로 채워갈 거다.

"아! 신난다! 해방이라니!"

억지로 신난 척 방방 뛰던 이나는 어깨를 꽉 누르는 무거운 감정을 털어내기 위해 안간힘을 다했다. 그러나 그것도 얼마 가지 못했다. 이나는 결국 어깨를 축 늘어뜨렸다.

오후 5시면 끝날 일을 이나는 미적거리며 8시까지 끌었다. 당연한 일일 테지만, 건호는 오지 않았다. 이나는 배가 고파 정신을 차릴 수 없을 즈음에 집으로 돌아왔다. 현관문을 밀고 들어가는데, 소파에 드러누운 설준이 혀를 끌끌 차며 자신의 휴대폰을 들여다보고 있었다.

"웬일로 거실에 있어?"

설준은 대부분의 시간을 본인의 방에서 보냈다. 이나가 묻자 설준이 심드렁하게 대답했다.

"휴식 중."

이나는 어련하겠냐는 듯 대답하지 않고 가방을 설준의 발아래에 내려놓은 후 1인용 소파에 털썩 앉았다. 얼마 후 가사도우미가 부모님은 부부 동반 모임에 참석하셨고, 공헌은 아직 귀가하지 않았다는 사실을 전해주었다. 자신과 잉여 인력 설준을 제외하곤 모두가 바쁘게 사는 것 같았다. 이나는 왠지 알 수 없는 우울함에 손가락 하나 까딱하고 싶지 않았다.

"내가 이럴 줄 알았어! 이씨!"

설준이 휴대폰을 들여다본 채 버럭 소리를 질렀다. 그 모양새가 게임을 하는 것 같진 않아 이나가 심드렁하게 물었다.

"뭐가."

"속도위반 과태료가 어마어마하게 나왔어! 혹시나 싶어서 실시간 조회해 보니까 네 군데 다 걸렸어!"

"그러게 누가 도로를 서킷으로 착각하고 돌래? 게임만 하다 보니 인생이 죄다 게임 같아 보여? 스피드 게임은 네 방에서만 해."

"무슨 소리야? 누나 때문에 속도위반한 거구만."

설준이 장난 치냐는 얼굴로 이나를 째려보았다.

"내가 뭘? 난 너의 속도위반을 독려한 적 없는데?"

"누나 다친 날, 병원 가다가 속도위반한 거거든?"

"그게 왜 내 탓이야. 팔에 화상 입었다고 전했다며? 생사를 오가는 것도 아닌데 속도위반할 필요 있어? 천천히 좀 오지. 으휴."

이나가 혀를 끌끌 찼다. 그러자 설준이 황당하다는 표정으로 이나를 쳐다보았다. 이나가 왜 그러냐는 듯 쳐다보자, 설준이 기가 막히다는 표정으로 말했다.

"운전, 내가 한 거 아니거든?"

"네 차가 걸린 거 아냐?"

"내 차가 맞긴 한데, 내가 운전한 거 아냐."

"그럼? 아빠가? 아빠는 그날 안 오셨는데?"

이나가 머리를 갸웃거리며 물었다.

"건호 형님이 운전했어."

"……."

"난 그날 그 형님이 왜 진로를 카레이서가 아니라 변호사로 했는지 의문스럽더라. 차라는 차는 다 추월하면서 달리는데, 우와! 장난 아니었어. 저승사자가 저 끄트머리에서 윙크하면서 '빨리 왔네?' 하는 순간 정신 차려보니까 병원 앞이더라. 병원이 조금만 멀었으면 엄마랑 나랑 단명했을 거야."

이나가 말문이 막힌 얼굴로 설준을 바라보았다.

"거짓말."

"내가 시간이 남아돌아? 그런 거짓말을 왜 하겠어?"

병실에서 마주 본 그는 굉장히 침착한 얼굴을 하고 있었다. 당장 법정에 올라가도 될 것 같은 경건한 분위기까지 풍기고 있었다. 이나가 믿기지 않는다는 표정을 짓자, 설준이 콧방귀를 뀌었다.

"장난 같지? 장난 아니었어. 엄마가 '이나 옆에 나도 누워야겠다. 멀미 난다.' 라고 할 정도였어. 병원 가서도 건호 형님 눈 뒤집혀가지고 누나 손등에 기름 부은 여자 가만히 안 둘 거라고 살벌하게 덤비는 걸 주형이 형이 간신히 말렸잖아. 그때 건호 형님 진짜 무서웠어. 엄마랑 나보다 건호 형님이 더 눈 뒤집혔었어. 하여튼 지금 생각해도 창자가 쫄깃쫄깃해진다. 으, 더 생각하다간 기절할 것 같아."

"그…… 랬어?"

이나가 더듬거리며 물었다. 그러자 설준이 다시 휴대폰으로 시선을 옮기며 무심하게 답했다.

"어. 건호 형님이 잘생긴 건 신의 한 수야. 그 성격에 포악한 외모까지 갖고 있어봐. 웬만한 조폭 버금갔을 거야. 물론 지금도 그렇지만."

설준이 혀를 끌끌 차며 다시 휴대폰에 집중했다. 그러면서 건호 형님에게 과태료를 받느니 차라리 자신의 돈으로 충당해야겠다며 중얼거렸다. 설준의 이야기를 흘려들으며 이나는 뒤늦게 숨을 내쉬었다.

머리가 띵해지면서 심장이 쿵쿵 뛰었다. 병실에서 아무 일 없던 것처럼 나타난 그의 얼굴을 보고 이나는 자신도 모르게 조금 실망했었다. 자신의 상처를 대수롭지 않게 받아들이는 것 같아서, 그는 자신을 애정하지 않는 줄 알았다. 그런데 자신의 등 뒤에서 그 누구보다 화를 냈다니.

처음으로 이나는 그의 고백이 진심이었을지도 모른다고 생각했다.

미안하다. 아니, 미안함과는 조금 다르다.

낯설고도 진득한 감정이 마음에 차올랐다.

17

"아! 누나, 김밥 먹어. 부엌에 있어."

설준이 휴대폰 게임을 하면서 말했다. 잠시 멍하게 바닥을 쳐다보고 있던 이나가 '김밥?' 이라며 되묻자, 설준이 '어.' 라고 간단히 답했다.

"갑자기 웬 김밥이야? 아주머니가 하셨어?"

"아니. 아까 하정이 누나가 사다 주고 갔어."

"하정이가?"

이나가 자리에서 일어나 부엌으로 향했다. 찾을 것도 없이 식탁 위에 놓여 있었다. 자그마한 통을 열어 김밥을 확인한 이나가 하정에게 전화를 걸었다. 얼마 지나지 않아 하정이 전화를 받았다.

[어. 하나, 이나, 삼나, 사나!]

"갑자기 웬 김밥이야? 그것도 네 줄이나 사서 보냈네?"

[아…… 그거…….]

갑자기 하정의 목소리가 팍 꺼졌다. 이상한 낌새를 느낀 이나가 수저통에서 젓가락을 꺼내며 물었다.

"뭔데? 반응이 왜 그래? 혹시 너……."

[어?]

이나가 무언가 추측하려 하자 하정이 깜짝 놀란 반응을 보였다.

"네가 먹으려고 샀다가 맛없을 것 같아서 나한테 주고 간 거야? 내가 그럴 줄 알았지. 고급 위스키에 날 팔아먹었을 때부터 너의 얄팍한 우정을 알아봤어야 했는데."

이나가 장난스럽게 말하며 김밥을 집어 입에 넣을 때였다.

[나도 심부름 간 거야.]

"……심부름?"

[그냥, 뭐. 너 입맛 없을까 봐 보낸 거니까 맛있게 먹어.]

"……유하정."

[응?]

"솔직히 말해봐. 이거 산 거 아니지? 이거 건호 오빠가 만든 거지?"

[어? 어떻게 알았어? 연락받았어?]

"전에 건호 오빠가 김밥 만들어준 적 있어."

[뭐? 부엌엔 일절 들어가지도 않는 남자가? 하, 비밀이라던데. 너처럼 맛에 예민한 애가 모를 리가 없지. 맛없지? 나도 깜짝 놀랐어. 일 마치고 집에 왔는데 건호 오빠가 칼을 들고 있잖아. 아아, 드디어 저 인간이 폭발했구나, 싶었는데 자세히 보니까 김밥을 썰고 있잖아. 그게 더 무서워. 갑자기 김밥이 뭐야, 김밥이. 그러더

니 통에 담아 나보고 너한테 갖다 주라더라. 내가 힘이 있니? 시키는 대로 해야지. 여보세요? 이나야?]

"어, 듣고 있어."

[맛없으면 먹지 마.]

하정의 말을 들으며 이나는 통에 담긴 김밥을 바라보았다. 입에 넣어 몇 번 씹지 않아 알아챘다. 각종 계량도구를 이용해 요리를 과학적으로 접근한 건호표 김밥이라는 것을. 일전에 흘러가듯이 입맛 없을 때는 김밥을 먹는다고 했던 자신의 말을 기억한 모양이었다.

갑자기 목이 막혀 옆에 있던 물잔을 들어 물을 한 번에 들이켰다.

[근데 이런 말 하긴 뭣한데…… 건호 오빠가 생각보다 널 많이 좋아하나 봐.]

하정의 말이 가슴에 콱 와 박혔다. 굳이 하정의 말이 아니더라도 아주 조금씩 느끼던 중이었다.

"고마워. 잘 먹을게."

[응. 수고해!]

하정과의 통화를 마친 후 이나는 식탁 의자에 앉아 통에 담긴 김밥을 멀거니 바라보았다. 문득 궁금해졌다. 자신이 알고 있던 유건호는, 진짜 유건호일까. 그는 자신의 생각보다 훨씬 더 좋은 사람 같았다.

이나가 젓가락을 들어 김밥을 쳐다보았다. 이 김밥을 싸기 위해 부엌에서 힘겹게 사투를 벌였을 그의 모습이 떠오르자, 픽 하고 웃음이 나왔다. 그러다 입술 끝이 무겁게 내려앉았다. 이 남자와 이제 헤어져야 하는데.

잠시 고개를 가로젓던 이나가 젓가락으로 김밥을 하나 집어 들었다. 배가 고파서 먹고 싶은데, 아까워서 먹을 수가 없다. 이럴 줄 알았으면 입맛 없을 땐 건어물을 먹는다고 할 걸 그랬다. 그럼 적어도 오래오래 보관했을 텐데.

"아, 배고파."

설준이 배를 문지르며 부엌으로 들어왔다. 자연스럽게 이나의 손에 들려 있던 젓가락을 빼앗은 설준이 김밥을 하나 집으려 할 때였다.

"안 돼!"

이나가 빽 소리 질렀다.

"아, 깜짝이야! 왜? 미쳤냐?"

설준의 물음에 이나도 잠시 말문이 막혔다. 자신도 자기가 왜 갑자기 소리 질렀는지 모르는 얼굴이었다. 설준이 다시 젓가락질을 시작하려 할 때였다.

"먹지 마!"

다시 한 번 이나가 소리치자, 설준이 뜨끔하고 놀랐다.

"왜? 안에 독 탔어? 아니면 치명적으로 맛이 없어?"

"그건 아닌데……."

이나가 잠시 우물쭈물거렸다.

"설마 네 줄을 다 먹으려고?"

"어. 내가 다 먹을 거야. 그러니까 먹지 마."

이나가 도시락 뚜껑을 덮어 품에 안았다. 절대로 빼앗기지 않겠다는 기세의 이나를 설준이 황당한 얼굴로 쳐다보았다.

"이건 내 거야."

이나가 설준을 지나쳐 방으로 올라갔다. 2층 계단으로 올라가는 이나의 뒷모습을 보던 설준이 기가 막히다는 듯 중얼거렸다.

"와, 손 다칠 때 머리도 같이 다쳤나. 왜 저래?"

이나는 꾸역꾸역 김밥을 먹었다. 첫 줄은 굉장히 맛있었고, 두 번째 줄은 그럭저럭 괜찮았고, 세 번째 줄에 들어가면서는 위가 얼마나 팽창할 수 있는지 실험하는 듯했다. 음식을 무리해서 많이 먹는 것만큼 미련한 행동이 없다는 걸 알면서도, 도저히 남길 수가 없었다. 이유도 알 수 없었다. 아니, 사실은 이유를 잘 알고 있었다. 이 김밥을 버리면 두고두고 평생 후회할 것만 같았다. 그래서 억지로 먹던 이나는 겨우 세 줄 반을 먹고 나선 포기를 선언했다.

"처, 천천히 먹을래."

이나가 천장을 쳐다보며 부른 배를 문질렀다. 이나가 임산부처럼 배를 받치고서 자리에서 일어났다. 몸도 움직일 겸 탄산음료를 가지러 부엌에 들렀다가 설준으로부터 신랄한 비난을 받았다.

'굶주린 가족을 외면한 이기적인 인종아! 내가 너를 누나로 두고 살다니!' 라고 고래고래 욕을 하는 설준의 입에는 주문배달로 시킨 초밥이 물려 있었다. 설준의 원색적인 비난을 무시하고 2층으로 올라오던 길이었다. 욕실 문이 벌컥 열리더니 뽀얀 수증기와 함께 큰 타월로 하반신만 가린 주형이 나왔다.

"억!"

기가 막히게 놀라니까 악 소리가 아니라 억 소리가 튀어나왔다.

"어? 집에 있었구나."

돌부처처럼 멈춰 선 이나를 보며, 잠시 놀란 주형이 생긋 웃으며 인사를 건넸다.

"네."

이나는 눈 둘 곳을 찾아 눈을 뱅글뱅글 돌리며 대답했다. 이건 설렘이나 부끄러움이 아니라 순수한 난처함이었다.

"놀랐지? 미안. 너희 집 오는 길에 소나기를 맞아서."

"아, 그러셨구나. 공헌 오빠 만나러 오셨어요?"

"어."

"그럼 들어가 보세요."

헐벗은 그 상태로 친근하게 말 걸지 마시고요.

이나가 속내를 숨긴 채 공손하게 공헌의 방이 있는 곳을 두 손으로 가리켰다. 그 모습이 우스워 주형은 씩 웃으며 돌아섰다. 이나는 공헌의 방문을 밀고 들어가는 주형의 맨 등을 보았다. 이나의 얼굴이 찌푸려졌다. 그러다 고개를 갸웃거렸다.

"잘못 본 건가."

이나가 잠시 자신의 눈을 의심했다. 그러다 자신이 잘못 본 거라고 생각하고 이내 잊었다.

공헌과 주형의 술자리는 2층 거실에 마련되었다. 이 세상 술은

다 마셔도 멀쩡할 것처럼 엄격하게 생긴 공헌은 생김새와 달리 술에 약했다. 오늘도 공헌은 소주와 맥주가 섞인 잔을 두 번 비우고서 청순가련하게 소파 위로 쓰러졌다.

"주량이 청초하다, 청초해."

그런 공헌을 보며 주형이 혀를 끌끌 찼다.

"또 쓰러졌네요."

때마침 방문을 열고 나온 이나는 백설공주마냥 쓰러진 공헌을 보며 한숨을 내쉬었다.

"그러게. 또 그렇게 됐네. 걱정하지 마, 내가 방에 데려다 놓을 테니까."

주형이 다정하게 웃었다. 예전이라면 가슴이 콩콩 뛰어야 하는데 이나는 무심하게 고개를 끄덕였다. 주형을 봐도 아무런 느낌이 들지 않았다. 오히려 요즘 들어선 저 사람을 좋아했었지, 라는 희미한 생각만 들 뿐이었다.

언제부터였을까. 이나는 잠시 고민에 빠졌다. 아마도 건호와 교제 사실을 밝히던 자리에서 주형의 축하를 받았을 때라고 짐작할 뿐이었다. 저 사람에게 나는 여동생일 뿐이구나, 라는 사실을 깨달음과 동시에 더는 그 이상의 관계로 발전할 수 없다는 사실을 확인한 순간 마음이 꺼졌다. 괴롭긴 했지만, 생각보다 괴롭지 않았다. 그 이후론 거짓말처럼 유건호라는 남자에게 집중하느라 주형을 잊고 살았다.

짝사랑, 생각보다 싱겁게 끝이 났다.

"네, 부탁드립니다."

이나가 두 손을 가지런히 모으고서 감사의 뜻을 표했다. 거실을 가로질러 욕실로 향하던 이나는 무언가가 생각난 듯 걸음을 멈췄다.

"저기, 오빠."

"응?"

주형이 왕자님처럼 공헌을 챙겨 들다 말고 고개를 홱 돌렸다. 이나는 반사적으로 얼굴을 찌푸렸다. 동화 같은 두 사람의 자세가 혐오스럽다. 억지로 구겨지는 미간을 빳빳하게 펴면서 이나가 말했다.

"아까 보려고 본 건 아닌데…… 오빠 어깨가 깨끗하더라고요. 이제 흉터 없는 거예요?"

"흉터?"

주형이 무슨 소리냐는 듯 반문했다.

"어렸을 적에 저를 구해주셨잖아요."

이나가 민망한 듯 웃으며 말했다.

이나는 여태껏 어린 시절 공사장에서 있었던 일을 한 번도 언급하지 않았다. 그 일이 있은 후 각자 부모님이 바빠지면서 주형을 만나지 못했고, 몇 년이 지나 주형을 만났을 땐 이나는 폭발적인 질풍노도의 시기인 사춘기를 겪고 있었다. 자신을 구해준 주형의 얼굴만 봐도 온 심장이 난리법석을 치는 시기라, 입도 뻥긋하지 못했다. 그 후엔 유학을 떠났고, 돌아와선 유건호라는 인간 핵폭탄을 수습하기 위해 중구난방으로 뛰어다니느라 이 일에 대해 말하지 못했다.

"무슨 말인지……."

주형이 도저히 모르겠다는 표정으로 뒷목을 긁적거렸다.

"저 유치원생일 때 오빠가 저 대신 벽돌에 어깨 맞으셨잖아요. 기억 안 나세요? 분명히 오빠가 맞는데……. 그때 분명히 우산에 유주형이라고 되어 있었거든요."

이나가 확실하다는 표정으로 말했다. 그러자 주형의 표정이 오묘해졌다.

"공사장에서 떨어지는 벽돌에 어깨를 맞은 거 말하는 거야?"

"네!"

주형의 말에 이나가 얼른 고개를 끄덕였다. 너무 늦었지만 꼭 고맙다는 말을 하고 싶었다.

"그거 나 아닌데."

고맙다는 말을 하려던 이나의 입이 작게 벌어졌다.

"무슨……."

분명히 주형은 공사장의 일을 기억하고 있었다. 그런데 아니라니? 의아한 표정을 짓는 이나에게 주형이 어색하게 웃으며 말했다.

"착각했나 보구나. 그거, 건호 형이야."

이나는 소화시킬 겸 산책을 가겠다는 말을 남기고 문밖으로 나섰다. 마음이 심란해서 도무지 집에만 있을 수가 없었다. 소나기가 내린 탓에 세상은 비 냄새로 가득했다. 한 손으로는 우산을 쥔 채 이나는 거리를 걸었다.

"그때 건호 형이 구해줬다던 꼬맹이가 너였구나. 인부들 증언으로는 어느 꼬맹이를 구해주려다가 대신 다쳤다는데, 형이 입도 뻥긋 안 해서 궁금했거든. 그냥 어쩌다 보니 그랬다고 어물쩍 넘어가길래 그런 줄 알았는데……."

주형은 웃으며 그 일을 그렇게 회상했다.

"우산 이름표가 분명히 유주형으로 되어 있었어요."

이나가 그럴 리 없다는 듯 얼떨떨한 얼굴로 항변했고, 주형이 어색하게 웃으며 확실하게 말했다.

"그날, 형이 친구 집에서 노는 나를 데리러 오는 중이었거든."

날아가던 우산과 쓰러지던 어린 소년의 모습을 이나는 아직도 분명히 기억하고 있었다. 촉촉하게 젖은 땅에 흐르던 피와, 사람들의 비명 소리. 분명 부모님도 그때 주형이라고 말했었다. 모든 정황이 주형이라고 말하고 있었기에 이나는 의심조차 않고 살았다. 더군다나 건호는 그 일에 대해 한마디 언급도 하지 않았다.

대체 왜?

무심히 걷던 이나가 퍼뜩 정신을 차려 고개를 들었을 땐, 건호의 집 앞이었다. 건호와 주형의 생각을 하는 동안 자신도 모르게 이곳까지 와버린 모양이었다. 이나는 이마를 짚은 채 한숨을 내쉬었다. 마음이 복잡하다. 건호에게 반지를 돌려주고 이제 그만하자고 말하면 되는데, 맘처럼 쉽지 않다.

갑작스럽게 갈증이 일었다. 이나는 주머니를 뒤적거려 천 원짜리 몇 장을 발견했다. 이나의 집과 마주 보는 골목에 자리한 편의점으로 걸어갔다. 작은 생수 하나를 사서 선 자리에서 다 들이켰다. 그럼에도 배만 묵직할 뿐, 목을 타게 만드는 갈증은 가시지 않았다.

골목을 따라 걸어가던 이나는 무심코 고개를 들었다가, 하정의 집에서 나오는 누군가를 보았다. 비가 올지도 모르는데 그는 맨손이었다.

건호는 골목 끄트머리에 멈춰 선 이나를 발견하지 못한 채, 자연스럽게 걸음을 옮겼다. 집으로 귀가하던 이나는 엉겁결에 그의 뒤를 따르게 되었다. 이나는 건호를 몇 번이나 부르려고 했다. 입술을 달싹이다가 멈칫, 손을 뻗다가 멈칫, 갈증이 나서 멈칫. 결국 포기한 채 그의 뒤를 따랐다.

이나는 처음으로 건호의 뒷모습을 보았다. 가장 먼저 눈이 간 것은 어깨였다. 왼쪽일까, 오른쪽일까. 어느 어깨에 상처를 입었을까. 어린 그는 왜 자신을 구하고도 침묵했을까. 돌이켜보면 그는 자신을 구해주고도 누군가에게 말을 전하는 법이 없었다. 아주 어린 시절 공사장에서, 그리고 나이가 들어 재개발 구역에서조차도.

문득 그의 마음이 시작된 지점이 궁금했다. 아주 오래전에 시작되었다는 그의 마음은 어느 추억을 기점으로 점점 길을 넓혀온 것일까. 그리고 그는 자신도 모르게 시작된 그 길 위에서 어떤 마음이었을까.

건호의 걸음이 멈췄고, 꽤 멀찍이서 따라가던 이나의 걸음도 함께 멈췄다. 그는 익숙한 듯 한자리에 멈춰 서서 고개를 들었다. 그러고는 바지주머니에 손을 넣은 채 미동도 않고서 한곳만 바라보았다. 이나는 건호가 바라보고 선 곳을 고개 들어 바라보았다.

익숙한 전원주택. 그의 시선이 닿아 있는 자신의 방.

갑작스레 습기를 머금은 선선한 바람이 불었다. 잠시 눈을 감았다가 뜬 이나는 고개를 돌려 다시 건호를 바라보았다. 그의 얼굴이 제대로 보이지 않는 먼 거리인데도, 그의 얼굴이 훤히 보이는 듯했다.

무표정을 허물고서 그리움을 한가득 머금은 표정.

기껏 온다는 곳이 여기라니.

얹힌 것처럼 명치가 묵직해졌다.

툭. 빗방울이 어깨를 두드렸다. 이윽고 가느다란 빗줄기가 조금씩 빠르게 떨어져 내렸다. 이나는 우산을 펼친 채 건호를 보았다. 건호가 비를 피해 돌아서길 바랐다. 그러나 그 자리에 발이 붙은 사람처럼 건호는 꼼짝도 않았다. 이나는 우산을 쓴 채 천천히 걸었다. 한 걸음을 내디딜 때마다 머릿속이 혼란스러웠다.

그에게 다가가는 것이 맞을까. 그의 마음을 받아주지 않을 거라면 모르는 척해야 하는 게 아닐까. 모르는 척하고 나면 자신의 마음은 편할까. 편하지 않으면 어떻게 해야 하는 걸까…….

그 수많은 질문에 대답을 내리기도 전에, 눈이 마주쳤다. 다가서는 인기척을 느낀 건호가 고개를 돌린 탓이었다. 딱 세 걸음 남겨놓은 거리였다. 이나는 그의 얼굴을 마주한 순간 후회했다.

자신의 상상보다 건호는 더욱 괴로운 얼굴을 하고 있었다. 상대방에게 전하지 못해 뜨거워질 대로 뜨거워진 마음 때문에 온몸이 녹아내리는 것처럼 고통스러운 얼굴이었다. 차가운 빗줄기에도 식지 못하는 마음, 어둠 속에 파묻어놓아도 자꾸만 비집고 나오는 그 마음…….

이나는 그 얼굴을 보고서야 건호의 마음이 아주 오래전부터 시작되었음을 알았다. 설렘, 그 작은 시작을 지나 오래된 짝사랑은 욕심과 뒤엉켜 고통만 남겨놓는다. 저 고집스러운 남자는 그 고통을 여태껏 보듬고 있었다. 자신의 곁에서 아무렇지 않은 얼굴을 하고서. 갑자기 온 마음이 견딜 수 없이 찡해왔다.

이나는 두 걸음 움직여 일단 건호의 머리 위로 우산을 씌웠다.

"여기서 뭐 해요?"

이나가 건호를 바라보며 물었다. 어느새 그는 멀쩡한 얼굴을 하고 있었다.

"산책하다가, 우연히."

거짓말이다. 그는 이곳에 한두 번 와본 게 아니었다. 그의 눈빛이, 그의 걸음이 그 사실을 증명하고 있었다. 이나는 다시금 갈증이 일었다.

"김밥, 잘 먹었어요."

이나의 말에 건호의 눈썹이 움찔거렸다.

"만들어서 보낸 거잖아요. 이래 보여도 맛보는 건 까다로워요. 한 번 먹은 맛은 잘 잊어버리지 않고요."

특히 유건호의 수제 김밥은 잊으려야 잊을 수 없었다. 배고픈 와중에 두 시간 넘게 기다린 끝에 맛본 김밥이지 않던가. 그때를 생각하자 이나의 입술이 잠시 느슨하게 늘어났다. 그땐 1분 1초가 어찌 흘러가는지 모를 만큼 긴장한 상태였는데, 지금은 꽤 재미있는 추억이 되었다. 그러다 문득 고개를 들었을 때 건호의 무표정을 보았다.

왜 웃어, 무슨 생각이야, 그는 이런 구태의연한 물음을 하지 않았다. 그저 조금 창백한 얼굴로 자신을 오래도록 주시하고 있었다. 마치 마지막으로 연인의 얼굴을 보는 남자의 눈동자를 하고서.

이나는 처음으로 건호의 얼굴을 쓰다듬어 주고 싶다고 생각했다. 강인한 남자가 자꾸만 자신 앞에서 이런 얼굴을 할 때면 그저 마음이 먹먹해지고, 손끝이 찌릿찌릿해서 어떤 위로라도 해주고 싶었다.

"정말로 내가 청혼을 거절하면, 깨끗하게 헤어져 줄 거예요?"

이나가 한참 만에 희미하게 웃으며 물었다.

"……그래야겠지."

건호가 망설인 끝에 대답했다.

"거짓말을 해서라도 사귈 때는 언제고요?"

이나가 처음으로 건호에게 뾰쪽한 목소리를 냈다.

"해볼 만큼 했는데, 안 되는 거니까."

그에 반해 건호는 차분한 목소리를 냈다.

"이제 와서 포기하는 이유는 뭔데요?"

"더 이상 부담을 주고 싶지 않으니까."

"……."

"처음엔 억지로라도 옆에 두려고 했어. 그건 나한테 쉽거든."

겁이 많고, 책임감이 강한 윤이나를 자신의 옆에 묶어두는 것은 일도 아니었다. 조금만 머리를 쓰면 수많은 이유와 유리한 상황을 만들어낼 수 있으니까. 그럼에도 그 수많은 방법을 포기할 수밖에 없었던 것은,

"이제 내가 힘들어서 안 되겠어."

"……."

"내가 너한테 폐기름 같은 존재가 될 순 없잖아."

"……."

"너를 더 괴롭히면서 내가 행복해질 수가 없으니까."

건호의 표정이 무너졌다. 온 마음이 무너지고, 감정의 둑이 쓰러졌다.

처음으로 완전한 고통을 드러내는 건호의 표정에 이나는 아무 말을 하지 못했다. 그저 자꾸만 울컥거리는 감정을 삼키며 그의 두 눈을 번갈아 보는 것 말고는.

"두 사람 다 불행할 바엔, 한 사람이 불행한 것이 나아."

"……."

"그러니까 네가 행복할 수 있는 선택을 해."

어쨌든 불행은 나의 몫이니까.

그의 침묵 속에서 뒷말을 들은 듯했다.

건호가 우산을 쥔 이나의 손을 이나 쪽으로 밀었다. 동시에 우산 밖으로 밀려난 건호의 몸 위로 빗방울이 떨어졌다. 작은 빗방울은 그의 검은 머리카락, 길게 뻗은 속눈썹과 콧등, 어깨를 조금씩 적셔갔다. 건호가 돌아섰다. 간당간당하게 매달려 있던 심장이 떨어질 것만 같다.

"대답, 지금 할게요."

이나의 대답에 건호의 걸음이 뚝 멈췄다. 그는 차마 뒤돌아서지 못하겠다는 듯 앞만 보고 있었다.

"청혼은, 없던 일로 해요."

그는 그 자리에 서서 아무 대답도 하지 않았다. 다만 어깨가 굳은 듯했다. 이나는 차라리 그래서 다행이라고 생각했다. 흉터가 있을 것 같은 그의 어깨를 바라보며 이나는 마른침을 삼켰다.

후회할지도 모른다. 지금 이 길로 들어선 순간 평생 후진할 수 없게 될지도 모른다.

"그러니까…… 없던 일로 하는 게 아니라, 보류하자고요."

"……."

"청혼, 잠시 보류하고 만나봐요!"

이나는 눈을 질끈 감고 소리쳤다. 지금 건호에게 이 말을 한 것을 언젠가 후회할지 모른다고 생각했다. 그러나 이대로 건호를 보내면 더 후회할 것 같았다. 비가 내리는 어두운 길거리로 파묻혀 가는 건호의 뒷모습 같은 걸 보는 건 최악이니까.

이젠 인정할 수밖에 없다.

입맛 없다는 말에 몇 시간이나 애써서 김밥을 만들어주는 이 남자를, 차일 거라는 예상을 하면서 청혼하는 이 남자를, 똑똑하면서 가장 중요한 순간에 배려라는 미련한 행동을 하는 이 남자를 자신이……

"나도 좋아지기 시작한 것 같으니까요!"

눈을 감은 채 이나가 소리쳤다. 저벅저벅, 빗소리를 가르고 다가오는 발걸음 소리가 들렸다. 우산 아래로 건호의 향기가 훅 밀려왔고, 이윽고 비에 젖은 손이 뒷목을 끌어안았다. 차가운 비에 젖은 뜨거운 입술이 닿았다. 거짓말처럼 입술이 뜨거웠다.

손에서 힘이 풀렸고, 우산이 날아가 버렸는지 갑작스레 몸 위로 빗줄기가 떨어지는 것이 느껴졌다. 비를 맞는 건 참 싫은 일이었다. 그러나 지금 이 키스를 멈추는 것은 더 싫다.

이나는 건호를 끌어안았다. 입안에 머금은 차가운 빗방울이 뜨거워질수록 차츰차츰 사라져 갔다.

몸 위로 쏟아지는 빗줄기, 가로등 불빛, 어둑한 밤, 온 세상을 두드리는 빗소리까지도 소멸한 자리에 유건호, 그만이 남았다.

18

대문을 밀고 들어와 닫자마자 이나는 그 자리에 풀썩 주저앉았다. 엉겁결에 키스를 했다. 그보다 놀란 것은 자신도 모르게 그에게 매달렸다는 사실이었다. 이나는 아직도 믿을 수 없다는 듯 자신의 두 손을 보았다. 미쳤다. 평소라면 손끝도 못 댈 텐데. 이나는 그 손을 조용히 말아쥐어 보았다. 손바닥이 뜨겁다. 아니, 온몸이 뜨겁다. 머리부터 발끝까지 평소보다 세차게 혈액이 돌면서 온몸을 후끈하게 데워놓았다. 이나는 천천히 손을 들어 입가를 가렸다. 그중 입술이 가장 뜨겁다.

유건호와의 키스.

유건호와의 다시 시작된 연애.

그 생각에 닿자 갑자기 심장이 멎는 기분이다. 설레는 게 아니라 놀라워서.

"이게 웬일이야."

이나는 멍하게 허공을 바라보며 중얼거렸다. 이제 후진도, 후퇴도 완벽하게 불가능한 상태의 연애가 시작되었다. 이나는 스스로의 결정이 옳은 것인지 판단하려 했지만, 자꾸만 눈앞에서 유건호의 얼굴이 떠올랐다.

키스를 마친 후 입술을 떼어내는 것이 아쉬운 듯 가늘게 뜨던 눈, 빗방울에 젖어 유난히 촉촉하던 얼굴, 무언가에 취한 사람처럼 몽롱한 표정.

다시 생각하자 온몸이 아찔해지면서 손끝이 저렸다.

"얼굴이 마약이야. 표정도 마약이고. 인간 마약이네, 유건호 씨. 하, 진짜. 홀렸네, 홀렸어."

이나가 기가 막힌 얼굴로 천천히 몸을 일으켰다. 키스 한 번에 다리 힘이 몽땅 빠졌다. 작정하고 19금을 찍었다면 골다공증 혹은 근육소실까지도 충분히 일으킬 수 있다. 이쯤 되면 그 남자는 마약이 확실하다.

이나는 후들거리는 다리를 쾅쾅 때려가며 현관문을 열었다. 설준이 거실 소파에 비스듬히 누워 있었다.

"누나, 너는 정말 못됐어! 한 가족의 굶주림을 외면한……."

아직도 저 소리다. 설준은 자신의 얼굴만 봤다 하면 인류의 기근을 외면한 부르주아를 보듯이 노려보았다. 김밥 안 줬다는 이유로 평생에 먹을 욕을 한번에 먹을 줄 알았다면 꽁다리 하나쯤은 줄걸 그랬다. 이나가 혀를 끌끌 차며 다리를 질질 끌다시피 갈 때였다. 이나의 걸음걸이가 이상한 것을 발견한 설준이 자리에서 벌떡 일어나더니 소리쳤다.

"누나! 다리가 왜 그래? 어서 힐러를……. 아니, 의사를!"

이나가 설준의 얼굴을 물끄러미 바라보았다. 힐러를 찾아대는 동생의 장래가 걱정스럽고, 동시에 설준에게 어떻게 말해야 할지 혼란스러웠다. 헤어지려던 남자와 첫 키스하고 왔다는 것을, 연애의 끝을 고하기는커녕 진지한 연애를 시작했다는 걸 어찌 알릴까.

"누나, 진짜 많이 아파? 오타쿠 자식아, 게임 캐릭터랑 결혼이나 해라, 그런 욕 안 해? 왜 갑자기 아무 말도 안 해? 구급차라도 부를까? 아니, 우리 집에 의사가 넘치지? 아빠 불러올까? 엄마 불러올까? 엄마, 누나 피통 좀 채워…… 아니, 누나 치료 좀!"

"설준아."

이나가 진지하게 설준의 이름을 불렀다.

"어? 왜?"

"그게……."

이나가 진지한 얼굴로 설준을 불렀다.

"어. 왜? 혹시 다리 저는 거…… 그럴 리 없겠지만 건호 형님 짓이야?"

"아니. 알잖아."

이나가 건호 성격 잘 알면서 왜 그런 쓸데없는 말을 하냐는 듯 쳐다보자, 설준이 인정한다는 듯 고개를 끄덕였다.

"그래. 혀로 사람을 죽이지, 절대로 폭력을 행사할 분이 아니지."

"그래, 그러니까……."

이나가 중얼거리듯 대답하며 숨을 깊게 들이마셨다. 설준에게 사실대로 말하려는 찰나였다. 주머니에 든 휴대폰이 힘차게 벨소리를 뿜어냈다. 깜짝 놀란 이나가 휴대폰을 꺼냈다. 액정을 확인해 이름을 보는 순간 얼굴이 순식간에 수많은 색을 뿜어냈다. 하얗게 질렸다가, 붉게 물들었다가, 이윽고 어쩔 줄 모르는 얼굴로 계단을 뛰어 올라갔다. 방금 전까지 다리를 절던 게 거짓말 같은 힘찬 자세였다.

"와, 무슨 전화인데 얼굴이 무지개색으로 변해?"

홀로 거실에 남은 설준이 이나가 올라간 곳을 쳐다보며 중얼거렸다.

'수신 필수.'

이나는 액정에 떠 있는 이름을 바라보았다. 아직까지 이 이름을 보면 마음이 복잡했다.

좋았다가, 이래도 되나 싶었다가, 키스를 떠올리면 부끄럽고, 조금 더 솔직하게 말하자면 한 번 더 해보고 싶기도 하고…….

다만 확실한 것은 정리되지 않은 방에서 가장 중요한 물건을 용케 찾아낸 것처럼, 그를 좋아하는 마음이 있다는 것이었다. 언제부터 시작되었는지, 자라고 있었는지, 또 얼마만큼의 크기인지는 아직 모르겠지만.

이나가 목을 가다듬은 후 침대에 걸터앉아 전화를 받았다.

"여보…… 크흠, 세요."

꾀꼬리 같은 목소리를 내고 싶었는데, 박력 넘치게 사레들렸다.

[방이네?]

"어떻게 알았어요?"

이나가 고개를 번쩍 들어 주변을 살폈다. 그러다가 창가로 달려가자, 키스를 나눴던 그 자리에 서 있는 건호를 발견했다. 그는 이나가 억지로 손에 쥐어준 우산을 들고 있었다.

"아직 안 갔어요?"

[방에 들어가는 거 보고 가려고.]

"아……."

[마저 할 이야기도 있고.]

밤인 데다, 엷은 빗방울이 꽤나 많이 떨어져서 건호의 얼굴이 제대로 보이지 않았다. 다만 휴대폰 너머로 흘러들어 오는 그의 목소리가 진지해서 이나는 긴장했다. 무슨 소리를 하려고.

[난 도망칠 기회를 줬어.]

"……."

[이젠 못 물러.]

이나는 움찔했다. 무슨 고백을 이렇게 사형선고 내리듯이 할까. 그러나 이나는 이전처럼 미친 듯이 긴장하지 않았다. 이쯤 되니 건호의 성격을 알 듯했다. 그는 직업의 특성상 무언가를 확실히 규정짓는 것에 익숙했고, 모든 대화를 그렇게 구사했다. 그래서 언뜻 들으면 단호하고 엄하지만, 실제로 그가 하고 싶은 말은 그게 아니었다.

헤어지지 말자.

그는 단지 그렇게 말하고 싶었을 뿐이다. 이나는 바짝 말라오는 입술을 살짝 깨문 채 건호를 바라보았다. 날이 어두운 것이, 비가 오는 것이 이토록 싫을 수가 없다. 헤어지지 말자고 말하는 그의 얼굴을 보지 못하니 답답했다.

건호는 대답을 기다리는 듯 아무 말도 하지 않았다. 이나는 잠시 호흡을 고른 후 말을 꺼냈다.

"그럴 생각, 없어요."

[…….]

"좋아하기 시작한 것 같으니까요."

이나는 그 말을 뱉고 잠시 갈등했다. 아니다. 자신의 마음을 확실히 담을 수 있는 말은 이게 아니다. 숨을 깊게 들이마신 이나가 결심한 듯 말했다.

"아니, 좋아해요, 나도."

이나가 잘 새겨들으라는 듯 말했다. 그러자 건호가 픽 웃었다. 침묵이 흘렀다. 이나는 기껏 용기 내어 자신이 고백했건만, 돌아오는 침묵에 허탈하면서 동시에 부끄러웠다. 용기 내어 말하면 적어도 '그래.' 라든지 '나도.' 라는 말을 해야 할 것 아닌가.

[창문 닫아. 비 들어간다.]

기껏 고백했더니 창문 닫으란다. 잡은 물고기에겐 떡밥을 주지 않는 거라지만 지나치게 칼같이 군다.

"네, 네, 조심히 가세요."

이나는 그렇게 말한 후에도 귀에서 휴대폰을 떼지 못했다. 혹시나 건호가 무어라 이야기해 줄까 봐서.

"여보세요. 여보세요?"

이나가 액정을 쳐다봤다. 칼같이 끊었다. 누가 전파 낭비한다고 뛰어올까 봐서 이러나. 이나는 갑작스레 쌩하게 달라진 건호 때문에 눈을 질끈 감았다가 떴다. 물리고 싶다. 이런 남자랑 연애할 생각을 하려니 눈앞이 까마득하다. 구슬픈 그 눈동자에 속는 게 아니었다. 사람 하나 들었다 놨다 하는 것쯤은 일도 아닌 남자한테 속았다!

"분해."

이나가 휴대폰을 내팽개친 후 침대에 벌러덩 드러누웠다.

그나저나 미리 건호에게 몇 가지 다짐을 받아놓을 걸 그랬다.

독한 말 하지 않기, 단답형으로 답하지 않기, 폭력 금물, 고소 금지, 취미로 소장 날리기 금지, 법 조항 들먹거리지 않기 등등. 이런저런 생각을 하는데 띠리링 하고 휴대폰이 울렸다. 이나는 무심코 휴대폰을 들어 올렸다가 흐헉, 소리를 내며 숨을 깊게 들이마셨다.

—내일부터 오피스텔로 퇴근할게.

해도 되겠니, 라는 물음도 아니었다. 할 테니 기다리라는 확언이었다.

"하…… 하하…… 아하하."

이나가 휴대폰 액정을 쳐다보며 실성한 듯이 웃었다.

안 봐도 보이는 것들이 있고, 겪지 않아도 이미 겪은 것 같은 착각을 일으키는 것들이 있다. 그중 하나가 지금 이 상황이다. 오늘의 키스를 기점으로 유건호의 브레이크는 뽑혔고, 신나게 밟을 가속 페달 하나만 남았다는 거다.

막 퇴근하려고 준비를 하던 가사도우미 김 씨가 깜짝 놀란 얼굴로 현관문을 밀고 들어오는 건호를 보았다. 손에 분명 우산이 있는데 어째서인지 머리부터 발끝까지 촉촉하게 젖어 있었다.

"잠시만 거기 있어 봐요."

김 씨가 마른 수건을 가지러 간 사이 건호는 현관에 가만히 서 있었다. 눈을 내리깐 채 바닥을 쳐다보던 건호가 피식 웃었다.

"아니, 좋아해요, 나도."

자신이 하게 될 거라고만 생각한 고백을 오늘 두 번이나 받았다. 그 작은 입술로 말하는 고백은 어떤 음색과 분위기를 낼까 상상한 적이 있었다. 빗속에서 자신을 붙들던 고백은 환장하리만큼 달았고, 두 번째로 당돌하게 뱉던 고백은 말문이 막히게끔 좋았다. 상상보다 수배는 더 좋은 고백 앞에, 어떤 사건 사고 앞에서도 말문 막혀본 적 없는 자신의 말문이 막혔다. 난생처음 머릿속이 백지장이 되었다. 그래서 그저 '창문 닫아.' 라는 딱딱한 대답밖에 할 수 없었다. 더 있다간 멍청하게 목소리까지 떨게 될까 봐 전화까지 먼저 끊었지만. 그래 놓고 자신은 휴대폰을 손에서 떼어놓지 못하고 있었다. 내일도, 모레도, 앞으로 힘닿는 데까지 퇴근을 오피스텔로 하겠다는 자신의 말에 이나는 답이 없었다.

"첫째 총각."

저를 부르는 의아한 소리에 건호가 고개를 들었다. 그러자 올해

50이 되었다는 김 씨가 의아한 얼굴로 건호를 멀뚱히 보고 있었다. 냉랭하기가 시베리아 벌판급이던 남자가 갑자기 비를 맞고 오더니 바닥을 보며 웃으니 이상해 보인 탓이었다.

"좋은 일 있어요?"

건호는 김 씨의 손에 들린 수건을 받아 들었다.

"네."

"그래요? 사건이 잘 해결됐나 봐요."

"네. 일생을 통틀어 가장 큰 사건이었어요."

건호의 눈이 부드럽게 휘었다. 보기 드문 미소였다.

"아휴, 아주 큰일이 있었나 보네요. 내일 뉴스를 꼼꼼히 봐야겠네요."

헛다리를 짚으며 푸근하게 웃는 김 씨를 보며 건호도 따라 픽 웃었다. 일생을 통틀어 가장 큰 사건이었지만, 뉴스엔 나오지 않을 거다. 그러나 건호는 그 말을 굳이 김 씨에게 하지 않았다. 김 씨에게 인사를 한 후, 거실을 가로질러 걸어갔다.

말을 많이 하고 싶지 않았다. 지금은 그저 누군가의 문자를 기다리고, 누군가의 입술을 되새겨보고, 누군가의 고백을 곱씹고 싶을 뿐이었다.

"이게 뭐야?"

이나의 오피스텔, 이젠 지정석처럼 되어버린 1인용 소파에 앉은 건호가 이나가 내민 종이를 보며 물었다.

"미리 간단한 수칙은 마련해 두어야 할 것 같아서……."

이나가 받으라는 듯 조심스럽게 종이를 건호에게 내밀었다. 그 종이를 미심쩍게 바라보던 건호가 마지못해 받아 들었다. 그러고는 이내 눈썹을 추켜올렸다.

"기분 나빠하실 건 아니고……."

이나가 우물쭈물거리며 말했다. 어젯밤 자려고 누울 때까지는 구름 위를 걷는 기분이었다. 첫 키스라는 황홀경에 취해서 키스가 이렇게 좋은 거였나, 건호는 키스를 어디서 배웠을까, 사귀면 자주 할 수 있나, 손도 잡고 싶다, 나란히 카페도 가보고 싶다 등등을 생각하다가 문득 어린 시절 폭력배들을 때려잡던 모습이 떠올랐다. 더불어 오래전부터 공헌이 물어다 준 건호의 활약상들이 생각나면서, 현실 감각이 돌아오기 시작했다. 평범한 남자와 단란한 연애라는 게 건호와는 어울리지 않았다. 그래서 자려고 누웠다가 벌떡 일어나 종이를 꺼내 몇 가지를 적었다. 그리고 현재 그 종이가 건호의 손에 쥐어진 그것이었다.

건호는 냉랭한 눈으로 종이에 적힌 글을 보았다.

—연애 기간 동안 폭력 금지, 욕설 금지, 싸움 금지, 소장 남발 금지, 계략 혹은 내기를 통한 물리적 이익 취득을 금지한다. 결혼은 한쪽의 단독 의사가 아닌 쌍방의 합의하에 결정한다. 위 사항을 충분히 이해하였으며, 어겼을 시 유건호는 윤이나가 정한 대처를 무조건 수용하여야 한다.

"넌, 나를 어떻게 보고 있는 거지?"

건호가 종이에 시선을 둔 채 무심히 물었다. 다행스럽게 구겨졌던 미간은 풀어져 있었다.

"사회에 훌륭한 귀감이 되는 사람이라고 생각해요."

"형식적으로 읊지 말고."

"……."

"그리고 사회에 훌륭한 귀감이 되는 사람에게 이런 걸 내밀어?"

건호가 반듯하게 펴진 종이를 이나에게 들이밀며 물었다. '폭력 금지, 욕설 금지, 싸움 금지' 라는 글자가 종이 위에서 팔락거렸다.

"최소한의 안전장치라고 할까요?"

이나의 진지한 답변에 건호가 기가 찬 얼굴로 쳐다보았다.

"이런 짓 안 해."

"안 하시니까 사인을……."

예전 같으면 눈만 마주쳐도 시선 피하기에 급급했던 이나가 지금은 당당하게 품에서 네임펜을 꺼내 내밀었다. 죽어도 이 종이에 사인을 받고야 말겠다는 의지가 가득했다. 건호는 눈을 얍실하게 뜬 채 이나를 쳐다보았다.

"난 싸움 못 해."

건호가 네임펜을 마지못해 받아 들며 건조하게 말했다. 그러자 이나의 얼굴색이 단번에 변했다.

"조항을 하나 더 추가해야겠어요. 거짓말 금지로……."

"정말 못 해. 나는 싸움을 할 줄 모르는 남자야. 기본적으로 다정하다고."

"……."

이나가 장난 치냐는 얼굴로 건호를 쳐다보았다. 이나는 들은 것들이 많았다.

현직 검사 시절 그는 조폭 소탕 작전의 선두로 내달렸다. 건호와 같은 검사직을 맡고 있던 공헌의 친구가, 이후에 공헌에게 그날 있었던 일을 생생히 전달하면서 말하기를,

"분명 조폭을 때려잡으러 갔는데, 누가 조폭인지 모르겠더라. 나중에는 조폭 그 새끼들이 좀 불쌍해 보이는 거야. 뭐, 해보지도 못하고 다 잡혔거든. 조폭 중 하나가 용기 내어 덤볐다가 얻어터지는 거 보고……. 이야, 내가 그러면 안 되지만 그 와중에 박수를 쳤다. 유건호 검사님이 나라의 편에 선 것은 신의 한 수야. 유건호 검사님이 조폭이 되었으면 우리나라의 음지는 한층 더 깊어졌을 테니까."

2층 거실에 자리한 화분에 물을 주다가 그가 혀를 내두르며 감탄하던 것을 들은 게 아직도 생생하다. 그런데 그가 감쪽같이 자신을 속이려 하고 있었다.

"평화주의자야."

건호가 고개를 모로 기울인 채 느슨한 자세로 답했다.

"간디가요?"

이나가 현실도피식 대답을 던졌다.

"아니, 내가."

얼굴색 하나 바꾸지 않고 천연덕스럽게 답하는 건호를 보며 이나가 눈을 뾰쪽하게 떴다.

신성하게 생겨갖고, 거짓말하는 것 봐!

"간디가 들으면 기겁하겠네요."

이나의 말에 건호가 눈만 들어 올려 쳐다보았다. 그러자 날렵하게 뻗은 눈매가 더욱 날카롭게 보였다.

이것 봐! 어디서 핵 같은 눈빛을 소유해 가지고 평화주의자래! 조항 하나 더 추가해! 눈빛 발사 금지로!

이나가 차마 못 할 말들을 입에 물고서 건호의 눈빛을 마주 보았다.

이 남자랑 연애가 될까? 이 남자랑 자신이 꿈꾸는 달달하고, 아름답고, 다정한 그런 연애가 가능하냐고! 아니, 적어도 놀라지 않고 연애가 가능할까?

"윤이나."

건호가 상체를 앞으로 숙이며 두 손을 마주 잡았다. 그 상태에서 여전히 이나를 바라보았다. 이나는 자연스럽게 한 발자국 물러서면서 대답했다.

"……네."

건호가 손을 뻗어 이나의 손을 감싸 쥐었다. 그러고는 힘주어 자신의 앞까지 끌어당겼다.

이나는 자신의 뺨에 와 닿는 건호의 손길을 느꼈다. 건호는 부드럽지만 절대로 빠져나갈 수 없는 손놀림으로 자신의 얼굴을 보게 만들었다.

"내가 왜 무서워?"

건호가 심각하게 물었다. 나이 차이와 양가 집안의 관계 때문에 자신을 어려워하는 줄 알았는데, 자신을 향한 이나의 공포는 생각

이상이었다. 오늘은 그 이유를 꼭 알아야겠다.

이나는 눈을 데굴데굴 굴렸다. 아니라고 부인하고 싶은데, 건호가 믿어줄 리 만무했다. 그는 논리적으로 반박해서 기어코 자신의 입을 열게 만들 거다. 그냥 자신이 이실직고하는 게 낫다. 잠시 호흡을 고른 이나가 입을 열었다.

"세상에서 제일 무서워하는 남자가 공헌 오빠거든요. 근데 공헌 오빠가 세상에서 제일 무서워하는 사람이 오빠래요. 그러니까 적절하게 비유를 하자면 악마를 무서워하는데, 그 악마가 마신을 두려워하는 형상이랄까. 고로 마신은 상상조차 할 수 없는 악의 근원이라는 생각이 어릴 적부터 팽배했어요."

"……아, 그래?"

반문하는 건호의 목소리가 착 가라앉았다. 그러면서 기가 막히다는 듯 마신, 이라는 말을 작게 중얼거렸다.

어릴 적의 아주 자그마한 일을 트라우마로 남기는 사람들이 많다. 그런데 이나가 어렸을 적부터 지금껏 자신에 관련한 무서운 소식을 주기적으로 접했다면 공포의 대상으로 여기는 것도 이상한 일이 아니었다.

"그럼 정보 전달자인 공헌을 처리하면 되는 건가."

건호가 낮게 중얼거렸다. 그러자 이나가 흠칫했다. 이나가 심각한 얼굴로 건호의 어깨를 짚었다.

"……안 돼요. 없는 죄를 덮어씌워서 감방에 넣은 후에 영영 못 나오게 할 생각이라면 일단 그 생각을 접으시고……."

이나가 심각한 얼굴로 건호를 말리며 공헌의 안위를 걱정했다. 아무리 무서워도 결국 자신의 혈연이다. 무섭다고 감옥소까지 보낼 순 없는 노릇이다.

"그럴 리 없잖아."

건호가 짤막하게 답했다.

"그렇죠?"

"어."

"혹시나 해서 한번 말해봤어요."

이전보다 확실히 이나의 대답량이 늘었다. 그리고 답변이 돌아오는 속도도 이전에 비하면 현저하게 빨라졌다. 건호는 일단 그 점이 마음에 들어 픽 웃었다. 건호는 이나의 투명하고 커다란 눈동자를 보았다. 이나의 눈동자 안에 보이는 자신이 마음에 들었다. 지금 눈동자에 꽉 찬 자신의 모습처럼, 이나의 마음에도 자신이 꽉 들어찼으면 했다.

"내 직업 헷갈리지 마. 너 조폭이랑 사귀는 게 아니라 변호사랑 연애하는 거야."

"……."

"그러니까 해치는 일 없을 거고, 신변상 문제도 없을 거야."

"……."

"난 평화주의자야. 싸우는 게 싫어서 변호사가 된 거니까."

"그러니까 일단 여기에 사인을……."

이나가 다시금 종이를 내밀었다. 끝까지 자신의 앞을 가로막는 종이를 바라보며 건호가 한쪽 눈썹을 비스듬히 추켜올렸다. 연애를 하자마자 곧바로 다정한 관계가 되지 않을 거라곤 알았지만, 이렇게 계약부터 할 줄이야.

"이리 줘."

건호가 이나에게 손을 내밀었다. 건호의 마음이 바뀔세라 이나가 얼른 종이와 펜을 내밀었다.

"대신."

건호의 한마디에 이나가 긴장했다.

"조항 하나 추가해."

"네?"

"나도 꼭 명시했으면 하는 게 있거든."

건호가 여유롭게 펜의 뚜껑을 열면서 입꼬리를 길게 늘였다. 정중하고 다정한, 아주 살짝은 야해 보이기까지 하는 그 웃음에 이나는 마음이 흐물흐물 녹았다. 그사이에 건호는 종이에 조항 하나를 추가해 이나에게 내밀었다.

"이거면 돼."

"……."

"나머지 네가 원하는 모든 조항을 성실히 이행할 테니까 이것만 지켜."

건호가 종이를 든 채 청량한 미소를 지었다.

—윤이나는 1년 내로 유건호와 결혼을 한다.

"무슨 청혼을, 이렇게, 문서화로……."

이나가 떨떠름하게 끊어 물었다.

"사인해."

건호가 이나의 손에 펜을 쥐어주었다. 그는 티 없이 경건한 얼굴로 미소 짓고 있었다. 그러나 그의 저 미소 아래에 숨겨진 의미가 무섭다. 이나는 활짝 웃었다.

"하하. 이행 조건은 무슨. 연애는 역시 신뢰와 사랑으로 하는 거죠."

그러고는 계약서를 갈기갈기 찢었다.

19

자동차가 이나의 집 앞에 멈춰 섰다.

15분이면 올 길을, 약 한 시간 만에 돌아왔다. 귀가하던 중 건호는 시원하게 강이 보이는 도로 위로 들어섰다. 일부러 창문을 다 열고 속도를 조금 늦춰 달리는 건호를 보고서야 이것이 드라이브 겸 데이트라는 것을 알고는 픽 웃었다. 무뚝뚝하고 무심한데 생각 외로 이런 다정한 구석이 있었다. 익숙한 사람의 낯선 면을 발견하는 것, 그건 조금 설레는 일이었다.

"고맙습니다."

이나가 가볍게 목인사를 한 후 자동차에서 내리려고 할 때였다. 커다란 손이 이나의 손끝을 잡았다. 손끝으로 금세 뜨거운 피가 몰리는 기분에, 이나가 멍하니 건호를 바라보았다.

어둑한 거리 위로 붉은 가로등 빛이 쏟아져 내렸다. 그 빛이 건호의 얼굴을 부드럽게 그리고 있었다.

"이나야."

가로등 불빛에 촉촉하게 젖은 입술이 자신의 이름을 불렀다. 그 사소한 부름 한 번에 이나는 가슴이 덜컹하고 내려앉았다.

이런 게 연애인가. 무심히 있다가도 이름 부른 것 한 번에 가슴이 덜컹거리고, 단지 눈이 마주쳤다는 이유로 머릿속이 텅 비고, 손끝을 잡았을 뿐인데 피가 쏠리는 것. 모두가 이렇게 심장마비의 위험을 안고서 연애를 하는 건가. 한순간에 이렇게 변한 자신이 당혹스러웠다.

저절로 마른침을 꼴깍 삼킨 이나가 건호를 바라보았다. 건호의 검은 눈동자에 가로등의 주홍빛이 맺혔다. 그의 고요한 얼굴이 자동차 안의 분위기를 무겁게 내려앉혔다. 점점 산소가 사라지는 느낌이 들 때였다.

"원하면 언제든지 계약서 가지고 와."

"……."

"사인해 줄 용의가 있으니까."

"그럼 새로운 조항은……."

이나가 희미한 희망을 갖고서 물었다. 1년 내로 결혼한다는 그 조항은 어찌 되는지 궁금했다.

"필수로 넣어야지."

그러나 경건한 미소를 보이는 건호의 대답에 희망의 불씨가 꺼졌다. 이나는 대답 대신 떨떠름하게 웃었다. 사람 일은 어찌 될지 모르는데 덜컥 1년 내로 결혼을 약속했다간 무슨 봉변을 당할지 모른다. 지금은 건호와 진지하게 만남을 갖는 게 좋고, 결혼해도 될 것 같다는 생각이 들긴 하지만, 아직 확신하기엔 이르다.

생각을 고스란히 드러내는 이나의 얼굴을 보며 건호는 옅게 웃었다. 느리다. 보고 있는 자신이 숨이 막힐 만큼 이나의 속도는 느리지만, 그래도 자신과 같은 방향으로 걸어주는 것만으로도 다행스러운 일이었다. 건호가 잔뜩 굳은 이나의 손을 천천히 쓸었다.

놔주기 싫다.

그러나 자신의 이런 마음이 이나에게 부담이 될 거라는 걸 알고 있다.

"긴장하지 마. 무서워하지도 말고. 사인하지 않아도 네가 말한 그 조항은 지키는 게 당연하니까."

"……."

"가봐."

건호의 말에 이나가 문을 열고 내렸다. 차 문을 닫으려던 이나는 잠시 머뭇거리다가 고개를 숙였다. 건호와 눈이 마주쳤다. 잠시 눈을 데굴데굴 굴리던 이나가 말을 꺼냈다.

"이젠 안 무서워요."

"……."

"솔직히 말하면 조금 무섭긴 한데, 그것보단 같이 있으면 이젠 편해요. 그렇다고 만만하거나 아주 편한 건 아니고요. 그러니까…… 제 말은……."

말을 할수록 수습이 되지 않는다. 감정은 점점 더 수렁에 빠져들었다. 이 감정을 전달해 주고 싶은데, 표현할 만한 명확한 표현이 떠오르지 않는다. 이럴 줄 알았으면 독서를 좀 더 많이 할 걸 그랬다.

"집에 가면 보고 싶을 거야, 윤이나."

핸들에 한 손을 걸친 건호가 툭 하고 말을 던졌다. 그 말에 이나의 입이 자그맣게 벌어졌다. 건호는 선선한 미소를 지었다.

"아주 많이, 보고 싶을 거야."

그가 제대로 들은 것이 맞다고 확인시켜 주듯 한 번 더 말했다. 잠시 멍하게 있던 이나의 입술이 자그맣게 벌어졌다. 건호의 말을 듣고서야 알았다. 자신도 저 말이 하고 싶었다는 것을.

무섭고 편하고를 떠나서 보고 싶다는 것.

"저도요."

이나가 대답한 후, 만개한 꽃처럼 환하게 웃었다. 그런 이나를 건호가 숨 막히게 사랑스럽다는 눈으로 바라보았다.

좋아한다는 고백보다 더 설레는 말이 보고 싶다는 것 아닐까.

이나는 난생처음으로 온 마음이 간지러운 느낌이 들었다. 건호가 온 마음을 다한 고백을 했다는 걸 알아서일지도 모른다. 이나가 붉어진 뺨을 감싸 쥔 채 방으로 들어가다가 깜짝 놀라 멈춰 섰다. 2층 거실을 설준과 하정이 점령하고 있었다.

"왔어?"

"왔구나."

두 사람이 이나에게 아는 척을 했다.

"응. 뭐 해? 여기서? 요즘 두 사람 자주 붙어 있네?"

이나가 하정과 설준을 번갈아 보며 물었다.

"어쩌다 보니 그렇게 됐네."
덤덤하게 답하는 하정과 달리 설준은 크게 당황했다.
"그, 그, 그럴 수도 있지."
"입에 렉 걸린 걸 보니 더 수상한데."
이나가 설준을 빤히 쳐다보았다. 그러자 크게 당황한 설준이 조마조마한 얼굴로 이나를 보았다. 다른 건 다 잘해도 사람 감정 알아채는 게 느린 이나가 알아챌 리가 없을 텐데……. 만약 이나가 하정을 향한 자신의 마음을 눈치챘다면, 하정 또한 알아챘을 확률이 높았다. 어쩌지. 설준이 이런저런 생각을 하는데 이나가 심드렁하게 대답했다.
"두 사람 친해졌구나? 남매 같아 보이고 좋다."
싱긋 웃는 이나를 보며 설준은 안도와 함께 바보인가 의심스러웠다. 자신의 반응을 보면 충분히 알 텐데, 어쩜 눈치가 저렇게 없는지.
"이 술상은 뭐야?"
이나가 테이블 위에 가득한 과자, 맥주, 소주, 건어물을 보며 물었다. 그러자 하정이 무릎을 치며 진지하게 말했다.
"설준이한테 들었어. 요즘 네 상태가 오락가락한다며? 물 마시다가 웃고, 하늘 보다가 멍 때리고, 갑자기 입술을 틀어막고서 주저앉고……. 그 모습을 보고 설준이가 고민 많이 했다더라. 112에 신고를 해야 할지, 119에 신고를 해야 할지. 하아, 그래. 너도 쉽지 않았겠지. 건호 오빠를 거절하는 게 힘들었을 거야. 아무리 무서워서 연애를 한다지만 쌓인 정도 있을 테고……."
말을 잇던 하정은 비통한 얼굴로 고개를 숙였다. 하정의 말에 설준이 바통을 이었다.

"그래서 누나를 위한 서프라이즈 술상이야. 함께 술 마시고 훌훌 털어내자는 거지. 이름하여 윤이나가 유건호의 청혼을 거절한 기록적인 날!"

이나는 눈을 깜빡거리며 두 사람을 보았다. 그러고 보니 두 사람에게 어떻게 말해야 할지 몰라 여태껏 비밀로 해두고 있었다. 이 자리를 빌어 이야기를 해야겠다는 생각이 들어서 이나가 수긍하려던 차였다.

"이게 무슨 소리야?"

등 뒤에서 한기가 훅 몰려왔다. 이나는 뒷덜미에 솜털이 곤두서는 것을 느끼며 홱 돌아섰다. 그곳에는 며칠 동안 밤잠을 설쳐 퀭한 몰골의 공헌이 계단을 올라오고 있었다.

"오빠, 오랜만이야."

이나가 어색하게 웃으며 말을 붙였다. 그러나 공헌의 칼바람 기세는 꺾일 줄 몰랐다.

"너, 정말이야?"

"으, 응?"

"네가 감히 건호 형님의 청혼을 거절했다는 거냐?"

감히 비루한 너 따위가 그런 짓을 했다면 가만있지 않겠다는 기세를 풍기는 공헌을 보며 이나는 마른침을 꼴깍 삼켰다. 유건호는 이 인간한테 약을 먹였나, 왜 이렇게 복종하는지 모르겠다. 하정과 설준도 생각지 못한 상황이 벌어지자 크게 당황해서 눈을 데굴데굴 굴렸다.

"오빠, 그게……."

이나가 손을 들어 일단 진정하라는 제스처를 취했다. 그러나 이미 눈이 멀고 귀가 먹은 공헌은 어금니를 깨문 채 중얼거렸다.

"건호 형님이 널 거절하는 게 아니라, 아무것도 이루지 못한 변변찮은 네가 건호 형님을……."

공헌의 눈빛이 살기로 일렁거렸다. 이나가 서둘러 손을 들었다.

"오빠, 잠시만. 내 말 좀 들어봐. 그리고 이런 경우엔 여동생 편을 들어야 하잖아."

"여동생이 잘못된 길로 가면 바로잡아 주는 게 오빠의 역할이지. 네가 건호 형님의 이름에 먹칠을 했단 말이지? 네가 부족한 걸 알고 감싸주려는 형님의 뜻을 감사하게 받들지 못할망정, 뭐? 거절을 해? 솔직히 말해봐. 네가 거절당한 거지? 네가 건호 형님에게 그릇된 행실을 보여서 거절당한 거 아니냔 말이다!"

감정에 취한 공헌이 버럭 소리쳤다. 마른 들판에 산불 번지듯이 공헌의 분노가 걷잡을 수 없이 커져 가기 시작했다. 이나는 놀라고 기가 막힌 얼굴로 공헌을 바라보았다. 문득 자신의 주변엔 왜 이리 정상적인 사람이 없나 서글퍼졌다.

"아니야."

그때 공헌의 등 뒤로 딱딱한 목소리가 들렸다. 공헌은 자신의 말을 방해한 사람을 찾으러 몸을 홱 돌렸다가 멈칫했다. 건호가 계단을 올라오고 있었다.

"건호 형님."

공헌의 말에 소파에 앉아 있던 하정과 설준이 기립했다. 이나도 멍한 얼굴로 건호를 보았다. 이 순간만큼은 구세주가 따로 없었다. 미쳐 가는 공헌의 고삐를 쥘 수 있는 유일한 남자였으니까.

"어쩐 일로 오셨어요?"

공헌은 언제 화냈냐는 듯 차분하게 건호에게 물었다.

"이나가 휴대폰을 놓고 가서. 주고 가려는데 어머님이 온 김에 이나를 보고 가라시더군. 그러던 중에 큰 소리가 나길래 올라와 봤어."

계단을 모두 오른 건호는 2층 거실에 준비된 술상을 흘깃 보았다. 그는 바지주머니에 손을 넣으며 물었다.

"술 마시려고?"

"네? 아, 네."

설준이 떨떠름하게 답했다.

"이렇게 모이기도 힘들 텐데, 술 한잔하면서 이야기할까?"

이나가 진심이냐는 표정으로 건호를 쳐다보았다. 뒤이어 시선을 공헌에게로 옮겼다. 며칠 만에 겨우 받은 오프(Off)로 공헌은 당장 침대로 실어 옮겨야 할 것 같은 몰골을 하고 있었다.

"저야 늘 환영입니다, 형님."

다크서클이 턱 끝까지 내려온 채로 공헌이 답했다. 건호의 시선이 하정과 설준에게 향했다. 둘은 거절 따위 모르는 사람들처럼 허겁지겁 고개를 끄덕였다. 특히나 지은 죄가 많은 하정은 더욱 그랬다.

건호가 자연스럽게 2층 거실 소파에 자리를 잡고 앉았다. 설준과 이나는 자신의 방에서 의자를 끌고 나왔다. 이나가 자연스럽게 자신의 화장대 의자에 앉았다.

"뭐 해?"

건호가 불쑥 물었다.

"네?"

"여기로 와야지."

건호가 자신의 옆자리를 가리켰다. 동시에 공헌, 설준, 하정의 시선이 한 번에 이나를 향했다. 이나는 어색하게 웃으며 건호의 옆자리에 앉았다. 건호가 모두에게 종이컵을 죽 돌렸다. 자연스럽게 설준과 하정이 안주 봉지를 뜯고, 공헌이 술병을 땄다. 순식간에 술상이 완성되었다. 사람들은 모두 취향에 맞게 술을 따른 술잔을 쥐고 있었다. 건호가 셋을 바라보며 말문을 열었다.

"아직 이나가 말을 안 한 것 같으니 내가 말할게. 우리, 진지하게 만나는 중이야."

"쿨럭."

"예?"

건호의 말이 마치기가 무섭게 반응이 쏟아졌다. 설준은 기침을 했고, 하정은 제 귀를 의심했으며, 공헌은 눈을 크게 부릅떴다.

"중간에 여러 과정이 있긴 했지만 결론은 만나고 있다는 거야. 그러니까 이제 쓸데없는 오해는 그만했으면 해."

정중한 건호의 말에, 세 사람의 시선이 한 번에 이나에게로 쏠렸다. 건호의 말이 사실임을 확인해 달라는 얼굴이었다. 이나는 느릿하지만 단호하게 고개를 끄덕였다.

"그렇게 됐어."

"이나야, 정말이야?"

공헌이 건호의 왼쪽에 앉아 있는 이나를 보며 진지하게 물었다. 이나는 다시 한 번 고개를 끄덕였다.

"응, 오빠. 쿨럭, 쿨럭."

이나가 대답을 하다 말고 기침을 하자 공헌이 얼굴을 찌푸렸다.
“칠칠맞지 못하긴. 대답 하나도 제대로 못 하고.”
모든 일에 완벽을 기하는 공헌은 대답도 제대로 못 하는 이나가 마음에 안 든다는 듯 혀를 끌끌 찼다. 이나는 공헌의 구박이 익숙한 듯 고개를 반대편으로 돌렸다. 분위기가 싸해졌다. 동시에 건호의 차가운 시선이 공헌을 향했다.
“공헌아.”
건호가 공헌을 나지막한 목소리로 불렀다. 공헌이 반사적으로 즉각 대답했다.
“네, 형님.”
“이나가 너의 여동생이라 어려 보이는 건 이해하지만, 이제 성인이야.”
“…….”
“다 큰 성인을 구박하는 건 보기 좋지 않군.”
정중하게 포장하고 있었으나, 알맹이만 보자면 ‘내 여자친구를 막 대하는 건 삼가라.’ 라는 것이 말의 요지였다. 공헌은 멋쩍은 얼굴로 시선을 돌렸다. 건호가 하는 말은 ‘건호 가라사대’ 라고 여길 만큼 따르는 공헌이었기에, ‘알겠습니다, 형님.’ 이라고 순순히 대답했다. 그 광경을 목격한 설준은 감탄했다.
윤공헌 까임 방지권을 획득하다니.
설준은 처음으로 유건호라는 엄청난 뒷배를 둔 이나가 부러웠다.

술자리는 생각보다 빨리 끝났다. 평소 청초한 주량을 자랑하는 공헌은 피로까지 겹해져 소주 한 모금을 마시고 그대로 소파 위로 쓰러졌다. 술 취한 공헌을 데리고 방으로 가던 중 설준이 어깨를 삐끗한 것 같다며 통증을 호소했고, 그러는 와중에 건호도 밀린 업무가 있다며 집으로 돌아간 것이었다. 하정은 남은 술과 안주를 싸들고 이나의 방으로 들이닥쳤다. 그러고는 아주 자연스럽게 방바닥에 술상을 깔았다.

"진짜야? 정말로 건호 오빠랑 사귀기로 했어?"

하정이 과자를 주워 먹으며 대뜸 물었다. 이나는 외투를 의자 위에 걸친 후 바닥에 앉으며 답했다.

"응."

"약점 잡혔어?"

"아니."

"협박당했니?"

"아니. 그냥…… 좋아서."

이나가 우물쭈물거리며 대답하자 하정의 입이 쩍 벌어졌다.

"놀랍다! 정말!"

"나도 놀랐어."

이나가 덤덤하게 대답했다.

"스톡홀름 증후군 같은 건가? 날 납치한 남자를 사랑하게 되는 것처럼, 거짓 연애를 하던 남자를 자신도 모르게 사랑하게 되는 거지!"

"그건 아니고."

이나가 멀리 가지 말라는 듯 손을 들어 막았다. 그러자 하정이 아랫입술을 삐쭉거렸다.

"그거 말고는 네가 건호 오빠를 좋아할 이유가 없잖아."

"이유야 많지."

이나가 작게 중얼거렸다. 생각보다 건호는 자상했고, 생각보다 건호가 자신을 많이 좋아해 주고 있었다. 돌이켜보면 여러모로 좋은 남자였다. 더군다나 객관적으로 놓고 봤을 때 그런 외형을 가진 남자는 어디 가서 다시 구하기도 힘들었다. 그중, 단연 자신의 마음을 움직인 것은 어린 시절의 사건이었다. 이나가 잠시 고민하다가 말문을 열었다.

"예전에 나한테 들은 기억나지? 나 일곱 살 때 공사장에서 주형 오빠가 구해줬다고."

"응, 그랬지."

하정은 기억난다는 듯 고개를 끄덕였다. 당시 일곱 살이던 하정은 바쁜 부모님 때문에 외갓집에서 자랐기 때문에 다 큰 후에 들을 수 있었다.

"사실은 건호 오빠래."

이나의 말에 하정이 눈을 크게 부릅떴다.

"뭐? 그게 말이 돼?"

"말이 안 되지? 나도 그런 줄 알았는데, 주형 오빠 어깨에 상처가 없더라."

"상처야 나을 수도…… 맞다. 맞네!"

말도 안 된다는 듯 따져 물으려던 하정은 불현듯 무언가가 기억난 듯 손바닥을 짝 소리 나게 쳤다.

"그러고 보니까 건호 오빠 어깨에 상처 있어. 그때 꽤 큰 수술을 했다고 했거든. 다행히 과도한 운동을 하지 않는 선에서 사용 가능하다고 해서, 아버지가 안심했었어. 의사 시켜도 될 것 같다고."

"……그랬어?"

하정의 말에 이나는 마음이 묵직해지는 걸 느꼈다. 평소라면 눈치껏 입을 다물었을 하정은 알딸딸한 정신에 하지 않아도 될 말까지 줄줄이 이었다.

"어. 나도 그땐 외갓집에서 클 때라 보진 못했고 다 큰 후에 들었어. 그때 교내 야구부에 가입하려다가 어깨를 다치는 바람에 관뒀다고 하더라고. 교내 에이스네 뭐네 한창 말이 많았었는데 야구부 코치가 크게 실망했다고도 했고. 그게 그때였나 보다! 나는 당연히 네 말만 듣고 주형이 오빠인 줄 알았더니……."

하정이 중얼거리는 말에 이나가 잠시 침묵했다. 그사이 하정은 떠벌떠벌 무언가를 이야기하다가 이내 잠이 온다며 자신의 침대로 올라갔다. 얼마 되지 않아 깊은 숨소리를 내며 잠든 하정을 보며 이나는 픽 웃었다. 정말 속 편하게 자는구나, 싶었다. 누가 저런 애를 보고 천재 작곡가라고 하겠는가. 이나는 바닥에 너저분하게 늘어진 쓰레기들을 치우다가 손에 힘이 빠져 팔을 축 늘어뜨렸다.

"야구를 했었구나……."

몰랐던 일이다. 이나는 어린 시절 자신을 구해준 건호에게 마냥 고마움만 느끼고 있었다. 그런데 이젠 죄책감까지 더해졌다. 자신을 구함으로써 건호는 야구를 할 수 있는 기회를 박탈당했다. 자신은 손등에 흉터 남는 것만 해도 하루에 몇 번씩 가슴 무너지게 힘든데, 그는 어땠을까.

그래서 어린 시절 자신만 보면 노려봤던 걸까. 그런 거라면 이

해가 간다. 그렇다면 자신이 아주 미울 텐데 언제 좋아하게 된 걸까. 궁금증이 보글보글 끓어 넘쳤다.

이나는 주머니에서 휴대폰을 꺼냈다. 수신 필수. 그 번호 위에서 머뭇거리던 이나가 꾹 눌렀다. 이윽고 액정 위로 [발신 중] 메시지가 떴다.

[어.]

신호음이 몇 번 가지 않아 건호가 대답했다. 이나는 몸을 일으켜 창가 쪽으로 다가갔다. 문을 살짝 열자 청량한 초여름 바람이 물씬 밀려들었다. 이나는 숨을 깊이 들이마시며 멀리 있는 밤하늘을 보았다. 밤하늘 저편을 수많은 별들이 수놓고 있었다.

"오빠."

[어.]

기분이 좋은지 평소보다 건호의 목소리가 조금 더 밝았다. 이나는 건호와 통화를 하면 다 물어볼 생각이었다. 어깨를 다친 후에 많이 힘들었는지, 야구를 다시 하고 싶진 않은지, 왜 그때 비밀로 했던 건지 등등……. 그러나 이나는 차마 묻지 못했다. 자신의 물음이 혹여 건호의 아픈 기억을 들쑤시게 되는 것일까 봐.

[무슨 일 있어?]

아무 말 없는 이나에게 건호가 물었다. 이나는 옅게 웃었다. 무슨 일이 생기면 무엇이라도 다 해줄 것 같은 건호의 목소리를 듣고 있자니 든든했다. 자신의 눈을 막고, 자신의 귀를 가리고 있던 두려움의 막을 걷어내자 비로소 느껴졌다. 건호가 자신을 얼마나 챙기고 있는지, 또 사랑하고 있는지까지도. 이렇게 벅차게 사랑받으면서, 건호의 사랑을 의심한 스스로가 어리석었다.

이나가 창틀에 팔을 대고서 몸을 구부정하게 굽혔다.

"오빠."

[어.]

오빠라는 소리가 좋은지 건호의 목소리에 웃음이 실려 있었다. 이나도 뒤따라 빙긋 미소 지으며 말을 꺼냈다.

"지금부터 제가 하는 말 잘 들어요."

[그래, 해봐.]

건호의 웃음 섞인 대답에 이나가 깊게 숨을 들이마시며 입술을 열었다.

"오빠가 들으면 웃을 만큼 아주 사소한 일인데요. 저한텐 스무 살 때부터 지금껏 꼭 이루고 싶은 꿈이 있어요. 무척 사랑하는 남자가 생기면 함께 손을 잡고 시장을 보러 가는 거예요. 마트도 좋고, 재래시장도 좋고요. 큰 곳에 가서 두루두루 둘러보면서 서로에게 필요한 물건을 사고, 사랑하는 사람이 먹고 싶어 하는 음식을 하기 위해 장을 보는 거요. 사소하지만 꼭 사랑하는 사람과 이루고 싶어서 그 누구와도 해본 적 없어요."

그 말을 마친 이나가 잠시 숨을 골랐다.

"그러니까요, 제가 하고 싶은 말은……."

[…….]

"내일 같이 장 보러 가지 않을래요?"

사랑한다, 라는 말이 어색하고 낯설어서 이나는 한참이나 돌려 말했다. 그리고 눈치 빠른 건호는 그 말을 알아들었는지 잠시 아무 말도 하지 않았다. 이나는 휴대폰 너머로 들리는 건호의 숨소리를 들으며 눈을 감았다. 한참 돌려 말했는데도 부끄럽다. 그러면서도 피식 하고 웃음이 나는 건 왜인지 모르겠다. 이런저런 감정에 취해 흔들거리고 있는 사이, 건호가 웃음기 섞인 나지막한 목소리로 말했다.

[그래. 백 번이든 천 번이든 함께 가자.]

20

이나는 적어도 일주일에 두 번, 많게는 일곱 번까지 시장을 보러 다녔다. 다양한 음식 재료를 구해야 해서 때때로 아주 먼 지역까지 시장을 가곤 했다. 그 때문에 시장 보러 가는 건 숨을 쉬는 것만큼이나 자연스러운 일이었다. 그러나 오늘처럼 시장 보는 일이 어색하긴 처음이었다.

이나는 고추를 보다 말고 고개를 슬쩍 돌려 옆에 선 건호를 보았다. 건호는 무심한 얼굴로 채소를 들여다보고 있었다. 남 일처럼 뒷짐 지고 있을 줄 알았더니 꽤 심각한 표정으로 함께하고 있었다.

"이거면 돼?"

건호가 고추가 한가득 든 봉지를 들며 물었다.

"네."

사실 혼자 쓰기엔 양이 많지만, 이나는 기꺼이 자신이 들고 있던 고추를 내려놓았다. 건호는 자연스럽게 카터 안에 고추 한 봉지를 넣었다. 그러고는 꽤 신기한지 아까부터 둘러보았다.

“마트에 온 건 처음이에요?”

“어. 올 일이 없으니까.”

“대학생 때 MT를 간다거나 친구들이랑 여행 갈 때 마트에 한 번씩 오잖아요.”

“그럴 시간 없었어. 공부하는 게 바빠서. 간다고 해도 보통은 다른 사람 시켰고.”

“아아.”

잠시 잊고 있었다. 그는 평범한 자신의 삶과 다른 궤도의 삶을 살고 있었다는 것을.

“다음엔 뭘 사야 해?”

건호가 묻자, 이나가 손에 쥐고 있던 메모지를 들었다.

“소고기 안심이요. 스테이크 할 거예요.”

이나는 자연스럽게 정육코너로 향했다. 이나와 걸음 속도를 맞추며 건호가 물었다.

“와본 곳인가?”

둘러보지도 않고 곧장 길을 찾는 이나가 건호는 신기했다.

“아뇨. 대부분 마트의 위치는 비슷해요. 안쪽에 정육코너, 그 옆에 가공조리, 그 바로 옆에 수산물. 나머지 배열도 비슷해서 이젠 곧잘 찾아요.”

이나의 대답에 건호는 느릿하게 고개를 끄덕였다. 이나는 사람들 틈바구니 속에서 자신의 길을 잘 찾아갔다. 그런 이나의 뒷모습을 건호가 물끄러미 바라보았다. 자그마한 고개가 여기저기 둘러보느라 바빴다. 그 모습을 바라보는 것만으로도 건호의 눈빛이 나른하게 늘어졌다.

"내일 같이 장 보러 가지 않을래요?"

어젯밤 휴대폰 너머로 들려오는 목소리에 건호는 잠시 말문이 막혔다. 그 어떤 고백보다 사사롭지만, 또 그 어떤 고백보다 무게 있는 고백이었다. 자신의 삶을 공유하길 원한다는 그 고백에 건호는 손으로 입가를 쓸었다. 간절히 원하던 것을 잡은 것처럼 들뜨기까지 했다.

"여기예요!"

이나가 손을 들며 방긋 웃었다. 건호가 카트를 밀며 다가가자, 이나가 신난 표정으로 말했다.

"곧바로 고기를 잡는 정육점에서만 고기를 사서 마트 고기가 괜찮을까 걱정했거든요. 그런데 다행히 고기가 신선해요. 오늘 맛있는 스테이크를 해줄 수 있을 것 같아요."

그러면서 이나는 정육코너에 진열된 한우를 살폈다. 이제 이나는 자신이 먼저 묻지 않아도 곧잘 말했고, 때때론 무언가 생각나면 조잘거리며 떠들기도 했다. 그 모습이 건호의 눈엔 더할 나위 없이 사랑스러웠다.

"이렇게 주세요."

이나가 웃으며 한우 몇 팩을 내밀자, 나이 든 여직원이 받아 들며 이나와 건호를 번갈아 보았다.

"커플이시죠?"

"네? 아…… 네."

이나가 건호를 힐끗 보더니 멋쩍은 얼굴로 웃었다.

"잘 어울려서요. 보기 드문 선남선녀예요."

"아, 감사합니다."

이나가 부끄러운 듯 손으로 입술을 가렸다. 그러다 여직원의 시선이 손등으로 닿는 것을 느낀 이나가 얼른 손을 등 뒤로 감추었다. 오늘부터 붕대를 풀고 다니게 됐다는 걸 잠시 잊었다.

여직원도 아차 했는지 시선을 얼른 아래로 돌렸다. 방금 전까지 화기애애하던 분위기가 차갑게 식었다. 여직원이 어색하게 한우가 든 비닐봉지를 내밀었다. 이나가 머뭇거리며 손을 뻗으려는 찰나, 건호가 먼저 손을 뻗었다. 건호가 비닐봉지를 카터 안에 넣자, 직원이 '감사합니다.' 라고 말했다. 이나는 자신을 대신해서 움직여 준 건호를 물끄러미 보다가 눈이 마주쳤다. 입꼬리를 끌어 올리며 웃은 후 이나는 메모지로 시선을 돌렸다.

"그다음엔 와인을 사러……."

어색한 침묵이 이어지는 것이 싫어 메모지를 읽던 이나가 말을 멈췄다. 왼손이 무거웠다. 이나는 천천히 시선을 아래로 내렸다. 건호가 자신의 손에 깍지를 끼고 있었다.

단지 손만 잡았을 뿐인데 온 마음이 먹먹해졌다. 건호가 맞잡은 손을 카터 손잡이에 올렸다. 손등이 부끄러워서 카터에 손을 대지 못하고 있던 차였다. 그런 자신의 마음을 알아채기라도 한 것처럼 건호가 행동했다. 이나는 자신의 손을 감싸 쥔 건호의 큰 손을 바라보았다. 휘어진 곳 없이 곧고 부드러운 손이었다.

"부럽네요."

이나는 자신도 모르게 제 마음을 뱉고야 말았다. 건호가 와인코너로 카터를 끌며 이나를 흘깃 보았다.

"부러워할 거 없어."

건호의 대답에 이나가 한숨을 내쉴 때였다.

"내 손도 네 손이니까."

"……."

여전히 앞에 시선을 둔 채 말하는 건호를 바라보던 이나가 시선을 앞으로 돌렸다. 건호가 무심하게 이런 말을 할 때면, 가슴에서 몽글몽글 낯선 감정이 피어올랐다. 기꺼이 자신의 손이 되어주겠다고 하는 남자를 어떻게 사랑하지 않을 수 있을까. 건호의 길고 곧은 손가락 사이로 자신의 흉터가 더는 보이지 않았다.

시장을 보고 집으로 돌아오는 길이었다. 갑작스럽게 여름 소나기가 쏟아졌다. 자동차에서 짐을 꺼내는 찰나에 지상주차장으로 치고 들어온 빗방울로 건호의 등은 흠뻑 젖어 있었다. 오피스텔에 들어서자마자 이나는 빠르게 마른 수건을 건호에게 내밀었다.

"어쩌죠. 갈아입을 옷도 없고……."

이나가 난처한 얼굴로 뺨을 긁적거렸다.

"반팔 티셔츠는 있어. 야근할 때를 대비해서 차에 실어두거든. 가지고 왔어."

건호가 마른 수건으로 뒷목을 닦으며 말했다. 어차피 바지는 괜찮고, 등만 흠뻑 젖은 상태였다. 건호가 옷을 갈아입겠다며 자신의 가방에서 반팔 티셔츠를 챙겨 욕실로 들어섰다. 그동안 이나는 시장 봐온 것들을 풀었다.

어젯밤 어떤 음식을 좋아하냐는 이나의 물음에 건호는 '하고 싶은 요리를 해.' 라고 대답했다. 그리하여 이나는 간단하면서 분위기 좋은 스테이크로 결정을 내렸다. 스테이크를 먹을 때 함께 곁들 와인도 구매했다. 다른 커플들을 위해 요리한 적은 있어도, 자신의 커플을 위해 이런 요리를 하는 것은 처음이라 이나가 머쓱하게 웃었다. 조금 부끄럽기도 해서 이나는 스테이크용 고기를 보다가 벽을 손바닥으로 치며 '부끄러워!' 라고 중얼거렸다.

"뭐 해?"

"네?"

갑자기 들리는 소리에 고개를 들어보니 옷을 갈아입은 건호가 그녀를 물끄러미 바라보고 있었다.

"아니요."

이나가 자리에서 벌떡 일어났다. 저 남자는 은근히 타이밍을 못 맞춘다. 이나는 괜히 남 탓을 하며 마저 요리를 준비했다. 이나가 사용할 식기류를 내려 씻을 때였다. 등 뒤로 다가오는 인기척이 느껴졌다.

"도와줄 건?"

"괜찮아요. 앉아 있어요."

이나의 권유에도 건호는 냉장고에 기대서서 이나가 하는 양을 바라보고 있었다. 이나는 다시금 손등이 화끈거리는 것을 느꼈다. 인식하고 싶지 않아도, 다른 사람들이 자신을 쳐다볼 때면 손등을 보는 게 아닌가 지레 걱정되었다. 이나가 일부러 손을 물줄기 아래에 깊숙이 넣어 가렸다.

상처의 가장 큰 문제는 고통이 아니라 흉터라는 누군가의 말이 절대적으로 공감되는 순간이었다.

"손등, 흉하죠?"

결국 이나가 웃으며 먼저 이실직고했다. 깨끗하게 씻기는 식기류를 바라보던 건호가 고개를 들어 이나와 눈을 마주했다.

"아니."

"그렇게 말해주니까 고맙네요."

이나가 예의상이라도 그렇게 말해줘서 고맙다는 듯 웃었다.

"아팠겠다…… 이렇게 생각하고 있었어."

그의 말에 이나는 허를 찔린 표정을 지었다.

"흉하지 않으니까, 상처를 부끄럽게 생각하지 마."

이나가 거짓말하지 말라는 듯 쳐다보았으나, 진심이라는 것을 증명하듯 그의 눈동자는 고요했다. 이나는 잠시 설거지하던 것을 멈추고 건호를 물끄러미 바라보았다. 건호는 차분한 표정으로 말을 이었다.

"네 손등은 도자기가 아니야. 그러니까 내 말은 흉터가 생겼다고 해서 손의 가치가 달라지는 건 아니라는 거야."

건호의 조용하게 읊조리는 말이 이나의 가슴에 콱 와 박혔다. 이따금씩 건호는 이런 식으로 자신을 놀라게 만들었다. 마치 자신을 꿰뚫어 본 사람처럼, 날카로운 한마디를 던져 자신의 방황을 잠재우곤 했다.

건호가 손을 뻗어 이나의 젖은 손을 감싸 쥐었다. 손등을 가득

채운 화상 자국을 건호가 바라보다가 엄지손가락으로 그녀의 손등을 쓸었다.

건호는 우둘투둘하게 변한 이나의 손등을 처음 보았을 때를 떠올렸다. 지독하게 아팠을 이나가 걱정스럽고, 대상을 알 수 없는 분노가 치밀어올라서 잠시 표정 관리를 할 수가 없었다. 다만 건호는 억지로 평정을 유지하며 이나에게 내색하지 않았다. 자신이 화를 내면 이나는 상처를 받는다. 건호는 자신이 할 수 있는 한 이나를 덜 다치게 하고 싶었다.

"다른 사람들이 괴롭히면 말해."

건호가 천천히 이나의 손등을 쓸며 말했다.

"고소하시게요?"

"어."

"승소할 리가 없잖아요."

법쪽 문외한인 이나도 건호가 그런 법적 소송까지 이길 수 있다고 생각하지 않았다. 아무리 법이 변호사의 능력에 따라 좌우된다고 하더라도 한계가 있는 법이었다.

"괴롭히는 건 가능하니까."

"……."

"고소는 승소하려고 하기도 하지만, 괴롭히는 용도로 사용되기도 해."

건호가 나른하게 웃으며 말했다. 이나는 새삼 건호를 바라보며 생각했다. 이 남자가 자신의 적이 아니라서 천만다행이라고. 이제는 이 남자가 굳이 검사를 때려치우고 변호사가 된 이유를 이제 조금은 알 것 같기도 했다. 과묵하고, 신중하며, 능력이 출중하지만 가끔 그는 이렇게 못될 때가 있었다. 자신의 못된 성격을 활용하기엔 변호사라는 직업이 더 나았을 거다.

그래도 고마웠다. 때때로 나오는 그의 못된 성격이 자신을 보호하기 위해서 발휘된다는 것을 잘 알기 때문에. 이것이 이 남자의 연애고, 이 남자 스타일의 다정함이라는 걸 이제는 알겠다.

더불어 자신이 그의 스타일에 적응이 되어가는 것도.

식사 준비를 마친 후 간이 식탁에 나란히 마주 앉았다. 은은한 분위기를 조성하려고 촛대에 불을 켰고, 그 앞엔 여느 레스토랑에 버금가는 맛깔스러운 스테이크와 와인이 자리하고 있었다. 간단히 느끼함을 막아줄 피클과 상큼한 소스로 버무려 놓은 샐러드를 곁들였다.

건호는 이나가 차려놓은 식탁을 한참이나 눈으로 바라보았다. 건호는 무표정했으나, 그 누구보다 좋아하고 있다는 것을 이나는 알아챘다.

자신이 차려준 식사를 맛있게 먹는 그의 모습을 지켜보면서 이나는 문득 매일 저녁 이렇게 식사할 수 있었으면 좋겠다는 생각이 들었다. 그럼 결혼을 해야 할 텐데. 그와의 결혼이라……. 잠시 생각을 하는데 건호와 눈이 마주쳤다.

"맛있다."

그의 진심 어린 말에 이나의 입술이 길게 늘어났다. 순간 그와의 결혼도 꽤 괜찮을 것 같다는 생각이 들었다. 여태껏 누렸던 행복과는 조금 다른 설렘 가득한 행복을 누리게 될 것 같았다.

"오빠."

이나가 조심스럽게 건호를 불렀다. 식사를 하던 건호가 눈만 들어 올려 이나를 보았다. 건호의 얼굴이 붉은 촛불에 의해 은은하게 빛났다. 역시 관상용 남자. 이나는 속으로 감탄하며 입을 열었다.

"어깨는 괜찮아요?"

"어깨?"

무슨 소리냐는 듯 건호가 물었다.

"공사장 사고요."

이나의 말에 건호가 꽤 놀란 얼굴로 바라보았다.

"어떻게 알았어?"

"주형이 오빠한테 들었어요. 얼마 전에 주형이 오빠의 맨 어깨를 본 적 있거든요."

"맨 어깨?"

건호의 반듯한 미간이 단박에 구겨졌다.

아아, 실수했다.

방금 전까지 아련한 꽃밭이던 분위기가 나락으로 떨어졌다. 이나가 황급히 손을 내저었다.

"아뇨. 그러니까 주형 오빠가 비를 맞아서 우리 집에서 씻은 적이 있거든요."

"씻어?"

짤막하게 묻는 건호의 기세가 흉흉했다.

"그러니까, 간단히 샤워를 하고 나오다가 마주쳤는데……."

"샤워?"

이 남자야! 그런 말만 골라 듣지 마!

이나가 속으로 소리쳤다. 지옥으로 굴러떨어지려는 분위기를 막기 위해 이나가 숨을 깊게 들이마셨다. 그리고 랩퍼로 빙의되어 속사포로 말을 늘어놓기 시작했다.

"샤워하고 나오던 주형 오빠와 아주 우연히, 전혀 생각지 못하게, 공교롭게 마주쳤어요. 그러다 공헌 오빠 방으로 들어가는 주형 오빠의 어깨를 봤는데 흉터가 없는 걸 발견하곤, 공사장 일을 물었어요. 그때 주형 오빠로부터 그날의 사고 당사자가 오빠라는 말을 들었어요. 물론 오빠가 생각하는 좋지 않은 일은 눈곱만큼도 없었을뿐더러, 그 자리에는 공헌 오빠까지 있었으니 안심하셔도 됩니다. 그리고 미리 말해두자면, 저는 이제 주형 오빠에 대한 관심이 눈곱만큼도 없어요."

이나가 끼어들지 말라는 듯 숨도 쉬지 않고 다다다 말을 뱉었다. 그래도 여전히 건호의 날 선 기세는 쉽게 사그라들지 않았다. 그런 건호를 진지하게 쳐다보며 이나가 말했다.

"가족끼리 소장이 오고 가는 일은 지양해야 한다고 생각합니다. 예를 들어 풍기문란죄, 혹은 성추행이라던가…… 그런 죄목은 수치스러우니까……."

"영특하네."

찍었는데, 맞았다. 건호가 실제로 그런 생각을 하고 있을 줄이야. 이나의 얼굴이 오랜만에 희게 질렸다. 그런 이나를 보면서 건호가 아쉽다는 듯 말했다.

"어차피 못 해, 우리 가족 전담 변호사가 나라서."

건호가 피곤하다는 표정을 노골적으로 지어 보였다. 이나는 숨을 깊게 들이마셨다.

"그것참 다행이네요."

"그런데 방금 한 말 진심이야?"

"어떤 말을 말하는 건지……."

뱉은 말이 하도 많아서 어떤 말을 말하는 건지 모르겠다는 듯 이나가 건호에게 물었다.

"주형이를 향한 마음을 접었다는 말."

"꽤 됐어요."

"정확히 언제부터?"

건호가 흥미롭다는 표정으로 물었다. 내색은 하지 않았지만 은근히 주형을 향한 이나의 마음이 늘 신경 쓰였었다. 이나가 진지한 얼굴로 대답했다.

"가족들에게 연애 사실을 공표한 그 뒷날부터요. 그날 술 마시고 깔끔하게 털어냈어요. 생각보다 쉽게 털어냈어요. 다른 건 잘 못 해도 요리랑 마음 정리는 잘하거든요. 가능성 없는 일에 매달리지 않아요. 그리고 지금 생각해 보면 주형 오빠가 공헌 오빠랑 전혀 다르게 다정한 사람이라서 좋은 거지, 심각하게 좋아하진 않았던 것 같아요. 굳이 표현하자면 사랑이 아니라 어린 시절의 동경 정도?"

어린 시절 자신을 오빠처럼 돌보아주던 주형의 따스함이 좋았던 거지, 주형을 남자로서 좋아한 건 아니라는 생각이 들었다. 남자로서 좋아했다면 하루 종일 주형만 생각하고 밤마다 설레었을 테니까. 마치 건호와 연애하는 지금처럼.

"그래?"

건호의 눈썹이 삐딱하게 휘었다. 그러나 이나의 대답이 흡족한

지 건호의 눈빛이 한결 누그러졌다.

"흉터는 조금 있어."

식사를 마친 건호가 이나가 직접 만든 모닝빵을 반으로 뜯으며 대답했다.

"수술도…… 했다면서요?"

이나가 조심스럽게 물었다.

"어."

"그것 때문에 야구도 접었다고……."

"주형이가 그런 것까지 이야기해?"

"아뇨. 그건 하정이한테 들었어요."

"별일 아니었어."

"그때 왜 나를 구한 게 오빠라고 말하지 않았어요?"

이나가 조심스럽게 건호에게 물었다. 예전부터 궁금했던 질문이었다. 아무리 과묵한 성격이라지만, 그런 것까지 말하지 않을 줄은 미처 몰랐다.

"네가 혼날 테니까."

건호가 무심하게 대답했다. 뒷이야기를 더 기다리던 이나가 그 이유가 전부냐는 듯 건호를 바라보았다.

"그게 다야."

건호가 짧게 답했다. 어떻게 그게 이유의 전부일 수 있지, 라는 표정으로 바라보았으나, 건호는 입을 다문 채 아무 말도 하지 않았다. 더 이상 대답을 듣길 포기한 이나가 먼저 말했다.

"전 저를 구해준 사람이 주형 오빠인 줄 알고 살았어요."

"나도 그걸 2년 전에 하정이를 통해서 들었어. 내가 바란 건 널

구한 사람이 누군지 모르길 바란 건데, 이상하게 오해를 했더군."

건호가 조금 불만스럽다는 듯 대꾸했고, 이나는 얼굴을 작게 찌푸렸다.

"그때 사실대로 말해줬으면 전 주형 오빠를 좋아하지 않았을 거예요."

"그게 무슨 소리야?"

건호의 눈썹이 구겨졌다.

"어린 시절 저를 구해준 사람이 주형 오빠인 줄 알고 좋아하기 시작했거든요. 은근히 제가 운명론자라서요."

"그럼 공사장에서 구해준 사람이 나라서 지금 만나는 건가?"

건호가 상체를 앞으로 기울인 채 물었다. 뒤로 물러설 기회를 놓친 이나가 멈칫하며 건호를 쳐다보았다.

"꼭 그런 건 아니지만…… 그런 이유가 아예 없다고 할 수도 없는…… 반반이죠."

이나의 대답에 건호가 느릿하게 고개를 끄덕였다. 뒤늦게 이나가 말했다.

"섭섭하다면 미안해요."

"왜?"

"섭섭한 거 아니었어요?"

"내가 왜?"

저렇게 물으면 답할 수가 없다. 넋이 나간 표정을 짓는 이나를 보며 건호가 픽 웃었다. 그러고는 팔짱을 낀 채 느긋하게 기대어 앉아 말했다.

"어린 나이에 그런 무모한 짓을 할 수 있는 남자가 몇이나 있다고 생각해?"

"그거야……."

"더군다나 비 오는 날 벽돌 아래에 깔리는 일인데 말이야."

"없죠."

"그러니까."

건호가 픽 웃었다. 이나는 수긍할 수밖에 없었다. 그 자리에 다른 남자가 있었으면 구해주지 않았을 거다. 집안의 가업도 '흰 가운이 어울리지 않아.' 라는 이유로 잇지 않는 저 정도 남자면 모를까.

"운명이네요."

이나가 반쯤 포기한 어조로 한 번 더 수긍했다. 운명이라고밖에 설명할 길이 없다. 그러므로 자신은 저런 남자랑 엮일 운명이었던 거다. 그렇게 생각하자 한결 두려움이 가셨다. 운명의 상대라는데 소장을 남발하진 않겠지. 혹은 과도하게 괴롭히지도 않을 거고.

"그래서 말인데요."

이나가 손에 들고 있던 포크와 나이프를 접시 한쪽에 포개어 겹쳤다. 냅킨으로 깔끔하게 입가를 닦아낸 후 이나가 건호를 비장하게 쳐다보았다. 심상찮은 이나의 표정을 건호가 흥미롭다는 듯 바라보았다.

"오빠에겐 고마운 일이 많으니까 오늘은 오빠의 지니가 되어줄게요. 함께 하고 싶은 거라던가 혹은 바라는 게 있으면 말하세요."

이나가 비장미 넘치는 얼굴로 말했다. 그에게는 고마운 일이 너무나도 많았다. 어린 시절 공사장에서의 일, 그 이후 불량배들로부터 구해주었던 일, 그리고 오늘은 자신을 고통 속에서 해방시켜

주었다. 손등의 흉터 때문에 하루에 몇 번이나 멈칫대는 자신에게 '손의 가치는 변하지 않는다.' 라는 이야기를 들려주었다. 그리고 그 손을 귀한 걸 다루듯이 한참이나 쓰다듬어 주기까지 했다. 이 남자에게 무조건 받기만 하는 것 같아 미안함이 앞섰다. 그래서 이나는 큰마음 먹었다.

"소원의 범위나 규제는?"

건호는 감동하기 전에 소원의 범위를 차분하게 물었다.

"과, 과, 과도한 스킨십만 아니면 됩니다. 예를 들어 아이 갖기라던가…… 아! 그리고 오늘 할 수 있는 걸로요."

이나가 숨을 깊게 들이마시며 대답했다. 당장 여기서 관계를 갖자고 하는 것만 아니면, 오랜 키스라던가, 포옹이라던가, 그런 것들은 가능했다.

"진심이야?"

건호가 짧게 물었다.

"네."

"물리기 없어."

"……네."

이나는 조금 겁이 났지만 대답했다. 그가 바라는 소원은 한정적일 거라고 생각했다. 오늘 안에 할 수 있는 일로, 과도한 스킨십을 제외한 거라곤 몇 없었다.

건호의 입술이 부드럽게 말려 올라갔다. 순간 이나는 섬뜩한 불안함을 느꼈다. 자신의 손으로 자신의 관을 짠 듯한 이 불길한 느낌은…….

"오늘 결혼해."

불길함의 정중앙을 관통했다. 그와 결혼해도 괜찮을 것 같다고 10분 전에 생각했을 뿐인데, 생각이 현실이 되려 하고 있었다. 왜 신은 늘 쓸데없는 소원을 가장 빨리 들어주실까.

"……네?"

이나가 넋이 나간 얼굴로 한 번 더 되물었다.

"인맥을 동원하면 오늘 안에 결혼 가능할 거야. 시간 없으니까 빨리 움직일까?"

건호가 자리에서 일어나며 손목시계를 들여다보았다.

"잠시만요! 말도 안 돼요!"

"왜? 오늘 안에 할 수 있는, 과도한 스킨십을 하지 않는 범위에 속하는 소원일 텐데?"

아, 잠시 잊고 있었다. 이 남자가 어떤 남자인지를.

이나는 붕어처럼 입만 벙끗거렸다.

"결혼하러 가자, 이나야."

건호는 그런 이나를 한없이 다정하게 바라보며 속삭였다.

이나는 할 말을 잃은 얼굴로 천사의 탈을 뒤집어쓴 악마를 바라보았다.

21

얼굴이 흙빛이 된 이나는 젓가락으로 맛깔스러운 취나물 무침을 뒤적거렸다. 또 이렇게 한정식집을 찾게 될 줄 몰랐다.

"이나랑 건호랑 교제하고 나니 가족끼리 모임도 잦아지는구나."

"좋은 일이야."

두런두런 대화를 나누는 양가 부모님의 목소리를 들으며 이나는 넋을 놓았다. 이 사건의 원흉은 오랜만에 젠틀한 웃음을 지으며 양가 어른들의 이야기를 듣고 있었다.

약 일주일 전이었다. 은은한 촛불과 맛깔스러운 스테이크를 앞에 놓은, 분위기 좋은 저녁이었다. 밖에선 비가 부슬부슬 쏟아졌고, 어린 시절 고마운 마음과 함께 유난히 애정이 솟구쳤다. 그래서 고맙다는 말 한마디만 하면 될 일을, '지니가 되어주겠다. 소원을 하나 말하라.' 라고 한 후 그는 기다렸다는 듯 '결혼' 을 이야기 했다. 처음엔 장난인 줄 알았는데, 건호가 지인들과 양가 어르신에게 전화를 하려는 걸 보고 진심이라는 걸 깨달았다. 이따금씩 도지는 저 남자의 빛과 같은 추진력이 발동된 것이었다.

식장 예약이 어려울 거라는 자신의 말에 건호는 근사한 미소를 지으며 '저녁 시간엔 대부분 예식이 없어. 추가 비용만 지불하면 당장 결혼 가능할 거야.' 라고 말했다. 무슨 결혼을 이렇게 대책 없이 하냐고 우는소리를 했더니, '오늘 안에 해야 한다며.' 라고 말했다. 이나는 '조금만 미뤄줘요!' 라며 식탁 위에 엎어졌고, 마치 그 말을 기다리기라도 했다는 듯 건호가 식탁에 앉아 달래듯이 말했다.

"그럼 결혼을 조금 미룰까?"

이나는 미친 듯이 고개를 끄덕였다. 그렇게 결혼은 기정사실화되었다는 걸 그 당시엔 미처 깨닫지 못했다. 그땐 그저 '오늘 결혼을 하지 않는 것' 이 중요했다.

"일생에 한 번뿐인 결혼을 오밤중에 하고 싶지 않아요!"

그러자 건호는 세상에서 가장 따뜻한 미소를 흘렸다.

"그래, 그럼 미루자."
"정말요?"

그땐 그 말을 해준 것만으로도 구세주처럼 보였다. 그러자 건호는 나른한 웃음과 함께 고개를 끄덕이며 말했다.

"그럼 미루는 대신 조건이 있어. 그건 말이야……."

그가 그렇게 말한 후, 정확히 일주일이 지난 지금 이 시각, 양가 어른들을 모시고 저녁을 함께하게 되었다.

"데자뷰 같아."

동치미 국물을 떠먹으며 옆자리에 앉은 설준이 작게 중얼거렸다. 뒤이어 하정도 그렇다는 듯 고개를 끄덕였다.

"그러게. 뭔가 있어. 이런 기분을 이전에도 느낀 적이 있어."

두 사람의 말을 들었으나 이나는 입도 벙끗할 수 없었다. 일전에 교제 사실을 밝히던 곳과 똑같은 한정식집, 똑같은 룸에, 똑같은 자리 배열이었다. 이나는 치를 떨었다. 지독한 남자 같으니.

"그나저나 오늘 모인 이유가 뭐야? 궁금해서 밥도 안 넘어가는구만."

"그러게나 말입니다. 호호. 두 사람 찰싹 붙어 있는 거 보니까 헤어지는 건 아닌 것 같은데…… 좋은 소식이라도 있으려나?"

건호의 부모인 성태와 은아가 웃으며 건호를 바라보았다. 건호는 자연스럽게 이나를 바라보았다. 뒤이어 사람들의 시선이 우르르 흙빛 얼굴을 하고 있는 이나를 향했다. 이나는 취나물을 쑤시던 젓가락을 내려놓고서 억지로 입술 끝을 올렸다. 이제 더는 미룰 수가 없다. 말해야 할 시간이다.

"……합니다."

이나가 목소리를 짜냈으나, 말이 뭉개졌다.

"뭐?"

"뭐라고?"

양가 부모님이 귀를 쫑긋대며 '요즘 가는귀먹었는지 말이 안 들려.' 라고 하셨고, 그 말을 먼저 알아들은 설준은 젓가락을 떨어뜨렸다. 이나는 작게 한숨을 내쉰 후 양가 부모님을 똑바로 쳐다보았다.

"저희 결혼하고 싶습니다."

"허락만 해주신다면 내일부터 준비에 들어갈 예정입니다."

이나의 말을 건호가 부드럽게 이었다. 양가 부모님은 멍한 표정을 지었고, 공헌과 하정은 동시에 숟가락을 떨어뜨렸다. 이미 젓가락을 떨어뜨린 설준은 귀신처럼 스윽 다가와 이나의 귓가에 속삭였다.

"솔직히 불어. 너, 약 먹고 있지? 마약이냐? 아니면 정신과 약이냐?"

"……맨정신이야."

이나가 어금니를 꽉 깨문 채 조용히 말했다.

"그럼 미친 거야. 정신과 상담받으러 가자. 연애한 지 며칠이나 됐다고 결혼이래, 결혼은. 지금 저분이 어떤 분인지 잊었어?"

설준이 이를 바득바득 갈며 말했다. 이나는 조용히 설준의 얼굴을 밀어낸 후 고개를 반대편으로 돌렸다. 건호는 이미 성실한 아들, 신뢰 가는 예비 사위의 탈을 쓰고 있었다.

"대충 예상은 했지만 실제로 들으니 놀랍구나."

"기쁜데 아직은 믿기지가 않아서 얼떨떨해."
"그래도 좋은 일이다."
"그러게요."
양가 부모님의 얼굴이 말을 할수록 환하게 피어올랐다.
"너희 연애한 지 두 달 반도 채 되지 않았잖니?"
"오랫동안 알아왔으니까요."
"그건 그렇지."
건호의 말에 이나의 부친인 태조가 고개를 끄덕였다. 두 사람의 결혼은 손쉽게 승낙을 받았다. 오히려 은근히 서로의 자식을 탐내고 있던 양가 집안에선 신난 분위기였다. 소원대로 이나의 시누이가 된 하정은 주먹을 불끈 쥐고 '예스!'를 외쳤다. 뒤이어 건호의 진심을 알고 누구보다 두 사람이 잘되길 바랐던 주형은 따뜻한 미소로 두 사람을 번갈아 보았다.
"잘 어울린다, 두 사람. 아마 결혼해서도 잘 살 거야."
주형의 말에 이나는 대답 대신 웃어 보였다.

"어디 불편해?"
핸들을 돌리며 건호가 조수석에 앉아 있는 이나에게 물었다. 저녁 식사를 하는 내내 음식을 못 먹던 이나였다. 내심 신경 쓰여 목넘김이 좋은 음식들로 챙겨줬건만, 이나는 끝끝내 젓가락을 대지 않았다.
"아뇨."

말과 달리 이나의 목소리가 풀 죽어 있었다.

"나랑 결혼할 생각이 없는데, 억지로 여기까지 온 건가?"

건호가 물었고, 이나는 침묵으로 대답했다. 건호는 낮은 한숨을 내쉬었다. 자신이 지나치게 몰아붙였던 점은 건호도 인정했다.

그날, 처음에 꺼낸 '결혼'은 장난이었다. 그러나 순식간에 만감이 교차하는 표정을 짓는 이나를 보면서 조금 불쾌했다. 이나는 자신과의 결혼을 조금도 염두에 두지 않은 것 같아서. 조금 더 장난을 칠 생각으로 '결혼하자.'라고 말했다. 이후 말을 하다 보니 진심이 되었다.

이나와 한 공간에서 밥을 먹고, 손을 잡고, 눈을 보면서 이야기를 나눌 수 있다는 것에 심장이 뛰었다. 거기다가 늦은 밤 헤어지고 홀로 집으로 돌아가 어서 빨리 다음 날이 오길 기다리지 않아도 된다고 생각하니, 진심으로 결혼하고 싶어졌다.

그러나 이런 식으로 죽을상을 짓는 이나와 결혼하고 싶은 건 아니었다. 자동차가 이나의 집 앞에 멈춰 섰다.

"그럼 취소해."

건호가 휴대폰을 쥐는 걸 이나가 덥석 잡았다.

"그게 아니고요."

"그럼?"

건호가 낮은 목소리로 물었다. 고개를 숙인 채 잠시 우물쭈물거리던 이나가 천천히 입을 열었다.

"자그마한 로망이 있거든요."

"로망?"

"청혼에 관한 로망이요."

"……."

"그때 카페에서 반지 케이스 내밀고 결혼하자고 한 게 전부잖아요. 전 그런 청혼 말고, 좀 더 진심을 담은 청혼을 받고 싶어요. 이런 식으로 순식간에 결혼하는 건 조금……."

이나는 슬쩍 눈동자를 들어 올려 건호를 보았다. 그의 얼굴은 무표정했으나, 조금 난감한 듯했다. 이나는 다시금 불쌍하게 눈을 내리깔았다.

"제가 너무 과한 부탁을 하는 거겠죠? 그래요. 그럼 우리 이런 식으로 아무 기억도 남기지 말고 스피드하게 결혼해요. 저는 이만 가볼게요."

이나는 자동차에서 내려 차 문을 닫았다. 그러고는 어깨를 축 늘어뜨린 채 대문을 열었고, 대문을 닫기 전 손등으로 눈을 가려 우는 것까지 잊지 않았다. 쾅. 문을 닫은 후 이나는 눈가를 가렸던 손등을 내렸다.

"우후후."

이나는 바닥을 보며 음산하게 웃었다.

"나만 당할쏘냐."

이나가 눈을 가늘게 뜬 채 중얼거렸다. 청혼에 관련된 로망 같은 게 있을 리가 없다. 이나는 유건호와 진심으로 교제하기 시작한 후로 그런 기대는 애시당초 버렸다. 사사롭게 던지는 말속에, 보이는 눈빛에 건호의 진심은 충분히 녹아 있었고, 이나는 그것으로 충분히 만족스러웠다. 그렇다고 결혼하기 싫은 것도 아니었다. 오히려 어젯밤 곰곰이 생각해 본 결과 그와 결혼을 해도 꽤나 괜찮을 것 같았다. 매일 밤 헤어지는 게 아쉬워지던 차였고, 그와 조금 더 많은 생활을 공유하고 싶다는 욕심이 들던 차였다. 다만 지금처럼 청혼을 거들먹거린 이유는 하나뿐이었다.

유건호 골머리 썩히기.

그 비상한 머리로 불쌍한 사람 구제할 생각은 안 하고, 순식간에 자신을 낚아 결혼식장에 밀어 넣을 생각을 하는 유건호에게 건네는 소소한 복수였다.

유건호는 생각보다 자신의 말을 귀담아들었고, 대부분 이뤄주려고 노력했다. 그러니 유건호의 성격상 지금처럼 우는 척까지 했을 땐 청혼하지 않을 수가 없다.

이제 여자가 꿈꾸는 청혼에 대한 로망을 어떻게 실현시키느냐를 고민하느라 골머리를 썩겠지.

"후후후후후. 너만 비상한 머리를 가진 줄 알았겠지. 유건호……. 내가 이렇게 복수할 거라곤 생각도 못 하겠지? 기대하마, 유건호표 청혼. 후후후후."

바닥을 보며 흑주술이라도 외울 것처럼 음산하게 웃는 이나는 미처 깨닫지 못했다. 마당 한가운데에서 휴대폰을 들고 자신을 보고 있는 사람이 있다는 것을.

"저 봐. 미친 거라니까. 확실해. 그래도 어쩔 거야. 유건호 형님을 만나기로 한 지 팔자지. 쯧쯧."

설준이 혀를 끌끌 차며 고개를 절레절레 흔들었다.

이나는 이틀 후 락으로 출근했다. 인사를 하자 사람들의 시선이

죄다 한곳으로 향했다. 짙은 색으로 흉터가 남은 이나의 손등을 보며 몇몇 사람은 혀를 찼고, 몇몇 사람은 얼굴을 찌푸리며 진저리를 쳤다. 며칠 전이라면 사람들의 태도에 상처받았을 테지만, 이나는 그럴 수도 있다고 생각하며 태연히 넘겼다.

"손의 가치는 변하지 않아."

이나는 건호가 건넸던 말을 되새기며 힘을 냈다. 이후 이나는 주방 구석에 고개를 푹 숙이고 서 있는 은정을 발견했다. 미안함에 어쩔 줄 모르는 은정에게 괜찮다고 말해주자, 그녀가 왕 하고 울음을 터뜨렸다. 오랜 시간 묵혔을 은정의 죄책감을 털어주기 위해 이나는 노력했다.

오랜만에 복귀한 부엌이다 보니 이나는 반가우면서 설레었다. 며칠간 일을 못 하게 되면서 알았다. 자신이 얼마나 부엌을 사랑하고, 음식 만들기를 좋아하는지. 바쁘고 힘든 주방일을 하는 동안 이나는 한시도 가만히 있지 않고 움직였다. 일을 할 땐 무작정 즐거웠는데, 버스를 타자 피곤함이 한꺼번에 몰려들었다.

"하아."

온몸이 무겁게 늘어졌다. 이나는 습관처럼 휴대폰을 꺼냈다. 깨끗한 액정을 물끄러미 바라보던 이나가 시선을 창밖으로 돌렸다.

바쁜가.

오늘 하루 종일 건호에게서 연락이 오지 않았다. 오늘뿐만이 아니었다. 정확히 자신이 청혼을 받고 싶다고 말한 다음 날부터였다. 역시 남자는 다 잡은 물고기에게는 떡밥을 주지 않는 걸까. 그게 아니면 청혼을 해야 한다는 것이 부담으로 작용했을지도 모른다.

"하, 그럴 리가."

그러다 건호의 성격상 그럴 리 없다는 걸 깨닫고는 헛웃음을 지었다. 그래도 섭섭한 건 섭섭한 거였다. 그때 삐리릭 하고 휴대폰이 울었다.

—수신 필수

액정을 보던 이나의 얼굴에 자그맣게 웃음이 피어났다.

역시 양반은 아니라니까.

이나가 휴대폰을 귀에 가져다 댔다.

"네."

[어디야?]

"집으로 가고 있어요. 어디예요?"

[이제 퇴근했어. 저녁은?]

"아직이요."

오늘은 새벽부터 오후반까지 근무라, 저녁 시간 되기 전에 퇴근했다.

[오피스텔로 갈까?]

건호가 물었다. 그 말은 밥해달라는 말이었다. 노곤한 피곤함이 몰려들었으나, 건호의 청을 뿌리칠 수 없었다. 유난히 자신의 밥을 좋아하는 건호였다. 솔직히 말하면 건호가 보고 싶기도 했다.

언제 이렇게 마음이 커졌을까.

이나가 입술을 살짝 깨물며 말했다.

"네, 오세요."

[그래.]

통화가 끝난 후 이나는 다음 정거장에서 내렸다. 냉장고에 웬만한 양념장과 재료가 구비되어 있었다. 작은 마트에서 달걀을 포함해 몇 가지 재료를 구입한 후 오피스텔로 향했다. 잔뜩 굳은 목을 좌우로 스트레칭하며 오피스텔의 도어락을 해제했다. 삐삑 소리와 함께 열린 오피스텔 문을 활짝 열어젖힌 이나가 한 발 내딛다 말고 멈칫했다.

불이 꺼져 어두워야 할 곳에서 은은한 불빛이 새어 나왔다. 자신이 없는 사이에 불이라도 난 건가 싶어 이나가 눈을 데굴데굴 굴릴 때였다.

"뭐 해? 들어오지 않고."

관엽식물로 둥글게 둘러싸인 자리에 처음 보는 식탁이 자리하고 있었다. 그 옆에 건호가 서 있었다. 눈이 커다래진 이나가 주춤거리며 오피스텔 안으로 들어섰다. 문을 닫자 좀 더 자세히 보였다.

자신의 거실에 차려진 식탁과 그 위에 자리한 은색 촛대, 불을 밝히고 있는 양초까지.

"이게 다 뭐예요?"

이나가 깜짝 놀란 얼굴로 묻자, 다가온 건호가 이나의 손에서 짐을 받아 들며 답했다.

"일단 앉아."

"주거침입 안 한다더니……."

"날이 날이니까. 오늘은 코스요리야."

건호가 픽 웃으며 자연스럽게 이나의 어깨를 감싸 식탁 쪽으로 데려갔다. 이나가 앉는 걸 확인한 건호가 주방에서 수프, 샐러드, 빵을 가져와 배열했다. 이나는 음식과 마주 앉은 건호를 번갈아 보았다.

"먹어봐."

건호가 이나의 손에 숟가락을 쥐어주며 말했다. 이나가 수프와 건호를 번갈아 보다가 수프를 한입 떠먹었다.

"오."

감탄할 만큼 맛있는 건 아니지만, 꽤 맛있었다. 어디에서 사온 건지 모르겠지만 실력 있는 집에서 공수해 온 듯했다.

수프가 들어오자 배가 슬슬 고프기 시작했다. 이나는 모닝빵을 수프에 찍어 먹고, 샐러드를 금세 먹어치웠다. 이나가 다 먹기가 무섭게 그릇을 치운 건호는 노릇하게 구운 스테이크, 파인애플, 감자가 담긴 접시와 새우 필라프가 가득 담긴 접시를 가지고 나왔다. 이후 그는 와인과 와인잔을 가지고 나왔다.

"오늘, 무슨 날이에요?"

이나가 갑작스럽게 상을 차리는 건호를 의아한 눈으로 보았다.

"오늘 네 생일이잖아."

건호가 이나의 와인잔에 와인을 부었다. 이나가 무슨 소리냐는 듯 쳐다보았다.

"제 생일은…… 아!"

"그래, 실제 생일."

건호가 덤덤하게 답했다.

이나는 태어난 날과 출생신고된 날짜가 달랐다. 처음엔 태어난 날로 챙겼으나, 시간이 흐를수록 출생신고된 날짜로 생일을 챙겼다. 이젠 이나조차도 자신이 태어난 날이 언제인지 가물가물해서 챙기지 않곤 했다. 그런데 자신조차 잊은 생일을 건호가 알고 있었다. 늘 이런 식으로 건호는 생각지 못한 자상함을 보여주곤 했다. 이나는 고맙고, 부끄럽고, 또 어색해서 멋쩍게 웃었다.

"고마워요."

이나가 웃자, 건호가 그녀가 편하게 먹을 수 있도록 음식을 배열했다. 이나는 건호가 덜어주는 대로 필라프를 한입 떠먹었다.

"맛있네요. 어디서 사온 거예요? 근처에 이런 맛집이 있던가?"

"만든 거야."

이나가 설마, 하는 눈으로 쳐다보자 건호가 쐐기를 박았다.

"내가, 만든 거야."

이나가 깜짝 놀란 얼굴로 음식과 건호를 번갈아 보았다. 건호는 김밥조차 얼마 전에 만들 만큼 요리 초보였다. 그런 그가 이 많은 음식을, 그것도 이렇게 맛있게 했을 리가 없다. 이나가 미심쩍은 얼굴로 쳐다보자 건호가 상체를 앞으로 숙이며 말했다.

"오성호텔 주방장에게 일주일간 특강을 받았어."

"바빠서 불가능할 텐데요?"

"그 사람의 변호를 맡은 적이 있거든."

모두가 불가능할 거라고 했던 고소에서 승소했고, 그 주방장은 건호의 손을 잡고서 '도울 일이 있으면 꼭 연락해 달라.' 라고 당부했다. 그때까진 자신이 그 주방장에게 연락할 일이 생길 거라곤 추호도 생각하지 못했었다.

"아……."

이나가 납득한다는 듯 고개를 끄덕였다. 지인이라면 가능한 일이다.

"그럼 오늘 이걸 다 한 거예요?"

"어."

이나가 다시 한 번 맛깔스럽게 차려진 음식들을 멍하게 바라보았다. 생각지 못한 생일 선물이었다.

"요리를 하다 보니까 네가 왜 요리를 좋아하는지 어렴풋이 알겠더군."

이나는 말문이 막혀 잠시 말을 잇지 못했다. 요리를 전혀 못 하는 남자가, 자신을 위해서 요리를 했고, 자신의 일을 조금이나마 이해해 주었다.

"아까워서 어떻게 먹죠? 잠시만요."

이나가 주섬주섬 휴대폰을 꺼냈다. 그러고는 사진을 몇 장이나 찍었다. 그걸로도 아까운지 이나는 동영상으로 전환해 촬영을 시작했다. 밥알 하나까지 모두 찍겠다는 의지로 천천히 촬영하던 이나는 식탁 끄트머리에 불쑥 나와 있는 케이스를 보곤 고개를 들었다.

이게 뭐냐는 듯 쳐다보자, 건호가 반지 케이스를 이나 앞으로 내밀었다. 건호는 흔들림 없는 눈빛으로 이나를 지그시 응시했다.

"오래전부터 내 꿈은 이 풍경이었어."

"……."

"너와 함께 밥을 먹고, 가능한 너와 많은 시간을 보내는 것."

"……."

“내 소원 좀 들어줘. 이제 결혼하자.”

건호가 반지 케이스를 열며 말했다. 이전에 청혼할 때보다 훨씬 화려한 디자인의 반지였다. 그러나 이나가 놀란 것은 반지 때문이 아니었다.

“내 소원 좀 들어줘.”

그가 처음으로 투정부리듯 약한 목소리를 냈다. 그 목소리가 마치 너 없이는 안 된다, 라는 말처럼 들려 온 가슴이 간지러웠다. 단순히 괴롭히려고 청혼해 달라는 자신의 말에 누구보다 충실하게 대답하는 남자. 아마 함께 사는 순간마다 그는 자신에게 충실할 거라는 것에 확신이 들었다.

천천히 이나의 입술이 벌어졌다. 동시에 이유 없이 눈물이 고였다. 드라마 속 여자들이 청혼받을 때 우는 걸 보면서 왜 울까 했는데, 이젠 알겠다. 온 마음이 찡해서 그런 거다. 견딜 수 없을 만큼 벅차고, 감동적이라서.

건호가 이나의 손을 감싸 쥐었다. 이나도 천천히 힘주어 건호의 손을 잡았다. 그러고는 자신의 대답을 듣기 전까지 눈도 깜빡이지 않을 것처럼 쳐다보고 있는 남자를 향해 말했다.

“그 소원이…… 일상이 되도록 해줄게요.”

이나가 세상에서 가장 달콤한 목소리로 속삭였다.

건호의 입술이 늘어났다.

“그래.”

그는 맞잡은 손을 끌어당겨 그녀의 손등에 입술을 가져다 댔다.

눈을 감고서 경건하게 입 맞추는 건호를 보고 있으니 찡해왔다.

숨 막히게 행복한 게 이런 거구나.

이나는 건호를 바라보며 환하게 웃었다.

22

청혼을 받은 행복과 별개로 결혼 준비는 치열했다. 서로 왕래가 잦아서 간소하게 결혼 준비를 할 거라는 예상을 깨고 양가 집안에선 의기투합하여 '거대하고 성대하게, 세상에서 가장 화려한 결혼식을 준비해 보자.' 라는 데 뜻을 맞추었다. 듣기만 해도 피로해진 이나가 반대했으나, 어른 넷의 의견을 꺾을 순 없었다. 건호 또한 '난 네가 세상에서 가장 아름다운 신부이길 바라.' 라며 어른들의 편을 들었다. 그 때문에 이나는 눈 뜨자마자 모친의 손에 끌려 정신없이 다녀야 했다.

오늘도 백화점 세 군데를 장장 여덟 시간을 돌아다닌 이나는 지친 얼굴로 대문을 밀고 나섰다. 피곤하지만 오늘은 모처럼 건호와의 약속이 있는 날이었다.

"하아."

"피곤해 보이네."

"아, 깜짝이야."

등 뒤에서 불쑥 들리는 목소리에 이나가 펄쩍 뛰었다. 왼쪽 심장을 거머쥔 채 돌아서자 슈트 차림의 건호가 보였다. 꽤 먼 거리였음에도 건호는 몇 발짝 걷지 않아 이나의 코앞까지 다가왔다. 건호가 손을 뻗어 이나의 이마를 짚었다. 열이 있는지 확인하는 건호의 표정이 사뭇 심각했다.

"괜찮아요. 아픈 거 아니에요. 그러니까 집으로 돌려보내지 말아요."

"안 돌려보내."

얼마 만에 만났는데 돌려보내겠느냐, 라는 표정으로 건호가 무심하게 대답했다. 이나는 픽 웃었다. 무표정한 얼굴을 하고 있지만 건호는 자신과 얼굴을 마주한 내내 자신에게서 눈을 떼지 못하고 있었다. 마치 갈증이 나서 물을 들이켜고 있는 것 같았다.

"오빠, 나 배고파요."

이나가 굶주린 배를 잡고서 측은한 표정을 짓자, 건호가 가벼운 미소를 지으며 자동차를 가리켰다.

"타."

이나는 배실배실 웃으며 냉큼 조수석에 올라탔다. 건호가 자동차를 몰아 도착한 곳은 이나가 좋아하는 삼겹살집이었다. 깔끔한 인테리어에 깨끗한 위생, 질 좋은 고기, 대화 나누기 편하게 테이블이 띄엄띄엄 떨어져 있었다.

"맛있겠다."

이나는 생고기가 나오자마자 두 눈을 반짝였다. 건호는 기꺼이 이나를 위해 집게를 들었다. 건호는 불판에 고기를 굽다 말고 이나에게 물었다.

"삼겹살을 왜 이렇게 좋아해?"

"미국에선 이렇게 먹는 곳이 드물거든요. 한국에선 스트레스받으면 삼겹살을 구워 먹었는데 미국에선 그럴 수가 없잖아요. 되는 대로 스테이크를 구워 먹었는데 구운 김치랑 상추에 싸서 먹는 삼겹살 맛을 따라올 수가 없잖아요."

이나는 말을 하는 내내 구워지고 있는 삼겹살에서 한시도 눈을 떼지 못했다. 건호는 비스듬히 고개를 기울인 채 이나를 바라보다가 집게로 고기를 들었다. 고기를 불판의 왼쪽으로 옮기자 이나의 고개가 왼쪽으로 돌아갔다. 잠시 두고 보던 건호가 집게로 고기를 불판의 오른쪽으로 옮겼다. 이나가 놓치지 않겠다는 듯 고개를 오른쪽으로 따라 돌렸다.

삼겹살에 영혼을 판 얼굴이다.

건호는 이 상황이 기가 막히면서도, 그만큼 이나에게 결혼 준비가 스트레스였을 거라는 생각이 들었다. 특히 깐깐하고 쇼핑을 좋아하는 이나의 모친 성격을 보건대 꽤 괴로울 거였다. 그러면서도 자신에게 힘든 내색 하지 않는 모습이 기특하면서 안쓰러웠다. 그래도 고깃집에 온 이후 자신의 얼굴을 한 번도 쳐다보지 않은 건 과하다.

삼겹살을 버릴까. 그러면 이나는 울지도 모른다.

건호는 기꺼이 삼겹살에 밀리는 이 수모를 감내하기로 했다.

"오빠."

이나가 여전히 삼겹살에 시선을 둔 채 그를 불렀다.

"왜."

"술 한잔할래요?"

"술 마시고 싶어?"

"삼겹살에는 소주가 제맛이죠."

이나가 엄지손가락을 척 내밀었다.

"그래."

건호는 이나의 스트레스가 조금이나마 해소될 수 있다면 고량주라도 사줄 의향이 있었다. 건호가 벨을 누르자, 종업원이 '네!'라고 대답하며 뛰어왔다. 건호가 다가온 종업원에게 소주 두 병을 주문했다.

"두 병이나요?"

이나가 놀란 얼굴로 물었다.

"취할 때까지 마셔봐. 뒷일은 내가 책임져 줄 테니까."

건호의 말에 이나는 싱긋 웃으며 손을 가로저었다.

"에이, 전 안 취해요. 소주 마시고 왜 취해요. 저는 절제할 줄 아는 사람이라고요."

소주를 마시고 취하지 않으며, 본인은 절제할 줄 아는 사람이라 공언한 말이 20분 만에 거짓임이 밝혀졌다. 이나는 정확히 삼겹살 세 줄과 소주 2/3병을 마신 후 취했다. 눈을 감았다 뜨는 속도가 현저히 느려지며, 몸이 앞뒤로 흔들렸다. 그러면서 이나는 '이상해요. 세상이 흔들려요.'라는 취객의 전형적인 대사를 읊었다.

건호는 취한 이나를 집에 데려다주려 했으나, 집에 가고 싶지 않다는 이나의 버팀에 따라 공원으로 나섰다. 차가운 바람을 쐬면술이 깰 수도 있었고, 건호 또한 며칠 만에 본 이나를 이렇게 곧바로 보내주고 싶지 않았다. 벤치에 앉아 쉬다가 이나가 잠들면 집에 데려다줄 생각이었다.

"오빠, 나 때문에 피곤하죠? 집에 가고 싶죠?"

이나가 건호를 보며 물었다.

"아니."

"정말요?"

"어. 어차피 나도 같이 있고 싶었어."

"헤헤."

이나가 기분 좋은지 배시시 웃었다. 붉은 입술이 초승달처럼 휜다. 가늘어진 눈은 반달 같다. 건호는 반짝반짝 빛나는 이나의 옆얼굴을 물끄러미 바라보며 생각했다.

늘 이렇게 웃게 만들고 싶다.

사소하고도 소중한 소원이 건호의 가슴 위에서 움텄다. 건호가 손을 뻗어 이나의 뺨을 감싸려고 할 때였다.

"벚꽃이다, 벚꽃이야!"

이나가 벤치에서 벌떡 일어났고, 건호의 손은 목적을 잃고 허공을 스쳤다. 건호가 손을 움켜쥐었다.

삼겹살에 이어 이번엔 벚꽃에 밀렸다. 그나저나 이 날씨에 벚꽃이 있을 리가.

건호가 손을 거둬들이며 고개를 돌렸다. 이나가 나무 아래에서 팔짝팔짝 뛰며 '벚꽃, 벚꽃'이라고 중얼거리고 있었다. 자세히 보니 단풍나무의 단풍잎이었다. 무려 단풍잎을 벚꽃으로 볼 정도의 상태라니.

"제대로 취했군."

건호가 다리를 꼰 채로 작게 중얼거렸다. 비틀대면서 낙엽을 벚꽃이라 착각해 잡으려고 애쓰는 이나의 모습을 보며 건호는 자리에서 일어났다. 저대로 뒀다간 이나가 쓰러질 것 같았다. 건호는 이나가 쓰러져도 자신의 등에 기댈 수 있도록 뒤쪽에 자리를 잡고 섰다. 얼마 지나지 않아 비틀거리던 이나가 쓰러지며 건호의 가슴에 뒤통수를 박았다. 그 상태 그대로 고개를 든 이나는 건호의 얼굴을 확인하곤 배시시 웃었다.

"헤헤. 오빠다."

"벚꽃, 잡아줄까?"

"응."

건호의 물음에 이나가 금세 애처로운 표정을 지으며 고개를 끄덕였다. 취하니 반말을 하는데, 그 모습이 꽤 귀여웠다. 건호는 미소를 지으며 손을 뻗었다. 낙엽이든, 벚꽃잎이든 떨어지는 걸 잡는 건 이제 자신에게 일도 아니었다. 건호는 부는 바람에 팔랑거리며 내려오는 단풍잎을 잡아 이나에게 내밀었다.

"자."

"와아! 벚꽃잎이다. 왕벚꽃잎. 엄청 커. 우주에서 떠내려왔나 봐."

아이처럼 해맑게 웃고 있는 이나를 보며 건호는 따라 웃었다. 술에 취하니 천진난만해진다. 그 모습이 나쁘지 않았다.

한참이나 단풍잎을 바라보던 이나는 그대로 고개를 뒤로 젖혔다. 정수리가 건호의 가슴에 쿵 하고 닿았다. 건호는 거꾸로 보이는 이나의 얼굴을 물끄러미 바라보았다.

"좋다. 헤헤. 좋아."

"좋아?"

"응!"

"벚꽃이 왜 그렇게 좋아?"

건호의 물음에 이나가 고개를 가로저었다.

"아니, 벚꽃 말고."

"그럼?"

"건호 오빠가."

"……."

"건호 오빠가 좋아. 아주 좋아."

중얼거리듯 말한 이나가 다시금 생긋 웃었다. 하얀 이나의 얼굴에 두 개의 반달과 하나의 초승달이 떴다. 바람이 불어 머리카락을 흩날리고, 어딘가에서 금목서의 달콤한 향기가 흘러왔으나 건호는 눈 한 번 깜빡이지 않았다.

"……다시 한 번 말해봐."

숨이 멎은 얼굴로 한참이나 말을 잇지 못하던 건호가 마침내 말했다. 한 번 더 말해보라고. 귀로 듣고, 분명 가슴에 새겨졌으나 믿기지가 않는 말이라서 건호는 느릿하게 한 번 더 요구했다.

이나는 여전히 건호의 가슴팍에 기대어 건호의 얼굴을 바라보았다. 검은 하늘의 별보다 유건호의 눈이 더 반짝거렸다. 이나의 입술이 느릿하게 벌어졌다.

눈앞의 이 남자를 좋아한다. 아주 좋아한다. 아니, 그걸로 부족하다.

"……사랑해."

"……."

"아주 많이."

바람결에 속살거리는 이나의 목소리가 흘러갔다. 평온한 목소리로 제 마음을 고백한 이나는 편안한 미소를 지어 보였다.

왜 목소리는 붙들 수 없는 걸까.

온 마음이 터질 것만 같다.

건호가 두 손을 뻗어 이나의 양 뺨을 감쌌다. 건호는 이나의 입술에 입을 맞췄다. 부드럽고 말캉한 입술을 조금 성급하게 빨아들였다.

마치 입가에 묻어 있는 고백의 잔해라도 맛보고 싶은 것처럼.

아침에 눈을 뜬 이나는 어마어마한 통증에 머리를 거머쥔 채 다시 누웠다. 그러다 문득 시야에 들어온 천장이 낯익지만, 지금 이 시각에 마주할 만한 천장이 아니라는 사실에 벌떡 몸을 일으켰다. 이나가 다급하게 주변을 살폈다. 자신의 요리 연구실이었다.

"내가 왜 여기에……?"

이나가 중얼거리며 어젯밤의 상황을 떠올리려 애썼다. 어젯밤 건호와 함께 삼겹살과 소주를 마신 것까진 기억난다. 정신을 다잡고서 고깃집을 나왔고, 그 이후로 기억이 하나도 없었다. 그렇다면 건호가 자신을 여기에 데려다 놓고 가버린 걸까. 왜 집이 아니라 여길까. 이런저런 생각을 하며 골머리를 썩히고 있을 때였다.

"일어났어?"

"히익."

욕실 문을 열고 나오는 건호를 보며 이나는 기함했다. 건호는 샤워를 마쳤는지 젖은 머리 위에 수건을 얹고 있었다. 그나마 다행으로 상의와 하의 모두 입고 있었다.

"오, 오, 오빠가 왜 거기서 나와요?"

"그야 여기서 잤으니까."

"자요? 같이요?"

"어."

덤덤한 건호의 말에 이나는 마른침을 꿀꺽 삼켰다. 아무리 양가 허락하에 결혼을 앞둔 사이라지만, 아직 식을 올리기 전이다. 이 사실을 가족들이 알게 된다면 아마 자신에게 단단히 실망을……!

"양가 부모님께 허락받았어."

"예?"

이나가 그게 무슨 말이냐는 얼굴로 건호를 쳐다보았다.

"허락받았다고."

"뭐라고 하셨어요? 화내지 않으시던가요?"

"혼수로 아이를 미리 준비할 필요는 없다고 하시더군, 예비 장모님께서."

"……."

술을 마신 건 자신인데, 왜 망언을 한 것은 모친일까.

이나가 난처해하는 사이, 건호가 한 손으로 침대를 짚은 채 느릿하게 이나에게 다가왔다. 건호는 무표정한 얼굴로, 한쪽 입꼬리를 비스듬히 올리고 있었다. 저 표정은 건호가 무언가 계략을 꾸밀 때 나오는 얼굴이었다. 분명 자신이 기억을 잃은 시간에 어떤 일이 벌어진 게 틀림없다. 대체 자신이 무슨 짓을 한 걸까. 일단 이걸 고민하기에 앞서 더 큰 문제가 떠올랐다.

"악!"

이나가 소리를 지르며 반사적으로 두 손으로 얼굴을 가렸다.

"왜 피해?"

건호가 못마땅한 목소리로 물었다.

"그야 전 아직 안 씻었으니까요. 아직까지, 아니, 가능하다면 죽을 때까지 오빠한테 꽃같이 예쁜 모습만 보여주고 싶단 말이에요."

얼굴을 가린 채 또박또박 제 할 말은 다 한다. 이불을 젖히고 자리에서 벌떡 일어난 이나는 '씻고 올게요!' 라는 말을 남긴 채 욕실로 뛰어 들어갔다. 그 모습을 바라보던 건호는 픽 웃더니 이내 생각에 잠긴 표정을 지었다.

"그러니까 고깃집에서 나온 이후로 기억이 전혀 없다?"

얼마 전 교체한 2인용 소파에 다리를 꼬고 앉은 건호가 물었다. 이나는 입이 있어도 할 말이 없다는 얼굴로 가만히 아일랜드 식탁 앞에 서 있었다. 씻는 동안 이나는 머리를 쥐어뜯으며 고민했으나 어떤 기억도 나지 않았다. 이후 이나는 좌절을 맛보았다.

자신이 건호에게 어마어마한 실수를 했으면 어쩌나, 길 가다가 토한 건 아닐까, 그게 아니면 첫날밤을 치렀는데 전혀 기억을 못 하는 건 아닐까. 고민을 하며 확인한 결과 몸의 통증과 이상 증세가 없는 걸로 봐서 후자일 가능성은 낮았다.

그러나 분명 어떤 일이 있는 건 확실했다. 자신에게 다가오던 건호의 입꼬리를 보건대 무언가 불만이 있는 게 틀림없었다. 가능하다면 건호와 떨어져서 몇 시간 진지하게 고민을 해보고 싶은데, 하필이면 오늘이 일요일이었다. 고로 유건호가 제 발로 이 집을 나갈 일은 없다는 말이었다. 가열차게 고민한 끝에 이나는 건호에게 이실직고했다. 고깃집을 나선 이후 그 어떤 것도 기억나질 않는다고. 이나의 양심선언을 듣자마자 건호의 표정이 삽시간에 굳었다. 그때 이나는 절감했다.

아, 무의식의 내가 크게 한 건 했구나.

"무슨 일이 있었는지 알고 싶어?"

건호가 낮은 목소리로 물었다.

"네, 알고 싶어요. 이후 무슨 일이 있었는지, 저를 여기 왜 데려다주신 건지."

"그전에 하나 묻고 싶은 게 있는데."

"말씀하세요."

하명만 하시옵소서, 라는 비장한 표정으로 이나가 건호를 바라보았다.

"원래 술을 잘 마셔? 그러니까 내 말은 주량이 세냐는 게 아니라 즐겨 마시냐는 거야."

"자주는 아니지만, 마시긴 해요."

"취할 때까지?"

"대체로 절제하려고 하지만 피곤한 날엔 종종 취하곤 해요."

이나의 대답에 건호가 느릿하게 고개를 끄덕였다. 성큼 다가온 건호는 아일랜드 식탁을 사이에 놓고서 이나와 마주 섰다.

"내기하자."

"갑자기 웬 내기예요?"

"무슨 일이 있었는지 궁금하다며. 듣고 싶으면 내기에서 날 이겨. 그러면 알려줄게."

"……그냥 알려주면 안 돼요?"

"어, 안 돼."

단호한 건호의 대답에 이나는 입술을 꽉 다물었다. 식탁을 짚고 선 건호가 손끝으로 톡톡 두들겼다. 확실히 건호는 심기가 불편해 보였다.

무슨 일이 있어도 아주 단단히 있었구나. 그냥 이대로 어젯밤의 기억을 묻어버릴까. 그러기엔 호기심이 동한다.

"내기에서 제가 이기면 어젯밤 일을 알려줄 거라는 거죠?"

"어."

"그럼 오빠가 이기면요?"

"내 소원을 들어줘야겠지."

"어떤 소원 빌 건데요?"

"그건 내기 후에 말할게."

심상치 않은 소원을 빌 것 같은데. 조심성이 많아진 이나가 그냥 어젯밤 있었던 일을 캐묻지 않기로 마음먹을 때였다.

"내기 종목은 네가 고를 수 있게 해줄게."

이나는 고개를 번쩍 들더니 건호의 마음이 바뀔세라 소리쳤다.

"콜!"

이나는 내기 종목으로 '사과 껍질 빨리 까기'를 택했다. 냉장고를 뒤져 본 결과 사과가 한 박스 남아 있었다. 가을이라 사과 요리를 하기 위해 마련해 놓은 것이었다. 양파도 아니고 사과 껍질을 까는 것이기에, 이전처럼 건호가 박살 내듯이 껍질을 까진 못할 거라 이나는 자신만만해했다.

"제한 시간은 1분이에요."

이나가 자신만만한 얼굴로 말했다. 건호는 기꺼이 받아들이겠다는 듯 가볍게 고개를 끄덕였다.

"이전에 양파처럼 부수듯이 하면 안 돼요."

"대신 등지고 해."

"좋아요."

이나도 건호의 조건을 받아들였다. 내기 종목을 선택할 수 있는 기회를 주었는데, 이 정도 조건을 받아들이는 건 일도 아니었다. 건호와 이나가 등지고 섰다. 서로의 옆에는 사과가 한 가득 쌓여 있었다.

이게 뭐라고 심장이 뛰나.

이나는 숨을 깊게 들이마시며 쿵쿵거리는 심장을 달랬다. 그러자 싸한 기분이 몰려들었다. 아니다. 이번만큼은 자신이 이길 것이다. 이나는 확신에 찬 표정으로 소리쳤다.

"시작!"

이나는 기가 막힌 얼굴로 건호가 깎은 사과가 들어 있는 바구니를 쳐다보았다.

"……이건 아니잖아요."

"껍질만 까라며."

"……껍질을 까라고 했지, 사과 뼈대만 남겨놓으라는 소리는 안 했잖아요."

건호는 사과의 뼈대만 남긴 채 남은 부분을 모두 도려냈다. 껍질을 까는 게 아니라, 사과를 썰어놓은 것이다. 싱크대에 사과가 수북하게 쌓여 있었다.

"사과가 아깝네요."

"가는 길에 병원에 들러서 두 녀석에게 던져 주면 돼. 아니면 하정이랑 설준이한테 주던지."

건호는 걱정 말라는 듯 팔짱을 낀 채 덤덤하게 대답했다. 내기 덕분에 졸지에 건호로부터 사과 도시락을 받게 될 주형과 공헌의 얼굴이 벌써부터 떠올랐다. 주형은 얼떨떨해하면서도 고마워할 테고, 공헌은 감읍해서 무릎을 꿇을지도 모른다. 만약 이 도시락이 자칫 잘못해서 하정과 설준에게 간다면 둘은 아마 질색한 얼굴로 소리칠 것이다.

"이게 말로만 듣던 독사과!"

"드디어 큰형님이 우리를 독살!"

"무슨 생각해?"

넋을 놓은 채 멍하게 바닥을 보고 있는 이나를 보며 건호가 물었다. 고개를 든 이나가 우울한 낯빛으로 고개를 가로저었다.

"아니에요. 이런 식으로 사과 껍질을 깔 줄 몰랐거든요. 하아."

건호의 편법에 할 말을 잃었다. 분명 건호는 껍질을 깠다. 껍질만 까면 되는 내기였기에 이나는 따져 물을 수 없었다. 설령 따져 묻는다고 하더라도 시시비비를 가리는 걸로 밥벌이 해먹고 사는 건호를 말로 이길 리 없었다. 자포자기의 심정이 된 이나는 식탁을 짚고 서서는, 온기가 다 빠져나간 얼굴로 건호를 쳐다보았다.

"소원을 말해보세요."

건호는 대답 대신 주머니에서 휴대폰을 꺼내 영상 하나를 틀어주었다.

"이게 무슨……."

얼결에 휴대폰을 받아 든 이나는 영상을 쳐다보았다. 영상 속에 익숙한 한 여자가 뛰어다니고 있었다. 여자는 두 팔을 활짝 벌린 채 소리치고 있었다.

[밤하늘 좋아, 앗! 바람도 좋아! 와! 왕벚꽃이다! 왕벚꽃 좋아! 어? 저기 햄버거 가게 아저씨 인형! 대빵 좋아! 아주 좋아! 다 좋아!]

세상 모든 것이 좋다고 소리치는 저 여자는 다름 아닌 자신이었다. 이나의 손이 부들부들 떨렸다.

아주 희망과 긍정의 아이콘 나셨구나.

"이건 설마 어젯밤……."

이나가 설마 하는 얼굴로 건호를 바라보았다. 건호는 팔짱을 낀 채 삐딱하게 서 있었다.

"그래, 어젯밤의 너야."

"……."

이나가 할 말을 잃은 얼굴로 다시 영상을 바라보았다. 여자는 이제 아스팔트가 좋다고 소리치고 있었다. 이어 가로등도 좋다고 소리쳤다. 조만간 개미도 좋다고 소리칠 판이었다.

건호에게 꽃처럼 아름다운 모습만 보여주고 싶었는데, 이건 꽃의 뿌리도 안 될 판이다.

"제가 이런 주사가 없었는데……."

이나의 눈꺼풀이 가늘게 떨렸다.

"더러 주사가 새로 생기기도 하지."

"하필이면 이런 더러운 주사가……."

이나는 믿을 수 없다는 듯 중얼거렸다. 그사이 2분가량 이어지던 영상이 끝났다. 이나는 지뢰라도 되는 양 얼른 건호에게 휴대폰을 던지듯 건네주었다.

"말리시지, 굳이 이런 걸 찍어두실 필요야……. 하하."

"말렸어. 날 뿌리치고 달려 나간 게 너고."

"……."

"소감이 어때?"

"어제 못 볼 꼴 보여 드려서 미안해요. 최대한 빠른 시간 내에 저 영상을 머릿속에서 지워주셨으면 하는 작은 바람을 가져봅니다."

"잊을게, 네가 내 소원만 잘 들어준다면."

"하명만 하시옵소서."

건호가 잊어줄 수만 있다면 웬만한 소원은 다 들어줄 수 있을 것 같았다.

"앞으로 내가 없는 술자리에선 소주 석 잔 이상 마시지 마."

"제 주사가 그렇게 보기 흉했나요? ……흉하죠. 예, 흉하고말고요. 세 잔 이상 마시지 않을게요."

그렇게 흉했냐고 따져 물으려던 이나는 다시금 영상을 상기하며 납득했다. 흉했다. 아주 흉했다. 우울한 낯빛으로 차갑게 식어

가는 이나를 보며 건호는 눈을 가늘게 떴다. 뭔가 단단히 오해를 하고 있는 모양이었다.

"그 반대야."

건호의 착 가라앉은 목소리에 이나가 고개를 들었다. 반대라니. 대체 무엇의 반대란 말인가. 이나가 의아한 얼굴로 쳐다보자 건호가 말을 이었다.

"흉하지 않아. 오히려 보기 좋았어."

자신에게 사랑 고백을 한 후 맑은 눈빛으로 배시시 웃는 이나는 사랑스러웠다. 키스 후, 부끄럽다며 자신의 품에서 빠져나간 이나는 부끄러움을 이기려는 듯 세상 모든 것에게 '좋다!' 라고 소리쳤다. 그 모습이 한없이 귀여웠다. 동영상에 촬영되진 않았지만, '바람도 좋고, 하늘도 좋고, 가로등도 좋지만, 사랑한다는 말은 오빠한테만 쓸 거야.' 라는 말을 뱉었을 땐 자신의 온 마음이 뻐근해졌다. 하얀 얼굴에 피어오르던 미소와, 꿀처럼 달달하게 속삭이던 목소리. 이대로 시간이 멈춰 버려도 괜찮겠다, 라는 생각이 들었다.

동시에 윤이나의 이런 애교를 죽어도 다른 사람에게 보여주고 싶지 않다는 욕심이 생겼다. 유치한 마음이자 지독한 소유욕이라는 걸 알지만 멈출 수가 없었다. 아니, 이젠 인정해 버렸다. 윤이나라는 사람 앞에서 유건호는 언제나 유치해질 수 있다는 것을. 그리고 지금보다 더 지독한 소유욕을 가질 수 있다는 것을.

"그러니까 술에 취한 윤이나는 앞으로 나한테만 보여줘."

"......"

"이게 내 소원이니까 기억해 둬."

"……."

"나가자. 해장하게."

건호가 외투를 가지러 방으로 들어갔다. 홀로 부엌에 남겨진 이나는 멍한 얼굴로 멀어지는 건호를 바라보다가 빙긋 웃었다. 싱크대에 수북한 사과를 커다란 통에 옮겨 담으며 이나는 홀로 중얼거렸다.

"괜히 사과만 버렸네. 그냥 말했어도 그 소원은 들어줬을 텐데."

아마도 건호는 확실히 해두고 싶었을 거다. 어쩌면 소원이라는 말로 묶어두고 싶을 만큼 간절한 바람일 수도 있었다.

자신의 망가지는 모습조차 좋아해 주는 남자라니.

이렇게 행복해도 될까?

이나는 계속해서 새어 나오는 웃음을 참을 길이 없었다.

23

양가 어르신들의 바람대로 결혼식이 성대하게 치러졌다. 번화가에서 가장 유명한 호텔에서 가장 규모가 큰 웨딩홀을 화려하게 꾸몄다. 웨딩홀 규모에 맞춰 초대된 하객이 양가 합쳐 4백 명이 훌쩍 넘었다.

"규모에 압도될 것 같아."

웨딩홀 크기만큼이나 신부대기실도 거대하고 화려했다. 이나는 색색깔의 꽃으로 장식된 자리에 앉아 하정에게 말했다.

"그래도 초라한 것보단 좋지 않아? 양가 부모님이 여유가 되니까 이만큼 해주시는 거니까. 어떻게 보면 복 받은 거지. 살면서 딱 하루 있는 날인데 모두가 이렇게 널 아름답게 만들어주니까. 그나저나 우리 이나, 각오는 단단히 해뒀겠지? 오늘부터 난 네 시누이란다?"

하정이 싱긋 웃으며 이나의 마른 어깨를 짚었다.

"네가 시누이가 되어도 좋으니까 어서 끝냈으면 좋겠어."

"왜 그렇게 초조한 얼굴이야? 이 좋은 날에."

"떨려. 그것도 엄청."

이나가 왼쪽 가슴 위로 손을 가져다 올렸다. 심장이 거세게 뛰었다. 이러다가 가슴을 뚫고 심장이 튀어나오는 게 아닐까 할 만큼.

"왜? 하객수가 많아서? 아니면 결혼식의 규모가 지나치게 커서?"

하정이 이나의 앞에 무릎을 접고 앉아 물었다. 생각보다 이나의 초조함이 커보인 탓에 덩달아 하정의 얼굴도 심각해졌다.

"그런 것도 있고, 내가 실수할까 봐 걱정되는 것도 있고. 그냥, 전부 다 떨려."

건호와 자신이 영원히 함께 살겠노라 많은 사람들 앞에서 선언하는 아주 중요한 날이다. 결혼한다는 사실에 막중한 책임감이 느껴지는 한편, 자신이 건호의 부인으로서 잘해 나갈 수 있을까 하는 걱정도 앞섰다.

"걱정하지 마. 잘할 거야."

"누나, 곧 식 시작한대. 준비하래."

신부대기실 문을 벌컥 열고 설준이 들어왔다. 제 할 말만 하고 나가려던 설준은 눈을 커다랗게 뜨고서 이나를 보며 감탄했다.

"이야, 누나! 아이템발 잘 받네. 역시 여자도 아이템을 잘 장착해야 해."

"뭐? 아이템?"

“아니, 메이크업이랑 웨딩드레스발 잘 받는다고. 예쁘다. 하여튼 얼른 준비하고 나와! 나는 사회자 데리러 가야 하니까! 나중에 봐, 누나!”

허겁지겁 나가는 설준을 보며 이나는 깊은 한숨을 내쉬었다.

“이젠 다른 이유로 초조해졌어, 하정아.”

“왜?”

“설준이, 저 자식 저거, 얼마 전에 동사무소 가서 자기 이름 쓰는 칸에 ‘닉 스미스’ 라고 썼다더라.”

“닉 스미스가 뭔데? 설마…….”

“그래, 자기 게임 닉네임.”

“…….”

“게임 사업의 노예인 저 녀석을 구제해 줄 여자가 얼른 나타나야 할 텐데. 저러다가 웬 아야짱이라느니, 칸짱이라느니 이딴 그림 그려진 베개 들고 나타나서 결혼시켜 달라고 하는 건 아닐지 걱정이야.”

“아냐, 그럴 일 없어. 절대로 없어. 설준이는 게임을 좋아할 뿐이야. 그러니까 안심해.”

이야기를 듣고 있던 하정의 표정이 이상하리만큼 심각했지만 이나는 하정이 설준을 친동생처럼 아껴서 그런 걸 거라 생각했다.

웨딩홀 직원이 다가와 입장 준비를 해야 한다는 사실을 알렸다. 하정과 직원의 도움을 받아 이나는 길게 이어진 레드카펫 앞에 섰다. 어두한 공간 아래에 길게 이어진 레드카펫에만 붉은 조명이 들어와 있었다. 그 끝에 예복 차림의 건호가 서 있었다.

쿵, 쿵. 심장이 널뛴다. 이러다가 심장이 터져 버리는 게 아닐까 걱정스러울 지경이었다.

"이나야."

고개를 돌리자 부친인 태조가 그녀를 물끄러미 바라보고 있었다. 태조가 손을 내밀었다.

"아빠 손 잡아야지."

이나가 시선을 내려 아버지의 손을 보았다. 의료계에 몸 담은 후, 숟가락보다 의료용 메스를 더 많이 잡았다는 아버지의 손. 일곱 살의 나이에 엄마에게서 그 이야기를 들으며 바라본 아버지의 손은 팽팽했는데, 지금은 많이 주름졌다. 어느새 검버섯이 손등에 피어나고 있었다. 시간은 이렇게 이곳저곳에 흔적을 남겨놓는다.

"어서."

태조가 부드럽게 재촉했다. 이나가 태조의 손을 잡았다. 이내 이나를 담고 있던 태조의 눈동자에 눈물이 차올랐다.

"내 딸, 벌써 시집갈 나이가 되었구나. 어느새 이렇게……."

자그맣게 속삭이는 소리에 이나의 눈시울이 붉어졌다. 늘 함께 있었기에 죽을 때까지 함께 살 거라고 생각했다. 그런데 이젠 품을 떠나 독립된 가정을 이루게 되었다. 태조는 이나의 손을 꼭 잡았다.

"신부 입장!"

사회자의 목소리에 이나와 태조는 천천히 걸음을 옮겼다. 레드카펫의 끝으로 다가갈수록 태조의 걸음이 눈에 띄게 느려졌다. 그러나 이내 끝에 도달했다. 계단을 내려온 건호가 태조에게 고개 숙여 인사한 후 손을 내밀었다. 끝까지 버티고 있던 태조가 건호에게 손을 옮겨주었다. 건호가 이나의 손을 움켜쥐자, 그 위를 태조가 꽉 잡았다. 태조가 건호의 눈을 지그시 바라보았다.

"알아서 잘하겠지만, 내 딸한테 잘해줘야 하네. 꼭! 알았지?"

그렇게 말하는 태조의 눈에선 닭똥 같은 눈물이 뚝뚝 떨어졌다. 그 모습을 지켜보던 사회자는 '누가 보면 아버님이 장가가는 줄 알겠습니다.' 라는 말을 던져 장내를 웃음바다로 만들었다. 그러나 그 상황 속에서 유일하게 이나는 웃지 못했다. 아버지가 이토록 많은 눈물을 흘리는 모습을 살면서 몇 번 보지 못했다. 아버지가 자리로 돌아간 후, 그 모습을 바라보던 이나는 뜨거운 눈물을 흘렸다. 그 모습을 지켜보던 양가 부모들은 기어코 참고 있던 눈물을 흘렸다.

건호가 미리 준비해 둔 손수건으로 눈물을 흘리는 이나의 눈가를 닦아주었다. 이나의 울음이 잦아들길 건호는 가만히 기다렸다. 이후 울음을 겨우 참은 이나가 고개를 들었다.

"미안해요, 너무 울어서."

건호는 그런 이나를 물끄러미 바라보았다.

"괜찮아, 더 울어도."

이나는 건호의 말에 싱긋 웃었다. 이나와 건호가 주례 앞에 나란히 섰다. 주례사가 이어지는 동안 이나는 레드카펫에 다다르기 전, 건호와 눈이 마주친 것을 떠올렸다. 눈물이 나고, 초조하고, 떨리고, 한 켠으론 벅차오르는 복잡한 심경의 자신을 꿰뚫어 보듯 건호는 이나만이 볼 수 있도록 소리 없이 말했다.

'어서 와.' 라고.

"이걸로 충분해?"

신혼여행으로 예약해 둔 숙소에 들어서며 건호가 다시 한 번 물었다. 지금이라도 여행지를 옮길 수 있다는 태도였다.

"충분해요."

이나가 방긋 웃으며 대답했다. 유명 휴양지로 갈 거라는 예상을 깨고 이나가 선택한 신혼여행지는 제주도였다. 이후 건호가 몰디브, 이탈리아, 칸쿤 등의 허니문 여행지 책자를 가져와 건네주었지만, 이나는 모두 거절했다. 건호와 이나가 신혼여행을 갈 수 있는 시간은 고작해야 3박 4일이었다. 건호가 바쁘기도 했고, 이나 또한 몸담고 있는 '락' 또한 바쁜 때라 시간을 넉넉하게 뺄 수 없었다. 고작해야 3박 4일인데 오며 가며 비행기에서 귀한 하루의 시간을 보낼 수 없다는 판단하에 이나는 제주도를 택했다.

"후회하지 않겠어?"

건호가 이나의 짐을 옮겨주며 물었다.

"제주도가 어때서요? 해외에서 신혼여행 삼아 제주도로 많이 온대요. 얼마나 좋아요. 우리 나라에 최고의 신혼여행지이자 휴양지가 있다는 게."

이나가 생긋 웃으며 말하자, 건호도 더는 아무 말 하지 않았다. 간단히 끝내려던 짐 정리 시간이 꽤나 길어졌다. 어차피 자유여행이었기에 시간 제한은 없었다. 어느 정도 짐 정리를 마친 후 부모님께 전화를 드리려고 주머니에 손을 넣은 이나가 멈칫했다.

"어? 휴대폰이 없어요. 오빠! 휴대폰 좀 잠깐만 빌려줘요."

날리는 커튼을 묶고 있던 건호는 말없이 주머니에서 휴대폰을 꺼내 내밀었다.

"비밀번호가 뭐예요?"

이나가 휴대폰 액정을 두드리며 물었다.

"1030."

"1030…… 1030이라고요?"

"어."

건호가 문제 있냐는 듯 무심하게 쳐다보았고, 이나는 고개를 가로저으며 시선을 휴대폰으로 내렸다. 10월 30일. 이나의 실제 생일이었다. 이제 가족들과 자신조차도 희미하게 잊어가는 자신의 생일. 이나는 그제야 왜 건호가 자신의 실제 생일을 외울 수밖에 없었는지 알았다. 휴대폰의 잠금을 해제한 이나는 비실비실 새어 나오는 웃음을 참으며 자신의 휴대폰에 전화를 걸었다.

"휴대폰만 찾고 놀러 나가요."

이나의 말에 건호는 가볍게 고개를 끄덕인 후, 욕실로 들어갔다.

벨소리가 들리는 곳을 찾아 더듬더듬 걸어가던 이나의 걸음이 멈춘 곳은 캐리어 안주머니였다. 짐을 챙기다가 자꾸만 바닥에 떨어지는 휴대폰이 거슬려서 그곳에 대충 찔러 넣은 후 까먹은 것이었다.

"어휴, 바보."

이나는 작게 중얼거리며 제 휴대폰을 꺼냈다. 얼마 전 건호와 맞춘 커플 휴대폰인데 이렇게 관리한 스스로가 갑갑했다. 이나는 자신의 휴대폰 액정에 떠오른 '수신 필수'라는 이름과 아래에 찍힌 건호의 번호를 보며 픽 웃었다.

그나저나 건호는 자신의 이름을 무엇으로 저장해 두었을까.

건호의 휴대폰 액정을 확인한 이나는 기어코 꾹꾹 참고 있던 웃음을 터뜨릴 수밖에 없었다. 자신의 번호 위에 찍혀 있는 '수신 필수' 라는 멋없지만, 사랑스러운 저장 이름 때문에.

신혼여행으로 제주도를 오지 않았으면 어쩔 뻔했을까.

건호는 해안가 거리를 따라 팔짝팔짝 뛰어다니는 이나의 뒷모습을 보며 생각했다. 짐을 정리하고 가벼운 옷차림으로 나오자마자 '뭐 할까.' 라고 물을 틈 없이 이나는 제주도 지도를 펼쳐 내밀었다.

'오빠, 내가 미리 알아봤는데요. 잠수함 타는 것도 있고, 승마 체험, 허브 따기 체험, 허브 공원, 해안가 드라이브 코스도 있대요. 어느 것부터 할까요?' 라며 두 눈을 반짝였다.

건호의 입장에선 무엇을 해도 상관없었기에, 이나에게 선택권을 넘겨주었고 고민 끝에 첫 코스로 찾아간 곳은 승마 체험이었다.

어렸을 적부터 말을 꼭 한 번 타보고 싶었다던 이나는 승마 체험장에서 그녀를 도와주던 관리인으로부터 타고났다는 칭찬을 들었다. 어릴 적 취미가 승마였던 조모로부터 말타기를 몇 해간 배웠던 건호가 보기에도 이나는 무서움 없이 말을 잘 탔다.

이나의 체험 활동은 거기서 끝이 아니었다. ATV 체험에 이어 감귤 따기 체험까지 완료한 후에야 '피곤하다.' 라며 방긋 웃어댔다.

"더 하고 싶은 건?"

건호가 억새풀이 길게 이어진 도로를 달리며 물었다. 선루프와 창문에서 불어 들어오는 선선한 바람을 맞고 있던 이나가 눈을 떴다.

"오늘 제가 하고 싶은 건 다 했어요. 오빠가 하고 싶은 건 없어요?"

이나의 물음에 건호는 손끝으로 입술을 매만지며 보일 듯 말 듯 하게 웃었다.

하고 싶은 거라…….

자신의 생각을 윤이나가 읽을 수 있다면 저토록 무방비하게 눈을 감은 채 바람을 쐬고 있지 못할 거다.

"하고 싶은 거 좀 더 생각해 봐, 시간 줄 테니까."

건호는 자신의 마음을 표현하지 않았다. 조금 더 이나가 하고 싶은 걸 마음껏 하길 바랐다. 지금 호텔에 들어가면 적어도 내일 아침까지는 나오지 않을 테니까.

숙소로 돌아온 건 해안가에서 산책을 하다가 전망 좋은 횟집에서 모듬회를 시켜 먹은 후였다. 꼼꼼하게 샤워를 마친 후 욕실 문을 밀고 나오던 이나는 건너편 욕실에서 나오는 건호를 보았다. 그의 검은 머리카락이 물에 젖어 있었다. 물기 때문인지 가운 사이로 살짝 보이는 쇄골뼈, 주홍빛의 조명 아래에 서 있는 그의 모습은 아찔할 정도로 야했다.

무슨 남자가 저렇게 생겼을까.

이나는 붉어지는 얼굴색을 감추려고 두 손으로 뺨을 가렸다. 시간이 멈춘 것처럼 실내가 고요해졌다.

"이리 와."

건호가 느릿하게 걸어오며 손을 내밀었다. 유난히 손가락이 긴 손을 바라보며 이나는 자신도 모르게 마른침을 삼켰다. 어느새 건호가 이나의 코앞까지 걸어왔다.

"잡아."

건호의 말에 이나가 손을 내밀어 건호의 손을 맞잡았다. 건호가 자연스럽게 이나의 손가락에 깍지를 꼈다. 건호가 이나를 끌어당겼다. 한 손으로 이나의 뺨과 목을 감싼 채 고개를 숙였다. 입술이 맞닿았다. 부드럽고 촉촉한 느낌이다. 수없이 함께한 키스라 이젠 익숙하지만, 나눌 때마다 온몸을 저릿하게 하는 키스.

톱니가 맞물리듯 천천히 고개가 비스듬히 기울어지며 조금 더 서로에게 깊게 파고들었다. 건호가 이나의 허리를 끌어당겼다. 금세 아래가 맞닿았다. 홀린 것처럼 건호가 이끄는 키스에 몰입하고 있던 이나는 자신의 아랫배에 닿은 이물적인 느낌에 숨을 흡 하고 들이마셨다.

이게 뭔지 이나는 잘 알고 있었다. 경험이 없을 뿐, 성 지식까지 없는 건 아니었으니까. 눈을 뜨자 번쩍 자신을 바라보고 있는 건호의 눈이 보였다. 몸이 허공에 들렸다. 이나는 자신을 들고도 힘들다는 표정 하나 없이 평온하게 침대로 걸어가고 있는 건호를 보았다. 건호가 한 걸음씩 걸어갈 때마다 가슴이 울렁거렸다. 심장이 터질 것만 같았다.

건호가 허리를 굽혀 천천히 이나를 침대에 눕혔다. 두 개의 몸이 자연스럽게 포개졌다. 건호가 이나의 흔들리는 눈을 바라보았다.

"떨려?"

"네. 그리고…… 설레요."

사랑하는 남자와 처음으로 하나가 되기 직전이다. 이 남자가 좋아하는 모습을 볼 수 있다는 것. 그리고 자신도 또 다른 기쁨을 누릴 수 있을 거라는 사실이 떨리면서 설레었다.

"오빠한테 끝까지 예뻤으면 좋겠는데……."

이나가 두 뺨에 홍조 띤 얼굴로 말했다. 건호가 손으로 이나의 뺨을 쓰다듬었다. 자신에게 예뻐 보이고 싶다고 말하는 이나가 더없이 사랑스러웠다. 건호의 입술이 이나의 이마에 닿았다. 이어 눈두덩이, 콧등을 눌렀던 입술이 이나의 목덜미에 조심스럽게 내려앉았다.

"으읏."

이나가 낯선 느낌에 움찔했다. 숨결이 닿은 목덜미가 간지러우면서 발끝이 저릿했다.

"오, 오빠."

이나의 부름에 건호가 어, 라고 대답했다. 그 순간 훅 닿은 입김에 이나의 몸이 눈에 띄게 움찔했다.

"흡."

건호의 손이 이나의 가운 사이로 파고들었다. 자그맣게 부풀어 오른 가슴 위로 뜨거운 손이 닿았다. 이어 그곳에 건호의 입술이 닿는 순간, 이나는 해야 할 말을 잃었다. 두 개의 가운이 바닥으로 떨어졌다. 건호는 이나의 몸을 새기듯이 바라보며 숨을 깊게 들이마셨다.

바라보기만 했을 뿐인데 심장이 터질 것만 같다. 자신을 바라보고 있는 촉촉한 눈동자와 자신을 향해 기꺼이 모든 것을 내보이는 이나의 모습. 부끄러워하면서도 이 순간을 즐거워하고 있는 이나를 보자 온몸이 심장 쿵쾅대는 소리로 터져 나갈 것 같았다.

이나가 손을 뻗어 잔근육이 붙어 있는 탄탄한 건호의 가슴을 쓸었다. 손에 닿는 피부가 부드러웠다.

"조금만 힘 빼."

건호가 이나를 달래듯이 애무했다. 긴장 상태로 얼어붙어 있던 이나의 몸이 느슨하게 풀렸다. 맞닿아 있던 건호의 중심이 차츰차츰 이나의 안으로 파고들었다. 잠깐 밀려드는 아픔에 이나가 숨을 흡 하고 들이마셨다. 이나가 적응할 시간을 주던 건호가 천천히 몸을 움직였다. 조그마한 움직임이 거대한 자극이 되어 온몸을 휩쓸었다. 이나가 시트를 움켜쥐었다.

"오빠."

건호가 짙게 물든 눈동자로 이나를 쳐다보았다. 물기 어린 눈으로 이나가 건호를 바라보며 옅게 웃었다.

"사랑해요."

"……."

"아주 많이."

언젠가 들었던 고백. 부여잡지 못해서 지독하게 아쉬웠던 그 고백이, 이나의 입술에서 다시 한 번 흘러나왔다. 건호의 목울대가 빠르게 오르내렸다. 건호는 깊어진 눈으로 이나의 얼굴을 바라보았다.

윤이나의 몸과 마음을 모두 가진 지금이 자신의 삶 중 가장 가치있는 순간이다. 이 마음을 전할 수 있는 말은 하나뿐이다.

"사랑해, 윤이나."

"……."

"나조차도 가늠할 수 없을 정도로."

언젠가부터 자신의 시선을 옭아매던 여자. 이 세상, 그 어떤 여자와 비교할 수 없는 소중한 여자. 자신을 유일하게 흔들고, 움직이고, 벅차게 할 수 있는 여자. 인간이 존재한다는 사실만으로 감동이 될 수 있음을 알려준 여자. 머리부터 발끝까지 모두 다 소중해서 놓아줄 수가 없다.

건호가 천천히 고개를 숙여 이나의 입술에 가벼운 입맞춤을 했다. 건호의 고백에 잠시 벅차오른 표정을 짓고 있던 이나가 건호의 목에 팔을 두른 채 미소 지었다.

"오빠한테 고백받을 줄이야. 고마워요."

그 모습을 사랑스러운 눈으로 바라보던 건호는 고개를 숙여 이나의 입술에 입을 맞추었다. 어둡고 깊은 밤, 파도 소리를 따라 사랑이 밀려들었다.

에필로그 1

이나의 발걸음이 한층 빨라졌다. 누가 보면 쫓기는 건가라는 생각이 들 정도였다.

한 번은 상상해 본 적이 있다. 유건호의 성격상 검사 시절을 평탄히 보냈을 리 없고, 범죄자를 정신적으로 심문해서 대답을 받아내는 데는 도가 튼 사람이었으니까. 그를 아는 사람 몇은 형사 쪽으로 가도 잘했을 거라는 말을 아끼지 않았다. 그런 말을 들을 때마다 이나는 등골이 서늘해지곤 했다. 그러면서 그 범죄자들 중에 누군가는 앙심을 품지 않았을까, 생각했었다. 궁금증을 못 이기고 물었을 때, 건호는 굉장히 무심한 얼굴로 대답했다.

"있긴 하겠지."

그 말을 들었을 때 대비했어야 했다.

이나가 다급하게 병실 문을 열어젖혔다. 동시에 하얀 침대에 누워 있는 건호가 보였다. 탈의한 상체를 흰 붕대로 감고 있었다. 놀란 이나가 양손으로 벌어진 입술을 가렸다. 생각지 못한 이나의 방문에 건호의 얼굴이 확 찌푸려졌다.

"누가 연락했어? 하지 말라고 했을 텐데."

건호가 음산한 목소리로 주형과 공헌을 쳐다보았다. 주형과 공헌은 짠 것처럼 서로를 가리켰다.

"쟤가요."

"공헌이가."

그러다 깜짝 놀라 서로를 쳐다보며 투덕거리기 시작했다.

"네가 연락했잖아."

"너도 했잖아. 너, 연락하는 거 내가 다 봤거든?"

"두 사람 전부한테 연락받았어."

이나가 놀란 마음을 억지로 추스르며 대답했다. 동시에 건호의 고개가 비스듬히 기울어졌다. 이게 무슨 짓이야, 그의 서늘한 눈빛이 두 사람에게 물었다.

순식간에 탄로 난 주형과 공헌은 '아, 이런. 응급실에서 인력 보충 연락이 왔네?'라는 말로 주춤거리며 병실을 빠져나갔다. 순식간에 둘만 남았다. 이나는 침대에 걸터앉아 건호의 처참한 몰골을 쳐다보았다.

퇴근하는 길에 형을 마치고 나온 조폭에게 피습을 당했다고 했다. 아주 다행스러운 것은 기민하게 몸을 움직여 칼이 깊게 박히지 않았다는 것이고, 불행인 것은 그럼에도 온몸에 붕대를 감아야 할 만큼 상태가 좋지 않았다는 것이다.

"많이 아파?"

이나가 눈물이 그렁그렁한 채 건호의 상처 부위를 보며 물었다.

"괜찮아."

"괜찮기는. 꼴이 이런데."

"진짜 괜찮은데."

이 남자는 아마도 관에 들어가기 직전에도 괜찮다는 말을 하고도 남을 거다.

이나가 입술을 삐쭉거리며 건호의 상처를 쳐다보았다. 처음 공헌으로부터 피습이라는 말을 들었을 때 머릿속이 하얗게 변했다. 주위 사람들이 이나에게 말을 걸기까지 칼을 떨어뜨렸다는 사실조차 모르고 있었다.

병원으로 허겁지겁 달려오는 동안 별의별 생각이 다 들었다. 그러던 중, 주형으로부터 '의식도 있고, 다행스럽게 괜찮기는 한데…… 입원은 좀 오래 해야 할 것 같아.' 라는 연락을 받았다. 그 독한 남자가 입원을 오래 해야 할 정도면 얼마나 다친 건지 가늠이 되지 않아 초조하고 불안했다.

"검사 시절에 착한 짓 좀 많이 하지 그랬어."

이나가 건호의 상처를 보며 말했고, 건호가 픽 웃었다.

"착한 검사가 어디 있어."

"그럼 검사들은 이렇게 자주 칼 맞아?"

"아니, 드물어."

"……."

"위협은 자주 당해."

그 드문 일을 왜 그쪽이 당하느냔 말이지.

이나는 차마 하지 못할 말을 꾹 눌러 참으며 건호를 보았다.

"상처가 깊다며."

"지금은 괜찮아."

"갈비뼈도 상태 안 좋다며. 그게 괜찮은 거야?"

"……누가 그렇게 상세히 읊어줘?"

단박에 건호의 눈빛이 서늘하게 변했다. 이전이라면 이나도 움찔하고 오금이 저려서 어쩔 줄 모르겠지만, 이젠 달랐다.

벌써 결혼한 지 1년 차다. 다른 건 몰라도 자신에겐 절대로 화를 내지 않는, 세상에서 가장 달달한 남자라는 것을 이미 알고 있다. 그러나 자신을 제외한 모두에게 까칠한 건호였기에, 이나는 굳이 그 사람을 말하지 않았다.

"그냥 들었어."

"그러니까 누구."

"피의 복수 같은 건 일단 낫고 나서 생각해."

이나가 건호의 손을 잡으며 다정하게 속삭였다. 그러자 건호의 좁혀진 미간이 거짓말처럼 풀렸다. 이윽고 벌컥 문이 열리면서 꽃다발을 한 아름 든 덩치 큰 남자 하나가 들어왔다.

"유 검!"

강호였다. 마치 속세와 연을 끊고 살 법한 이름의 소유자인 강호는, 건호와 같은 검사 동기로 현재까지 검사였다.

"내가 언젠가 자네 칼빵 맞을 줄 알고 있었지. 미국이었으면 총 맞았을 거야."

강호가 위로인지 악담인지 모를 말을 소리치며 껄껄 웃었다.

"그래서? 그건 축하 선물이야?"

건호가 강호의 손에 들린 꽃다발을 보며 물었다.

"뭐, 겸사겸사. 나를 대신해서 자네에게 한 방 먹여준 조폭이 고맙긴 하지만, 칼은 심했지. 자칫했다간 내 친구를 잃을 뻔했으니까."

"누가 친구야?"

"유 검, 아니, 유 변이 나의 친구지."

강호가 씩 웃었다. 평소에도 그랬듯이 건호는 강호의 말에 별달리 대답하지 않았다. 할 말이 없는 게 아니라 대꾸할 가치가 없다는 얼굴이었다.

이 두 사람의 관계가 그러했다. 강호가 일방적으로 건호를 쫓아다니고, 일방적으로 말을 쏟아내는 조금 기이한 친구 관계였다. 그리고 아주 드물게도 강호는 건호를 별달리 무서워하지 않기도 했다. 오히려 신기해하고 동경하는 쪽에 가까웠다.

강호는 침대 옆에 조용히 서 있는 이나를 보곤 활짝 웃었다.

"이나 씨는 나날이 예뻐지십니다. 저도 어서 이나 씨 같은 부인을 만나야 할 텐데요."

"감사합니다."

"감사할 건 없습니다. 진심이니까요! 하하!"

"눈 돌려."

건호의 서늘한 목소리가 두 사람의 사이를 갈랐다. 강호는 자신을 노려보다시피 쳐다보고 있는 건호를 보았다. 그러고는 혀를 끌끌 찼다.

"거참, 본다고 유 변 부인이 닳기라도 하나?"

"닮아. 그러니까 눈 돌려."

"칫, 까다로운 사람 같으니."

강호가 작게 투덜거렸다. 처음에 자신의 부인을 끼고 도는 건호를 본 순간 강호는 망치로 머리를 얻어맞는 듯했다. 세상 모든 것에 무심할 것 같은 남자가 부인에게 집착하고 있으니 어색했다.

건호와 이나는 다른 커플처럼 껴안고 있거나 물고 빠는 것은 아니었다. 다만 건호에게서 흉흉한 기운이 흘러나왔다. 어느 놈이든 내 부인에게 3초 이상 시선을 두면 가만두지 않겠다, 라는 기운. 어릴 때부터 갖고 태어난 것이 많아 건호가 그다지 집착이 없는 성격이라는 것을 아는 강호로서는, 그런 건호의 변화가 신기하고 놀라웠다. 물론 그 놀라움은 지금도 가시지 않았다.

"일단 앉으세요."

이나가 어색하게 웃으며 앉으라는 듯 의자를 권했다. 강호는 가볍게 고개를 끄덕이고는 자리에 앉았다. 강호는 눈으로 건호의 상태를 살폈다.

"보자. 보아하니 내 생각보다는 상태가 나쁘지 않네. 나는 조폭이 작정하고 달려들었다길래 유 변이 죽기 직전까지 간 줄 알았어."

강호가 건성으로 말하긴 했으나, 표정은 조금 심각했다. 건호에게 앙심을 품고 공격한 조폭은 일룡파의 일원으로 유난히 칼을 다루는 데 능했다. 한 번 걸렸다 하면 도륙당하기 십상이라 법조계에서도 맡기를 꺼려하는 까다로운 범죄자였다. 그런 일룡파를 겁도 없이 싹 쓸어 교도소에 밀어 넣은 것이 건호였다. 검사 시절 활약상을 들어보건대 언젠간 이런 일이 오겠거니 했지만, 이렇게 빨리 올 줄은 몰랐다. 그나마 다행인 것은 파악 결과 일룡파의 소행이 아니라, 그 일로 인해 일룡파에서 쫓겨난 사람의 단독 소행이었다는 것이다. 일룡파가 유건호로 인해 한쪽 팔을 잃었다고는 하나, 계산이 빠르고 대처가 빠른 편이라 법조계의 일원을, 그것도 이 방면에서 유명한 유건호를 공격해서 일을 크게 만들 조직은 아니었다.

"범인은 그 자리에서 잡았다며? 다행히 주변에 경찰이 있었나 봐?"

강호가 건호의 얼굴로 시선을 옮기며 물었다.

"아니."

"그럼?"

"내가 잡았어."

"……뭐?"

강호가 잘못 들은 게 아닌가 하는 표정으로 건호를 쳐다보았다.

"날 찔렀으면 그만한 책임을 져야지."

싸늘한 표정으로 말하는 건호를 보며 강호가 빠르게 눈을 깜빡거리며 어버버댔다.

"그, 그, 그럼 혹시…… 그 조폭 얼굴에 상처가 났다는 건……."

"도망치려 하길래 발을 걸었어. 쓰러지길래 한쪽 팔을 꺾었고."

"그게…… 돼?"

"돼."

참으로 간결한 대답이었다. 강호의 입이 벌어졌다.

칼에 찔리면 통증이 상당하다. 그보다도 자신의 몸에 칼이 들어와 있는 것 자체가 놀라워서 범인을 놓치기 십상이다. 그 와중에 발을 걸 생각을 한 건호가 대단한 건지 무서운 건지 강호는 가늠이 되질 않았다.

“독한 놈. 그래서 이제 어쩔 건데?”

“돌려줘야지, 이자까지 쳐서.”

건호가 부드럽게 웃었고, 강호는 소름이 끼쳤다. 이러면 안 되지만 이젠 그 조폭이 안타깝게 느껴졌다. 건호는 자신이 아는 모든 지인을 동원할 것이다. 알게 모르게 건호에게 빚진 사람들이 법조계에 꽤 많았기에 기꺼이 그의 요구를 수용할 것이다.

건호를 봐서라도 국선변호사를 제외한 타 변호사들은 조폭의 변호를 맡으려 하지 않을 것이고, 판사와 검사도 이번 일을 본보기 삼아 징역을 내릴 테니 형량이 꽤 될 터였다. 그 조폭이 바보가 아닌 이상에야 출소 후 다시 유건호를 찾진 않을 거다.

“내가 널 걱정했다니……. 내가 평생 한 짓 중에 가장 바보 같은 짓이었어.”

강호가 힘없이 중얼거렸다. 그 말을 들은 이나는 크게 동감했다.

다음 날 아침 일찍 양쪽 집안에서 건호의 병문안을 왔다. 양가 부친은 엘리베이터만 타고 내려오면 될 일이라서 이미 몇 차례나 오갔지만, 때마침 여행을 갔던 모친과 그 외의 가족들은 처음이었다. 모두들 건호의 상태에 얼굴이 하얗게 질렸다.

특히 건호의 모친인 은아는 혼절할 것 같은 표정을 짓고서 ‘어릴 때 공사장에서 떨어지는 벽돌 맞고 다니는 걸로 부족해서, 이젠 칼도 맞니?' 라고 소리쳤다. 그 말에 옆에 서 있던 이나는 뜨끔했다. 이나는 조용히 은아에게 커피를 내미는 것 말곤 할 수 있는 게 없었다.

"형님, 여기요."

설준이 쭈뼛거리며 건호에게 박스를 내밀었다. 이게 뭐냐는 듯 쳐다보자, 설준이 비장미 넘치는 얼굴로 말했다.

"제가 아끼는 닌텐도와 비상용으로 구비해 놓은 태블릿 PC입니다. 형님이라면 당분간 이 아이를 맡길 수 있을 것 같아서 대여해 드립니다. 아껴서 보시고 깨끗하게 반납…… 아니, 쓰레기같이, 아니, 걸레같이 만들어서 반납하셔도 됩니다."

용기 내어 깨끗하게 반납할 것을 요구하던 설준은 건호와 눈이 마주치자 황급히 말을 바꿨다. 무슨 인간이 칼에 찔려 붕대 감고 침대에 앉아 있어도 저렇게 무섭냐, 라고 생각하며 설준은 작게 혀를 찼다. 건호는 상자와 설준을 번갈아 보다가 물었다.

"뇌물인가."

"네?"

"매제로 받아들여 달라는 뇌물이냐는 거지, 내 말은."

건호의 말에 설준의 혀가 뻣뻣하게 굳었다. 동시에 그 옆자리에서 있던 하정의 얼굴도 하얗게 질렸다.

"뭐? 매제?"

격하게 반응한 것은 사과를 깎던 이나였다. 이나는 다급하게 하정과 설준을 번갈아 보았다.

"그게 이나야……."

"두 사람 교제하고 있어."

덤덤하게 말하는 건호를 보며 하정이 '이 피도, 눈물도, 예고편도 없는 인간아!' 라는 표정으로 건호를 쳐다보았다. 말할 기회를 빼앗긴 두 사람은 당황한 채 눈만 크게 끔뻑거렸다.

"뭐? 언제부터? 오빠는 언제 알았어?"

이나가 놀란 눈으로 건호를 쳐다보았다.

"한 달 전."

"어떻게?"

"집 앞에서 키스하고 있던데."

"전봇대랑?"

가끔 정신이 나가면 이나가 하는 짓 중 하나가 현실도피였다. 그 현실도피를 저런 식으로 하곤 했다. 건호가 그런 이나를 사랑스럽게 쳐다보며 대답했다.

"그럴 리가. 두 사람이 했지."

그걸 설준과 하정은 '이 와중에 둘만 다정해서 될 일이냐!' 라는 표정으로 노려보았다.

"……왜 그걸 지금 말해줘?"

"아는 줄 알았는데, 지금 보니 모르는 것 같아서."

"하……. 오빠는 알고도 두 사람한테 말하지 않은 거야?"

"두 사람의 일이니까."

건호는 가족이 어긋난 길을 가지 않는 이상 간섭하지 않았다.

"하……."

이나가 다시 하정과 설준을 쳐다보았다. 두 사람은 자신들의 교제 사실을 무려 한 달 전부터 건호가 알고 있었다는 사실보다, 키스하는 광경을 들켰다는 것에 더 놀란 표정이었다. 붕어처럼 입만 벙긋거리고 있는 이나를 보던 하정은 에라, 모르겠다는 심정으로 말문을 열었다.

"그래. 나 설준이랑 사귄다! 딱 한 달 반 됐어! 사귄 지 보름 만에 키스했고!"

"내가 따라다녔어, 누나. 사실 내가 하정이 누나를 몇 년 전부터 좋아하고 있었거든."

자진 고백하는 설준의 얼굴이 붉어졌다. 이나는 조용히 과도와 사과를 내려놓았다. 건호가 자연스럽게 물티슈로 이나의 손가락을 닦아주었다. 그 모습을 설준은 놀란 얼굴로 쳐다보았다. 유건호가 다정하게 구는 걸 1년 넘게 봐왔지만 적응이 안 된다. 다 닦은 손을 이나가 치켜올렸고, 하정은 눈을 감았다. 이게 맞을 만한 일인가, 하는 생각과 함께.

"고마워!"

이나가 하정의 손을 덥석 잡고서 소리쳤다.

"어?"

하정이 눈을 떴다.

"난 우리 설준이가 게임 여자 아바타랑 결혼하겠다고 하는 건 아닌가, 침실에 여자 게임 캐릭터 베개가 있는 건 아닌가 늘 걱정했거든. 서둘러 날 잡고 결혼해."

"누나! 난 게임을 좋아하는 거지 오타쿠는 아니라고!"

설준이 억울하다는 듯 항변했다. 그러거나 말거나 이나는 싱긋 웃으며 하정의 손을 잡고서 흔들었다. 어버버거리다가 일단 환대를 받은 것이 기분 좋은지 하정이 상큼하게 웃었다.

"고마워. 난 네가 반대하면 어쩌나 했거든."

그런 하정이를 보며 이나가 말했다.

"반대할 리가 있어. 꼭 두 사람 결혼했으면 좋겠다."

"정말? 그렇게 잘 어울려?"

"아니, 시월드 역관광시켜 주게. 너, 나한테 시누이질 자주 했지? 내가 그거 두 배로 갚아줄 거야."

상큼한 표정과 달리 이나의 목소리는 서슬 퍼렜다. 하정은 절망하며 생각했다.

아아, 부부는 닮아간다고. 눈치 없고, 유약하고, 착한 윤이나가 유건호에게 물들어 버렸다.

밤이 되자, 창가로 보름달이 떠올랐다. 이나는 건호의 숙면을 위해 버티칼을 내리려고 할 때였다.

"그냥 둬."

건호가 잠긴 목소리로 말했다. 이나가 뒤를 돌아보았다. 자다 깼는지 건호가 눈을 반쯤 뜨고 있었다.

흰 베개 위로 흐트러진 검은 머리카락과 대비되는 하얀 피부, 검은 눈썹, 유난히 짙은 눈매까지 바라보던 이나는 입술을 얇게 깨물었다.

누구 남편인지 외모 하나는 특등급이다. 결혼한 지 1년이 되어도 이렇게 문득 그의 외모에 놀랄 때가 있었다.

"자는 거 아니었어?"

이나가 조심스럽게 물었다.

"방금 깼어."

"그럼 마저 자."
"이리 와."
건호가 억지로 몸을 움직여 자신의 옆자리를 비켜주며 말했다.
"아냐. 난 저기 침대 있어."
이나가 간이침대를 가리켰다. 양가 가족들은 간병하는 이나가 수고 많다며 간이침대 위에 푹신한 매트릭스와 침구류를 배달시켜 주었다. 그 덕에 집과 다를 바 없는 아늑한 침대가 만들어졌다.
"이리 와."
건호가 다시 한 번 말했다. 이나가 손을 내저었다.
"괜찮다니까."
괜히 옆자리에서 자다가 자신도 모르게 그를 건드리게 될까 봐 두려웠다. 잘못했다가 팔꿈치로 상처 부위를 내려치기라도 했다가 남편을 잃을 순 없지 않은가.
그런 이나를 건호가 물끄러미 바라보다가 담백하게 답했다.
"그래? 그럼 내가 간이침대로 갈게."
아아, 잠시 잊고 있었다. 유건호의 이상한 집착. 이나가 곁에 없으면 그는 깊은 잠을 이루지 못했다. 특히 이렇게 자다 일어나면 유건호는 더더욱 이나를 찾았다. 이나 또한 건호의 냄새와 그의 손길을 좋아해서 그가 있어야만 잠이 들었다. 더는 건호의 고집을 꺾지 못하고 이나가 그의 침대에 걸터앉았다. 건호가 자연스럽게 손을 뻗어 이나를 끌어당겼다. 미약한 그 힘에 이나는 못 이기는 척 침대에 누웠다. 1인용 침대라, 이나가 모로 누워도 온몸이 밀착되었다. 이나는 그의 팔을 베고 누워 그의 어깨를 감싸 안았다.
"누워지네. 안 될 줄 알았는데."

이나가 중얼거리며 숨을 들이켰다. 코끝으로 병원 냄새가 몰려왔다. 그에게선 언제나 깔끔하고 시원한 향기가 났었는데.

"어서 나아."

이나가 웅얼거리듯 건호에게 말했다. 건호는 대답 대신 이나의 어깨를 감쌌다. 지금은 손끝 움직이는 것조차 조심스러울 텐데 건호는 거침없었다.

병실이 고요해졌다. 이나는 건호의 환자복을 만지작거렸다.

"이제 다치지 마. 마음 아파."

조용하게 이어지는 이나의 말을 들으며 건호가 눈을 내리깔았다. 길게 드리운 이나의 속눈썹이 보였다. 그 아래에 자리한 커다란 눈망울에서 눈물이 툭 떨어져 환자복을 적셨다. 며칠 동안 태연한 척 간호했으나, 놀란 마음까진 감출 수 없는 모양이었다. 건호는 순간 입안이 바짝 마르는 것을 느꼈다.

자신을 위해 울고 있는 여자를 보는데 이상하게 심장이 간지럽다. 동시에 입술이 느슨하게 늘어났다. 일방적인 사랑이 아니라, 양방향으로 오가는 사랑이라는 걸 확인받을 때마다 건호는 묘하게 기분 좋았다.

다칠 만하군.

건호는 그렇게 생각하며 이나의 이마에 입술을 가져다 댔다.

"미안. 조심할게."

"그래. ……이 몸은 내 몸이야. 다치지 말고 아껴 써. 그래야 나랑 오래 있지."

이나가 건호의 옷자락을 꽉 움켜쥐며 중얼거리듯 말했다.

이나는 자신의 입으로 이런 말을 유건호에게 하게 될 날이 올지 몰랐다. 그렇지만 진심이었다. 이제 유건호는 자신의 삶에서 사라져서는 안 될 사람이었다. 그 사실을 유건호의 입원으로 절절하게 다시 한 번 깨달았다. 거기다가 하나 더 깨달은 것은, 애정 표현을 되도록 아끼지 말자는 것이었다.

"그럼 윤이나는?"

건호의 낮은 목소리가 퍼졌다.

"응?"

"그럼 윤이나는 누구 거냐고."

"그, 그야…… 유건호 거지."

이나가 중얼거리더니 건호의 어깨에 얼굴을 문질렀다. 표현을 하긴 했으나 부끄럽다는 것이 여실히 드러나는 행동에 건호가 옅게 웃었다.

사랑스럽다, 윤이나.

건호는 그 말을 속으로 중얼거리며 이나의 이마에 입술을 가져다 댔다. 그러고는 탁한 목소리로 속삭였다.

"올라와."

"응?"

뜬금없는 말에 이나가 눈을 동그랗게 뜬 채 건호를 보며 물었다.

"내 몸, 위로 올라오라고."

"올라가서 뭐 하라고?"

"뭐 할까, 내가? 윤이나랑?"

그 말이 무엇을 말하는지 아는 이나는 몸을 벌떡 일으켰다. 달빛을 받은 이나의 얼굴은 부끄러움에 붉어졌다가, 미친 게 아닌가 의심이 되어서 희게 질렸다. 그러다 이나가 다급하게 병실 안을 둘러보았다.

"CCTV 없어."

건호의 덤덤한 말에 심중이 꿰뚫린 이나가 놀란 듯이 쳐다보았다. 그런 이나를 물끄러미 바라보며 건호가 야하게 속삭였다.

"그 몸, 내 몸이라며. 난 내 몸이 내 위에 있는 걸 보고 싶어."

이게 무슨 궤변이야!

병원에서, 그것도 칼에 찔려 상체에 붕대를 둘둘 감고 있는 상태에서, 하고 싶어? 아니, 그보다도 할 수 있어? 그러다 죽으면 개죽음 아냐?

이나가 수많은 물음을 얼굴로 뱉으며 건호를 바라보았다. 건호는 손을 뻗어 이나의 목덜미를 감쌌다. 자신의 입술 근처로 이나의 얼굴을 바싹 끌어당긴 건호가 낮게 속삭였다.

"하고 싶어."

건호가 눈을 가늘게 떴다.

"윤이나랑."

나지막한 목소리가 온몸을 감쌌다.

거절해야 한다. 거절하는 게 정상적인 거다.

그러나 그의 속삭이는 목소리에 이나는 입술을 깨물었다. 작정하고 건호가 눈을 내리뜬 채 자신을 바라보면 이길 수가 없다. 표정이 야해지고, 온몸에서 짙은 기운이 풍기는 건호에게 취한 이나는 자신도 모르게 스르륵 눈을 감았다.

입술이 닿았다. 입술이 달았다.

❖ ❖ ❖

건호가 퇴원한 지 5주 만에 즐겨 찾는 한정식집에서 양가 집안의 가족들이 모였다.

"그래. 오늘은 무슨 이야기가 있어서 우리를 집합시켰니?"

건호의 연락으로 한정식집에 모이면, 중요하게 할 말이 있어서라는 걸 가족들은 깨달았다. 그러니 굳이 뜸 들일 필요 없다는 듯 건호의 모친인 은아가 물었다. 뒤이어 모든 가족들이 이나와 건호를 바라보았다.

모두의 시선에 이나는 붉어진 얼굴로 물 잔을 들어 목을 축였다.

"이나와 제가 부모가 될 예정입니다."

건호가 평소보다 조금 들뜬 목소리로 말했다.

"뭐? 부모? 그럼……."

"아휴, 이게 무슨 경사라니!"

"우리가 할머니가 되는 건가?"

"우와!"

잠시 놀라서 멍하게 있던 가족들은 이해를 하자마자 손뼉을 치며 반겼다. 공헌, 설준, 하정, 주형도 놀란 얼굴로 이나와 건호를 보며 한마디씩 건넸다.

"축하해."

"결혼한 지 1년 만에 아이라니. 결혼의 정석을 밟는구나."

"대박이다."

"축하할 일이다!"

가족들의 쏟아지는 축하에 이나의 얼굴이 불그스름해졌다.

"그래, 몇 주라고 하던?"

정신을 차린 은아가 이나에게 물었다.

"어제 병원에 갔는데 의사선생님께서 6주라고 하더라고요."

"어머, 잘됐다! 잘됐어! 안 그래도 손자만 눈 빠지게 기다리고 있었는데, 이런 희소식이 들리는구나!"

손뼉을 치며 온몸으로 가족들이 즐거워했다. 이나는 부끄러움에 얼굴을 붉혔다. 건호는 그런 이나의 손을 듬직하게 잡아주었다.

"6주? 누나, 그거 잘못된 거 아냐?"

한창 가족들이 즐거워하는 가운데, 설준이 젓가락으로 수수부꾸미를 집으며 물었다.

"응?"

"6주라는 게 말이 돼? 건호 형님이 퇴원한 게 5주 전이잖아. 6주 전이면 건호 형님이 한창 병원에 입원했을……."

"……."

설준의 말이 이어지다가 갑작스럽게 끊어졌다. 그러나 이미 설준의 말에 가족들 모두가 귀를 기울이고 있던 상황이었다.

건호는 2주간 입원했다. 아무리 계산하고 또 계산해도 6주 전이라는 건 건호가 병원에 입원해 있을 시기였다. 그것이 무엇을 말하는지 알아챈 가족들 사이로 싸한 침묵이 돌았다.

"흐, 흐음."

당황한 이나의 부친인 태조가 다급하게 물을 들이켰다.

"갈비뼈도 안 좋았다던데…… 칼에 찔린 그 상태로……."

이나의 모친인 영주가 믿기지 않는다는 듯 중얼거렸다.

"그래! 한창때지! 신혼인데 갈비뼈가 다 부서져도 할 말이 없지! 허허! 녀석! 그래도, 거참. 내 아들이지만…… 허허."

건호의 부친인 성태가 차마 말을 다 잇지 못한 채 말끝을 흐렸다.

"호호호호."

건호의 모친은 어색하게 웃으며 허겁지겁 앞에 놓인 반찬만 씹어 먹었다. 뒤늦게 하정이 팔꿈치로 설준의 옆구리를 가격했다. 큽, 소리를 내며 설준이 쓰러졌다.

이나는 부끄러움에 고개를 숙였다. 건호는 그게 뭐 어떻느냐, 하는 얼굴로 이나의 앞에 놓인 빈 그릇에 생선살을 발라 올려주었다.

어색한 저녁 식사 시간이 그렇게 흘러가고 있었다.

에필로그 2

일을 마치고 파김치가 된 이나는 무거운 다리를 이끌고서 현관문을 열었다. 어두컴컴한 실내를 보며 이나는 입술을 깨물었다.

모두 다 잠들었구나.

9시가 넘었으니 그러고도 남았다. 건호는 아마도 서재에서 일을 하고 있을 것이고.

'락' 에서 나와 몇 년 전부터 새롭게 시작한 사업의 규모가 커지면서 전문 경영인을 고용했지만, 그렇다고 손을 아예 뗄 순 없는 노릇이었다. 이나는 지끈거리는 머리를 꽉 눌렀다. 좋아하는 일을 한다는 건 행운이지만, 그것이 꼭 행복하다고는 할 수 없었다. 좋아하는 일을 하기 때문에 완벽하게 해내고 싶다는 욕심이 끼어들었고, 그것이 이나를 조금 버겁게 만들었다. 거기다가 퇴근 후 어두컴컴하게 불이 꺼진 집을 보면 이나는 죄스러웠다.

자신의 아이들은 이제 겨우 열세 살, 열 살이었다. 유건호를 쏙 빼닮은 열세 살의 아들과 자신을 빼다 박은 열 살짜리 딸은 여타 또래에 비해 성숙하긴 했지만, 아직 엄마의 손을 많이 필요로 하는 나이였다. 그들을 너무 외롭게 만드는 것은 아닌지, 자신의 심장만큼이나 소중한 건호를 너무 내팽개쳐 두는 건 아닌지, 이래저래 마음이 복잡했다. 물론 건호가 묵묵하게 챙겨주고 있었지만.

"엄마."

한숨을 푹 내쉬며 안방으로 들어가려는데, 작은 방에서 눈을 비비며 딸이 나왔다.

"우리 공주님, 잠에서 깼어?"

"응. 엄마는 이제 오는 거야?"

"응. 미안해, 엄마가 늦었지?"

이나가 무릎을 꿇고 앉아 딸과 눈높이를 맞추며 답했다.

"언제 일찍 와?"

딸이 입술을 삐쭉거리며 물었다.

"일주일 후면 일찍 올 수 있을 것 같아. 엄마가 일찍 왔으면 좋겠어?"

"응."

딸의 대답에 이나는 가슴이 조금 아파왔다. 조금 더 가족들과 시간을 보내도록 노력해야겠다는 생각을 하며 딸을 껴안아주었다.

"우리 공주님 안아보자."

"엄마."

"응?"

"나, 책 읽어줘."

"책? 엄마 씻은 후에 읽어주면 안 될까?"

이나의 물음에 딸이 품에 안겨 고개를 가로저었다. 조금 더 두었다간 잠이 완전히 달아날 얼굴이었다.

"그래. 그럼 엄마가 우리 공주님한테 책 읽어줄게. 들어가자."

이나는 딸과 함께 작은 방으로 들어갔다. 딸의 방은 아기자기하게 꾸며져 있었다. 이나의 성격을 닮아 분홍색을 좋아하지 않는 탓에 딸의 방은 대체로 푸른 계통으로 꾸며져 있었다. 요리에 관심이 많아 책장엔 요리사와 관련된 어린이 서적이 가득이었다.

"어떤 책을 읽어줄까?"

이나가 책장을 스윽 바라볼 때였다.

"엄마, 나 이거."

침대에 이미 누워 있던 딸이 손에 들고 있던 두툼한 무언가를 들어 보였다. 이나는 의아한 얼굴로 책을 받아 들었다. 책에 제목, 지은이가 없다. 하물며 겉표지조차도 밋밋했다. 자신은 딸에게 이런 책을 사준 적이 없었다.

학교에서 받은 건가.

"엄마, 어서 읽어줘."

딸이 칭얼거리는 소리에 이나가 침대 곁에 앉았다.

"그래. 보자! 책 안에 얼마나 재미있는 내용이 있는지 한번 볼까?"

이나가 싱긋 웃으며 책을 열었다. 동시에 이나의 표정이 묘하게 변했다.

"이건……."

책이 아니라 스크랩북이었다. 아주 오래전부터 스크랩한 게 틀림없는 그 책은 요리사 윤이나의 삶이 고스란히 담겨 있었다.

—요즘 해외 여행자 포털 사이트에서는 INA 맛집이 화제다. 퓨전 한식은 한식에 그 틀을 두면서도 세계인의 공통 입맛을 놓치지 않았다.

퓨전 한식당을 오픈한 지 1년 만에 실린 인터넷 기사였다.

—여행자들이 찾는 맛집의 1위로 손꼽혀…….
—별다른 홍보 없이 입소문만으로 맛집이 되어…….

이나는 감개무량한 얼굴로 천천히 스크랩북을 보았다. 잠시 잊고 있었던 기억이 새록새록 피어올랐다. 처음 가게를 오픈한 후 떨렸던 마음, 인터넷 기사를 보고 찾아주었던 손님들, 블로그에 칭찬을 해주었던 사람들, 이 맛을 잊지 못해 다시 한 번 한국을 찾았다던 외국 손님들의 인터뷰를 보자 가슴이 뭉클해졌다. 천천히 스크랩북을 넘기던 이나는 어느새 마지막 장에 닿았다.

—부엌으로 와.

단정하고 깔끔한 글씨체를 보자마자 이나는 누구의 것인지 알아챘다. 뭉클한 얼굴로 고개를 든 이나는 빙긋 웃고 있는 딸과 눈이 마주쳤다. 무언가를 알고 있는 얼굴이었다.

"엄마, 가자! 부엌으로!"

딸이 신난 얼굴로 이나의 손가락을 잡아끌었다. 이나는 스크랩북을 손에 쥐고서 복도를 따라 걸어갔다. 어느새 부엌엔 불이 켜져 있었다. 은은한 조명 아래 자리한 식탁 위로 가득 차려진 음식을 본 이나의 입이 살짝 벌어졌다. 그 식탁 앞에 건호와 자신의 아들이 서서 웃고 있었다.

"엄마!"

유건호를 그대로 빼다 박은 아들이 외쳤다. 방금 전까지 일에 치여 천근만근이던 입술 끝이 자연스럽게 휘었다.

이토록 아름다운 광경이 있을까.

이 늦은 시각, 자신을 웃으면서 기다리고 있는 가족이라니.

"그래, 우리 아들."

이나는 웃으며 대답하다가 시선을 건호에게 옮겼다. 그는 고개를 비스듬히 기울인 채 나른하게 웃고 있었다.

"일단 앉자."

이나가 의자를 빼내 앉으려고 할 때였다.

"아니. 우린 됐어."

아들의 대답에 이나가 고개를 돌렸다. 아들은 빵과 잼이 담긴 바구니를 품에 안은 채 여동생의 손을 꼭 잡고 있었다.

"우린 방에서 빵 좀 먹다가 잘게."

"왜? 같이 먹자."

이나가 놀란 얼굴로 아들의 팔을 잡았다.

"아냐. 엄마랑 아빠랑 오붓한 시간 보내. 혜림아, 우린 방으로 들어가자."

아들의 말에 어린 딸은 고개를 끄덕였다.

"응. 그래야 동생 생겨."

딸의 말에 이나가 그게 무슨 소리냐는 듯 눈을 동그랗게 떴다. 그러자 딸은 이나의 표정을 읽고서 싱긋 웃었다.

"오빠가 그러던데? 우리가 일찍 잠들면 삼손 할매? 삼발 할매?"

"삼신 할매."

아들이 상냥하게 딸의 말을 정정해 주었다.

"아! 응. 삼신 할매가 동생 만들어준댔어!"

이나가 아들을 쳐다보자, 아들은 어깨를 으쓱거린 후 어린 여동생의 손을 잡고서 부엌에서 가장 먼 자신의 방으로 향했다. 그사이, 딸은 '근데 동생은 어떻게 생겨?' 라고 물었고, 얼마 전 성교육을 받았다는 열세 살의 아들은 침착하게 '그건 말이야, 아빠랑 엄마가 서로 사랑해서…….' 라고 대답하며 방문을 닫았다.

갑작스럽게 둘만 남겨진 이나는 황망한 얼굴로 닫힌 방문만 바라보았다. 자신의 아이들이 훌쩍 커버린 기분이었다.

"날 봐야지."

건호의 말에 이나가 멍한 얼굴로 시선을 앞으로 돌렸다.

"우리 아들이 무슨 말을 한 거야? 오빠가 가르쳤어?"

"난 조금의 도움만 줬어."

요즘 들어 동생을 갖고 싶다고 목 놓아 외치는 어린 남매에게 불을 지핀 게 틀림없었다. 이나는 기가 막힌 듯 픽 웃다가 자신을 그윽하게 바라보는 건호를 보곤 입을 다물었다.

집 안이 고요했다. 방음이 잘된 탓도 있지만, 실제로 귀가 기능을 하지 못했다. 건호를 보고 있는 사실만으로 온 신경이 시신경으로 몰린 듯했다. 결혼하고도 한참이 지났는데 이러는 건 반칙이다 싶으면서도 멈출 수가 없었다.

연애 시절로 돌아간 듯해서 이나는 수줍은 표정을 지은 채 물었다.

"언제 준비했어?"

"오늘. 계획은 일주일 전부터."

"스크랩북은?"

"윤이나의 기사가 실리면서부터."

건호의 덤덤한 대답에 이나는 잠시 말문이 막혔다. 여전히 총각으로 오해받을 만큼 근사하고 멋들어지게 생긴 그는, 긴 손가락을 교차지어 깍지 낀 후 그 위에 턱을 가져다 댔다.

"몰랐어, 스크랩하고 있는 줄은……."

"아이들에게 보여주고 싶었거든."

"……."

"내가 사랑한 여자가, 너희들을 낳아준 여자가 얼마나 대단하고 멋진 사람인지."

"……."

건호가 느슨하게 웃었다. 이나는 행복함을 감추지 못한 채 따라 웃었다.

권태기가 온 게 아닐까 의심스러울 만큼 바쁘고 힘들 때 그가 힘이 되어주었다. 스크랩북을 보고서야 이나는 자신이 잊고 있었던 열망을 깨달았다. 더불어 그 열망을 응원해 주는 남자가 얼마나 멋지고 대단한지까지도.

하루의 눅진한 피로가 스르륵 사라지는 기분이었다. 이나가 기분 좋게 숟가락을 들어 수프를 한입 떠먹었다.

"맛있다. 고마워."

식탁 위에 차려진 음식은 대부분 채식 위주의 소화 잘되는 음식이었다. 내일 아침 일찍 출근해야 할 이나를 고려해 만든 밥상이 틀림없었다. 건호는 대답 대신 느슨하게 웃어 보였다. 이나는 그의 미소를 보면서 다른 데서 저렇게 웃어 보이면 안 될 텐데, 하고 걱정했다. 안 그래도 이미 외모 하나만으로 동네에서 유명한 그다.

"오빠."

잡생각을 접으며 이나가 부드러운 목소리로 그를 불렀다. 건호가 고개를 들어 말하라는 듯 이나를 바라보았다.

"기특하게 갑자기 왜 이런 생각을 다 했어?"

이나의 눈이 부드럽게 접혔다. 그는 이나가 먹기 좋도록 빵을 자르던 것을 멈춘 채, 이나를 물끄러미 바라보았다.

"증명하고 싶어서."

"무슨?"

"유건호가 아직도 윤이나를 사랑한다는 걸."

"……."

건호의 검은 눈동자에 불빛이 고였다.

함께한 시간이 오래된 지금도 생각하고 있음을, 감동시켜 주고 싶어 함을, 감동하는 모습을 보며 즐거워하고 있음을 증명하고 싶었다. 그의 그런 뜻이 눈빛으로, 피부로 고스란히 전해졌다. 고요한 침묵 아래에서 이나는 건호의 얼굴을 찬찬히 살폈다. 마주 보고 있던 건호의 시선 또한 이나의 얼굴을 따라 찬찬히 흘러내렸다.

이나가 상체를 앞으로 기울였다. 이나의 입술 위로 부드러운 웃음이 맺혔다.

"앞으로는?"

"앞으로도."

건호의 입술이 부드럽게 휘어졌다.

아, 야한 남자 같으니.

"아이들 소원 들어줄까?"

이나는 싱긋 웃으며 건호에게 양팔을 뻗었다. 건호는 기꺼이 들고 있던 모든 것을 내려놓은 채 이나를 안았다.

번외

"할미가 미안해. 건호야, 할미가 미안해. 정말 미안해. 건호를 두고 가서, 미안해."

병원 침대에 누워 어린 자신의 손을 잡고서 할머니가 그리 말했었다. 며칠째 음식을 먹지 못해 잔뜩 메마른 몰골로, 눈물만 뚝뚝 흘리면서. 그것이 마지막이었다. 깊은 밤, 자신의 손을 잡은 채 미안하다는 말을 끝으로 할머니는 영원히 침묵에 빠졌다. 모두가 오열하는 가운데, 건호는 실신했다.

어린 시절 바쁜 엄마를 대신해 그를 키워준 분이었다. 엄마보다 더 엄마 같았던 할머니, 그분의 남루한 마지막은 건호에게 상처가 되었다.

장례식을 모두 마치고, 울고 싶은데도 눈물이 안 나오는 날이었다. 방 안에 앉아 멍하게 바닥만 바라보고 있는데 이나의 가족들이 위로하기 위해 찾아왔다. 건호는 방에 틀어박혀 꼼짝도 하지 않았다. 불이 꺼진 방의 구석에 앉아 너덜너덜한 마음을 껴안고 있는 것 말곤 하고 싶은 게 없었다. 그때 방문이 열리며 일곱 살짜리 이나가 들어왔다.

"오빠."

죽음이 뭔지, 슬픔이 뭔지, 괴로움이 뭔지 모르는 그 아이는 평소와 같이 해맑게 자신을 부르며 찾아왔다. 밀어낼 힘도 없었다. 나가라고 할 힘조차 없이 멍하게 쳐다보았더니, 이나는 침대에 앉아 있는 자신의 가까이로 다가와 똘망똘망한 눈으로 말했다.

"슬퍼?"

자신의 팔을 붙든 자그마한 팔을 뿌리칠 힘도, 나가라고 할 힘도 없었다. 그저 목석처럼 앉아 있는 그를 한참이나 흔들던 이나가 침대 아래로 슬금슬금 내려갔다. 건호는 이나가 나갈 거라고 생각했다. 그러나 이나는 피아노 앞에 턱 앉더니 자그마한 손으로 피아노 건반을 두드렸다.

"건호 오빠 땡땡땡. 울지 말아라. 건호 오빠 울면은 내가 슬프다. 건호 오빠 땡땡땡. 울면 안 된다. 건호 오빠 울면은 내가 슬프다."

서툰 피아노 실력에 음정 박자가 하나도 안 맞는 곡이었다. 건호는 어린 이나의 등을 보면서 재는 음악 쪽으로 진로를 잡긴 힘들겠구나, 라며 무심히 생각했다. 건호의 심드렁한 반응에도 불구하고 어린 이나는 그 이후에도 한참이나 딩동거렸다.

건호는 무기력하게 앉아 어리고 작은 등을 물끄러미 바라보고 있었다. 한참 연주를 마친 이나가 돌아보았고, 눈이 마주쳤다. 투명하고 맑은 눈빛에 놀람이 스쳤다. 자리에서 벌떡 일어난 이나는 다다다 달려와 고사리 같은 손으로 건호의 뺨을 만졌다.

"울지 마."

"……."

"울면 안 돼. 산타할아버지가 선물 안 줘."

"……."

"응? 오빠?"

그 말을 듣고서야 건호는 자신이 울고 있음을 알았다. 기가 막히게도, 그 말도 안 되는 노래를 들으면서.

그런데 더 기가 막히는 것은, 울음이 멈추지 않는다는 것이었다. 입술 끝이 떨렸다. 눈에서 툭 하고 떨어지는 건호의 눈물을 본 이나는 어쩔 줄 몰라 하더니, 건호를 안아주었다. 자신이 울면 자신의 엄마가 그리 해주었던 것처럼, 품에 안고서 토닥토닥거렸다.

이나의 모양새는 마치 나무에 매달린 매미 같았고, 밀치려면 얼마든지 밀어낼 수 있었으나 건호는 가만히 있었다.

태어나 정신을 차려보니 어느새 자신은 영재로 칭송받고 있었다. 부모를 비롯한 어른들은 울지 않는 유건호를 칭찬했고, 어른 행세하는 유건호를 대단하게 생각했다. 그래서 언젠가부터 그는 타인 앞에서 우는 것이 지독하게 불편했다. 아니, 울 수가 없었다. 그들이 실망하게 될까 봐.

그렇게 타인의 무거운 기대에 짓눌려 있던 마음 위로 자그마한 온기가 느껴졌다. 건호는 울컥하고 터져 나오는 울음을 터뜨리며 고개를 숙였다. 이 온기만큼은 피할 수가 없어서.

❖ ❖ ❖

이후 시간이 지나 그 일을 떠올리면 건호는 곧장 '빚졌군.' 이라고 생각했다. 사랑하는 이의 죽음으로 마음이 약해져 있었다. 그 탓에 벌인 실수였다. 언젠가 갚아야겠다고 줄곧 생각하고 있었고, 그 일은 얼마 되지 않아 생겼다.

우연찮게 주형에게 우산을 가져다주기 위해 가던 중 앞서 걷던 꼬맹이를 보았다. 뒷모습과 걸음걸이마저 윤이나 같았으나, 이 시각 혼자 걷고 있을 리 없었기에 반신반의하던 중이었다. 고개를 돌리던 꼬맹이의 옆얼굴을 보았다. 솟구치는 공포를 억누르려는 듯 꽉 다문 입술과 똘망똘망한 눈을 본 순간 건호는 이나라는 것을 알아챘다. 이나의 이름을 부르기 직전이었다. 어디선가 '어, 어.' 하는 소리가 터져 나왔고, 정신을 차려보니 건호는 자신이 바닥에 처박혀 있는 것을 알았다. 숨이 제대로 쉬어지지 않을 만큼 힘들었다. 머리끝부터 발끝까지 길게 이어지는 통증 중 어깨가 가장 고통스러웠다.

건호는 억지로 눈을 치떴다. 이나가 멀쩡하다는 것을 확인하고 싶었다. 그러나 오가는 인부들의 다리와 빗줄기 때문에 보이지 않았다. 울음소리가 들리지 않았다. 윤이나를 집으로 돌려보내야 한다. 고작 유치원생인 아이다. 그러는 사이 건호는 까무룩 정신을 잃었고, 눈을 다시 떴을 땐 병원이었다.

유건호의 부상으로 집은 난장판이 되어 있었다. 아버지는 공사장의 미흡한 관리와 대처를 묵시하지 않을 거라며 길길이 날뛰었고, 어머니 또한 건호의 어깨 부상으로 어쩔 줄 몰라 했다.

어깨를 크게 다쳐서 더 이상 야구를 할 수 없게 될 거라고 했다. 부모님은 건호의 마음이 다칠까 봐 걱정했으나, 건호는 크게 힘들지 않았다. 야구 유망주로 코치의 신망을 얻고 있었으나, 건호는 야구선수가 될 생각이 없었다. 설령 그가 그런 생각을 갖고 있다고 하더라도 가족들이 허락할 리 없었다. 뼈대 깊은 의사 집안에서 장남이 운동선수가 되게끔 내버려 두지 않을 거다. 실제로 '야구는 취미로만 해야 한다.' 라는 말을 아버지는 입에 달고 살았다.

"그래서 누구니? 인부 말로는 누굴 구하려 하다가 그렇게 되었다던데! 엄마한테만 말해봐. 응? 엄마만 알고 있을게. 속상하지도 않아?"

어머니가 어르고 달래듯 물었으나 건호는 입을 열지 않았다. '모르겠다.' 라고 반복하는 건호의 말을 어머니는 믿지 않았으나, 그의 입을 열게 할 방도가 없었다. 자신을 설득하다가 지친 엄마가 나간 후에야 건호는 시선을 창밖으로 돌렸다.

화창한 하늘이었다. 건호는 눈이 부신 하늘을 물끄러미 바라보며 생각했다.

드디어 빚을 갚았네, 라고.

빚을 갚았다. 오히려 우연찮게 불량배에게 둘러싸인 이나를 구해주기까지 했다. 고로, 계산은 제로에 수렴했다. 더 이상 윤이나를 쳐다볼 필요도, 감시할 필요도, 도와주기 위해 애쓰지 않아도 된다.

그런데 이유가 뭘까. 윤이나를 만날 때마다 온 신경이 곤두서는 까닭은. 건호의 눈썹이 마뜩잖은 듯 휘어졌다.

습관이 된 탓일까.

그럴 확률이 높았다. 이나에게 어설픈 위로를 받은 후, 그 빚을 갚겠다고 윤이나만 주시했으니까. 그런데 단순히 습관이라고 하기엔 시간이 흐를수록 이상 증상이 점점 늘어났다.

만나면 쳐다보게 되고, 만나지 않은 날은 문득문득 생각이 났다. 손끝에 박힌 가시처럼 잊을 만하면 콕 찌르면서 사람의 신경을 건드렸다. 우연히 가족 모임에서 젓가락을 건네다 손끝이 스치면 몰려드는 이상한 감정에 저절로 인상이 팍 써졌다. 그와 동시에 이나의 얼굴은 희게 질렸지만.

윤이나에 관한 소식이라면 자연스럽게 외워졌다. 어머니를 통해 들은 윤이나의 폐결핵 소식, 가족 모임에서 듣게 된 이나의 실제 생일, 무엇을 좋아하고 무엇을 싫어하는지…….

이상 증상은 윤이나가 자신을 피하면서 더욱 심해졌다. 단지 눈만 마주쳤을 뿐인데 어쩔 줄 몰라 하며 고개를 홱 돌리는 이나를 본 순간 건호는 화가 났다. 자신의 체육복을 찢어먹고 놀렸던 불량학생 집단들을 보았을 때보다 더욱. 문제는 복수하고 싶지 않다는 것이 더욱 이상했다.

뭘까.

건호는 이나를 마주할 때마다 보이는 자신의 이상 증상을 두고 오랫동안 고민했다. 그러나 답은 도출되지 않았고, 건호는 더 이상 답이 없는 문제를 놓고 고민하지 않았다. 그렇게 잊혀지는가

했다.

상황이 달라진 건 건호가 스물다섯이 되던 해였다.

건호가 대문을 밀고 집으로 들어섰다. 문을 밀자마자 눈이 내리는 것처럼 하얀 벚꽃잎이 날렸다. 마당 한가운데 자리한 커다란 벚꽃 나무는 올해 유난히 하얀 꽃을 흐드러지게 피웠다. 쏟아져 내리는 벚꽃잎을 묵묵히 맞으며 한 발자국 내딛던 건호는 우연히 고개를 돌렸다가 걸음을 멈췄다.

새파란 하늘, 푸른 정원, 그 공간을 물들이고 있는 흰 비를 맞으며 벚꽃을 잡기 위해 이나가 손을 뻗고 있었다. 이나의 동그란 뺨 위로 하얀빛이 고였고, 검은 눈동자가 흑요석처럼 유난히 반짝였다. 바람에 이나의 셔츠 끝이 팔락거리며 날리었다.

따끔. 다시금 손끝이 따가웠다. 건호가 손을 말아 주먹을 쥐었다.

따끔. 아니, 가슴이 따가웠다.

날리는 벚꽃을 잡았는지 이나의 얼굴에 함박웃음이 맺혔고, 건호의 눈이 반사적으로 가늘어졌다. 눈부시다. 무심히 그런 생각을 할 즈음, 허공에서 눈이 마주쳤다. 자신을 보고 흡 하고 숨을 들이마시며 깜짝 놀란 이나는 눈을 데굴데굴 굴렸다.

자신을 귀신 보듯 쳐다보는 이나를 보곤 건호가 얼굴을 구겼다.

"안녕하세요."

이나가 꾸벅 인사를 하더니 난처한 얼굴로 건호를 바라보았다. 대문을 밀고 나가야 하는데, 그곳을 건호가 점령하고 있었기 때문이다.

어쩌지.

잠시 고민하는 듯하던 이나는 쭈뼛거리며 건호에게 느릿하게 말을 걸었다.

"엄마 심부름 때문에 잠시 들렀어요. 설준이 생일이라서 떡을 좀 만들었거든요. 가서 드세요. 백설기인데 쫀득쫀득하고 맛있어요."

"……."

"식감도 좋고, 아! 그리고 친환경 쌀로 만들어서 몸에 해롭지 않대요. 저도 먹어봤는데 맛있더라고요."

건호가 대답하지 않고 묵묵히 서 있는 바람에, 이나는 쇼호스트에 빙의해서 떡을 팔 기세로 설명하기 시작했다.

"어서 가서 드셔야…… 안 식을 텐데……."

이나가 더는 떡을 설명할 말이 없는지 결국 입을 다물고는 울상을 지었다. 건호의 시선이 이나의 주먹에 닿았다.

"벚꽃, 잡은 거야?"

"네? 아, 네. 예뻐서요. 드릴게요!"

이나는 냉큼 건호에게 손을 내밀었다. 태도가 마치 불량배에게 맞기 전에 주머니를 미리 열어 보이는 선량한 학생 같았다. 건호는 이나의 주먹을 바라보다가 그 아래에 손바닥을 가져다 댔다. 이나의 손이 멀어지자, 건호의 손바닥 위에 벚꽃이 얌전히 놓여 있었다.

"저는 이만 가보겠습니다."

주머니도 다 털어 보였으니 가보겠다는 듯 이나가 조심스럽게 곁을 스쳐 지나갔다. 건호는 대문을 닫고 나가는 이나의 뒷모습을 바라보다 손바닥으로 시선을 돌렸다. 벚꽃이 사라졌다. 벚꽃잎도 놓쳤고, 윤이나도 놓쳤다.

"……그래."

건호는 조금 늦게 대답했다.

늦은 밤, 창문을 열자 선선한 바람이 불었다. 그 바람결 따라 새하얀 벚꽃이 검은 하늘을 수놓았다. 검은 하늘엔 보름달이 휘영청 떠올라 있었고, 세상은 모든 소리를 꺼버린 것처럼 고요했다. 건호는 느릿하게 손을 뻗었다.

손가락 사이로 벚꽃잎이 빠져나간다. 꼭 누군가의 뒷모습처럼.

건호가 허공에서 조용히 주먹을 움켜쥐었다가 손바닥을 펼쳤다. 벚꽃잎 하나가 얌전히 잠들어 있었다.

"너, 벚꽃 좋아해?"

오늘 오후 도서관을 향하던 중, 동기가 불쑥 물었다. 무슨 소리냐는 듯 쳐다보자 동기가 뺨을 긁적거리며 말했다.

"너 어제부터 계속 벚꽃잎을 잡고 있길래."

"……."

"그래서 난 네가 벚꽃 좋아하는 줄 알았지. 생긴 거랑 안 맞게 감성적이구나, 이랬지. 그게 아니면 벚꽃을 너무 싫어해서 모아다가 불 지르려고 그러나, 싶기도 했고."

동기의 말을 떠올리며 건호는 천천히 시선을 책상 위로 옮겼다. 책상 한 귀퉁이에 새하얀 벚꽃잎이 수북하게 쌓여 있었다.

그는 시선을 다시 창밖으로 돌렸다. 검은 하늘, 흰 벚꽃, 부드럽게 흘러가는 바람. 그의 눈이 나른하게 아래를 향했다.

이제는 인정할 수밖에 없었다. 자신이 윤이나의 소식이라면 티끌만 한 것조차 모두 다 외우는 이유, 자신도 모르게 손을 뻗어 흩날리는 벚꽃을 잡는 이유, 벚꽃을 잡을 때마다 손끝이 아릿해지는 이유가 무엇인지.

"……좋아하는군, 내가."

아주 오랜 시간이 지난 후에야 손끝을 찌르는 가시가 무엇인지 알아챈 그가 낮게 중얼거렸다.

그것이 아주 오랜 짝사랑의 시작이었다.

〈The End〉

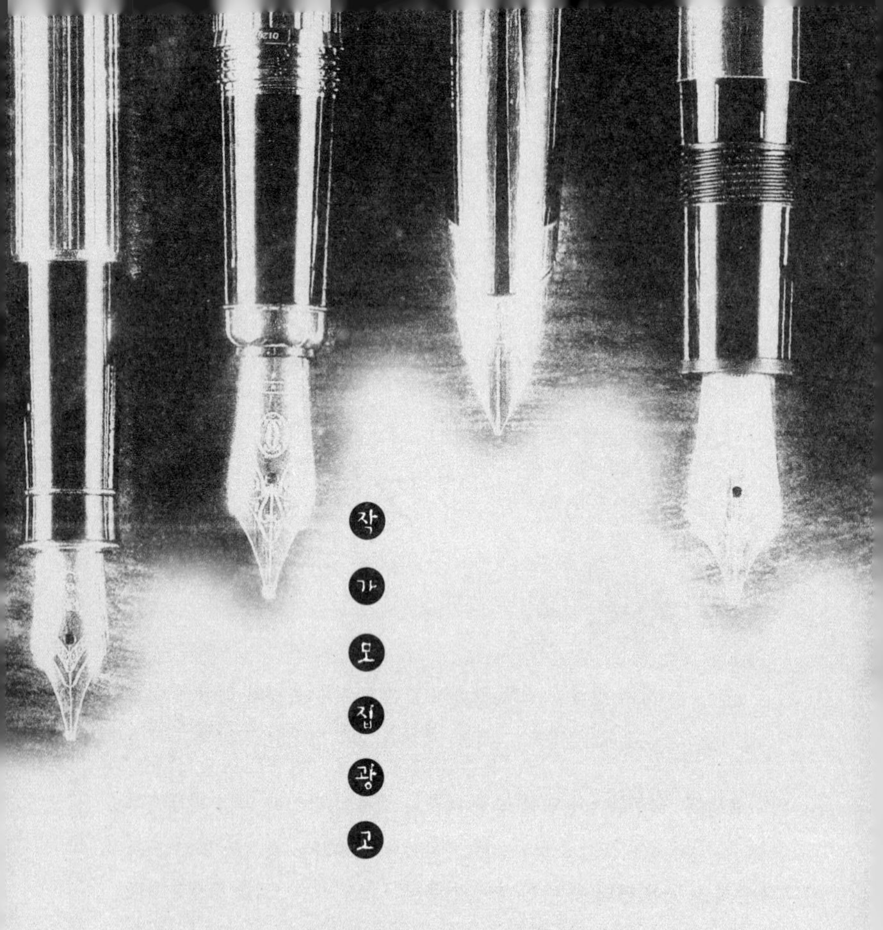
작
가
모
집
광
고